구마라습

대장경 판각 속으로 들어가다

혜 월
장편소설

제5회 법계문학상 수상작

구마라습
대장경 판각 속으로 들어가다

초판   1쇄 인쇄 및 발행   2024년 4월 15일

지은이   혜 월

펴낸이   정창득
기획   법계문학상 운영위원회
총괄진행   이종숙
책임편집   전현서
디자인   스튜디오 달사람   moonmanstudio@naver.com

펴낸곳   도서출판 얘기꾼
연락처   T 070.8880.8202   F 0505.361.9565   E batistaff@naver.com
주소   서울시 종로구 삼일대로 30길21, 1214호

ISBN   979-11-88487-18-9   03810
출판등록   2013. 1. 28 [제300-2013-124호]

ⓒ 혜 월 2024

차 / 례

프롤로그　천축과 중국 사이　　　6

제 1 장　하얀 얼굴 푸른 눈동자　　13
제 2 장　총령(葱嶺)을 넘어서　　　43
제 3 장　공(空)을 실은 큰 수레　　77
제 4 장　아침을 꿈꾸던 사람들　　121
제 5 장　염주와 단주　　　　　　157
제 6 장　대붕(大鵬)의 인욕　　　199

제 7 장	불향만리(佛香萬里)	229
제 8 장	공명조(共命鳥)가 사는 곳으로	255
제 9 장	색즉시공공즉시색 (色卽是空空卽是色)	281
제10장	바늘을 삼켜 만든 혀사리	317
제11장	순교(殉敎)로 세운 이정표	349
	심사평_ 남지심(소설가)	382
	작가의 말	386

프롤
로그

천축과 중국 사이

중국 시안(西安)에서 출발하여 간쑤성(甘肅省)의 둔황(敦煌)을 거쳐 만년설로 뒤덮여 있는 4천m급 높은 산봉우리가 파노라마처럼 이어지는 톈산(天山)산맥를 바라보며 타클라마칸사막의 험로를 따라가다가 파미르고원을 넘어가는 동서 교역로를 톈산북로라고 한다.

이 길을 동부, 중부, 서부로 나눌 때 지금의 시안에서 주취안(酒泉)의 허시쩌우랑(河西走廊)을 통과하여 둔황까지 이어진 구간이 중국 쪽에 붙어 있는 동부다. 둔황에서 타클라마칸사막을 따라 카슈가르까지 뻗쳐 있는 도정(道程)은 중부에 해당한다. 거리는 각각 2,000km씩이다. 서부는 카슈가르에서 파미르고원을 넘어 지금의 시리아까지로 대략 2,400km가 된다. 여기에 경주(慶州)까지 확장한 것은 극동(極東) 구간이고 극서(極西)는 로마까지로 본다.

수많은 상인이 톈산산맥 북쪽의 스텝 지역을 관통하는 톈산북로를 통해 동서 교역을 시도했었다. 스텝(Steppe)은 자연지리학에서 강과 호수와 멀리 떨어져 있고 나무가 없는 평야를 의미한다. 초원과 유사하지만 전혀 다른 특징을 보인다. 초원은 기다란 풀들이 자란 평야를 뜻하지만, 스텝의 풀들은 짧은 것이 특징이다. 건조한 계절에는 불모지(不毛地)가 되고 강우기(降雨期)에는 짧은 풀로 뒤덮이는 이 지역을 초원의 길이라고도 부른다. 초원의 길이 실크로드 중에서 이용하는 사람들이 가장 많았던 톈산북로다.

  타림분지 남쪽 쿤룬산맥 아래로 퍼져 있는 오아시스 도시를 따라가는 길은 서역남로 또는 실크로드남로라고 명명되었다. 둔황을 기점으로 하여 누란(樓蘭)과 호탄(和田)을 거쳐 카슈가르에 이르는 노정(路程)이다. 또한, 둔황에서 서역으로 가다 첫 번째 만나는 누란에서 북쪽으로 올라가 투루판(吐魯番)에서 톈산산맥 남쪽 줄기를 타고 가는 길을 톈산남로 혹은 실크로드중로라고 한다. 5세기 말, 누란이 멸망하고 도시 자체가 사라지자 서역남로는 오가는 발길이 끊겼다. 톈산남로→누란길이 폐쇄되자 둔황 옥문관(玉門關)에서 하미(哈密)를 거쳐 투루판으로 가는 길이 새로 열리고 현장법사는 이 길을 통해 천축으로 갔다.

  실크로드를 통해 중국의 비단, 차, 도자기, 제지(製紙) 같은 것이 서역으로 전해지고 로마의 유리 공예품과 향료와 향 등이 중국으로 유입되었다. 무기류, 악기, 터키석, 라피스 라줄리(Lapis Lazuli), 마노, 연옥 같은 보석을 취급하는 상인들도 이 길을 오갔다.

실크로드를 통해 교역만 이루어진 것은 아니다. 불교를 전하기 위해 동(東)으로 오는 서역승과 불법을 구하러 천축으로 가는 입축승(入竺僧)들이 종종 대상(隊商) 행렬에 끼어 총령(葱嶺)을 넘었다. 그러니까 타클라마칸사막의 험로(險路)와 총령이 도사리고 있는 죽음의 길 실크로드를 넘나든 사람은 돈을 목적으로 했던 상인들뿐만 아니라 오늘날 우리가 믿는 신앙에 대한 구법(求法)과 홍법(弘法)에 열망을 가졌던 사람들도 함께했었다.

타림분지 내 오아시스에는 오래전부터 사람이 들어와 살기 시작했다. 『한서(漢書)』에는 '서역 36국'이 있었다고 기록되어 있다. 나라라고는 하지만 작은 오아시스 국가여서 몇 개국을 제외하면 대부분 부족 수준에 해당한다. 이들은 기원전 2세기 실크로드가 열리면서 동서 교역의 이권을 차지하기 위해 흉노, 돌궐을 비롯한 유목민족과 한나라가 격렬하게 다투는 틈바구니에서 온갖 고통을 겪으며 부침을 계속하는 중에도 장마당을 만들어 실크로드를 활성화해 왔다.

대략 1세기 후반부터 5세기 초반 사이의 서역은 크게 고창국(투루판), 언기국(카라샤르), 구자국(쿠차), 소륵국(카슈가르) 우전국(호탄), 선선국(누란) 등 여섯 개 나라로 개편되었다. 그중 가장 규모가 큰 나라가 쿠차다. 세계 7대 산맥의 하나로 바다에서 가장 멀리 떨어져 있는 톈산산맥은 중앙아시아의 척추로 신장성(新疆省)

북쪽의 준가르분지와 남쪽 타림분지의 경계를 이룬다. 쿠차는 만년설로 뒤덮인 톈산산맥의 스카이라인이 아스라이 조망되는 타림분지 안에 있다.

쿠차라는 지명은 튀르크어로 네거리라는 뜻이다. 이 지명 유래에서 알 수 있듯 쿠차는 동으로는 카라샤르(언기국), 서로는 카슈가르(소륵국), 북으로는 오손, 남으로는 호탄(우전국)으로 연결되는 네거리에 있다. 쿠차를 중국인들이 한자로 구자(龜玆)라고 표기하는 것을 고려하여 이제부터는 구자로 통일한다.

구자국은 동서 교역로의 주요 거점국이다. 이곳을 통과하는 상인들은 통행세를 물어야 한다. 우회로(迂廻路)가 없는 것은 아니지만, 통행세를 내더라도 상인들은 대개 구자국을 거쳐 갔다. 구자국의 시장에는 동·서 양 지역의 특산물이 산더미처럼 쌓여 있었다. 그것은 많은 시간과 위험을 감당하며 최종 목적지까지 가지 않고도 여기서 교역 업무를 마치는 선택을 할 수 있다는 뜻이다. 구자국의 수도 연성은 돈이 들끓는 거대한 장마당이었다.

톈산산맥에서 발원한 물이 젖줄처럼 흘러내리기에 비옥한 농토에는 곡식들이 늘 풍성하게 자랐다. 거기다 알토란 같은 통행세를 거둬들이기 때문에 위구르 자치구의 사막에 있는 구자국은 손꼽히는 부국(富國)으로 성장했다. 일찍부터 인도의 영향을 받고 대다수가 인도유럽어족의 일종인 토하라어를 사용하는 토하라인들이 주류를 이루었으며, 나중에 돌궐로 편입된 뒤에는 점차 튀르크화된 특징을 보여 준다. 이런 사실은 구자가 인도, 페르시아 문명과 중국 문명의 교차점에 있었음을 뜻한다.

구자국에 불교가 처음 유입된 것은 1세기 말이다. 3세기가 되었을 때 수백 개의 불탑과 사원이 세워져 있었다는 기록이 『진서(晉書)』에 나온다. 4세기가 되면 전 국민이 거의 다 불교를 신봉했기에 불교는 구자국의 국교가 되었다. 구자국뿐만 아니라 당시 천축과 중국의 서쪽 사이에 위치하면서 불교 전래의 이동로(移動路) 역할을 한 서역 국가들은 모두 중국보다 먼저 불교를 받아들인, 불교만 놓고 보면 선진국이다.

불교국 구자를 대표하는 사찰인 수바시(蘇巴什)는 수도(首都)인 연성에서 동북쪽으로 20km 떨어진 초르타크산 기슭에 가람을 배치하였다. 위구르어로 '초르'는 황량하다는 의미고 '타크'는 산을 뜻한다. 나무가 없는 '초르타크'는 황량한 산이지만, 만년설로 뒤덮인 톈산에서 눈 녹은 물이 유입된 고차하(庫車河, 쿠차강)는 도도하게 넘실대며 흘러간다.
수바시사는 고차하의 동서(東西) 양편에 서로 엇비슷하게 마주보며 조성되었다. 그중 서수바시사가 동수바시사보다 다소 큰 본당이다. 서수바시사의 불당 지붕은 황금으로 개금(改金)되어 있었기 때문에 멀리서 보아도 낮은 물론 밤에도 일대가 훤했다.

수바시는 물머리라는 뜻이다. 쿠차강 물머리에 위치한 수바시사는 당시 서역 전체에서 가장 규모가 큰 사찰이었다. 서역불교의 총본산으로서 인도불교와 중국불교를 연결하는 교량 역할을 한 스님을 배출했었고, 구법을 위해 천축으로 가는 입축승이나 동토행 홍법승이 구자를 지나갈 때면 대개 이곳에서 몇 주, 또는 몇 달까지 묶어 가던 유서 깊은 사찰이다.

양나라 승우(僧祐)가 지은 『출삼장기집(出三藏記集)』에 당시 동서 두 개의 수바시사에 50명 정도의 승려가 상주했다는 기록이 나온다. 규모보다 수행승의 수효가 적었던 것은 그 외에도 구자에는 수많은 사찰이 있었고, 이때 이미 키질석굴(克孜爾石窟)을 비롯하여 몇 개의 석굴군이 만들어지기 시작하여 다른 수행 공간이 얼마든지 있었기 때문이다.

신장(新疆) 위구르 최대의 석굴군락이며 옛 구자불교의 상징물인 키질석굴 군락은 뒤에 밍우타그산(明屋塔格山)을 업고 무자트(木札爾特)강과 체러타그산(却勒塔格山)을 마주 보며 장장 3km에 걸쳐 옆으로 넓게 거대한 벌집처럼 매달려 있다.

3세기부터 9세기까지 대략 200여 개로 조성된 키질석굴은 다퉁(大同)의 윈강석굴(云冈石窟), 뤄양의 룽먼석굴(龍門石窟), 둔황의 막고굴과 함께 중국의 4대 석굴사원으로 꼽힌다.

인도에서 시작된 석굴은 중국 쪽으로 오면서 변화가 생기는데 키질석굴은 중간에 있다. 위치상으로 그렇고 내용면에서도 그렇다. 인도도 아니고 중국도 아닌 키질만의 특징이 있고 이런 것들은 모두 중국보다 한발 앞서 조성된 것들이다.

키질석굴은 구자에 소승불교가 활짝 만개해 있던 때 시작하여 점차 대승으로 갈아타는 기간을 거치며 조성되었기 때문에 초기 벽화들은 소승 요소가 강하고 나중의 작품들은 대승 계열이 주종을 이루는 특징을 갖는다. 소승과 대승이 만나 미륵과 열반의 도상학(圖像學)이 키질석굴 안에서 이루어졌다.

중국과 천축 사이에 있는 구자에서 불조(佛祖)와 그의 사상을 개혁한 용수(龍樹)의 대승을 중국으로 실어 나르며 불교사에 우뚝 솟은 위대한 삼장법사(三藏法師)가 한 명 탄생하였다. 역사 속에 깊이 침잠해 있는 그의 일생을 여기저기 흩어진 문헌의 쾨쾨한 냄새를 참으며 끈질기게 추적하면서, 일찍부터 조성된 불교문화와 지리적 여건이 결합한 필연의 결과로 그가 구자에서 태어났음을 알게 되었다. 구자는 그를 키운 젖줄이다.

1.

하얀 얼굴
푸른 눈동자

서기 340년대 초반 구자국을 다스리던 왕은 백순(白純)이다. 선대 왕은 첫째 왕비에게서 백순과 지바 공주를 두었으며, 둘째 부인과의 사이에서는 백진(白震)이 태어났다. 백순은 친동생인 지바 공주를 몹시 사랑했다.

공주는 20세가 되자 톈산산맥의 설원(雪原)에 피는 야생의 튤립처럼 눈부신 자태를 유감없이 뽐내는 아름다운 처녀가 되었다. 더욱이 그녀는 사려 깊고 이치를 잘 알며 총명하고 민첩한 두뇌의 소유자였다. 지바는 한 번 눈으로 본 것은 그대로 재현할 수 있고, 들은 것은 듣자마자 곧 외워 사람들을 찬탄시켰다. 지바는 팔리어로 된 게송을 하루에 백 개씩 암송한 독실한 불자였다.

구자에는 애인에게 자기 마음을 표현하기 위한 수단으로 영원한 사랑을 상징하는 튤립을 선물하는 풍습이 있었다. 빨간 튤립은 당신의 아름다움에 빠졌다는 고백이고, 검은색 튤립을 선물하면 자신의 속이 타서 숯이 되었으니 그만 애태우고 속히 마음을 받아달라 호소하는 것으로 여겨졌다. 지바 공주는 튤립처럼 아름답고 누구 못지않게 열정적이었지만, 20세가 될 때까지 붉은색이나 검은색 튤립을 주거나 받아 본 적은 없었다.

양나라의 승려 혜교(慧皎)가 지은 『고승전(高僧傳)』에 지바의 등에 동전만 한 붉은 사마귀가 하나 있었다는 기록이 나온다. 사마귀는 지바의 나이 다섯 살 때 처음 생겼으며 흉물스럽지 않고 오히려 신비한 보석과도 같았다.

딸의 등에 사마귀가 생긴 유래를 알아보기 위해 선대 왕은 천축의 계빈국(罽賓國) 출신 고승을 한 명 궁으로 초청했었다. 고승은 어린 공주의 등을 자세히 살핀 후 의견을 말했다.

"이 반점은 몇 세기에 한 번 나타날 정도로 존귀한 것으로서 지혜로운 아이를 낳을 것을 예시하는 증표(證票)입니다. 임신시켜 줄 남자가 생기면 사마귀의 색깔이 진홍색으로 붉어질 것입니다. 그런 인연이 도래하면 기회를 놓치지 말고 상대가 원하지 않는다고 해도 잘 설득하여 꼭 결혼을 시켜야 합니다. 그러면 세상을 바꿀 지혜를 가진 천재를 출산하게 될 것입니다."

선대 왕은 죽음이 임박했을 때 태자 백순에게 고승의 말을 전하며 신신당부했다.

"네 동생의 등에 생긴 반점이 진한 붉은색으로 변하는 때가 되면 네가 나서서 적극적으로 동생이 혼인할 수 있도록 도와야 한다. 그리하면 반드시 우리 구자국뿐만 아니라 천축이나 중국에까지 영향을 미칠 천재가 네 동생의 몸을 빌려 태어나리라."

선왕의 뒤를 이어 보위(寶位)에 오른 백순은 여동생 지바의 나이가 들어가자 고승이 예언한 현상이 나타나는 것을 예의 주시하였다. 그러나 20세가 되도록 그녀에게서는 어떠한 변화도 감지되지 않았다. 백순은 나날이 눈부시게 아름다워지는 동생을 보며 예언이 실현되기를 기다렸다.

지바 공주의 미모와 지략(智略)이 입소문을 타고 퍼지자 주위의 크고 작은 나라 왕실에서 청혼이 빗발쳤다. 그러나 지바는 그것을 일체 받아들이지 않았다. 지바를 지밀 거리에서 모시는 궁녀에게 은밀히 공주의 사마귀를 살피도록 분부해 놓았던 백순도 전혀 변화가 감지되고 있지 않다는 보고만 올라올 뿐이어서 그동안은 동생의 결혼을 서두르지 않고 관망만 해 왔다.

이럴 때 멀리 천축의 계빈국에서 예상치 않았던 사신이 구자국에 당도하였다. 사신이 가져온 계빈 왕의 외교문서를 펼쳐든 백순의 얼굴에는 처음 긴장하는 모습이 역력했으나, 차츰 미소로 바뀌었다. 구자국은 한때 천축의 속국(屬國)인 적이 있었다. 대국에서 사신을 보냈으니 긴장할 수밖에 없었지만, 막상 외교문서의 내용은 불안감을 느끼지 않아도 되는 희소식이었다.

우리나라의 구마라염(鳩摩羅炎)이라는 법명을 가진 승려가 본국을 떠나 귀국으로 갑니다. 구마라염 스님은 우리나라의 재상인 구마라달다(拘摩羅達多)의 아들로서 출사(出仕)하여 나랏일을 하는 것을 거부하고 사문이 된 후, 10년을 하루 같이 여법하게 수행한 승려입니다. 본국에서는 대적할 만한 승려가 없는 불과(佛果)를 획득한 도력 높은 대덕(大德)인데 이번에 석가모니부처님의 가르침을 결집한 경전(輕典)을 가지고 귀국을 찾아가니, 구마라염 대사의 전교 활동이 귀국의 불교 발전에 이바지할 수 있다고 사료됩니다. 특별한 관심을 가지고 포교 활동을 지원해 주실 것을 부탁드립니다.

천축에서 보내온 외교문서는 백순을 크게 고무(鼓舞)시켰다. 부처님의 가르침을 담은 경전을 가지고 와서 선진 천축의 불교를 전교시켜 준다는 것은 반가운 소식이었기 때문이다.

천축은 손바닥만 한 것이 아니라 총령 너머 인더스강 서북부 6만여 리에 광대하게 퍼져 있는 거대한 나라다. 천축은 크게 동, 서, 중, 남, 북으로 나눈다. 신라 승 혜초가 오천축국(五天竺國), 즉 다섯 개의 천축국에 대한 종교 정치 문화 등을 돌아보고 쓴 기행문이 왕오천축국전(往五天竺國傳)이다. 중국인들은 통칭하여 천축국이라고 했지만, 그 안에는 크고 작은 나라가 들어 있다. 중국이 천하통일되지 않았을 때 여러 나라로 난립해 있던 것과 같았다. 그중 구마라염은 계빈국 출신이었다.

계빈은 부처님이 열반하신 후에 다섯 명의 천자가 태어나고 부처님 관련 십이부경(十二部經)을 결집한 나라다. 또한 모든 논(論)이 지어지고 이를 세상에 널리 유포시킨 곳이며 무엇보다 부처님의 법신(法身)이 탑으로 세워진 최대 성지다. 그래서인지 이곳 계빈에서는 사문, 아라한, 선사, 존자, 법사, 삼장 등 유명한 불법 계승자들이 많이 배출되었다. 이 당시는 반두달다(槃頭達多)라는 설일체유부(說一切有部)계의 거두가 많은 제자를 길러냈다.

뿐만 아니라 계빈에서는 승가발징(衆現), 승가제바(衆天), 승가라차, 담마야사(法明), 불야다라(功德華), 불타선(佛馱先), 구나발마(功德鎧), 승가난타(僧伽難陀), 사현(師賢), 담마밀다(法秀), 비마라차(卑摩羅叉), 담마비(法愛), 불타야사(佛陀耶舍), 선견(善見), 비바사(毘婆沙) 같은 빛나는 대덕들이 줄줄이 배출되었다.

『아육왕경』에는 현재의 카슈미르를 기반으로 한 고대 천축국인 계빈은 간다라의 동북쪽 지역에 있으며 중국에서는 가섭미라국(迦葉彌羅國)이라 부른다고 기록되어 있다. 구자에는 계빈으로 유학을 다녀온 승려가 여러 명 있었다. 그중 불도징(佛圖澄)과 불도설미(佛圖舌彌)가 꼽힌다.

불도징은 계빈 유학을 마치고 돌아온 후에 중국으로 가서 중국불교의 새벽을 여는 홍법을 펼쳤다. 계빈의 반두달다와 사형사제 간이 되는 불도설미는 수바시사에 주석하면서 구자불교를 중흥시키는 데 앞장서고 있었다.

백순은 천축에서 온다는 구마라염이 천축을 대표할 만한 스님이라고 생각했다. 그의 속가 부친인 구마라달다가 재상이라고 해도 구마라염의 불도 성취가 미흡하면 계빈 왕이 특별히 부탁한다는 외교문서를 보낼 것 같지 않았기 때문이다. 지금까지 적잖은 스님이 동래(東來)하여 구자를 거쳐 중국으로 갔지만, 사전에 나라의 왕이 외교문서를 보내 행로를 알려 준 전례는 없다.

계빈 왕이 구마라염을 중하게 여기고 있는 의중을 알게 되자 백순은 구마라염을 국사(國師)로 삼기로 결정했다. 계빈 왕의 체면을 살려 주고 구자불교의 중흥을 꾀하기 위함이었다. 그에 따른 의전으로 백순은 구마라염이 구자국에 도착하는 예정일에 맞춰 그를 환영할 왕실 근위대를 총령으로 파견하였다.

실크로드를 넘나들 때 타클라마칸사막에 버금가는 장벽이 파미르고원이다. 파미르고원은 설선(雪線) 이상의 암석 틈에서 야생 파가 자라고 있는 것이 알려져 중국명 총령이 되었다. 총령의 총(葱)은 파 총(蔥) 자고, 령은 고개 령(嶺) 자다. 현장(玄奘)의 『대당서역기(大唐西域記)』에 "땅에서 파가 많이 나기 때문에 총령이라 부른다."라는 지명 유래가 적혀 있다.

파미르고원은 실크로드의 필수 경유지로서 힌두쿠시, 카라코람, 히말라야, 쿤룬, 톈산산맥 등을 품고 있는 아시아의 지붕이다. 지리학적으로 파미르고원은 8대 평원을 거느리고 있어서 아차 잘못 발을 디며 놓으면 목적지로 곧장 가지 못하고 설산을 헤매다 체력이 고갈되거나 빙벽(氷壁)으로 추락하여 죽음을 맞이하기 다반사(茶飯事)다. 아니면 전혀 엉뚱한 평원으로 잘못 빠져 천축을 가려다 러시아 땅을 밟게 될 수도 있는, 얽히고설켜 있는 험로(險路) 중 험로다. 그런데도 기원전부터 상인들과 구법

(求法)의 열정을 지닌 승려들의 발길이 끊이지 않고 이어져 왔다.

구자국에서 파견된 근위대원들의 눈에 먼 거리에서 두 개의 점에 불과한 물체가 감지되었다. 두 점은 가까워지면서 사람의 형상을 한 것으로 밝혀졌다. 두 명 중 한 명이 승복을 입고 있다는 식별이 가능해질 즈음, 근위대장이 앞으로 나서서 승복을 입고 있는 스님에게 물었다.

"혹 구마라염 스님이 아니신지요?"

예상대로 동진해 온 스님은 구마라염이고 같이 온 사람은 천축의 계빈 왕이 보낸 호위무사였다. 출발할 때는 많은 사람이 함께했지만 총령을 무사히 넘은 뒤 구마라염은 한 명의 무사만을 남기고 나머지는 모두 고국으로 돌려보낸 바 있다.

구마라염이 물었다.

"어찌 소승의 이름을 알고 계시오?"

"귀국의 국왕께서 사신을 보내 스님이 우리나라로 오고 있다는 것을 알려 주셨기 때문에 저희가 마중을 나온 것입니다."

구마라염은 뜻밖의 환대에 반색했다.

"감사합니다. 이렇게 마중을 나와 주셔서 황송할 따름입니다."

이때 구마라염의 나이는 27세였다. 대사라고 하기엔 어리지만, 그에게서 풍기는 법력의 위용은 당당하였다.

근위대장이 말했다.

"원로에 고생이 많으셨지요? 지금부터는 저희가 편히 모시겠습니다."

구마라염은 구자에서 준비해 온 수레에 올랐다. 그 며칠 후 백순은 구마라염을 궁중으로 초대하여 국사로 임명한 다음 융숭한 환영연을 베풀었다. 이후 구마라염은 마지막 남아 있던 호위무사를 천축으로 돌려보내며 구자국의 국사가 된 그간의 경과를 본국 왕에게 보고토록 하였다.

지바 공주는 궁중에서 베푼 환영연에 참가하였다가 구마라염을 처음 대면하는 순간 가슴속에서 쿵 하는 소리가 나는 것을 들었다. 진정시키려 해도 쿵쿵 소리는 잦아들지 않았다. 그것은 마치 발동기가 가슴속에 들어 있다가 20년 만에 가동을 시작한 것 같았다. 가슴속 발동기는 쿵쿵쿵 끊임없이 소리를 내었다.

국사는 왕의 불교 정책을 자문한다. 직책상 궁중 출입이 잦고 왕과 대전에서 공식 업무를 보는 이외에 백순의 요청으로 가끔 궁중 왕사에서 궁인들과 귀족들을 대상으로 법회를 열고 설법을 했다. 이럴 때면 지바 공주가 어김없이 모습을 나타냈다. 그녀는 구마라염의 법문을 경청하고 구마라염에게 불교에 관해 이것저것을 물었다.

지바의 질문을 받으면 구마라염은 이해하기 쉽도록 불법을 설명해 주었다. 구마라염의 법문은 간결하고 어렵지 않은 것이 특징이었다. 그런데도 총명한 공주가 무슨 말을 들었는지 모르는 기현상이 발생하였다. 머릿속이 안개가 낀 것처럼 뿌옇게 되며 가슴속에서는 발동기가 쿵쿵쿵 요란한 소리를 내며 돌아갔다.

그런 어느 날 백순왕은 공주의 지밀상궁으로부터 지바의 등에 난 사마귀가 진홍빛을 띠기 시작했다는 보고를 받았다.

"그것이 사실이냐?"

"어느 안전이라고 거짓을 아뢰리까. 틀림없는 사실입니다."

"공주의 마음을 가져간 상대가 누구더냐?"

"확실하게는 모르겠으나 공주님은 구마라염 국사님을 만나는 날이면 얼굴에 홍조를 띠고 눈빛은 꿈꾸듯 아련해지고, 그런 날은 식욕이 없다며 식사를 제대로 하시지 못합니다."

"공주가 국사를 마음에 둔 것 같더냐?"

"제가 보기에는 그렇습니다. 대왕께서 공주를 불러 직접 하문(下問)해 보시면 진실을 알게 되실 것입니다."

공주가 낳을 천재의 아버지가 될 사람이 결혼해서는 안 되는 스님이라는 것은 난감한 일이었다. 시녀의 말대로 우선 진위부터 확인하는 것이 순서라 여긴 백순왕이 공주를 불렀다.

"너의 등에 난 사마귀가 진홍빛을 띠기 시작했다는 말을 들었는데 사실이냐?"

"네."

"허면, 너는 최근 아이의 아버지가 될 사람을 만난 것이냐?"

공주는 인륜지대사(人倫之大事)를 앞에 두고 속이거나 침묵하고 있을 수만은 없다고 생각했다. 그녀는 용기를 내었다.

"그런 분을 만난 것 같아요."

"그 사람이 누구냐?"

"구마라염 국사님이에요."

상궁의 보고대로였다.

"그는 출가 사문이다. 파계(破戒)하려고 하지 않을 텐데 장차 이 문제를 어떻게 풀어야 할지 모르겠구나."

"그래서 저도 난감해요. 그러나 그분을 지아비로 섬기고 제가 낳을 아이의 아버지로 만들고 싶은 마음을 전해 보지도 못하고 포기할 수는 없어요."

"알았다. 쉬운 일은 아니겠지만 우선 내가 그 사람을 설득해 보마."

백순은 연회를 열고 구마라염을 초청하였다. 백순은 술을 들고 구마라염은 차를 마셨다. 이윽고 백순이 본론을 꺼냈다.

"국사께서는 유마(維摩)거사를 어떻게 생각하시오?"

"출가 사문은 아니지만, 어느 승려 못지않게 여법하게 수행하여 아라한과를 증득한 거사입니다."

"그러니까 결혼생활을 해도 도를 깨달아 얻을 방법이 전혀 없는 것은 아니지요?"

비말라키르티. 한역하여 유마힐 또는 유마로 불리며 용수보살이 주창한 대승불교의 종지(宗旨)에 부합되는 인물이다. 설일체유부계에서는 출가한 승려만이 득도할 수 있다고 여기지만, 대승에서는 유마를 내세워 출가자가 아닌 일반 거사도 얼마든지 득도할 수 있다는 이론을 정립하였다. 출가하여 전통불교에 따른 수행을 해온 구나라염은 내승의 그런 주상을 수용할 수 없었다.

"유마거사는 불교사에서 유일무이(唯一無二)한 아주 특별한 거사입니다. 누구나 그 사람처럼 될 수는 없습니다. 일반적으로 도를 이루려는 사람은 출가해야 하고 계를 청정하게 지키는 가운데 수행 정진해야 합니다. 그것이 승려의 본분이고 수행자가 걸어가야 할 길이라고 생각합니다."

"나는 국사께서 결혼해도 유마거사처럼 되지 말라는 법이 없다고 생각하오. 유마가 유일무이하다지만 국사가 두 번째로 기혼자로서 도를 이루는 사람이 될 수도 있다고 생각합니다."

"무슨 뜻이신지요?"

"내가 총애하는 지바 공주가 국사를 사모하고 있습니다. 뜻을 이루지 못하면 공주는 살아갈 이유가 없다고 여겨 극단적인 행동을 할까 두렵소이다. 국사께서 지바 공주를 좀 살려 주시오."

구마라염은 백순왕의 말을 듣고 자신이 출가할 당시의 상황을 돌아보았다. 그는 대대로 나라의 중신(重臣)을 지낸 천축 계빈의 명문가에서 태어났다. 부친인 구마라달다는 뜻이 크고 기개가 있어 남에게 구속받지 않는 사람이었다. 자연 무리 가운데 매우 뛰어나 나라 안에서 가장 두터운 국왕의 신임을 받는 재상이 되었다.

그의 아들인 구마라염은 총명하여 그대로 자라면 재상의 지위를 이을 것이 확실했지만, 그는 세속적인 영달이 아니라 불교에 이끌려 출가를 결심하기에 이른다.

그런 결심을 하게 된 데는 어머니의 죽음으로 인해 부딪친

유한한 생명에 대한 무상(無常)이 결정적인 요인으로 작용했다. 세속적인 부귀영화에 대한 성취욕보다는 생멸(生滅)의 도리를 깨우치고 싶은 구도의 열망이 더 컸다. 그러나 재상인 아버지는 아들의 생각에 찬동할 수 없었다.

"남자로 태어나 국가를 경영하는 일에 참여하고 가정을 이루어 사는 것이 행복일진댄 너는 그 행복을 포기하겠다는 것이냐?"

"출가는 무엇을 포기하는 것이 아니라 더 큰 자유를 얻기 위해 하는 것입니다. 이것이 대장부로 태어나 한번 목숨을 걸고 해 볼 만한 가치가 있는 일이라고 소자는 생각했습니다."

"행복을 포기하고 인간으로 태어난 즐거움을 억제해 얻는 것이 자유란 말이냐?"

"인간으로 태어나면서 받게 된 여러 고(苦)의 사슬을 끊지 않으면 자유로워질 수 없습니다. 수행자의 길을 가도록 허락해 주십시오."

"나는 네 생각에 동의할 수 없다. 자유를 얻는 길이라지만 인간으로 태어나 누릴 수 있는 많은 즐거움을 계율로 차단하는 것이 수도자의 삶이다. 네가 뭐가 아쉬워 부귀영화를 등지고 스스로 자신을 속박하면서 자유를 얻는다고 하느냐? 그게 진정 자유겠느냐?"

"아버지 저는 출가 사문의 길로 나가지 않으면 삶의 목표를 상실하게 됩니다. 차라리 죽음을 택하여 다시 몸을 받아 와서 내 생에는 꼭 수도자의 길을 걷겠습니다."

구마라염은 그로부터 식음을 전폐하였다. 아들의 의지는 확고했다. 뜻을 받아들이지 않으면 곡기를 다시 취하지 않을 것이 확실하였다. 아들을 죽게 버려둘 수는 없었다.

구마라달다는 대를 이를 아들을 두 명도 아니고 하나밖에 두지 못했다. 대 장원(莊園)과 수많은 하인을 거느린 크샤트리아 계급에 속해 있었던 재상은 외동을 빼앗기는 것 같아 유독 힘들었지만, 마침내 결단을 내렸다.

"그것이 벼슬길로 나가는 것보다 더 고귀한 일이라고 생각한다니 허락하지 않을 수 없구나. 모쪼록 큰스님이 되도록 하여라."

"감사합니다. 실망시켜 드리지 않도록 최선을 다하겠습니다."

목숨을 담보로 결사 항전(抗戰)하여 출가 허락을 받아냈으며 머리를 깎을 때 또한 부처님 앞에서 청정하게 계를 지키겠다고 다짐했는데, 이제 와 환속한다는 것은 생각해 본 바도 없고 그럴 생각도 없었다. 그러나 말은 부드럽게 하고 있지만 생사여탈권(生死與奪權)을 가지고 있는 국왕이 지엄한 의중을 드러낸 것이라고 보았을 때, 지계(持戒)하는 일이 쉽지 않을 것 같았다. 구마라염은 우선 생각할 시간을 달라고 청하는 것으로 그 자리를 모면했다.

며칠 후 구마라염은 궁중 왕사에 들렀다가 부처님 전에 검은색 튤립 다발을 올리는 공주와 마주쳤다. 구마라염도 검은색 튤립이 까맣게 탄 가슴을 상징한다는 것을 알고 있다.

공주의 몸은 며칠 사이 반쪽이 되었다. 수척해진 몰골이 구마라염의 가슴을 헤집는다. 구마라염은 공주로부터 직접 심중(心中) 고백을 받지는 않았지만, 공주의 마음을 끝내 받아들이지 않으면 건강을 회복하지 못하고 죽을 것 같다던 왕의 말이 결코 협박을 위한 것이 아님을 알았다. 자신이 출가할 때 부친 앞에서 보였던 것과 같은 결기가 공주에게서 느껴졌기 때문이다. 한 생명의 운명이 자신에게 달려 있었다. 아버지는 아들에게 졌지만 그 아들은 사랑을 매개로 한 치열한 장미전쟁의 승자가 될 수 있을까.

구마라염은 며칠 동안 진로에 대한 생각을 거듭한 끝에 왕사를 찾아가 공주를 만났다. 그가 단도직입적으로 물었다.

"공주는 나의 어떤 점이 마음에 들어 혼인을 하고 싶은 것이오?"

"스님은 제가 원하는 지혜 많은 아들을 갖게 해 주실 분이에요. 당신께 훌륭한 아들을 낳아 드릴게요. 그리고 저는 좋은 아내, 훌륭한 엄마가 될 자신이 있어요."

구마라염은 그동안 내렸던 자신의 결정을 들려주었다.

"공주가 말한 대로 될지는 모르지만 결혼하기로 합시다."

이대로 며칠만 더 버려두면 숯검정이 된 공주의 심장이 가동을 멈출 것 같았기 때문에 우물쭈물하고 있을 수 없었다. 야음(夜陰)을 이용하여 천축으로 돌아가는 생각도 했지만, 총령까지 가기도 전에 기동력을 갖춘 근위대의 추격을 받을 것이 분명했다. 그러나 붙잡혀 와 다시 강요를 받는 것이 두려운 것은 아니었다.

어명을 거절했다고 하여 백순이 구마라염을 사형에 처하는 초강수를 두지는 못할 것이라 여겨졌기 때문이다. 그런 소식이 전해지면 천축의 왕이나 재상인 아버지가 백순왕을 절대 용서하지 않을 것이다. 백순이 대국인 천축의 역린(逆鱗)을 건드려 구자국의 존망을 위태롭게 만들지는 않는다고 보았을 때, 외교적인 갈등이나 자신의 생명에 대한 위협은 구마라염이 극복하지 못할 벽은 아니었다.

그러나 공주가 검은색 튤립을 공양 올리던 장면이 뇌리에서 지워지지 않았다. 자신의 지계(持戒) 의지는 공주를 죽음에 이르도록 할 가능성이 농후했다. 그것이 목구멍에 걸린 가시처럼 그를 불편하게 만들었다. 지혜 있는 아들을 낳아 주겠다는 공주의 말도 구마라염의 약점을 찔렀다. 끝내 아버지의 기대를 저버리고 출가하여 대를 끊어 놓은 것에 대한 죄책감을 상기시켰기 때문이다.

무엇보다 유마와 같은 길을 자신이라고 못 갈 것은 없다고 여기게 된 것이 가장 큰 결단의 요인으로 작용하였다. 백순왕은 그 나름대로 지혜를 동원하여 구마라염의 마음을 돌리는 최선의 설득을 한 것이었다. 파계하면 대중 앞에 나서서 법문은 하지 못하겠지만, 법문하는 데 사용하는 시간도 아껴 정진 수행할 수는 있으리라. 그러면 도(道)와 아주 멀어지거나, 최소한 도를 내려

놓지는 않아도 될 것 같았다.

구마라염과 지바 공주는 성대한 결혼식을 올렸다. 이것이 공주가 출가승을 유혹하여 만든 구자 공주궁 발(發) 제1탄 스캔들이다. 온 나라 백성의 이목을 집중시키고 대소 신료와 궁인(宮人)들의 축복을 받으며 부부가 된 구마라염과 지바 공주는 궁중에서 신혼생활을 시작하였다. 공주궁은 부부와 시중을 드는 사람들이 다 같이 살아도 좁지 않았다. 천축 출신인 구마라염이 공주를 데리고 살 집을 빠른 기간 내에 궁 밖에 만들기가 쉽지 않았다. 태어나서 지금까지 시중드는 사람이 늘 곁에 있던 공주가 손수 살림을 할 수도 없는 상황이었다. 궁은 경제적인 문제에 맞닥뜨리지 않고 수행할 수 있는 최적의 환경을 제공해 주었다.

이때는 대처승제도가 없었기 때문에 결혼하면 속인으로 돌아간다. 환속한 구마라염에게 삼보의 예를 갖추어 존경심을 표하는 사람은 없지만 그렇다고 그가 잘 지어진 궁중의 왕사를 사용하여 정진을 계속하는 것을 시기하는 사람도 없었다. 국왕의 두터운 신임은 여전하였고 부마도위(駙馬都尉)에게 누가 시비를 걸겠는가. 두 사람은 아침에 일어나면 『아함경』을 공부하는 것으로 일과를 시작하였다.

『아함경』은 기원전 1세기 북인도 마가다국의 왕사성 근처 죽림정사에서 석가모니부처님이 설하신 법문을 결집하여 만든 것이다. 그러므로 『아함경』은 초기불교 또는 부파불교의 가르침을 수용하고 있는, 출가 초기에 누구나 배우는 중요한 경이다.

그런 이유로 구마라염도 천축에서 처음 머리를 깎았을 때『아함경』을 배웠다. 비록 환속 했지만, 수행을 멈출 생각이 없던 구마라염은 그곳이 어디건 생활하는 공간이면 곧 도량(道場)이라 여기고 공주를 도반(道伴)으로 받아들였기에 도반의 수행을 돕기 위해『아함경』을 꺼내 든 것이었다.

『아함경』은 분량이 방대하고 팔리어로 되어 있기 때문에 외국인은 배우기가 쉽지 않다. 그러나 이미 그 내용을 어느 정도 파악하고 있었던 지바 공주는 6개월 만에『아함경』을 체계적으로 다 숙지하였다. 그리고 이 기간에 공주는 임신을 했다. 따라서 신생아는 태중에 들어서면서『아함경』부터 배웠다.

임신과 더불어 공주에게 놀라운 변화가 생겼다. 공주는 그때까지 사용해 본 일이 없던 천축과 그 주변의 몇 나라말을 하는 능력이 생겼다. 연성의 저잣거리에 몰려든 상인들은 천축어를 사용하여 물건을 사고파는 경우가 허다했다. 사회 분위기가 이런데 총명한 공주가 천축어를 익히지 못했을 리 없지만 그래도 원어민처럼 천축어를 구사하는 것은 쉬운 일이 아니다.

그런데 어느 날 아침 공주는 남편에게 천축어로 말을 했는데 구마라염이 고향에서 듣던 것과 똑같은 억양이어서 깜짝 놀랐다. 그뿐만 아니라 공주는 주변 여러 나라말을 술술 구사하는 능력까지 생겼다.

공주는 수바시사로 고승 불도설미를 찾아갔다. 불도설미는 구자국뿐만 아니라 인근의 여러 나라에 널리 이름이 알려진 도력 높은 스님으로서 구자국에 아려람(阿麗藍)과 수야간람(輸若干藍) 같은 비구니 사찰을 최초로 설립한 창건주다. 그런 연유로 불도설미는 특히 귀족층 부인들로부터 큰 존경을 받았다.

불도설미를 친견한 공주가 자신이 임신한 후에 생긴 변화를 말하고 의견을 물어보았다.

"큰스님, 저는 요즈음 전에 몰랐던 천축말과 주위 여러 나라의 말을 하고 들을 수 있게 되었어요. 특별한 공부를 한 것이 없는데 어째서 저에게 이런 능력이 생긴 것일까요?"

불도설미는 잠시 생각에 잠겼다. 이윽고 그가 입을 열었다.

"그것은 공주님께서 지혜제일인 사리불 같은 아이를 잉태했기 때문에 일어나는 현상입니다."

"사리불이요?"

"그렇습니다. 『대지도론』에 사리불을 임신했을 때 그의 어머니가 배 속의 아기 때문에 매우 총명해져서 누구와 토론하면 능숙한 언변으로 사람들을 감복시켰다는 내용이 나옵니다. 공주님께서는 지금 사리불 같은 지혜제일의 인물이 될 아이를 가졌기 때문에 사리불의 어머니가 사리불을 임신했을 때처럼 여러 능력을 발휘할 수 있게 되는 것입니다. 감축드립니다."

344년 다사로운 봄볕이 축복처럼 내리던 날.

지바 공주는 구자의 사리불로 추앙받는 건강한 사내아이를 출산하였다. 신생아는 이목구비가 또렷하고 눈동자는 가을 하늘처럼 파란색이었다. 인도유럽어종인 토하라인들의 피부색은 하

않고, 눈은 파란 하늘색이다. 공주는 아들과 첫 대면을 할 때 아이가 천축인 아버지를 닮지 않고 토하라인인 자신의 혈통을 이었다는 것을 알았다.

　신생아의 이름을 짓는 문제를 두고 부부는 머리를 마주했다. 결과로 구마라지바라 정해졌다. 아버지의 성인 구마라에 엄마의 이름인 지바를 붙여 지었다. 구마라지바의 전기를 다루고 있는 여러 문헌에서 구마라지바를 한역(漢譯)하여 구마라습(鳩摩羅什)으로 표기하고 줄여서 나습(羅什) 또는 습(什)이라 한 것을 고려하여 이하 구마라습이라 통일한다.

　엄마는 누구나 자기가 낳은 자식을 끔찍하게 여겨 극진히 사랑하지만, 지바 공주는 유독 아들을 세상에서 무엇과도 견줄 수 없는 보물로 여겨 애지중지하였다. 붉은 사마귀 반점으로 탄생이 예고되었던 구마라습은 이렇게 사바(娑婆)로 왔다.

　열 달 동안 품고 있던 신생아를 낳은 산모는 산통(産痛)이 멈추고 나면 대개 무거운 아이가 배 밖으로 나옴에 따라 몸이 날아갈 듯 홀가분해지고 더러는 공허함을 느끼기도 한다. 지바도 아들을 품고 있던 무게가 산통과 더불어 사라지자 몸이 깃털처럼 가벼워진 것을 느꼈다. 그런 중에도 자신의 몸은 소중한 것을 담고 있던 자루 같은 것이었다는 생각이 들었다.

　지바는 아들이 태어난 후 자신에게 두 가지 변화가 찾아온 것을 알았다. 첫째는 등에 있던 사마귀가 없어졌다. 사마귀는 지혜제일의 아이가 태어날 것임을 알려 준다던 신표였다. 사마귀는 임신과 더불어 차츰 색깔이 엷어지기 시작하더니 아이가 태어난 후에는 완전하게 자취를 감추는 것으로 역할을 마치고 용도 폐기 되었다.

두 번째 변화는 임신 중에 생겼던 천축과 주위의 여러 나라 말의 구사 능력이 사라졌다. 출산 후 신통력이 사라진 것은 그 능력이 자신을 위해서가 아니라 태중 아이가 지혜제일이 되는 데 필요한 것이었기 때문으로 보인다.

임신 중 온갖 나라말을 하며 습득했던 지식과 지혜가 모두 아이에게 태교(胎敎)를 통해 전해진 듯 구마라습은 걸음마를 떼기 전부터 어머니 나라말은 물론 부처님이 태어난 아버지 나라인 천축어도 자유자재로 구사하였다. 과연 구마라습은 지혜제일 사리불의 후신이었다.

지바는 자신의 몸이 천재를 담았던 포댓자루, 심하게 말하면 천재가 태어날 숙주(宿主)였다고 생각했다. 그래도 공주는 자신의 몸을 빌려 천재가 태어났다는 사실에 감격했고 부처님께 감사를 드릴 뿐 자신이 빈 포댓자루가 되었다 하여 실망하지는 않았다.

구자의 사리불인 구마라습은 얼굴색은 하얗고 눈은 가을 하늘처럼 그윽한 청자빛이어서 누구나 그를 한 번 보면 그 안에 한없는 지혜가 갈무리되어 있다는 생각을 갖게 만들었다.

구마라습이 세 살이 되었을 때 어린이로서는 도저히 알 수 없을 것 같은 불경(佛經)의 뜻을, 출가하여 몇 년씩 수행한 스님들보다 더 많이 알았다. 말을 하기 시작하자 어머니 지바가 아들에게 하루에 일백 개씩의 게송을 암송하도록 시켰기 때문이다. 구자어로 번역된 경전이 없었기에 구마라습이 암송한 것은 팔리어 경전이었다.

이 무렵 어느 날, 구마라습은 왕궁에 초청되었던 나한 달마구사(達磨瞿沙) 앞에서 『수타니파타(Sutta-nipata)』를 팔리어로 암송했다. 한 자도 틀리지 않게 정확히 암송하는 것을 듣고 달마구사는 크게 놀랐다.

"이대로 자라면 라습은 장차 금사자좌에 올라 법륜을 굴리게 될 것입니다."

석가모니부처님께서 불도(佛道)를 깨달았을 때 앉았던 보리수 아래의 풀방석을 금강좌(金剛座)라고 한다. 금강 같은 깨달음을 얻은 자리라는 뜻이다. 이때 부처님께서는 오른발을 왼쪽 허벅지 위에 얹은 다음 왼발은 오른쪽 허벅지 위에 얹는 가부좌를 취했었다. 이를 불좌(佛座), 여래좌(如來座), 길상좌(吉祥坐), 항마좌(降魔坐), 금강좌(金剛座) 등으로 부른다. 가부좌는 발의 안쪽을 뜻하는 가(跏)와 발등을 의미하는 부(趺)가 결합한 말이다. 심신을 안정시키고 호흡과 명상을 쉽게 해 주는 효과가 있어 인도에서는 오래전부터 이런 가부좌를 틀고 수행해 왔다.

부처님이나 수행자가 앉는 대좌 중에는 금강 연화좌를 비롯하여 사자좌, 상현좌, 암좌, 운좌, 조수좌, 생령좌 등이 있다.

사자좌(獅子座)는 대좌의 형태가 아니라 그 자리에 앉을 스님의 위상과 관련이 있다. 따라서 금사자좌에 오른다는 말은 사자 모양에 개금을 한 장엄한 대좌가 아니라 그 자리에 앉을 인물에 방점을 찍은 표현법이다.

즉 힘의 상징인 사자에 더없이 값진 것을 뜻하는 금이 더해진 금사자좌의 진짜 의미는 불교사적으로 아주 중요한 인물이 앉는 자리라는 뜻이다. 나한 달마구사의 예언대로 구마라습은 나중에 구자궁 왕사의 법좌에 올라 불교 역사상 아주 중요한 변곡점이 되는 대승의 법륜을 굴리는 사자후(獅子吼)를 토한다. 그때 구마라습이 앉았던 법좌의 다른 이름이 바로 금사자좌다.

언제부터인가 지바는 라습으로부터 불교에 대한 질문을 받으면 곧장 명쾌하게 설명해 주지 못하고 더듬게 되었다. 공부하지 않으면 아들을 더 가르칠 수 없다는 생각이 들자 지바는 고민을 거듭하다가 해결책으로 출가를 생각하게 되었다.

남편에게 자기 생각을 솔직하게 털어놓았다.

"저는 이제 라습이 불교에 대해 알고 싶어 하는 것을 충족시켜 주는 데 한계를 느끼게 되었어요. 출가해서 불교를 깊이 공부하고 수행을 한 후에 아들을 지금보다 더 잘 이끌어 주고 싶어요."

구마라염은 아내의 말을 듣자 어이가 없었다.

"가족으로 맺어진 속세의 인연을 끊고 혼자 수행하기 위해 절로 들어가는 것이 출가인데, 당신은 인연을 끊은 아들을 언제 어디서 다시 만나 불법을 가르쳐 주겠나는 것이오?"

"나는 아들을 두고 혼자 출가하려는 것이 아니라 라습을 데리고 같이 출가하려는 거예요."

"그게 말이 된다고 생각하오?"

"라습은 알려 주면 무엇이든 이해하는 머리를 타고났어요. 절에 데리고 가서 조직적으로 공부를 시키면 불교 발전을 위해 크게 이바지하는 큰스님이 될 거예요. 우리 모자가 동반 출가하는 것이 왜 말이 안 된다는 거예요?"

당시로서는 천재를 교육하는 다른 방법이 없었다. 스님이 되어 교육을 받는 것이 유일한 대안이었다. 그래서 출가할 생각을 한 것으로 볼 수 있지만, 구마라습의 나이가 문제였다.

"당신은 라습의 나이가 지금 세 살이고 교단에서 최소한 일곱 살이 되어야 출가를 받아 준다는 것을 모르는 모양이오?"

"아니, 그런 것을 계율로 정해 놓았단 말이에요?"

"그렇소."

"왜요?"

"대소변을 가리지 못하는 어린애는 대중들의 신행 생활을 방해하는 존재라 여기기 때문이오. 또 하나, 어머니와 아들은 성별이 다르므로 같은 수행 공간에서 생활할 수 없어요. 즉 출가하면 라습은 비구 사찰, 당신은 비구니 사찰에서 수행을 해야 하오."

같은 절에서 생활하지 못하고 각기 떨어져 공부해야 한다는 점은 극복할 방법이 있을 것 같았다. 평소 떨어져 지내도 가끔 만나 서로를 점검하고 이끌어 주면 되기 때문이다. 그러나 세 살이 되지 않은 어린이는 출가 자체가 계율로 금지되어 있다는 것을 극복할 방법은 없었다.

아들보다 자신이 먼저 출가하여 공부를 시작하고 아들은 4년 후 출가가 허용되는 일곱 살이 되었을 때 출가시키는 방법밖에 없는데, 출가를 원하면서도 공주는 아들과 4년 동안이나 떨어질 것을 참아낼 자신이 없었다. 공주에게 있어서 아들은 떼어 놓고 생각할 수 없는 일심동체였다. 난감해하는 지바에게 남편이 그럴듯한 해결책을 제시하였다.

"정 출가하려거든 아이를 한 명 더 낳은 다음에 하시오. 당신과 라습이 출가하면 혼자 남게 되는 나에게 다른 자식이라도 한 명 있어야 나도 그 자식을 기르면서 의지하고 살 것이 아니오."

지바는 남편이 원하는 것을 해 주기로 결정했다. 자식을 더 낳아 서로 한 명씩 데리고 갈라선다면 불공평을 해소하는 방안이 될 것 같았다. 공주는 그로부터 둘째를 임신하기 위한 노력을 시작하였다.

건강했던 공주는 곧 다시 임신하였다. 열 달이 흘러 출산을 하고 보니 둘째도 아들이었다. 둘째의 이름은 불사제바(佛沙提婆)다. 불사제바에게서 첫째 같은 천재성은 발견되지 않았지만, 하얀 얼굴과 푸른 눈동자는 형제가 닮았다.

공주의 큰아들 사랑은 둘째가 태어난 후에도 전혀 달라지지 않았다. 어머니가 라습만 편애하니 자연 불사제바는 아버지 구마라염의 주위를 맴돌며 걸음마를 떼었다. 불사제바는 천재성이 아니라 건강함과 언제나 밝게 웃는 것만으로도 아버지를 즐겁게 해 주었다.

불사제바의 출생은 구마라염에게 큰 안도감을 주었다. 자식을 둘씩이나 낳은 여자가 어머니의 의무를 외면하고 출가하지는 않을 것이라 여겼기 때문이다. 그것이 출가하더라도 아들을 하나 더 낳은 후에 하라고 했던 속뜻이었다. 그러나 구마라염의 생각은 예기치 않은 일이 발생하면서 뒤틀리게 된다.

예기치 않은 일이란 공주 곁에서 늘 수족처럼 돌보아 주던 지밀상궁이 갑작스럽게 세상을 떠난 것을 말한다. 공주는 지금까지 가까운 사람이 죽으면서 강요된 이별의 고통을 경험한 적이 없었다. 왕비는 공주를 낳은 산후통(産後痛)으로 세상을 떠났기 때문에 신생아였던 지바가 어머니의 죽음을 슬퍼한다는 것은 있을 수 없었다.

재혼한 부왕은 둘째 부인에게서 아들을 얻은 직후에 붕어(崩御)했다. 늘 정사(政事)에 골몰했던 부왕은 공주를 살갑게 안아 준 적이 없고, 새로운 부인을 맞이한 후에는 더욱 소원(疎遠)하여 시간을 같이 보낸 기억이 별로 없다. 무엇보다 이 또한 공주가 철들기 이전의 일이었다.

그러나 지밀상궁은 달랐다. 말이 상궁이지 생모(生母)가 없다는 것을 느끼지 못할 만큼 세심하게 신경을 써 공주를 돌보아 주던 유모(乳母)였다. 새 왕비가 어마마마를 대신하여 궁의 안주인이 되었을 때는 방패막이가 되어 공주를 감싸는 역할을 했었다. 태어나서 어른이 된 지금까지 늘 같이했기에 혈육이나 다름없는 사이였다. 정이 듬뿍 든 지밀상궁의 돌연한 죽음은 그녀에게 깊은 정신적 충격을 주었다.

다비(茶毘)가 끝난 후 공주는 수바시사에서 신원적 영가를 위한 천도의식을 베풀었다. 바람 가는 데 구름 가듯, 혹은 바늘과 실처럼 언제나 지바와 붙어 지내던 구마라습도 천도재에 동행하였다. 구마라습은 이때 일곱 살이었다.

공주는 부처님 전에 영가의 이름으로 공양을 올렸다. 대중 스님들이 극락왕생을 발원하는 경을 봉독하는 의식이 진행되고 불도설미 큰스님의 영가 법문이 이어졌다.

인도의 제식주의(祭式主義)는 바라문의 고유 업무 중 하나로 성립되어 발전해 왔다. 제식이 자연계의 운행과 질서에 영향을 미친다고 생각한 사람들은 인간의 운명이라든가 길흉화복에 연결하여 엄격한 절차에 따라 천도재를 봉행하였고, 전문적인 지식을 동원하여 이런 것을 해 주는 사람은 부와 명예를 걸머쥔 최고 지배계급의 지위를 누렸다. 신성해야 할 종교적 의식을 세속적인 이익 추구의 수단으로 전락시킨 바라문의 제식주의는 난해한 절차들로 위장되어 교활한 사제들의 생활 수단으로 전락하고 만다.

제식주의는 제사의 실천이 반드시 어떤 결과를 가져온다는 믿음을 불러오고 나아가서 인과율에 내해 확신을 하게 만드는 요인이 되었다. 바라문의 이런 가치관은 불교로 유입되어 '스스로 짓고 스스로 받는다'라는 업(業) 개념을 탄생시켰기에 제식주의는 불교에서도 매우 중요하게 받아들여졌다.

바라문의 제식주의가 문제점을 노출하던 무렵 인도 역사 무대의 전면에 등장한 석가모니부처님께서는 제식주의의 문제점을 직시한 다음 『구라단두경』을 통해 참된 의식에 대하여 언급하셨다.

석가모니부처님께서는 우선 죽은 사람을 기리는 의식은 바른 마음가짐이 전제되어야 한다는 것을 가르쳤다. 각자 자신의 직무를 성실히 수행하고 몸과 마음을 잘 다스려 품행이 방정하며 베푸는 마음 등을 갖추게 될 때 비로소 올바른 추모 행위가 가능하다고 하시었다. 마침내 붓다는 바라문의 제사보다 번거롭지 않으면서 더 많은 과보와 이익을 주는 새로운 불교의 제사법을 만들어 이를 불자들에게 보급하였다.

제식주의는 죽은 사람에 대한 천도의식과 제사 같은 추모 형태를 포함한다. 이런 제식주의가 인도는 물론 서역의 여러 불교국가로 널리 퍼져 나가면서 언제부터인가 승려가 바라문을 대신한 제사장 역할을 하게 되었다. 이렇게 되면서 의식은 승려들의 생활 수단에도 이바지하게 되었다.

불교의식 중에서 부처님 당시부터 지금까지 전해지고 있는 것은 실상 별로 없다. 출가하면 삭발을 하는 것과 신원적 영가를 위해 천도재를 봉행하는 제식 행위를 하는 것 등을 제외하면 중국을 거쳐 우리나라로 전래되면서 거의 모두가 변했다. 다른 나라에서는 예불을 올릴 때 천수경을 봉독하지도 않는다.

천도재만은 끈질긴 생명력을 갖고 살아남았다. 그것이 수입 창출의 젖줄이되기 때문이라고 여기는 것은, 천도의식 속에 불교사상의 진수가 들어 있음을 모르고 행하는 폄하다.

라습을 교육시키는 방법의 일환으로 출가를 생각했던 지바공주에게 지밀상궁의 죽음이 가져온 생명의 허무에 대한 인식이 보태지면서 가까스로 가라앉혔던 출가에 대한 욕망이 다시금 수면 위로 떠올랐다.

2.

총령(葱嶺)을
넘어서

공주는 천도재가 끝난 후 궁녀들을 먼저 돌려보내고 구마라습과 측근 상궁만 대동한 채 키질석굴을 찾아갔다. 석굴 조성 불사에 영가의 이름으로 보시를 하기 위함이었다.

지바 공주는 구마라습의 손을 잡고 가파른 계단을 올라가 석굴 안으로 들어갔다. 벽화를 그리고 있던 불모(佛母)가 두 사람을 단번에 알아보았다. 3개월 사이에 벌써 다섯 번째 방문이기 때문이었다.

불모가 아직 그림이 그려지지 않은 빈 벽을 가리키며 말했다.

"공주님, 부탁이 하나 있습니다."

"무슨 부탁일까요?"

"여기다가 공주님과 아드님을 그리게 해 주십시오."

"우리 모자는 벽화 소재가 될 만큼 특별하지 않은데요?"

"그렇지 않습니다. 우리는 모두 아드님이 천재라는 것을 알고 있습니다. 장차 우리 구자국을 빛낼 아드님과 그런 아들을 낳아 기르시는 공주님을 소재로 해서 미리 벽화를 그려 두면 많은 사람의 사랑을 받게 될 것입니다."

구마라습을 치켜세우자 아들 바보인 공주는 불모의 청을 받아들였다. 벽면에 자비의 화신인 관세음보살과 천진무구(天眞無垢)하게 도를 구하는 남순동자(南巡童子) 같은 구마라습이 옮겨진다.

아직 구자에는 관세음보살과 남순동자를 소재로 한 벽화가 등장하지 않은 때였지만, 모자상은 머지않아 대승불교가 구자나라에 전래될 것임을 시사하는 전령(傳令) 같았다.

생각지도 않았던 벽화의 모델 노릇을 하느라 지바 일행은 그곳에서 꽤 여러 날을 체류했다. 덕분에 공주는 천천히 석굴 내부를 둘러볼 시간을 가졌다.

초기의 키질석굴은 비록 훨씬 후에 생기게 되는 둔황(敦煌)의 미묘함은 갖추지 못했지만, 이미 이때 전생담이나 여래본행지도(如來本行之圖), 석가팔상도(釋迦八相圖) 같은 불화가 벽면을 장식했다. 그 외 민속무용가가 풍만한 몸집으로 춤을 추고 있는 모습이나 악기를 연주하는 악사의 섬세한 표정 같은 것이 경건하게 묘사된 풍속화도 눈에 띈다. 날카로운 관찰력을 가지고 있는 구마라습이 벽화로 그려진 공명조(共命鳥)를 가리키며 물었다.

"어머니, 저 새는 어째서 몸은 하나인데 머리는 두 개가 있는 거예요?"

"공명조는 실제 있는 것이 아니라 우리나라에만 있는 전설의 새란다."

일곱 살이지만 생각을 머리로 한다는 것을 알고 있는 구마라습이 깜찍하게 물었다.

"머리가 두 개니까 생각을 각각 다르게 하겠네요?"

"그렇단다. 공명조는 생각은 다른데 몸은 하나기 때문에 상대를 미워하여 독약을 먹이면 자기도 죽게 된다는 전설을 가졌단다."

구마라습은 이때 그림으로 보고 어머니로부터 들은 공명조의 전설을 머릿속에 넣어 두었다가 나중에 『아미타경』을 번역할 때 공명조가 등장하는 구마라습만의 극락을 만들었다. 공명조는 구자국 전설상의 새이기 때문에 천축에는 없고, 따라서 『아미타경』 원전에는 나오지 않는다.

궁으로 돌아온 공주는 곧바로 남편 구마라염에게 출가 의사를 밝혔다.

"아이 하나만 더 낳아 주면 출가를 허락해 준다고 했으니 이제 그 약속을 지켜 주세요. 나는 라습을 데리고 출가하면 당신 가문의 대를 끊어 놓는 잘못을 저지르는 것 같아 힘들다고 하지 않고 아들까지 한 명 더 낳아 드렸어요."

"그것은 자식이 한 명 더 생기면 당신이 출가를 단념할 것이라 믿었기 때문에 했던 말이었어요."

"저는 결코 출가를 단념할 수 없어요. 아이를 낳으면서 빈 포댓자루가 된 것 같은 내 몸에 불법의 보물을 채우는 일을 하루라도 빨리 시작해야겠어요. 그것은 아들을 큰스님으로 만들고 나도 성불하는 길이 될 거예요."

공주의 출가 의지는 확고했다. 그녀는 출가를 허락해 주지 않으면 물 한 모금도 목으로 넘기지 않겠다고 선언했다. 그로부터 식음을 전폐하고 닷새가 지나자 공주는 마치 고사목(枯死木)처럼 생기를 잃었다. 동공에 초점이 잡히지 않게 되자 이를 지켜보던 상궁이 황급하게 그 사실을 백순왕에게 알렸다.

"이러다가 공주님이 정녕 잘못되실 것 같사옵니다, 폐하! 공주님을 살려 주십시오!"

백순왕이 공주의 처소로 달려왔다. 며칠 사이에 뼈만 남은 동생을 대하자 가슴이 철렁 내려앉는다. 백순왕은 불당(佛堂)에 있던 구마라염을 급히 찾은 다음 다그친다.

"우선 공주를 살리고 봐야 할 것 아니오!"

"저는 공주 때문에 머리를 길렀는데 아들을 두 명이나 낳은 공주가 남편과 자식을 두고 출가하겠다고 합니다. 인륜의 도리를 생각해도 이럴 수는 없는 일입니다."

백순왕이 벌컥 화를 냈다.

"사람이 다 죽게 생겼는데 이런 마당에도 지난 일을 들먹이며 출가의 부당성만 지적한단 말이오. 만약 공주가 잘못되면 그에 대한 책임을 면치 못할 것이니 촌각도 지체하지 말고 결단을 내려 주시오."

백순왕은 철저하게 자기 혈육을 챙겼다. 동생을 설득하여 출가를 말리는 것이 아니라 구마라염을 핍박하여 공주의 출가를 지원하였다.

　구마라염은 업보(業報)가 한 치도 빗나가지 않는다는 것을 알았다. 자신이 출가를 만류하는 부친에게 단식을 통해 뜻을 관철했었는데, 이제 공주가 똑같은 방법으로 자신으로부터 출가 허락을 받아 내려고 한다. 아버지는 아들에게 질 수밖에 없었다. 남편도 아내의 뜻을 꺾기 어려웠다.

　본의는 어디에 있든 아들 하나만 더 낳아 주면 출가를 허락해 주겠다고 한 말도 흐지부지되는 것이 아니라 실천을 요구하는 업(業)의 부메랑이 되어 돌아왔다. 말 한마디도 함부로 해서는 안 됨을 비로소 절감하며 탄식한다.

　(내가 짓고 내가 그대로 받는구나.)

　구마라염은 마지막으로 아내에게 물었다.

　"나는 라습과 불사제바가 조금만 더 자라면 천축으로 데리고 가 아버님께 보여드릴 생각을 가지고 있었소."

　"저는 라습과 절로 갈 테니 그곳은 불사제바만 데리고 가세요."

　구마라습이 천재만 아니었다면 공주의 출가 의지는 생기지도 않았을 것이다. 그러나 세속에서 천재를 교육할 방법을 찾을 수 없었던 어머니가 아들을 위해 내린 결정이어서 바뀌지 않았다.

　지바 공주도 여자인데 왜 남편과 자식들을 데리고 세속적인 행복을 추구하는 것이 싫었겠는가. 어머니로서 책임을 더 크게 느껴 자신의 행복을 포기하고 출가를 선택한 것이었다. 결과론적인 말이지만 이런 지바 공주의 선택이 삼장법사 구마라습을 만드는 출발점이 되었다. 불교사적으로 볼 때 그녀의 출가는 비난의 대상이 아니라 용기의 표상으로 칭송되어야 한다.

구마라염은 아들 구마라습의 의사도 확인한다.

"라습아, 너도 어머니를 따라 출가하는 것을 찬성하느냐?"

"저는 어머님에게 출가하면 불교에 관한 공부를 많이 할 수 있다고 들었어요. 저는 공부하는 것이 좋습니다."

"출가하면 집을 떠나 절에서 살아야 한다. 그래도 괜찮겠니?"

"공부하는 것은 좋은데, 아버지와 동생이 보고 싶을 것 같아 걱정도 됩니다."

구마라습은 일곱 살이지만 의사 표현에는 막힘이 없었다.

"일단 출가하면 아버지나 동생이 보고 싶어도 참아야 한다. 그럴 수 있겠느냐?"

라습은 잠시 생각하더니 분명하게 말했다.

"참지 못하면 공부를 할 수 없으니, 참겠어요."

아들이 그렇게 말하자 구마라염은 더 반대하지 않고 결단을 내려 지바와 라습의 출가를 허락하였다. 착(着)을 끊기 위함이었을까. 지바는 출가가 공식화된 후부터 둘째인 불사제바를 애써 외면하였다. 궁을 떠나는 마지막 순간에도 공주는 끝내 불사제바에게 눈길을 주지 않았지만, 구마라습은 울음을 터트린 동생을 안타깝게 바라보며 형답게 말했다.

"울지 마. 우리의 형제 인연은 내가 출가를 한다 해도 없어지는 것은 아니다. 아프지 말고 씩씩하게 자라거라."

　불사제바가 고개를 끄덕이자 눈에 그렁그렁 매달려 있던 눈물방울이 튀었다. 구마라염이 불사제바를 안고 방으로 들어갔다. 그것이 마지막이었다. 공주는 아들에게만 눈길을 주지 않은 것이 아니라 남편도 외면하였고 그동안 시중을 들어 주었던 상궁들에게도 서릿발처럼 차갑게 대했다. 항상 다정하고 따뜻했던 공주의 달라진 모습은 냉정하다 못해 정을 똑 떨어트렸다.

　지바와 구마라습을 태운 마차는 궁을 나와 연성의 북쪽으로 올라가 수바시사 앞에서 멈추었다. 두 사람을 내려놓은 마차가 돌아가면서 궁의 모든 것과 이별이 이루어졌다. 불도설미 대사는 두 사람의 머리를 깎아 주었다. 마침내 지바는 화려한 공주 옷을 벗고 염의(染衣)를 입었다. 이후 지바는 비구니 사찰로 보내져 수행을 시작하였기 때문에 모자는 일단 헤어지게 되었다.

　구마라습은 수바시사에서 구자 제일의 대덕인 불도설미로부터 행자 교육을 받았다. 구마라습의 출가 본사가 된 수바시사는 나중에 천축 기행에 나선 현장법사가 구마라습의 발자취를 찾아온 곳이다. 구마라습과 현장은 인도에서 만들어진 경전을 중국으로 옮겨 놓은 역할을 한 대표적인 인물들이다.

　두 사람의 발길이 머물렀었다는 사실만으로도 수바시사는 기념비적 사찰이지만, 안타깝게도 구자가 이슬람화된 13세기에 완전히 해체되어 현재는 문헌에만 존재한다. 『양고승전』에는 중국인들이 수바시사를 치예람(致隸藍) 또는 작리대사(雀梨大寺)로 불렀다고 기술되어 있다. 그런가 하면 현장의 『대당서역기』에는 소호리사로 표기해 놓았다.

불도설미가 일곱 살배기 동자승인 구마라습에게 제일 먼저 가르친 것은 『아비담경』이다. 불도설미는 구마라습이 세 살 때, 누에고치가 실을 뽑아내듯 줄줄 막힘없이 게송을 토해내자 궁에 초대되었던 나한 달마구사가 구마라습이 이대로 자라면 금사자좌에 오르게 될 것이라고 예언했었다는 말을 전해 들었을 때, 사실이 아니라 과장하여 추켜올렸다고 생각했었다.

그러나 제자로 받아들인 7세의 구마라습이 하루에 게송 5백 개씩을 암송하고 얼마 지나지 않아 『아비담경』의 모든 내용을 완벽하게 습득하는 것을 직접 보게 되자 달마구사가 결코 아부성 발언을 한 것이 아님을 알게 되었다. 구마라습은 마치 솜이 물을 빨아들이듯 불도설미가 알고 있는 설일체유부계의 모든 불경을 2년 동안에 완벽하게 습득하였다.

지바는 수바시사로 아들을 만나러 다녔다. 출가할 때는 의젓하다고는 했어도 일곱 살 동자 티가 났었는데, 아홉 살이 되자 그동안 배운 불경의 깊이가 더해진 탓일까, 말씨는 정중해지고 품행도 단정하여 누구라도 한 번 보면 구마라습을 경탄해 마지 않았다. 비구계를 받은 승려라도 구마라습을 사미승이라 깔보았다가는 몇 마디 나누지 않아 이내 코가 납작해졌다.

불도설미는 어느 날 다시 수바시사를 찾은 지바에게 자신이 더 이상 구마라습에게 가르쳐 줄 것이 없다는 말을 한 후 덧붙였다.

"나뿐 아니라 구자에는 라습을 가르칠 스승이 없어요. 가고 오는 데 따른 어려움만 견뎌낼 수 있다면 불교 선진국인 계빈으로 유학을 시킬 때가 되었습니다. 그러나 내가 일찍이 경험한 바로는 비구니와 어린 사미승이 무사히 넘기에는 총령은 너무 험준하오."

그런 것도 문제지만 유학을 하려면 경비도 많이 든다. 출가한 후 지바는 지금까지 공주라는 신분을 앞세우지 않았다. 왕실로부터 보시를 받지 않아도 수행에 어려움은 없었다. 그러나 아들과 자신이 천축 유학을 하려면 막대한 비용과 노련한 길라잡이가 있어야 한다는 것을 알게 되자 갈등이 찾아왔다. 경에 출가승이 속가의 권력이나 재산을 이용하는 것은 지옥에 떨어지는 바일제(波逸提)를 범하는 것이라고 되어 있다.

이럴 즈음 백순왕의 호위무사가 지바를 찾아와 백순왕이 만나기를 원한다는 말을 전했다. 지바는 망설이다가 떠난 지 2년 만에 궁을 찾았다.

"출가하면 속가 인연을 끊어야 하는 것이 불법이라지만 넓은 세상에 혈육이라고는 너와 나 단둘뿐인데, 어쩌면 해가 두 번이나 바뀌도록 이 오라버니를 찾지 않는단 말이냐. 네 모습이 눈에 밟혀 잠도 오지 않고 무엇을 먹어도 음식 맛을 모르겠기에 참지 못하고 기어이 너를 불렀다."

"심려를 끼쳐 드려 죄송해요."

"구자에는 라습에게 더 깊은 불법을 전수해 줄 스님이 없다고 들었다."

"누가 그런 말을 오라버니에게 전했어요?"

"내가 이 나라의 임금이다. 나라 안에서 일어나는 일이면 무엇이든 알고 있어야 하거늘 항차 하나밖에 없는 누이의 자식이요, 탯줄을 끊은 직후부터 지켜본 내 조카에 관한 일인데 모른 척하고 있어야 옳았겠느냐? 궁금하여 견딜 수가 없어 수바시사로 사람을 보냈었다."

"불도설미 대사께서 그렇다고 말씀하시더이다."

"하면, 천축으로 유학을 보내자꾸나."

"비용도 많이 들고 오가는 데 숱한 난관이 따르는 일이에요."

"구자국에서 유학 경비를 대고 근위대에 명하여 무사히 천축에 도달할 수 있도록 경호할 것이니 공주는 아무 염려하지 말라."

"출가인은 걸식으로 연명해야 하고 명분 없는 보시를 받아서도 안 됩니다. 궁의 보살핌을 받는다는 것은 계를 어기는 것이어요."

"라습은 나중에 금사자좌에 오를 구자의 보물이다. 공주는 라습을 단순한 일개 승려로 취급하여 계를 운운하지 말라. 두 스님의 천축 유학은 국가 대사이니 모든 절차는 나라에서 관장할 것이니라. 은혜는 공부를 마치고 구자로 돌아와 구자의 발전을 도모하는 것으로 갚으면 된다."

이렇게까지 말을 하자 지바는 더 이의를 제기하지 않고 백순왕의 제안을 받아들였다. 헤어지기 전에 백순왕이 물었다.

"혹시 너는 네 남편과 불사제바에 대한 소식을 들었느냐?"

"오라버니, 저는 남편이 없는 출가 수행자예요."

"말꼬리를 잡아 본질을 호도하지 말라. 네 남편이 아니라 네 자식들의 아비에 관한 말이라고 하면 토를 달지 않겠느냐? 내가 그 사람에게 못할 짓을 시켰는데 도와주지 못하고 있어 마음이 편치 않다."

"2년 전에 떠났다가 오늘 처음 궁을 찾았는데 제가 그 사람 소식을 어떻게 알겠어요?"

"혹시 너한테는 무슨 기별이 있었는가 싶어서 물어본 것이다."

"일절 없었어요."

"네가 출가한 직후에 구마라염은 궁을 떠나 6개월 정도 소식 없이 지냈다. 그동안은 불사제바를 상궁들이 돌보았느니라. 6개월 후에 나타난 구마라염이 불사제바를 데리고 아주 궁을 떠났다. 그 후로는 지금까지 어디서 무엇을 하며 살고 있는지 전혀 소식을 알 수 없구나."

"6개월 동안 궁을 떠나 있던 때 이사 가서 생활할 곳을 마련했겠지요."

"시종을 시켜 조사해 봤지만 구자에서는 찾지 못했다. 천축으로 돌아간 것이 아닐까?"

"글쎄요."

"그 사람은 라습의 아버지일 뿐만 아니라 너의 분신인 불사제바를 기르고 있다. 모른 척 외면할 처지가 아니다. 그러나 도움을 주려고 해도 어디서 살고 있는지 알지 못하니 방법이 없구나."

지바는 남편과 둘째 아들의 행방이 묘연하다는 말을 듣고 걱정이 되었지만 출가인의 본분을 망각할 수는 없었다.

"애들 아버지는 왕실의 도움이 없어도 살아갈 능력이 있는 사람이에요. 걱정하지 마세요."

구마라염은 천축의 재상인 아버지 구마라달다 소유의 장원이 구자보다 넓다는 말을 했었다. 남편이 결코 그런 것을 허풍으로 말할 사람은 아니다. 출가했다가 환속한 남편에게 그 넓은 땅의 상속자가 되는 데 따른 문제가 있을 리 없다. 그것은 구자 왕실의 도움을 받아야 할 만큼 곤경에 처할 일이 없다는 뜻도 된다.

중국 문헌에는 계빈국을 카슈미르(Cashmir)의 한역(漢譯)인 가습미라(迦濕彌羅)로 표현해 놓았다. 인도의 서북쪽에 위치하며 사방은 히말라야의 높은 산으로 싸여 있지만, 중앙은 드넓은 평원인 나라가 계빈이다. 계빈이 불교 중심국가로 우뚝 솟는 대변혁을 이룩하게 된 것은 이 나라에서 두 명의 전륜성왕인 아소카와 카니슈카가 출현한 때문이다. 중국어로는 아소카가 아육왕(阿育王), 카니슈카는 가니색가(迦膩色伽)다 .

『잡아함경』권23 「아육왕경」편에 따르면 빈두사라왕은 여러 부인에게서 101명의 아들을 두었다. 그는 장자인 수사마에게 왕위를 물려주고 싶어 했으나, 권좌는 100명의 형제 중에서 친

동생 한 명만을 제외하고 99명을 죽인 포악한 아소카가 차지했다. 그뿐 아니라 아소카는 장장 10년 동안 통일국가를 건설한다는 명분으로 전쟁을 벌여 인도 전역을 피로 물들였던 전쟁광이었다.

그중 가장 참혹한 것이 칼링가 정복을 위한 전투다. 보병 60만, 기병 10만, 코끼리 9천 마리를 이끌고 쳐들어가 10만이 넘는 인명을 해쳤는데, 아소카는 폐허가 된 칼링가의 수도로 진격하여 자신의 야심 때문에 무수한 인명이 희생된 참상을 직접 목격하고 충격을 받았다. 다시는 살생하지 않겠다 결심하고 불교를 받아들인 아소카는 방치되어 있던 전쟁미망인들과 고아들을 돌보기 시작하였다.

그의 치세(治世)중에 병원과 고아원과 양로원이 들어섰다. 우물을 파서 물 부족 현상을 해결하고 흉년 대비용 곡식을 저장하며 싼 이자로 빈민들을 지원하는 선정을 베풀던 아소카왕은 인류 역사상 최초로 동물보호 및 학대 금지법령을 제정하고 수의사를 양성한 다음 동물병원을 설립하여 부처님의 생명 존중 사상을 인간뿐 아니라 동물에까지 확대하는 선업(善業)을 쌓았다.

아소카는 붓다의 사리를 봉안한 근본 8탑 중 일곱 곳의 사리를 재분배하는 대불사를 추진하였다. 이때 불탑 8만 4천 기가 조성되었는데, 이로 인하여 인도 동쪽에 치우쳐 있던 불교 교단이 인도 전역으로 확산하는 불교의 전국화가 이루어지게 되었다.

불교에서 8만 4천이라는 말은 정확하게 그 숫자를 의미하는 것이 아니라 많다는 뜻으로 쓴다. 부처님께서 8만 4천의 법문을 하셨다는 것은 많은 법문을 했다는 의미다. 8만 4천 번뇌도 인간의 모든 번뇌를 총칭한다. 아소카가 조성한 불탑의 수효도 실제 8만 4천이 아니라, 많은 불탑을 조성하여 불교의 전국화를 시도했다고 알면 된다. 전륜성왕 아소카는 재위 17년, 마가다의 수도에 비구 1천 명을 모이게 하여 제3차 불교결집을 하도록 후원하였다.

두 번째로 계빈국 카슈미르를 불교중흥의 본산으로 만든 전륜성왕은 카니슈카다. 그는 정무(政務)가 바쁜 중에도 매일 스님 한 분씩을 모셔다 법을 청해 듣고 자신도 경론을 공부했는데, 가르치는 내용이 스님마다 달라서 그 연유를 파르슈바(협존자)에게 물었다.

"여래가 이 세상을 떠나신 뒤 세월이 많이 흘렀습니다. 불교교단 내에 여러 부파가 생기고 부파마다 교의를 달리 해석하기 때문입니다."

"이러니 불자들은 어느 것이 옳은지 모를 수밖에 없습니다. 각 종파 간의 상이점을 찾아내 정리하고 싶은데 어찌하면 좋겠소?"

"우선 부파 간 서로 다른 견해를 통일시켜야 합니다. 설일체유부에 속한 고승 500여 명을 선출하여 진지하게 논의해 보면 답이 나올 것입니다."

이에 왕은 영을 내려 학행이 뛰어난 현인과 성자를 모았는데, 구름처럼 몰려든 승도 중 번뇌가 남은 자와 아라한과를 얻지 못하고 배움이 모자란 유학자는 돌려보내고 삼명과 육통을 갖춘 자와 내학은 삼장에 통하고 외학은 오명에 통달한 자 500명을 선발하였다.

제4차 결집의 후원자는 카니슈카왕이고 이 행사의 고문은 협존자며 실질적으로 결집을 주도한 인물은 바수미트라존자다. 세우(世友)라 한역되는 바수미트라를 포함한 5백 명의 현성 집단이 카슈미르 계곡 쿤달라바나에 위치한 환림사(環林寺)에 모여 불서의 필사본을 놓고 토론하고, 당시 20여 개로 분열돼 있던 각 종파 사이의 상이점을 찾아 조화롭게 조정하는 식으로 표준 교설을 세우는 작업을 진행했다. 도중에 의심나는 부분이 생기면 세우존자가 의견을 조정하여 결집은 순조롭게 진행되었다.

이들은 제4차 결집 때 단순히 경전과 계율만 정리한 것이 아니라 경전에 대한 승려들의 주석을 모았고 그것이 총 2백 권 30만 송(頌) 660만 언(言)에 달하는 대주석서인『아비달마대비바사론(阿毗達磨大毘婆沙論)』이다.

장장 12년에 걸쳐 진행된 제4차 결집은 사실상『아비달마대비바사론(阿毗達磨大毘婆沙論)』을 만들기 위해 500명의 불교 전문가들이 긴 세월 동안 편집회의를 한 것이라고 보면 된다. 이 때부터 경전을 산스크리트어로 문자화하는 것이 공식화되었다.

카니슈카왕은 구리로 판을 만들어 승려들이 논한 내용을

새기고 돌로 만든 함에 넣고 봉한 뒤 스투파(탑)를 세우고 그 안에 안치하였다. 야차신에게 명하여 그 탑을 지키게 하고 불교 외 다른 학문을 배우는 자가 이 논을 가져가지 못하게 하면서 학습하고자 하는 자는 자유롭게 학업 하도록 했다. 그런 다음 수도의 서문 밖에 나가 동으로 향해 꿇어앉아 아소카왕이 그랬던 것처럼 다시 한 번 이 나라를 모두 승도들에게 보시하였다. 카니슈카왕은 12년에 걸친 대불사의 회향을 이런 식으로 마무리하였다.

따라서 제4차 결집은 석가모니 입멸 이후 400년경, 기원전 2세기 무렵에 쿠샨왕조의 카니슈카왕이 카슈미르의 환림사에서 파르슈바존자와 바수미트라존자를 포함하여 삼장에 정통한 5백 명의 비구들로 하여금 12년 동안 집단생활하며 여러 사상을 하나로 통합시키게 한 종교결사운동의 결과물이다.

제4차 결집 국책사업이 계빈국 카슈미르에서 이루어진 이후, 인도 대륙 최북단에 있는 카슈미르는 불교를 티베트와 중앙아시아와 중국으로 전파하는 진원지로 부상한다. 그것은 카슈미르가 동쪽 나라의 불교도들이 유학하여 배울 것이 많은 선진국이라는 뜻이기도 하였다.

지바와 구마라습이 구자국의 후원을 받아 계빈 유학을 떠난 것은 제4차 결집이 끝난 지 대략 5세기쯤의 세월이 흘렀을 무렵이다. 그동안 계빈국에는 수효를 헤아릴 수 없을 만큼 많은 사원이 들어서고 그 사원을 가득 메운 스님들이 불경을 연구하고 수행을 여법하게 하여 수많은 대덕들이 배출되었다.

유학을 떠나기 직전에 구마라습의 은사인 불도설미 큰스님이 지바에게 편지 한 장을 내주면서 말했다.

"나의 사형이신 반두달다(槃頭達多) 큰스님은 불교국 계빈의 국사입니다. 내가 써 드리는 편지를 갖다 드리면 반두달다 큰스님께서 많은 도움을 주실 겁니다."

352년 봄.

구자의 수도 연성을 빠져나온 두 대의 마차가 말을 탄 호위무사들에 둘러싸여 힘차게 서진(西進)하기 시작하였다. 선두 마차에는 지바와 구마라습이 탔고 두 번째 마차에는 보급품을 실었다.

계빈국과 구자국 사이에는 일일이 헤아리기 어려울 만큼 많은 장벽이 가로 놓여 있지만, 그중에서 가장 대표적인 것이 총령(葱嶺)이다. 세계의 지붕이라 일컬어지는 총령의 다른 이름은 파미르고원이다.

상봉(上峯)이 아예 만년설로 뒤덮여 있는 설산(雪山)이기 때문에 이곳이 원산지인 파는 중산간 아래쪽에서 자란다. 어느 때부터인가 종묘로 육성되어 전 세계인의 식탁에 오르게 된 파에 강장 효과가 있는 것은 파미르의 자연재해를 온몸으로 부딪치며 성장하는 끈질긴 생명력에서 기인한다.

총령은 남쪽으로 북인도에 닿아 있고 동서의 두 갈래로 나뉘어 힌두쿠시산맥과 카라코람산맥이 되고, 북으로 뻗은 줄기는 서역을 동쪽과 서쪽으로 나누면서 톈산산맥과 접해있다. 톈산산맥의 주봉(主峰)인 한텡그리(Khantengri)봉은 해발 6,995m다. 언제나 빙설(氷雪)로 뒤덮여 있어 인간의 발길을 허용하지 않고 있는 포베다(Pobeda)봉의 높이는 7,439m다.

고산준령이 병풍처럼 둘러 있는 총령은 예로부터 크게 두 군데 루트를 통해 넘었다. 첫 번째는 아극소 북방의 산간을 통하는 3,630m의 무차르트 다완(Muzart Dawan) 길이다. 두 번째는 4,280m의 베델(Bedel)고개를 넘는 것인데, 아극소의 서쪽 80km에 있는 오십(烏什)에서 서북쪽으로 난 산길이다.

총령 횡단 길은 대략 4백여 리에 이른다. 여러 번 넘나들어 길을 아주 잘 아는 상인도 아무리 빨라야 일주일은 걸리고 기상 상황에 따라 보름에서 한 달도 더 소요되기에 종잡을 수가 없다.

총령을 넘기 위해서는 산악지대의 작은 나라 자합국(子合國)을 거쳐야 한다. 거기서부터는 마차의 운행이 불가능해지기에 지바는 자합국에 도착했을 때 마차와 마부들을 구자로 돌려보냈다.

사흘 동안 휴식을 취한 다음 말몰이꾼이 고삐를 잡은 말의 등에 구마라습을 태우고 깎아지른 것 같은 석벽(石壁)을 향해 나가기 시작했다. 산길은 오를수록 좁아지고 옷깃으로 파고드는 바람은 칼날처럼 날을 세운다. 4월 말인데도 고산은 온통 흰색 이불로 덮였다. 일행은 아주 천천히, 아차 하면 천야만야한 벼랑길로 굴러떨어질 위험이 도사리고 있는 총령을 넘기 위한 사투(死鬪)를 벌였다.

살갗을 파고드는 바람은 세찬데 등줄기를 타고 땀방울이 흘러내린다. 예로부터 여기까지 와서 목적을 이루지 못하고 불귀의 객이 된 구도자들은 헤아릴 수 없이 많다. 이렇거늘 천만년의 한기와 침묵으로 동결된 빙벽길은 연약한 여자와 아홉 살 소년이 넘기에는 험로(險路) 중의 험로였다. 그러나 어린 구마라습도, 연약한 체구의 비구니인 지바도 불평을 한마디도 하지 않았다. 이들의 구도 열기는 누구와 견주어도 뒤지지 않았다.

두통과 구토를 동반한 고산병과 사투를 벌이며 힘겹게 앞으로 나아가는데, 갑자기 구름이 몰려들어 사위가 컴컴해지더니 한 치 앞도 분별이 되지 않는 폭설이 휘몰아쳤다. 게다가 툭하면 무서운 굉음을 내며 쏟아지는 눈사태가 행로를 방해했다.

총령은 단순하게 지리와 문화를 나눠 놓는 장벽이 아니다. 꿋꿋한 의지를 가진 구법자를 가려내어 신앙의 본보기로 삼으라는 부처님의 계시가 내려져 있는 인내 수련 도량이었다.

총령을 무사히 넘었다고 계빈이 바로 나오는 것은 아니다. 신두하(辛頭河)라는 또 하나의 난관을 통과해야 하기 때문이다. 신두하는 인더스강의 한문식 표기다. 인더스강 나루에 도착했을 때 말몰이꾼들은 귀로(歸路)에 오르고 지바와 라습은 마지막 관문인 인더스강을 건너기 위해 배를 탔다. 두 사람을 제외한 승객들은 대부분 상인이었다. 돈을 버는 것도 이렇게 큰 고행을 요구한다는 것은 경이로운 발견이었다. 지바는 상인들이 얻게 될 재화(財貨)도 구법의 열매처럼 고결하고 향기로운 것임을 알았다.

강폭이 16km에 이르는 인더스강은 말이 강이지 바다나 다름없이 광활하다. 총령 계곡에서 유입된 거친 물은 유속이 빠르고 바람이라도 불어 풍랑이 일면 배가 뒤집히는 일이 다반사로 발생한다. 총령을 무사히 넘은 사람이 인더스강을 건너다 목숨을 잃는 경우가 왕왕 발생했으며, 공부를 마친 다음 귀로에 올랐던 유학생 중에 다시 인더스강을 건너다 불귀의 객이 된 사례도 많다. 현장 법사의 『대당서역기』에는 귀국할 때 20명이 같이 배를 탔는데, 배가 전복되어 13명이 가져가던 경전과 함께 수장되었다는 내용이 실려 있다. 경전 운반의 중차대한 임무를 수행 중이었다고 해서 재난을 면할 수 있었던 것은 아니었다.

그러나 지바와 소년 구마라습은 자연 재해를 만날 때마다 손을 모으고 부처님께 간절한 기도를 드림으로써 위기를 극복하는 이외에 달리 해 볼 방법이 없었다. 두 사람이 생명을 위협하는 무수한 난관이 도사리고 있는 총령과 인더스강을 무사히 건널 수 있었던 것은 부처님의 가피였다.

지바와 구마라습은 마침내 계빈에 이르렀다. 곳곳에 사원과 하늘을 찌를 듯 우뚝 솟은 탑과 불상 같은 신앙물들이 빼곡하게 널려 있는 계빈은 전체가 거대한 불교 성지였다. 마주치는 하나하나가 저절로 손을 모으게 하는 신물이어서 환희심이 절로 일었다.

지금까지 지바와 구마라습은 출가 후 공부하고 수행하는 데 전념했지. 걸식을 통해 하심(下心)을 배우는 고행을 해 보지 못했다. 두 유학생은 계빈의 크고 작은 사원들을 순례하는 기간을 거치는 동안 두타행(頭陀行)을 하였다. 왕족 출신이라는 특권을 내려놓고 오롯이 출가자의 고행을 체득하는 기간을 가졌다.

    석가모니부처님 당시부터 행해진 두타행은 먹는 것과 입는 것에 대한 내용이 주를 이룬다. 걸식으로 식사를 해결하고, 하루에 한 번만 먹고, 과식하지 않으며, 오후에는 과실즙이나 꿀도 먹지 않는다. 분소의(糞掃衣)를 입으며, 삼의(三衣) 이외에는 소유하지 않는 것을 실천에 옮기는 것 등이 두타행이다.

    걸식할 때 가섭존자는 가난한 사람들이 복을 짓게 하려고 가난한 사람들의 집만 찾아다녔고, 수보리는 반대로 가난한 사람들에게 민폐를 끼치지 않으려고 부잣집만 찾아다녔다고 한다. 제자들의 이러한 행위를 지켜본 부처님께서는 저 사람은 가난하니 복을 지어야 하고, 저 사람은 부자이니 괜찮다며 분별하고 차별하는 그 마음 자체가 해서는 안 되는 어리석고 잘못된 행동이기에 이유가 무엇이든 사람을 놓고 분별하는 제자들의 잘못된 행위를 깨우치는 차원에서 차례대로 일곱 집을 다니며 음식을 구걸하는 칠가식(七家食)을 몸소 실천에 옮기셨다. 옳은 두타행은 상(相)을 떠나 반야의 진리를 깨닫는 실천행이다. 이것이 나중에 대승경전의 꽃인 금강경을 통해 저잣거리로 나가 구걸하는 과정을 기술하여 놓은 차제걸이(次第乞已) 환지본처(還至本處)로 정리된다.

역사적으로 볼 때 두 사람이 유학 왔을 당시 불교 종주국인 계빈에서 대승의 법륜이 서서히 기지개를 켜고 구동(驅動)을 시작했지만, 지바나 구마라습의 눈에는 이때까지도 대승보다는 설일체유부계의 소승이 주종을 이루고 사회 전반을 장악하고 있는 것으로 비쳤다. 설일체유부는 부파불교 시대의 종파 또는 부파들 중에서 가장 유력한 부파이며 부파불교의 사상적 특징을 가장 잘 보여 주는 부파로 흔히 소승(小乘)이라 일컫는다.

설일체유부의 주장을 대표하는 명제는 법의 실체는 항상 존재한다는 뜻의 삼세실유법체항유(三世實有法體恒有)다. 설일체유부는 경으로는 『아함경』, 율로는 『근본설일체유부비나야』, 논으로는 『아비담론』 등에 스며들어 초기불교의 중심 사상으로 자리 잡았다. 마침내는 설일체유부의 근본 논서인 가다연니자(迦多衍尼子)의 『아비달마발지론(阿毘達磨發智論)』을 토대로 이 논서를 주석하는 형태로 이루어진 총 200권이나 되는 방대한 분량의 『아비달마대비바사론(阿毘達磨大毘婆沙論)』이 탄생한 것이다. 설일체유부의 교학을 상세하게 설명해 놓은 불교의 백과사전 같은 논서이기에 불교에 입문하면 반드시 곁에 두는 책이다. 계빈의 거리에는 『아비달마대비바사론』으로 대변되는 소승의 위세가 여전히 당당하게 펼쳐진다.

불교의 가르침은 기원전 5세기부터 생겨났지만, 예배 대상인 불상이 만들어진 것은 1세기부터다. 그전에는 불사리(佛舍利)를 모신 불탑(佛塔)이 예배 대상이기 때문에 계빈의 오래된 불교 유적지에는 거대한 대탑(大塔)이 많이 보였다. 원형이 그대로 유지된 곳도 있고 유구한 세월이 흘렀음을 알려 주는 훼손된 탑도 여기저기에서 목격되었다. 그 자체가 불교 종주국의 위용을 보여 주는 신물들이다.

불교가 철학 체계에서 신앙 체계로 옮겨지면서 탑보다 신인동일형(神人同一形)의 예배 대상이 요구되기 시작한다. 서기 1세기경 쿠샨 시대가 되자 인도의 중부 지역인 마투라와 서북부 지역인 간다라에서 거의 비슷한 시기에 전혀 다른 모습의 불상이 등장하였다. 마투라의 여래상은 인도인의 전통적인 모습을 하지만 유럽에서 유입된 간다라 불상은 그리스·로마 미술 양식을 띠는 게 특색이다.

불상을 찾아다니던 때 구마라습이 어머니에게 생전 하지 않던 질문을 툭 던졌다.

"어머니, 아버지와 동생에 대한 소식을 들으신 것이 있어요?"

이에 대한 지바의 대답은 명쾌히였다.

"없다."

"아버지와 동생이 지금 구자에 있는지 계빈에 사는지 궁금해서요."

"출가인은 속가에서 맺은 정에 연연해서는 안 된다."

"그래도 저의 할아버지가 이 나라의 재상이었다는 말을 들었는데, 할아버지가 살아 계신다면 저를 만나 보고 싶어 하지 않을까요?"

"너는 지금까지 부처님의 가르침을 헛배운 것 같구나!"

"어머님은 구자 왕실과의 인연을 유지하면서 왜 저에게는 혈육을 잊으라고만 하시는지요?"

"너를 위해 구자 왕실의 도움을 받아들였지만 나도 때가 되면 속가 인연을 모두 끊을 것이다. 더는 네 아버지나 할아버지 이야기는 하지 말아라. 알겠느냐?"

구마라습은 잠시 생각하더니 이의를 달지 않고 답했다.

"알겠습니다."

어머니의 뜻이 그랬고 출가인은 속세 인연을 끊어야 하는 것이 맞기 때문에 그렇게 답한 것이었다. 그러나 침묵한다고 속세에서 맺은 인연이 다 무위(無爲)로 돌아가는 것은 아니다. 두 사람은 그 사실을 뜻하지 않은 장소에서 확인하게 된다.

마투라 불상을 보고 곧이어 간다라 불상을 대하자 서로 차이 나는 점이 확연하게 눈에 들어왔다. 가령 마투라 불상은 큰 우렁상투의 민머리에 얼굴상이 인도인인 데 반하여 간다라 불상의 경우는 곱슬머리에 이목구비를 비롯한 얼굴 윤곽이 유럽인의 모습이다. 마투라불은 눈을 활짝 뜨고 자신감 있는 미소를 짓지만 간다라불의 표정은 눈을 반쯤 감고 아래를 내려다보며 어딘가 우울하여 명상에 잠긴 듯하다. 마투라불은 깨달은 다음에 맛보는 희열의 순간을 표현한 듯 매우 활달하고 생명감에 가득 차 있는 석가모니부처님이고, 간나라불은 성격이 유약하여 우울할 때가 많고 늘 깊은 사유에 빠져 있었던 태자 시절의 모습을 반영하고 있다는 느낌을 준다.

또한 마투라불은 오른쪽 어깨를 드러낸 편단우견(偏袒右肩)의 착의법을 보여 주며 얇은 옷이 신체에 밀착되어 있어 언뜻 나신(裸身)이라는 느낌을 줄 정도였다. 왼쪽 어깨 부분에 추상적인 주름이 몇 갈래 평행하여 있어서 옷을 입고 있다는 사실을 겨우 알 수 있게 해 준다. 즉 건장하고 팽만감 있는 신체의 표현에 주력하고 있다. 반면 간다라불의 대의(大衣)는 양쪽 어깨를 모두 감싼 통견의(通肩衣)로 신체 전체가 두꺼운 옷에 가려져 있으며, 옷주름은 매우 사실적이어서 신체의 굴곡에 따라 번파식 옷주름(飜波式衣褶), 즉 파도치듯이 큰 주름과 작은 주름이 번갈아 가며 연속되는 옷주름 형식을 이루었다. 구마라습은 마투라불이 신체 표현에 각각 힘을 기울이고 있는 반면 간다라불은 온몸을 덮은 대의의 옷주름 표현에 주력하고 있다는 것을 발견하고 그것을 머리에 입력해 놓는다.

백일로 정했던 순례 기간이 꿈결처럼 지나갔다. 시바는 여기서 일단 순례를 중단하고 애초의 유학 목적인 공부를 시작하기로 결정하였다. 유학을 떠날 때 구자에서 불도설미가 써 준 편지를 들고 반두달다 국사의 주석처(駐錫處)인 호슬가라(護瑟迦羅) 사원을 찾아갔다. 카니슈카왕이 창건한 호슬가라는 지어진 지 3백 년이 되는, 계빈에서 역사와 전통을 자랑하는 가장 유서 깊은 사찰이다.

지바와 구마라습은 반두달다에게 상견례를 올렸다.

반두달다가 묻는다.

"어디서 오신 스님들이시오?"

구마라습이 유창한 천축말로 답하였다.

"저희는 구자국에서 온 유학승입니다."

반두달다는 눈을 크게 뜨며 물었다.

"사미는 천축말을 어디에서 배웠는고?"

"특별히 교육받은 것은 없습니다."

교육을 받지 않았는데도 외국어를 천축인과 똑같이 할 수 있다는 것은 놀라운 일이었다. 반두달다가 이번에는 지바에게 물었다.

"나를 어찌 알고 찾아온 것이오?"

"구자국의 불도설미 스님이 우리 모자의 머리를 깎아 주신 은사이십니다."

지바는 불도설미가 써 준 편지를 반두달다에게 전했다. 그 편지에는 지바가 구자국 백순왕의 동생으로서 공주 출신 비구니라는 것과 동행하는 사미가 비구니의 아들이며 일곱 살에 출가하여 자신에게 2년 동안 공부를 했는데, 더 가르칠 것이 없는 천재라는 설명이 적혀 있었다. 유창한 천축어 구사 능력과 눈에서 총기가 발산되는 점이 불도설미가 과장된 말을 한 것이 아님을 알려 준다.

그러나 이런 모든 것보다 반두달다의 관심을 끈 것은 그 편지에 공주의 남편이며 사미의 아버지가 구마라염이라 적혀 있는 부분이었다. 반두달다는 편지를 내려놓으며 눈을 지그시 감았다. 그의 시야에 구마라염의 얼굴이 스쳐 간다. 사미는 자기 아버지 판박이였다. 이래서 씨도둑을 못 한다는 말이 생긴 것이리라.

이윽고 눈을 뜬 반두달다가 입을 열었다.

"사미의 이름이 무엇인고?"

"구마라습입니다."

구마라라는 성을 듣자 더 미심쩍어할 필요가 없었다.

"네가 정녕 구마라염의 아들이란 말이냐?"

반두달다의 입에서 나온 뜻밖의 말을 듣고 지바와 구마라습은 소스라치게 놀랐다. 지바의 목소리가 떨렸다.

"스님께서는 라습의 아버지를 알고 계세요?"

반두달다는 천천히 고개를 끄덕였다.

"구마라염은 우리나라 구마라달다 재상의 자제입니다. 그리고 나는 출가하기 전 속가에 있을 때 재상의 귀여움을 받았던 왕실 사람이며 국사가 된 후로는 재상과 국가 대소사를 상의할 일이 많았으니 우리는 서로 모를 수가 없는 인연지기들이오."

반두달다는 천축국의 현 국왕과 사촌 간이다. 그 말은 반두달다의 부친이 전대 왕의 아들이며 현 국왕의 숙부로서 왕자였다는 것을 뜻한다.

천축 명문 재상가의 아들이었던 구마라염은 출가 문제를

두고 왕실 출신의 사문인 반두달다를 찾아가 상담했었다. 구마라염의 출가는 반두달다가 인도한 것이었다. 같은 스승 밑에서 공부하지는 않았지만, 구마라염이 비구계를 받을 때 자신이 계단(戒壇)에 오르는 연도 맺었다.

지바가 속죄하듯 말했다.

"구마라염 스님을 공주였던 제가 환속시키는 업을 지었어요."

반두달다는 왜 그랬느냐고 묻지 않았다. 그랬는데 왜 가정을 지키지 않고 출가를 했느냐고 질책하지도 않았다. 그 경위는 이미 구마라염을 통해 들었기 때문이다. 스님은 속인이 되었고 스님을 속인으로 만든 속인은 출가 사문이 되어 지금 반두달다의 앞에 나타났다. 이 무슨 업연(業緣)인가. 결코 외면할 수 없는 숙세 인연이라고 생각한 반두달다는 혈육 같은 정을 느끼게 하는 구마라습에게 이 기회에 아예 알려 주는 것이 좋겠다는 판단이 들어 입을 열었다.

"너희 할아버지는 정확히 1년 반 전에 열반하셨다. 드물게 천수를 누리셨느니라. 국장으로 엄수되었고 내가 직접 시다림을 해 드렸다. 너의 할아버지는 국장으로 장례를 모실 만큼 훌륭했던 계빈의 재상이었느니라."

1년 반 전이면 두 사람이 출가한 직후다. 계빈 유학을 결정했을 때부터 계빈에 가면 남편에 관한 소식을 듣게 될지도 모른다는 생각은 했었다. 그러나 막상 현실로 나타나자 지바는 죄인처럼 몸 둘 바를 몰랐다.

구마라습을 상대로 한 반두달다의 말이 계속되었다.

"너의 할아버지는 내가 출가 전 큰아버지처럼 생각했던 분이다. 무슨 인연이 있어 너와 내가 이렇게 만나졌는지 모르지만, 보통 인연은 아니다. 사미는 앞으로 이곳에 머물며 나의 가르침을 받도록 하여라."

그리고 반두달다는 지바에게 말했다.

"내가 합당한 비구니 수행처를 소개해 줄 테니 스님은 그곳에 가서 정진토록 하시오."

지바가 합장한다.

"분부대로 하겠습니다. 스님!"

잠시 말을 끊었던 반두달다가 다시 구마라습을 바라보았다.

"너의 할머니는 네 아버지가 어렸을 때 세상을 떠나셨다. 너의 할아버지는 재혼했었는데, 다른 소생은 두지 못했다. 그리고 그 부인도 몇 년 전에 돌아가셨다. 네가 만날 가까운 인척은 없다고 알면 된다. 속가의 인연에는 더 연연하지 말고 오직 불도에 전념하거라."

"알겠습니다. 사부님."

"그리고 한 가지 더, 너의 아버지는 네 할아버지가 돌아가셨을 때 다비식에 참석했었다."

그 말을 들은 지바는 못 들은 척할 수가 없었다.

"라습의 아버지는 그 후 구자로 돌아갔나요?"

"두 사람은 그의 근황을 전혀 모르고 있소?"

"네."

"그렇다니 알려 주리다. 불과 얼마 전에도 내가 만났는데, 그 사람은 아주 잘 있어요. 라습의 동생도 병에 걸리지 않고 건강하고 씩씩하게 잘 자라고 있다는 것을 내 눈으로 직접 확인했소이다."

"지금 어디에 살고 있는지요?"

"인연을 끊는 선택을 했던 사람이 새삼 그런 것을 알 필요가 있겠소? 하지만 궁금한 모양이니 근황을 알려 주리다. 구마라염은 우리나라 재상의 유일한 상속인입니다. 당연히 경제적인 어려움에 부닥칠 이유는 없고, 그는 지금 아주 열심히 도를 닦는 중이오."

"도라고 하셨나요?"

"그렇소."

"다시 머리를 깎았어요?"

"그런 것은 아니오."

그런데 무슨 도를 닦고 있다는 것일까. 그러나 반두달다는 구마라염이 어느 곳에서 어떤 도를 수행하고 있는지는 끝내 들려주지 않았다.

구마라습은 반두달다가 아버지에 관해 잘 알고 있다는 것이 놀라웠다. 그리고 유학을 온 자신에게 이런 인연이 기다리고 있었다는 것은 참으로 다행한 일이라는 생각이 들었다. 아버지와 동생의 신변에 문제가 생기면 스승께서 알려 줄 것이라 기대할 수 있기 때문이었다.

"나는 그 사람이 반드시 득도(得道)할 것이라 믿고 있어요. 그러니 두 사람도 그 사람 걱정은 하지 말고 앞으로 오직 자신의 불도(佛道) 성취만을 생각하며 정진해야 할 것이오."

구마라염은 대대로 천축의 재상을 지낸 명문가의 일점혈육이다. 계빈의 재상은 아닌 게 아니라 구자같은 작은 나라보다 더 큰 땅덩어리와 거기서 일하는 수많은 시종을 거느린 명문 귀족이다. 구마라달다는 상상을 초월할 만큼 많은 재산을 남겼다. 환속은 구마라염에게 부를 주었고 다른 곤경에 처할 일은 없는 게 맞다.

구마라염은 신혼생활을 할 때 속인으로 다시 돌아왔기 때문에 그랬겠지만, 천축에 계신 아버지에 대한 염려를 많이 했었다. 구마라습을 아버지에게 보여드리면 아주 좋아하실 거라며 조금만 더 크면 데리고 간다는 계획도 세웠었다. 총령만 아니었다면 조손(祖孫)의 상봉은 할아버지가 살아 있을 때 이루어졌을 것이다. 재상의 입장에서 보면 출가했던 아들이 환속하여 손사를 만들어 나타나는 것은 쌍수(雙手)를 들어 환영할 일이지, 싫어할 까닭이 없었다.

구마라염은 결코 자신이 장원(莊園)과 많은 하인을 거느린 귀족이라는 것을 과시하지 않았다. 그러나 드문드문 베개를 같이 베고 누워 들려준 얘기를 종합해 보면 지바가 출가해도 남편이 경제적 난관에 봉착하지 않을 것은 능히 짐작한 바였다. 그것이 그에게 둘째를 맡기고 떠나도 되겠다는 생각을 한 결정적인 이유였다. 전직 승려가 오갈 데 없는 신세였다면 한때 마음을 다 바쳐 사랑했던 사람인데 모질게 그를 버리는 선택은 하지 않았을 것이다.

여러 정황으로 볼 때 구마라염은 아내와 큰아들이 출가한 후부터 본가와 연락을 취하다가 아버지가 위독해지자 돌아가 임종을 지켰고 다비식이 끝난 후 불사제바를 데리고 본가로 들어간 것으로 여겨졌다. 그렇게 된 것이라고 할 때 반두달다가 최근에 불사제바를 보았다는 것과 구마라염이 적어도 경제적인 어려움을 겪지 않고 있다고 말한 이유까지 설명된다. 그렇다면 바라던 대로 된 것이었다.

지바는 마음이 흔들릴 것 같아 모질게 대했던 남편과 둘째 아들에 대한 미안한 마음을 이제는 내려놓아도 될 것 같았다. 지바는 한결 가벼운 마음으로 반두달다가 소개해 준 비구니 사원으로 떠났다.

3.

공(空)을 실은 큰 수레

구마라습을 제자로 받아들인 반두달다는 남다른 애정을 갖고 정성을 기울여 행자 교육과 스님으로 살아가는 데 필요한 의식 같은 것을 전수했다. 구마라습이 구자의 수바시사에서 불도설미로부터 일차 교육을 받은 것이기에 복습하는 데 많은 시간은 걸리지 않았다. 이어서 설일체유부계의 여러 경전에 대한 재교육이 실시되었다.

이 또한 구자에서 이미 배운 것들이어서 학습 진행 속도는 매우 빨랐다. 구마라습은 하루에 5백 개씩의 게송을 암송하였다. 구마라습은 읽으면서 그대로 머릿속에 입력시키는 것이 가능한 천재였다. 그렇게 1년이 지나자 불도설미가 그랬던 것처럼 반두달다도 더 가르쳐 줄 것이 없다는 결론을 내렸다.

특히 소승의 소의경전인 『아함경』에 대해서는 척척박사였다. 반두달다의 회상(會上)에서 10년 넘게 수행한 비구 중에도 사미 구마라습의 경지를 따라올 학승은 없었다. 신동 구마라습에 대한 소문은 널리 퍼져 나갔다.

반두달다는 계빈 왕의 사촌 동생이다. 출가자는 세속적인 인연을 끊지만 계빈의 국사였던 반두달다는 불교 정책에 대한 자문 요구를 소화하기 위해 비교적 자주 국왕과 회동한다. 신동 구마라습에 대한 소문을 들은 계빈 왕이 궁에 들어온 반두달다에게 물었다.

"스님의 제자 중에 구마라습이라는 천재가 있다지요?"

"구자에서 온 유학생인데 이제 겨우 열 살이지만 설일체유부에서 가르치는 모든 경전을 다 파악하고 있으니 천재가 맞습니다. 그는 구자에서 유학을 왔지만 원래 우리나라의 재상이었던 구마라달다의 혈육입니다."

국왕은 눈을 휘둥그레 떴다.

"아니, 그게 정녕 사실이란 말이오!"

"그렇습니다, 폐하."

계빈의 왕도 선대 왕 시절의 재상이었던 구마라달다와 그의 스님 아들과는 모를 수 없는 사이였다. 동진(東進)할 때 구자의 왕에게 소개장을 써 줄 만큼 잘 아는 승려였던 출가승 구마라염이 국장으로 엄수된 장례식에 머리를 기르고 나타나 무척 놀랐던 기억이 새롭다. 놀랄 일은 그가 환속했다는 사실만이 아니었다.

"구마라습이 재상 구마라달다의 손자라는 것도 놀랍고 환속한 구마라염의 아들이라는 것은 더욱 놀라운 일이오."

"그 모든 것보다 진짜 놀라운 것은 구마라습이 불세출의 천재라는 사실입니다."

"그렇다니 나도 한번 꼭 보고 싶구려."

계빈의 왕이 구마라습을 궁으로 초청하였다. 이때 구마라습의 실력을 알아보기 위해 널리 이름이 알려진 높은 학식을 갖춘 외도(外徒) 세 명을 같이 불렀다. 구마라습은 꼼짝없이 국왕과 대신들 앞에서 외도들과 변론 대결을 통해 실력 검증을 받게 되었다. 외도들은 구마라습이 젖비린내도 가시지 않은 어린애라고 깔보았다.

외도에는 두 가지 종류가 있다. 같은 불도(佛徒)지만 불교를 사견에 치우쳐 그릇되게 해석하는 무리를 이르거나, 아예 불교가 아닌 다른 이론으로 중무장한 사상가를 뜻하기도 한다. 외도들만 그렇게 생각한 것이 아니라 누구라도 겨우 열 살밖에 되지 않은 어린 사미승이 수십 년 동안 공부해 온 박사들을 제압할 것이라고는 생각지 않았다.

그러나 믿을 수 없는 일이 여러 대신이 모인 계빈국의 궁에서 일어났다. 과연 구마라습은 부처님의 가르침을 완벽하게 습득하고 있는 천재였다. 게다가 말솜씨도 논리정연하였다.

대결을 시작한 지 한 식경도 지나지 않아 외도들의 물음에 구마라습의 대답은 여전히 거침이 없는데, 외도들은 구마라습의 질문과 논박에 말을 더듬기 시작하였다. 등줄기를 타고 진땀이 흘러내리자 외도들은 결국 두 손을 들고 말았다.

경위를 똑똑하게 목격한 계빈의 왕과 대신들의 놀라움은

컸다. 이에 감동한 계빈 왕은 구마라습에게 상으로 마른 거위고기 두 근과 멥쌀과 밀가루 각 석 되, 낙소(酪素·치즈) 여섯 되씩을 매일 공양 올리도록 하였다. 거기다가 비구 3인과 사미 10명을 호슬가라 사원으로 파견하여 구마라습이 머무는 승방과 생활 공간을 깨끗이 청소하고 모든 시중을 들라는 칙령(勅令)을 내렸다. 그런 다음 계빈 왕은 반두달다에게 말했다.

"구마라습은 구자에서 태어났지만 구마라달다 재상과 구마라염의 핏줄이니 분명 우리 계빈국 사람이 아니오?"

"그렇습니다. 누구라도 장차 그를 천축인으로 알게 될 것입니다."

"그럴 자질이 충분하니 국사께서 특히 힘을 기울여 사미를 훌륭한 스님으로 기르도록 하세요."

"그렇게 생각하고 가르치는 중입니다."

"구마라염은 최근 어찌 지내오?"

"폐하께서 도와주신 덕분에 모든 것이 여의롭게 진행되는 줄 압니다."

"구마라염은 지금 재상가에 머물고 있소?"

"아이는 재상가의 유모가 돌보고 있지만 구마라염은 동에 번쩍 서에 번쩍 바쁜 일정을 소화하는 중입니다."

"구마라염은 우리 계빈의 훈구대신(勳舊大臣)인 구마라달다 재상의 일점혈육이오. 선대 왕을 충실히 보필했던 재상의 공을 생각하면 국가적 차원의 지원도 아끼지 말아야 할 처지니 그가 도움을 청하면 무엇이든 다 도와주도록 하세요."

"지금까지 폐하께서 베풀어 주신 것으로 충분할 것입니다. 하오나 그의 새로운 청이 있으면 기꺼이 또 도움을 줄 것이니 폐하께서는 아무 염려하지 마소서."

두 사람 사이에 오간 알쏭달쏭한 문답은 세월이 좀 더 흐르면 무슨 내용이었는지 자연히 밝혀지기에 지금은 의문 속에 그냥 남겨 둔다.

구마라습이 계빈의 궁에서 논쟁을 통해 외도들을 당당하게 제압하자 계빈 왕이 상으로 많은 공양물을 내렸다는 소식은 국내외로 널리 퍼져 나갔다. 거리상 뒤늦게 그 소식을 들은 구자의 백순왕은 구마라습의 불도 성취가 깊은 것에 감격하였다. 지바와 구마라습을 국비유학생으로 선발한 것은 백순왕의 공적으로 평가받을 전망이었다.

구자국에는 지금의 장소로 옮기기 전에 왕궁으로 사용하던 별궁이 하나 있었다. 백순은 그곳을 왕신사라 명하고 절로 바꾸는 대대적인 불사를 단행하였다. 구마라습이 장차 공부를 마치고 돌아왔을 때 사용할 행화 도량을 미리 만든 것이었다.

구마라습이 계빈에서 반두달다에게 배운 것을 정리하면 우선 십이부경(十二部經)을 꼽을 수 있다. 이는 석가모니의 교설을 그 성질과 형식에 따라 12부로 분류해 놓은 경전 전체를 의미한다. 이외에 율서(律書)도 머릿속에 넣었다.

반두달다는 구마라습에게 더 이상 경과 율에 대한 공부를 시킬 필요가 없다는 판단이 든 시점부터 선수행을 지도했다.

"석가모니부처님께서는 보리수 아래 결가부좌를 틀고 앉아 고요히 생각하는 단좌정사(端坐靜思)를 통해 깨달음을 얻으신 후, 삼칠일 동안 단좌 자세를 유지하면서 삼매(三昧)에 잠겨 사유하심으로써 성도(成道)를 완성하시었다. 드야나(dhyāna)라고 부르는 이런 선수행(禪修行)은 많은 사람이 예로부터 행해 온 수행법이다. 부처님께서 처음으로 하신 것도 아니고 지금도 깨달음을 얻고자 하는 사람들이 행하고 있다는 면에서 새로운 것도 아니다. 부처님께서 하신 그대로 따라 하다 보면 부처님처럼 성도할 수도 있을 것이다. 지금부터 내가 너에게 선을 지도할 것이니 정신 집중을 하고 잘 들은 다음 실천에 옮기도록 하여라. 선은 방법을 설명 들어도 혼자 하다가는 혼침에 빠지기 쉽다. 스승의 인도가 필요한 이유다."

"명심하겠습니다."

"우선 두 다리를 포개고 앉는 결가부좌를 취한 다음 왼쪽 손바닥 위에 오른쪽 손바닥을 올려놓고 허리를 곧게 편 뒤 마음을 한곳에 모으고 잡념이 침범하지 못하도록 해야 한다. 가장 중요한 것이 자세다."

반두달다는 결가부좌에 대한 설명을 한 다음 계속하였다.

"석가모니부처님께서는 사띠빳타나 위빠사나(Satipattjana Vipassana)를 통해 탐진치가 일어나지 않는 열반을 이루셨다. 다른 말로 하면 위아야로까야띠 스마(Viava lokyati sma)를 통해 깨달음을 얻으신 것이다. 위(vi)는 나누어서, 또는 가려서이고 아와(ava)는 떨어져서, 객관적으로, 제삼자의 관점에서라는 뜻이다. 그렇게 로까야띠 스마(lokyati sma)한다는 것은 오온(五蘊)을 객관화시켜 바라본다는 말이다. 무슨 뜻인지 이해하겠느냐?"

"석가모니부처님께서는 위아야로까야띠 스마(Viava lokyati sma)를 통해 오온개공(五蘊皆空)을 바라보시었고 마침내 탐진치가 일어나지 않는 열반을 얻으셨다는 뜻이 아닌지요?"

"옳지. 제대로 이해하였구나. 가부좌를 틀고 앉아 자기 오온을 객관화시켜 들여다보는 것을 조견(照見)이라 한다. 조견이 곧 사띠빳타나 위빠사나고 드야나다."

선은 마음을 가라앉히는 정(定)의 측면과 진리를 발견하려는 혜(慧)의 요소를 균등하게 수행해야 한다는 의미에서 정혜(定慧)라고도 한다. 정혜의 경지에서는 마음을 맑은 거울과 같은 상태로 만들어 일체의 사물을 있는 그대로 비추고 털끝만 한 얽매임도 없게 해야 한다. 이런 상태에 철저해야만 비로소 객관적인 얽매임이 없고 무애자재(無碍自在)한 사유나 판단이 나온다.

"부처의 마음은 선이고 부처의 말은 교(敎)다. 부처의 마음은 가섭에게, 부처의 말은 아난에게 전해졌다. 즉, 아난은 석가모니의 설법을 암송하여 전수하고 가섭은 석가모니로부터 염화미소(拈華微笑)의 마음을 인가(印可)받아 전하였다. 선이 교보다 수승하다고 여기는 것은 수행의 궁극적인 목적이 불교를 배우고 이해하는 데 있는 것이 아니라 깨달음을 얻는 데 있기 때문이다."

구마라습은 집중적인 선수행을 하였다. 대중들과 함께하는 때도 있고, 은사 옆에서 두 사람이 수행할 때도 있고, 비구니 도량에 머물던 지바가 찾아와 모자가 같이 정혜쌍수의 경지에 들기도 하였다.

구자를 떠나온 지 만 3년이 지나자 반두달다는 이제 구마라습이 교학적으로는 계빈에서 더 배울 것이 없다는 결론을 내렸다. 선을 통한 깨달음을 얻는 문제는 더 많은 수행력이 필요하고 스승으로부터 점검을 받아 가면서 정진할 필요는 있지만, 이는 근본적으로 자기 자신과의 싸움에 속한 문제다. 그 말은 더 가르치지 않아도 성불 인연을 만나면 스스로 깨치는 때가 올 것이라는 뜻이다.

반두달다는 일찍이 없었고 앞으로도 쉽게 만나지 못할 천재에게 자기가 알고 있는 모든 것을 전수하였다. 이윽고 그는 호슬가라를 찾아온 지바에게 말했다.

"나는 더 이상 라습에게 가르쳐 줄 것이 없소이다. 이제 유학 생활을 끝내고, 귀국해도 좋을 것이오."

반두달다의 말을 듣고 지바는 귀국을 결정했다. 이별에 앞서 반두달다는 구마라습에게 마지막 선물로 『선요(禪要)』라는 책을 주었다.

"선에 대한 모든 것이 망라되어 있는 책이다. 늘 곁에 두고 길잡이로 삼으면 언젠가는 성불의 인연을 만나게 될 것이다. 부처님의 말씀을 잘 기억하여 그냥 옮기는 데 만족하는 앵무새가 되지 말고 깨달음을 증득하여 홍법하는 것이 너의 최종 목표가 되어야 함을 잊지 말거라."

"네, 스님. 그동안 가르쳐 주신 은혜는 평생 잊지 않을 것입니다. 어디에 있든 스승님께 누가 되지 않는 제자로 살아가겠습니다."

"구자에 가면 불도설미에게 내 안부를 전하거라."

"스승님을 다시 뵙는 날이 있기를 고대하겠습니다."

"너의 아버지는 머지않아 득도할 것으로 보인다. 현재 많은 성취를 이루었느니라."

여전히 진의(眞意)가 파악되지 않는 말을 해 주는 것이 전부였다. 그러나 헤어지기 전에 아버지가 잘 있다는 것을 알려 준 것이라고 여겨지기에 그것만도 다행이었다. 천축에 있다면 떠나기 전에 아버지와 동생을 한번 보고 싶었는데, 그럴 수는 없게 되었다. 아버지 얼굴은 지금도 또렷하게 생각나는데 동생은 크면서 몰라보게 달라졌을 것 같아 걱정되었다.

마침내 지바와 구마라습은 호슬가라를 떠났다. 그 소식은 주위 여러 나라로 날개 달린 듯 퍼져 나갔다. 당시 계빈국과 구자국 사이에 있는 나라들은 모두 불교국이었다. 각국에서 구마라습 같은 천재가 나라 발전에 크게 이바지할 것이라 생각하고 치열한 유치전을 전개하였다. 그러나 지바는 그들의 제안을 일체 받아들이지 않았다. 구마라습이 불교에 대한 가르침을 펴고 정책을 펼 실력은 있지만, 아직도 수행할 나이지 자국도 아닌 타국의 일에 훈수를 두는 직책을 맡기에는 어리다고 생각했기 때문이었다.

만행(漫行)이 중요한 수행에 속한다고 여긴 지바는 구마라습을 데리고 여러 나라의 성지를 순례하면서 천천히 동진(東進)해 나갔다. 계빈을 떠난 그들이 첫 번째로 경유하게 된 나라는 대월지(大月氏)다. 그곳에서 만난 한 아라한이 구마라습의 얼굴을 살핀 다음 지바에게 말했다.

"사미가 만약 서른다섯 살이 될 때까지 파계하지 않고 청정하게 수행을 계속한다면 우바굴다(優婆崛多)존자 같은 큰스님이 될 것입니다. 그러나 계를 온전히 지키지 못하도록 하는 시련을 받게 될 것이니 그 난관을 잘 넘겨야 합니다."

우바굴다는 석가모니부처님이 입멸하신 후 백 년이 지났을 때 출현한 아소카의 왕사(王師)로서 인도 스물여덟 명의 조사 중에 네 번째로 추앙받는 분이다.

구마라습은 아라한의 말을 일소(一笑)에 부쳤다. 어떤 시련도 자신을 파계시키지는 못할 것이라 생각했기 때문이다. 그러나 지바 스님은 흘려듣지 않았다. 그녀는 아들이 아무리 큰 위협이 닥쳐와도 능히 그것을 극복할 수 있는 법력을 갖출 수 있게 되기를 진심에서 바랐다. 그리고 그런 일이 발생하지 않도록 경계하면서 독려하였다.

지바와 라습의 다음 중요 경유지는 소륵국(疏勒國)이다. 소륵은 카슈가르의 한역(漢譯)이다. 실크로드의 중요 거점국인 소륵은 교통의 요충지로서 동서문화와 물자가 만나는 지역이다. 지금은 이슬람을 믿는 위구르족이 75%를 점하고 있지만, 구마라습이 소륵에 들렀을 당시에는 전 국민이 불교를 믿는 불교국가였다.

소륵국의 희견 대사가 국왕을 만나 간곡하게 청하였다.

"대왕이시여, 구마라습이라는 구자국 출신의 사미승 한 명이 계빈에서 유학을 마치고 본국으로 귀국하는 길에 지금 우리나라에 들렀습니다. 우리는 그를 극진하게 환대함이 좋을 듯합니다."

"어떻게 환대하는 것이 극진하게 환대하는 것이오?"

"법회를 열어 구마라습을 고좌(高座)에 오르게 하소서."

"사미에게 법좌를 마련해 주라?"

"그렇게 하면 두 가지 이점이 있을 것입니다. 첫째는 우리나라 사문들에게 실력이 뛰어난 사미를 보고 크게 분발할 수 있는 계기를 제공해 줄 것입니다. 두 번째는 우리가 구자 출신 사미를 우대하면 구자국에서 고마워하게 될 것이고 이로 인하여 양국 우호가 크게 증진될 것입니다."

"그렇다면 행사가 원만하게 추진될 수 있도록 대사께서 나서서 직접 주관토록 하시오."

이에 따라 희견은 구마라습을 만나 국찰인 대사(大寺)의 고좌에 올라 설법해 줄 것을 청했다. 구마라습은 희견의 부탁을 사양하지 않고 받아들였다. 만약 소륵국에서 불교와 관련된 나랏일을 맡아 달라고 했다면 거절했겠지만, 한 번의 법문 요청은 수락하지 못할 이유가 없었다.

행사를 앞두고 지바와 구마라습은 입궁하여 국왕을 먼저 알현하는 순서를 가졌다. 지바는 비구니지만 구자국의 공주이기에 소륵국에서는 국빈(國賓)을 대하는 외교적 의전에 따라 정중하게 접대하였다.

구마라습은 열세 살 사미였지만 국왕의 질문을 받자 추호의 망설임도 없이 물 흐르듯 유연한 어투로 답을 들려주었다. 이런 모습은 감탄과 존경심을 절로 불러일으켰다. 극진한 대접을 받으면서도 지바나 구마라습은 교만한 태도를 전혀 보이지 않았다. 국왕은 구마라습이 풍기는 고고함에 매료되었다. 일찍이 없었고 앞으로도 쉽사리 이루어지지 않을 법연(法緣)과 만났다는 생각을 한 소륵의 왕은 구마라습에게 부처님의 진가사를 수하는 결정을 내렸다.

소륵국의 국찰인 대사의 성보박물관에는 7백 년 전 석가모니부처님께서 살아계실 당시에 입었던 금란가사가 비장(祕藏)되어 온다. 부처님에 버금가는 큰스님이 출현했다고 판단될 때 부처님의 진가사를 수하고 고좌에 오르도록 하는 것이 소륵국의 전통이다. 소륵 왕은 구마라습이 사미지만 부처님의 진가사를 입고 고좌에 오를 수 있는 불과를 증득했다고 판단하였다.

법회 당일이 되자 대법당에는 국왕과 문무백관을 비롯하여 사문들이 입추의 여지없이 몰려들었다. 이윽고 석가모니부처님의 진가사를 수한 열세 살 사미가 등장하자 단향목 향기가 넓은 법당을 가득 메웠다. 부처님의 진가사는 금빛 찬란한 광채를 사위에 뿌렸다.

대중들 사이에서 누군가 외쳤다

"부처님의 금란가사다."

"우리나라의 최대 보물을 외국인 사미에게 내주는 것이 옳단 말이오?"

대중은 벌집 쑤셔놓은 것처럼 소란을 떨었다. 여기저기서 울분 섞인 볼멘소리를 토해냈지만, 구마라습이 고좌에 올라 입정하자 좌중은 찬물을 끼얹은 듯 조용해졌다. 눈을 지그시 감았던 구마라습이 그 눈을 번쩍 뜨면서 사자후(獅子吼)를 토했다.

어린 사미의 대갈일성(大喝一聲)은 대사의 지붕을 후려치는 뇌성벽력(雷聲霹靂)이었다. 이어 구마라습의 입에서 옥을 굴리는 것 같은 말소리가 흘러나왔다.

　　마우리아 왕조의 빈두사라왕은 슬하에 101명의 왕자를 두었는데, 그중에서 가장 뛰어났던 왕자가 아소카입니다. 그러나 그는 부왕이 죽은 직후 이복형인 수마나를 비롯하여 형제들과 그들을 도운 5백여 명의 신하들을 모두 죽이고 왕위를 쟁탈했던 포악한 군주라는 것을 여러분도 알고 계실 겁니다.
　　거기다가 그는 매우 호전적이어서 전쟁을 많이 했는데

그중 가장 참혹했던 것이 칼링가전투입니다. 이때 칼링가 사람들 10만 명이 전사했고 15만 명이 포로로 잡혔으며, 종전과 더불어 발생한 질병과 기근으로 또한 무수히 많은 사람이 죽어 전체 희생자는 수십만 명에 달했습니다.

아소카 대왕이 사미승 니그로다를 만난 것은 바로 이 무렵 어느 날입니다. 그 만남이 그의 인생을 송두리째 바꾸어 놓는 계기가 되었습니다. 길을 가다가 니그로다의 여법하고 절제된 걸음걸이를 목격하고 깊은 감동을 받은 아소카는 니그로다를 궁중으로 초대하여 공양을 올리고 설법을 청했는데, 이때 사미승 니그로다가 말했습니다.

"주의 깊음은 열반으로 가는 길이고 주의 깊지 않음은 윤회로 가는 길입니다. 주의 깊은 사람은 윤회에 얽매이지 않는데, 주의 깊지 않은 사람은 이미 죽은 사람입니다."

주의 깊음이란 모든 사물을 진지하게 마주하고 일을 하는 데 있어서 그 일이 작은 일이든 큰일이든 모두 똑같이 진지하고 무게 있게 대하는 것, 도덕적으로 행동하는 것, 계행을 잘 지키는 것을 말합니다.

석가모니부처님은 모든 사물을 아주 진지하게 대하신 분입니다. 동냥을 나가거나 돌아올 때 한 걸음 한 걸음을 신중하게 옮겨 놓으셨습니다. 옷을 입을 때나 음식을 먹을 때 그리고 자리에 앉을 때조차도 허겁지겁하지 않고 한 동작 한 동작을 천천히 아주 진지하게 하셨습니다. 주의 깊음은 마주하는 상대를 한결같은 마음으로 대하는 것을 말합니다. 주의 깊음이 바로 모든 것을 주의 깊게 행동하신 부처님 가르침의 정수입니다.

니그로다 사미승으로부터 주의 깊음에 대한 법문을 들은 아소카왕은 그 자리에서 불교에 귀의하는 결단을 내렸는데, 어린 나이임에도 불구하고 당당하게 주의 깊음을 설하여 아소카왕을 불자로 거듭나게 만든 니그로다 스님은 실은 아소카가 왕위를 두고 패권을 다툴 때 죽인 형의 아들이었습니다. 말하자면 사미승 니그로다는 자신의 아버지를 죽인 살인마 삼촌을 위해 설법한 것이고 아소카왕은 조카로부터 설법을 듣고 발심하여 불법에 귀의한 것입니다.

광대한 영토를 가지고 있던 마우리아 왕조를 다스리는 대왕이 불법에 귀의했다는 것은 단순히 전쟁광에서 모범적 군주로 변했다는 개인적인 문제로 머무는 것이 아니라 불교사적으로 볼 때 석가모니부처님이 성도하신 이후 가장 중요한 역사적인 사건이라고 할 수 있습니다.

부처님이 입멸하신 지 1세기 반쯤이 경과했을 즈음 계행이 어지러워지고 심한 내홍이 일어나 승가는 존립이 위태로울 정도가 되었는데, 이럴 때 혜성처럼 나타난 아소카왕이 불교에 귀의한 다음 전 국민을 불교 신자로 만들고 제3차 경전결집을 통해 종풍을 진작시킨 다음, 이웃 나라로 전교를 시키는 일에 앞장섬으로 하여 가물거리던 법등(法燈)이 다시 밝혀지고 다시는 꺼지지 않고 타올라 현재에 이르게 된 것이기 때문입니다.

아소카왕은 국적 민족 종교 여하를 불문하고 이 세상 어떤 인간도 어떤 시대에도 지켜야 하는 영원의 이법(理法)을 다르마, 즉 법이라고 불렀습니다. 그는 그 법으로 대제국에다 이상사회인 불국토를 건설하려고 했습니다. 아소카왕이 자기를 포함한 모든 인간이 지켜야 할 법으로 생각한 것은 인간의 본질은 평등하다는 부처님의 가르침에 따라 생물을 사랑하고 진실을 말하며 관용과 인내를 발휘하고 가난한 사람을 돕는 등의 윤리적인 성실성과 자비를 실천하는 것입니다.

역사상 손꼽히는 주의 깊고 경건한 불자로 거듭난 아소카왕은 불사리를 8만 4천 개로 나누어 제국 각지에 8만 4천 개의 탑(塔)을 세운 후 무력이 아니라 정법으로 세상을 다스림으로써 고대 인도 신화에 등장하는 이상적인 제왕인 전륜성왕으로 추앙받게 되었습니다. 사미승 니그로다와의 만남이 포악했던 전쟁광을 전륜성왕으로 만든 계기가 되었다는 것을 생각할 때 만남이 이처럼 중요한 것이라는 사실을 확연하게 아셨을 것입니다.

오늘 우리들의 만남이 여러분들의 인생을 송두리째 주의 깊은 것으로 바꾸어 놓는 아주 특별한 만남이 되기를 바랍니다.

감사합니다.

구마라습은 니그로다와 같은 12세 사미승이었지만 어느새 단순한 경전 암송에 그치지 않고 불교사상의 진수를 주의 깊음으로 요약하는 능력과 인도에서의 불교 전개 과정을 정확하게 이해하는 불학의 대가가 되어 있었다. 석가모니부처님의 주의 깊음에 대한 계보를 그대로 이은 그의 법음(法音)은 부처님 진가사를 수할 수 있는 자격 시비를 일시에 불식시키며 사람들의 가슴속으로 파고들었다. 그 자리에 모인 대중은 구마라습의 법문을 듣고 마치 최면에 걸린 듯 요란하게 박수를 쳤다. 사미승 구마라습은 그렇게 소륵 사람들을 주의 깊음으로 인도하는 법륜을 굴렸다.

구마라습이 부처님의 진가사를 수하고 고좌에 오른 법회가 대성공을 거두었다는 소식을 접한 구자 왕 백순은 소륵으로 백 필의 준마와 열 마리의 낙타에 선물을 가득 실어 보냈다. 이로써 희견 대사가 예상한 대로 구마라습은 소륵의 여러 사문들에게는 분발을 촉구하였고 양국의 우호를 크게 증진하는 외교적 성과를 거두었다.

구마라습은 그 직후에 소륵에서 평생 잊을 수 없는 두 명의 스님을 만났다. 첫 번째는 불타야사(佛陀耶舍)다. 불타야사는 원래 계빈국의 브라만 집안에서 태어났다. 부친이 오랫동안 외도를 섬겼기 때문에 그는 불교와는 인연이 없는 어린 시절을 보냈다. 불타야사가 13세 되던 해 어느 날, 한 스님이 나타나 대문을 두드린 후 탁발을 청했다. 동냥은 못 주어도 쪽박은 깨지 말라고 했는데 불타야사의 아버지는 하인들을 시켜 탁발승에게 몽둥이

찜질을 했다.

그런 일이 있고 난 뒤 불타야사 부친의 손발에 경련이 일어나며 몸을 가눌 수 없는 변괴가 생겼다. 한 도사에게 원인을 물으니 현인을 모독하였고, 수모를 당한 현인이 주술을 걸었기 때문에 비롯되는 현상이라고 알려 주었다.

불타야사의 아버지는 급히 쫓아 버렸던 스님을 모셔 온 후 백배사죄하였다. 스님이 진언을 외우자 신통하게도 경련이 멈추었다. 불타야사는 총명한 눈으로 일련의 과정을 다 지켜보았다. 탁발승이 그의 부친에게 말했다.

"아드님의 상(相)을 보니 불가와 인연이 깊습니다. 불법을 배우면 나중에 큰일을 하게 될 것입니다. 출가를 허락해 주시면 소승이 한번 잘 가르쳐 보겠습니다."

이렇게 하여 불타야사는 승려가 되었다. 주술을 걸 수 있는 능력과 관상을 볼 줄 알았다는 점으로 미루어 불타야사의 은사는 신통력이 뛰어났던 것으로 보인다. 13세에 출가한 불타야사는 15세가 될 때까지 2년 동안 은사로부터 음양(陰陽) 성산(星算) 길흉(吉凶) 예지(預知) 같은 것을 배웠다.

불타야사는 15세 때 은사와 사별했다. 이후 불경 공부에 전념했는데, 20세가 되자 설일체유부계의 모든 경전을 훤하게 파악하였다. 구마라습에는 미치지 못하지만 수재였던 것은 분명하다.

유일한 문제점은 자신에게 계를 줄 능력을 갖춘 스님이 없다고 여길 정도로 오만했다는 점이다. 학식은 깊지만 거만한 불타야사를 위해 누구도 계단(戒壇)에 오르려 하지 않았다. 그로부터 7년 동안 사미로 지내면서 불타야사는 첫째 대승경전을 배웠고 다음으로는 오명(五明)의 논서와 세간의 비술들을 익혔다. 27세가 되어서야 가까스로 구족계를 받고 비구가 된 불타야사는 그 직후에 만행을 떠났다. 그의 발걸음이 소륵에 이르렀을 때 구마라습이 대사의 고좌에 오른다는 소식을 접했다.

계빈국에 있을 때부터 구마라습에 대한 소문을 들었던 불타야사는 소륵에서 대사의 법회에 참석, 구마라습의 법문을 들었다. 세찬 감동을 받은 불타야사는 구마라습이 머물고 있던 사찰로 구마라습을 찾아갔다. 불타야사는 구마라습보다 열두 살이나 더 나이가 많은 데다가 비구였다. 구마라습이 삼배의 예를 올리려 하자 손사래를 쳤다.

"앞으로 우리 도반(道伴)이 됩시다."

"저는 사미고, 스님은 어엿한 비구신데 그런 법은 없지요."

"사미지만 나보다 더 많은 것을 알고 있어서 내가 오히려 배워야 할 처지예요. 앞으로 잘 부탁하오."

불타야사는 계단(戒壇)에 올라가 의식을 해 줄 은사를 만나지 못해 27세가 될 때까지 사미로 있었던 사람이다. 그만큼 도도하고 건방지다는 평을 받았지만, 그것은 진심에서 존경할 만한 가치가 있는 사람을 만나지 못해 그랬던 것 같다. 구마라습을 만나자 불타야사는 자신을 낮추고 격의 없이 지내기를 원하는 파격적인 면모를 보였다.

두 사람은 의기투합하여 한동안 같은 절에 머물렀다. 이때 불타야사는 구마라습에게 스승으로부터 배운 음양 성산 길흉 예지 같은 방편을 가르쳐 주었다. 흥미를 느낀 지바 스님도 같이 그것을 공부하였다.

외도의 의학 변환 양생 제사 같은 분야가 중생제도에 널리 이용되고 있는 실정이기에 승려도 그런 것을 배척할 수만은 없었다. 구마라습은 이때 베다(吠陀)와 오명(五明)까지 공부하였다. 현장은 『대당서역기』에서 베다에 대하여 다음과 같이 적어 놓았다.

"바라문은 사베다를 배우는데, 첫째는 수(壽)로서 목숨을 보전하고 성품을 길들이는 것이고, 둘째는 사(祀)로서 제사를 올리고 기도하는 것이며, 셋째는 평(平)인데 예의와 점복(占卜)과 병법(兵法)과 군진(軍陣)에 관한 것이고, 넷째는 술(術)로서 뛰어난 기술과 기예와 산술(算術)과 주문을 외우는 것이며 여기에 의술(醫術)도 포함된다."

바라문의 백과전서인 베다는 다루지 않은 부분이 없다. 리그베다는 찬송 제사 가영(歌詠) 양재(禳災) 같은 분야까지 광범위하게 다뤘다. 인도유럽어종의 근본 성전인 베다를 배움으로써 구마라습은 인도의 역사와 문화, 시가(詩歌) 등을 폭넓게 이해하는 박학다식(博學多識)한 사상가의 면모를 갖추게 되었다.

구마라습이 이때 베다에 이어 배운 오명의 첫째는 성명(聲

明)이다. 언어 어법 수사(修辭) 등을 말한다. 둘째는 공교명(工巧明)으로서 공예 수학 천문 음악 미술 등의 기예를 뜻한다. 셋째 인명(因明)은 형식논리학 인식론 등을 의미한다. 넷째 의명(醫明)은 의학과 약학이고, 다섯째 내명(內明)은 불교 철학에 관한 공부다. 불교도들이 불교를 내교(內敎) 또는 내학(內學)이라 부르고 이에 반하는 사람들을 외도(外徒)라 한 데서 붙은 이름이다.

예로부터 고승들은 사베다와 오명을 배우고 풍운(風雲) 성수(星宿) 도참(圖讖) 운변(雲辯) 등을 익힌 사람이 많은데, 구마라습도 이때 이런 것을 공부하여 음양과 천문 역수에 통달하게 되었다. 사술(邪術)이라며 무시하는 사람도 있지만, 무엇이든 제대로 알아서 필요할 때 적소에 잘 사용하면 도술(道術)과 다르지 않을 것이다.

불타야사는 이별에 앞서 구마라습에게 말했다.

"내가 알고 있는 것을 모두 가르쳐 드린 것 같소. 나는 이제 계빈으로 돌아가 다시 몇 년 동안 공부를 할 생각이오."

누구나 구마라습을 가르치면 얼마지 않아 더 가르쳐 줄 것이 없다고 말한다. 그동안 정이 듬뿍 들었던 두 사람은 이때 일단 헤어졌지만, 그것이 인연의 끝은 아니었다. 불타야사는 구마라습이 법난을 당할 때마다 그것을 극복할 수 있기를 기원하고 정신적 지원을 한 평생의 도반으로 남았다.

불타야사가 소륵국을 떠나자 구마라습도 구자로 가기 위해 짐을 꾸리는데, 이때 소륵국 태자인 불다달마가 사람을 보내 만남을 청했다. 구마라습은 그것을 받아들여 떠나는 것을 보류하고 태자궁을 방문하였다.

구마라습을 맞이한 불다달마가 곁에 같이 있던 스님을 소개하였다.

"어서 오시오. 구마라습 스님께 특별한 불교를 공부하신 수리야소마(須利耶蘇摩) 스님을 소개합니다."

사차국(莎車國) 왕자 출신인 수리야소마가 구마라습이 소륵에서 만난 평생 잊을 수 없는 두 번째 스님이다.

계빈국과 기습마라에서 총령을 넘어 동진(東進)하면 제일 먼저 도착하는 나라가 소륵국이다. 거기서 북로(北路)로 가면 구자국이 나오고 남로(南路)를 택하면 소륵국과 우전국(于闐國) 사이에 사차국이 있다. 타클라마칸사막의 남서쪽에 있던 사차국도 실크로드의 주변 오아시스 국가들처럼 일찍부터 불교를 받아들였다. 주변국들이 거의 모두 설일체유부를 신봉하고 있는 것에 반하여 우전과 사차는 이때 벌써 대승을 받아들인 불교 선진국이다.

태자가 말한 특별한 불교란 대승을 이른다. 사차국 왕자였던 수리야소마는 처음 출가하여 상좌부불교를 공부했었다. 그러다가 제2의 석가모니로 추앙받는 용수(龍樹)의 대승과 만났다. 수리야소마는 용수의 중론(中論)과 십이문론(十二門論), 대지도론(大智度論) 등을 속속들이 알고 중관사상(中觀思想)을 위시한 대승의 공사상을 완벽하게 습득한 대승계 스님이었다.

이런 대승 전문가인 수리야소마를 만난 것은 구마라습 인생에 아주 중대한 변곡점(變曲點)이 되었다. 이때 수리야소마에게서 들은 용수에 관한 이야기를 기억해 두었다가 구마라습은 나중에 중국 장안에서 용수의 전기인 『용수보살집』을 출간한다.

불멸(佛滅) 후 대략 백 년이 지날 때까지 불교는 원시불교 상태로 있다가 부파불교로 갈라지고 이후 몇 차례에 걸친 결집을 통해 경전을 만들고 계율을 정하게 된다. 이들은 계율이나 보살행을 실천에 옮기는 면에서 철저하였다. 그리고 그런 철저한 수행을 통해서만이 열반을 얻을 수 있다고 믿었기에 그들은 득도를 출가자만의 전유물로 생각하였다. 이런 때 출가자뿐만 아니라 재가 불자들도 깨달음을 얻을 수 있다고 생각하는 개혁적인 무리가 대승을 표방하고 나섰다.

승(乘)은 타는 것, 즉 수레를 지칭한다. 따라서 대승(大乘)은 큰 수레라는 뜻이다. 큰 수레에 중생 모두를 싣고 같이 피안으로 가려는 스님이나 재가 불자가 함께 타고 있는 것이 대승이다. 그에 비해 소승불교는 아라한과를 깨달은 다음 자리(自利)를 구하려는 수행자 한 사람이 타고 있는 작은 수레에 해당한다.

소승은 깨닫는 목적이 자기 구제에 있으므로 소승의 해탈이 오직 나를 위한 것인 데 반하여 대승의 깨달음은 중생구제를 위해 회향하는 데 궁극적인 목적이 있다. 대승과 구분하기 위해

편하게 흔히 소승이라고 하지만 소승은 대승에서 부파불교를 깎아내려 부른 데서 유래한 이름이다. 정확하게는 설일체유부라고 하는 게 맞다.

구마라습이 수리야소마에게 자기 의견을 말했다.

"부처님께서 초전법륜을 굴리기 직전에 하신 전도선언(傳道宣言)을 상기해 보면 부처님께서는 여러 사람에게 설법하고 가르침을 펼 의지를 갖추고 계셨으며, 깨달음의 지혜를 자비의 작용으로 전개해 나갔다는 것을 부인할 수 없어요. 소승이 자기 해탈의 범주에 머물고 대승만 자비 활동을 펴는 것처럼 보는 것은 잘못이 아닐까요. 소승 스님 중에 대승 스님보다 더 철저하게 지계(持戒)하고 보살행을 실천에 옮기는 분들이 많이 있으니까요."

수리야소마가 반론을 폈다.

"부처님의 가르침 자체가 자비구현이어서 소승도 자비를 베푼다는 것을 부정하지는 않겠지만, 소승은 그동안 재가 신자에 대한 교육과 포교에 너무 소홀하였어요. 재가 불자들을 불교를 함께 발전시킬 주체 집단으로 인정하지 않고 자신들을 후원하는 세력으로만 본다든가 깨달음을 출가자의 전유물로 보고 재가자는 도달할 수 없는 경지라고 생각하는 것은 잘못이지요."

"말이 쉽지 출가하여 계행을 철저히 지키면서 오랫동안 공부를 한 스님들도 해탈하기가 쉽지 않은데, 대부분의 시간을 세속적 삶을 위해 사용해야 하는 일반 재가 불자들이 스님들과 같은 깨달음을 얻는다는 것이 가능할까요?"

출가자가 아니라도 깨달을 수 있다는 대승의 주장은 보수적인 출가자들이 받아들이기 가장 어려운 부분이다. 구마라습은 대승경전들이 부처님의 직설이 아니라는 대승비불설(大乘非佛說)을 주장하는 사람들로부터 배운 철저한 소승계 승려지만, 자신이 모르는 분야에 대한 호기심 또한 왕성하였다. 그것은 그가 외도들의 문서를 공부할 때도 그랬고 대승에 대한 이론을 접하자 비판해도 알고 나서 비판해야 한다는 융통성을 발휘했다는 면에서 그렇다.

불다달마 태자의 소개로 만나게 된 수리야소마로부터 대승경전에 관한 공부를 하게 되면서 구마라습의 귀국 일정은 무기한 연기되었다. 결론부터 말하면 구마라습은 이때의 공부를 통해 대승을 받아들였다. 그것은 자신도 미처 생각지 못했던 일이었다.

수리야소마가 구마라습에게 빌려준 대승경전 1호는 『아뇩달경(阿耨達經)』이다. 대승경전들은 산스크리트어로 되어 있다. 구마라습은 산스크리트어본 경전을 이해하는 데 아무런 문제가 없었다. 그 경전의 곳곳에 공(空)이 언급된 것을 발견하고 물었다.

"모든 법이 본래 없다는 것은 세간의 일체법을 부정하는 것이 아닐까요?"

"부처님께서 무릇 형상이 있는 것은 모두 허망하다고 하셨어요. 그러므로 파괴하거나 부정하는 것이 아니라 일체법은 본래부터 허망하고 실재하지 않는 것입니다."

"눈에 보이는 모든 것이 유(有)이고 실상인데, 어째서 보이는 모든 것이 허깨비고 공이라 말씀하십니까? 제법개공(諸法皆空)이라는 논리가 이해되지 않습니다."

"제법은 항존성(恒存性)이 있는 것이 아니라 인연으로 생기는 것이기 때문에 실재성(實在性)을 가지지 못하고, 이런 까닭으로 당체(當體)는 모두 공하기에 제법개공이라는 것입니다."

존재론적으로 공은 모든 실체의 연기성을 의미한다. 인연에 의해 생성되었다가 인연 따라 변화하고 언젠가는 사라진다. 따라서 제법은 인연에 의해 존재하는 가유(假有)일 뿐 그 실체는 공한 것이다. 그러므로 시방(十方)과 허공 등의 공간 관념이나 중생이나 모든 사물에 어떤 시작이 있다는 시간 관념도 공하다.

인식론적 차원에서 볼 때의 공은 얻을 것도 없고 얻어야 할 진리라는 관념도 없다. 무엇을 알고 얻을 것이 있다는 관념조차 있을 수 없다. 이를 무소득공(無所得空) 또는 불가득공(不可得空)이라 한다. 깨달을 법이 없으므로 진리를 구하고 얻고 깨달을 것도 없다. 모든 존재의 요소가 다 공하다고 하면 공이라는 것은 존재할 것이라는 공의 실재화와 관념화의 오류를 논파한다. 이러한 평등일미(平等一味)한 제법의 진실상을 공성(空性)이라 한다.

종교적 관점에서 보는 공의 진리는 무명과 번뇌를 타파하고 희론(戲論)을 적멸케 하는 수행 방법이다. 이러한 공의 목적과 효용을 공용(空用)이라고 본다. 공의 체득 때문에 어디에도 머무르지 않는 절대 자유와 테두리 없는 마음을 얻게 된다. 여기에서 대승보살 윤리의 근본이 되는 자타불이(自他不二)의 동체자비(同體慈悲)와 무연자비(無緣慈悲)의 실천이 따른다.

수리야소마는 구마라습에게 대승의 핵심인 공사상을 가르치는 데 주력하였다. 대승의 이론을 정립시킨 사람은 용수다. 그는 불교의 핵심이 연기설(緣起說)에 있음을 간파하고 이를 중심으로 기존의 불교를 철학적으로 분석, 종합하여 불교를 대승으로 새롭게 개혁시킴으로써 제2의 불타(佛陀)로 받들어지고 있다.

그는 초기불교에서 부파불교를 지나 용수에 이르기까지 약 5백 년에 걸쳐 불교의 중심 교리로 사용되어 온 '연기'를 '팔불(八不)'이라는 새로운 개념을 도입하여 논구(論究)함으로써 연기의 기본 성격을 분명히 하였을 뿐만 아니라 무자성(無自性)의 논리, 즉 모든 것은 자성이 없고 연기에 의해 생멸하므로 홀로 존재하는 것이 없다는 공관(空觀)의 연기를 확립하였다. 그의 업적은 '삿된 견해를 깨뜨려 진리를 드러낸다'라는 파사현정(破邪顯正)으로 압축시킬 수 있다.

연기사상을 팔불로 정의하고 그것을 가르쳐 준 붓다에게 경배한다는 뜻의 용수보살 귀경게(歸敬偈)는 '고통에서의 해방', 즉 '열반적정'을 추구하는 불교가 아비달마라는 교학불교로 흐르던 것을 거부하고 '다시 연기사상으로 돌아가자'라고 선언한 종교혁명이다.

구마라습은 일체법이 실재하지 않는다는 대승관을 처음에는 받아들이기 어려웠지만, 수리야소마의 열성(熱誠)을 다한 설명을 여러 번 듣고 대승경전의 의미를 해석하는 가운데 어느 순간 막혔던 둑이 일시에 무너지면서 한순간 활연(豁然)히 알게 되었다. 이렇게 하여 참으로 존재하는 것이 아니라 인연 화합 때문에 현실로 나타나는 세계이기에 가유(假有)라는 것과 인연 화합 때문에 나타나는 만물의 본성은 실재하지 않고 성공(性空)하다는 것, 즉 가유성공에 대한 이해를 구마라습도 증득하게 되었다.

그것은 구마라습에게 부처에 대한 인식을 바꾸어 놓는 계기가 되었다. 지금까지의 부처는 대지대각(大智大覺)한 후 자신을 희생하여 불법을 넓게 펼친 훌륭한 전교자(傳敎者)였다. 새롭게 알게 된 부처님의 법력은 미치지 않는 곳이 없어서 색즉시공 공즉시색의 도리로서 온 우주를 지배하는 대자대비의 화신이다.

구마라습은 생각하였다.

"내가 그 옛날 설일체유부의 모든 경전을 배우던 시절은 마치 금(金)이 최상임을 알지 못하고 놋쇠를 가장 좋은 것으로 여긴 것과 같다."

구마라습은 계빈 유학을 마치고 귀국하다가 들른 소륵국에서 이렇게 대승의 큰 수레에 올라타게 되었다. 이것은 반대 방향으로 진로를 튼 것이 아니라 정방향으로 한 걸음 더 나아간 것이었다. 지금까지 튼실하게 배운 소승불교가 전혀 쓸모없는, 버려야 할 헛된 이론에 불과한 것이었다면 오랫동안 허송세월했다고 할 수 있을 것이다. 그러나 튼튼한 뿌리를 내리는 작업을 해 온 것이어서 그 뿌리를 대목으로 하여 접을 붙인 대승의 나무는 이내 거목으로 자라날 수 있었다.

수리야소마는 이별에 앞서 구마라습에게 용수의 『중론』 『백론』 『십이문론』 등을 선물하였다. 이렇게 하여 불교의 한 거대한 물줄기가 용수에서 수리야소마를 중개자로 하여 구마라습에게로 흘러들었다.

구자국의 전대(前代) 왕궁을 개조하여 만든 왕신사 대웅전에는 여래 좌상을 봉안하고 후불탱이 장엄되었다. 요사(寮舍)는 국왕과 왕실 사람들이 거처하던 곳이어서 안락했으며 오래전부터 각종 꽃과 관상수가 가꾸어져 온 아름다운 정원에는 여러 불교 조형물이 세워졌다.

구마라습과 지바가 귀국하였다. 지바는 납의(衲衣)로 타고난 미색을 감추었어도 여전히 기품이 넘치고 아름다웠다. 무엇보다 백순왕을 기쁘게 한 것은 의젓해진 구마라습이었다. 유학을 떠날 때는 아홉 살 앳된 동자승이었는데, 3년 동안의 유학을 마치고 귀로에 올라 만행하며 수행을 한 기간이 또 2년이 지났다.

열다섯이 된 구마라습의 키는 성장판이 닫히기 직전이어서 다 큰 것이나 마찬가지였다. 백순왕이 보기에 구마라습은 소년 티는 나지만 키는 이미 자신을 능가했다. 얼굴색이 하얗고 그윽하게 깊어진 푸른 눈은 전형적인 구자 왕실의 혈통을 이은 것이어서 이 점이 백순을 미소 짓게 했다.

귀국한 구마라습은 원래는 스승이 있는 출가 본사인 수바시사로 갈 생각이었지만 구자 왕의 권유에 따라 새로 창건된 왕신사에 짐을 풀었다. 지바도 처음에는 비구니들만 머무는 사찰로 가겠다는 뜻을 밝혔지만, 큰 비용을 들여 왕신사를 창건한 백순왕의 뜻이 구마라습과 함께 왕신사에 머무는 것이어서 이를 거절하기 힘들었다.

지바와 구마라습은 짐을 풀자마자 곧 수바시사로 불도설미를 찾아뵙고 귀국 인사를 드렸다. 불도설미는 구마라습이 소륵국에서 대승으로 갈아탄 사실을 이미 알고 있었다. 통신이 발달해 있던 때도 아닌데 구마라습의 일거수일투족은 총령 안팎의 모든 나라로 날개 돋친 듯 잘도 퍼져 나갔다.

구자국 설일체유부계의 거두 불도설미 대사는 제자의 대승 수용을 결코 반기지 않았다. 구자국은 불도설미뿐만 아니라 대부분 소승계 스님들이 불교계를 장악하고 있는 소승 불교국이다. 구마라습은 오랜만에 뵌 은사와 종교 전쟁을 하고 있을 수는 없었다. 대승에 관한 문제는 적당한 선에서 봉합시키고 계빈국의 반두달다의 안부를 전하는 것으로 인사를 대신하였다.

"내 사형께서는 편안하시더냐?"

"네. 건강하십니다."

"서로 멀리 떨어져 있으니 한번 헤어진 후 만나기가 쉽지 않구나."

왕신사로 돌아온 구마라습은 『방광반야경(放光般若經)』 『도행반야경(道行般若經)』 『법화경』 『유마경』 『대반열반경(大般涅槃經)』 『수능엄삼매(首楞嚴三昧)』 『사익범천소문경(思益梵天所問經)』 『십주비바사론(十住毘婆沙論)』 등의 대승경전과 수리야소마가 헤어질 때 준 용수의 『중론』 『백론』 『십이문론』 등을 배우는 시간을 가졌다. 불교 교리를 줄줄 꿰고 있는 구마라습은 한번 물리가 터지자 독학으로도 경전의 의미를 능히 파악했다.

왕신사에서 대승사상을 완벽하게 이해하는 보림의 기간을 보내는 동안 두 명의 계빈국 스님이 구자에 들렀다. 첫 번째 스님은 비마라차(卑摩羅叉)다. 계빈이 배출한 최고의 율승(律僧)이었던 비마라차는 구마라습에게 이때 『십송률』을 가르쳐 교보다 상대적으로 다소 떨어졌던 율에 대한 공부를 확실하게 도왔다.

두 번째는 불타야사가 찾아와 『십주경』을 강해 준 것이었다. 불타야사는 금방 떠나지 않고 구마라습이 스무 살이 되어 비구계를 받고 금사자좌에 오를 때까지 몇 년 동안 함께 왕신사에서 생활하였다.

구마라습의 비구계는 궁중의 왕사에서 거행되었다. 은사 불도설미가 계사(戒師)가 되어 진행하는 수계식을 지켜보며 사람들은 모두 뭉클한 감회에 젖었다. 특히 아들과 동반 출가하여 함께 유학을 다녀온 지바의 감회는 남달랐다. 7세의 코흘리개가 13년의 세월이 흘러 스무 살의 헌헌장부가 되었다.

지바는 이제 됐다고 생각했다. 앞으로는 구마라습이 어엿한 비구로서 여법하게 수행을 할 것이라 의심치 않았다. 아들을 키우는 데 자신의 모든 시간을 썼던 지바는 아들 곁에 더 머물면 쓸데없는 간섭이나 하게 될 것이라 여겼다. 지금까지는 구마라습이 그녀 생존 이유의 전부였지만 이제부터는 아들이 아니라 자신의 공부를 위해서 온전하게 시간을 써도 될 것 같았다. 아니, 아들을 위해 미루어 둔 공부를 더 늦추지 말고 해야 한다고 생각했다.

그녀는 다시 계빈으로 유학 가는 것을 독립선언의 제1 목표로 정했다. 일차 계빈 유학은 아들을 위한 뒷바라지가 우선이었다. 이제는 아들이 아니라 자신을 위해 공부를 하고 불도를 닦고 싶었다. 그녀의 결심을 아무도 말릴 수 없었다. 백순왕도 구마라습도 지바가 가려는 길을 축하는 해도 만류할 수는 없었다.

지바는 헤어지기 전에 백순왕에게 말했다.

"오라버니, 저는 유학 중에 라습을 따라 음양 성산 길흉 예지 등에 관한 공부를 좀 했는데 제 생각에는 머지않아 우리 구자에 시련이 닥칠 것이라 생각돼요."

"뭐라?"

"지금부터 혹시 생길지도 모르는 외침(外侵)에 대비하도록 하세요. 무사히 국난을 극복하게 되기를 기도드릴게요."

백순왕은 지바의 말을 유념하고 국방력을 키우는 노력을 기울이기 시작하였다.

지바는 다음으로 구마라습에게 말했다.

"계빈에서 공부를 마치고 소륵국으로 가다가 대월지에서 만난 아라한이 네가 서른다섯이 될 때까지 계를 파하지 않으면 우바굴다 같은 조사가 될 것이라 했던 말을 기억하고 있느냐?"

"네."

"나는 그 아라한의 예지력을 네가 무시하지 말고 꼭 명심하라는 부탁 하나만 하고 떠나겠다. 나는 너를 불교의 발전을 위한 일꾼으로 키우기 위해 최선을 다했다. 방등(方等)의 심오한 교의인 참 마음(眞丹)을 널리 동토(東土)에 전하는 일을 했으면 좋겠다."

"보살의 도는 중생을 이익되게 하고 자신의 몸은 잊어버리는 것입니다. 만일 반드시 큰 교화를 널리 퍼뜨려 몽매한 세속을 깨닫게 할 수만 있다면 아무리 끓는 가마솥의 고통을 당한다고 하더라도 가야 할 것이고 중국행이 주어지면 이도 마다하지 않겠습니다."

이제 자비와 보시라는 이름의 공을 실은 큰 수레는 마련되었다. 큰 수레가 굴러가는 앞길이 평탄치만은 않을 것이다. 그것을 알았음인지 지바 스님이 나직이 말했다.

"떨어져 있어도 너를 위한 나의 기도는 멈추지 않을 것이다."

"어머니, 이렇게 길러 주셔서 감사합니다."

그 말을 끝으로 모자는 헤어지고 두 사람 사이에는 총령이 가로 놓이게 되었다. 그러나 그것으로 세연(世緣)이 아주 끊어진 것은 아니었다.

어머니 지바 스님과 작별한 구마라습은 어머니 없이 자신이 해야 할 첫 번째 일이 구자불교를 소승에서 대승으로 바꾸어 놓는 것이라고 생각했다. 대승 법륜을 굴리려 하자 스승인 불도설미와 부딪치는 것이 가장 큰 걸림돌이었다.

이 문제를 원만하게 해결하기 위해서는 불도설미를 직접 설득할 것이 아니라 계빈에 있는 반두달다를 먼저 개종시키는 것이 방법일 것 같았다. 반두달다가 대승으로 갈아타면 그가 자신보다 확실하게 불도설미를 바꾸어 놓을 것이기 때문이다. 그러기 위해서 다시 계빈을 다녀와야 한다는 생각을 하고 있을 때, 수바시사에서 불도설미가 사람을 보내 자신을 불렀다. 가서 보니 그곳에는 뜻밖에도 반두달다가 와 있었다.

구마라습은 반갑게 외쳤다.

"언제 오셨습니까, 스승님?"

반두달다는 만면에 웃을 지어 보였다.

"어제 이곳에 왔다."

멀리 계빈까지 가지 않아도 된 것은 다행한 일이었지만, 계빈 최고의 소승학자를 대승으로 개종시키는 일은 생각보다 쉽지 않을 것 같았다. 계빈의 최고라는 것은 전 세계에서 최고봉이라는 것을 뜻한다. 힘들지만 꼭 넘어야 할 태산준령이었다.

반두달다가 선제공격을 가해 왔다.

"네가 나를 떠난 후에 대승으로 개종했다는 소문이 계빈까지 들려와 내가 그냥 있을 수 없었다."

이렇게 되면 세계 최고의 소승 태두와 충돌하는 일은 불가피해졌다. 내심 그렇게 되기를 바라기도 했지만, 그 자리에서 바로 대결을 시작할 수는 없었다.

"구자에 오셨으니 사부님을 왕신사로 모시겠습니다. 자세한 이야기는 왕신사에 계시면서 차차 나누기로 하시지요?"

반두달다에게는 구마라습이 생애 최고의 제자다. 그런 제자가 대승으로 수레를 바꾸어 탔다는 것은 모른 척하고 있을 문제가 아니었다. 정황을 알아보기 위해 원행(遠行)을 했던 반두달다는 구마라습의 청을 받아들여 왕신사로 거처를 옮겼다. 그 직후 반두달다는 바로 칼을 뽑았다.

"대승의 무엇이 그대가 유위법을 부정하게 만든 것이냐?"

구마라습이 즉각 방패를 들이댄다.

"유위법의 사상(四相)은 가법(假法)에 지나지 않으며 실법(實法)이 아닙니다. 생주이멸(生住異滅)은 때때로 변하고 자성이 없으니, 즉 『덕녀문경』이 말하는 인연, 공, 가(假) 등이 바로 그렇습니다. 대승의 이치는 매우 깊어서 유법(有法)이 모두 공(空)임을 분명히 드러내는데, 유(有)에 집착하는 소승은 누실(漏失)이 많으므로 대승을 숭상하고 높일 만합니다."

그런 이론을 쉽게 받아들일 반두달다가 아니었다.

"그대가 말한 일체 모든 법은 결국 다 공이라는 일체제법필경개공(一切諸法畢竟皆空)은 심히 두려워할 만한 것이구나. 어찌 유법(有法)을 버리고 공(空)을 좋아할 수 있느냐?"

"스승님의 비유에는 오류가 있습니다! 부처님께서 말씀하신 '일체제법필경개공'은 아무것도 없다는 것이 아니라 오직 모든 법의 무자성(無自性)을 지적한 것입니다. 법상(法相)의 상은 인연이 화합해서 생겨나는 것으로 실체(實體)가 없습니다. 대승은 유로써 공을 증명하지만, 유는 비유(非有)이고 공상(空相)이고 가명(假名)입니다. 유는 속제(俗諦)이며 대승은 속제로써 제일의제를 증명합니다. 제일의제가 바로 공입니다."

이어서 구마라습은 용수의 중도(中道)를 내밀었다.

"용수보살께서 인(因)과 연(緣)에서 발생하는 제법을 공(空), 가명(假名)이라 하고 그것을 중도(中道)라고도 하셨습니다. 지금까지 일법(一法)으로 인연하여 생기지 않는 것이 없으니 그로 인하여 일체법이 공인 것입니다."

인연생법(因緣生法)이 공이고 가명이 또한 공이다. 이것을 중도라 하는 것은 유무의 양극단에서 벗어나기 때문이다. 법은 무자성(無自性)이기 때문에 유(有)라고 말할 수 없다. 또한, 법은 무공(無空)이기에 무(無)라고 말할 수 없다. 유무의 양극단에서 벗어나야 불법의 중도에 부합된다. 성제(聖諦)에서 보면 가명은 결국 공이다. 속제(俗諦)에서의 가명은 유처럼 보인다. 인연 때문에 생겨나지만, 무자성이기에 유에서 벗어나 있고, 상(常)이고 증익(增益)이다.

성공(性空)이지만 가명이기에 단변(斷邊)과 무변(無邊)에서 벗어나 있는 손감(損減)이다. 이 양극단에서 벗어나 있으니 비로소 중도다. 일체법은 인연으로 인해 생겨나지 않은 것이 없으며, 인연에서 생겨나는 것은 모두 무자성(空無自性)이고 이래서 일체법이 공 아닌 것이 없다는 것으로 귀결된다.

반두달다와 구마라습의 불꽃 튀는 논쟁은 밤낮없이 계속되었다. 서로 간에 조금도 양보하지 않는 격렬한 전투가 한 달 정도 계속되었다.

구마라습이 말했다.

"스승님 사띠빳타나 위빠사나(Satipattjana Vipassana)를 통해 석가모니부처님께서 도달하신 탐진치가 일어나지 않는 열반이 곧 공성(空性)인 것입니다."

그 말끝에 마침내 반두달나는 공(空)의 의미를 깨닫게 되었다. 구마라습은 기어이 집착의 폐단이 없고 원융(圓融)의 기묘함이 있는 성공의 가르침이 일체유부보다 한 수 위라는 것을 스승에게 입증시켰다. 이것은 제자가 스승을 가르친 것과 같다. 그러기에 반두달다가 말했다.

"스승이 미처 도달하지 못한 경지를 제자가 먼저 알아서 스승을 가르칠 수도 있다는 것을 입증하였다. 그대는 나의 사부다."

"제가 하늘에서 뚝 떨어졌습니까. 스승님에게서 나왔으니 제가 사부라는 말씀은 당치 않습니다."

"청출어람(靑出於藍)인 것은 분명하다."

대승으로 개종한 반두달다가 왕신사에서 수바시사로 옮겨 가기 전에 구마라습이 조심스럽게 물었다.

"최근 저의 아버지와 동생은 어찌 지내고 계신지요?"

반두달다는 이에 대해 딱 잘라 대답한다.

"아주 잘 있다."

"아버지께서 무슨 도를 닦고 있다 했었는데 지금쯤은 득도 하지 않았을까요?"

그에 대한 답도 여전히 아리송하다.

"득도는 했는데 아직은 무르익은 것 같지 않더구나. 하지만 네 아버지 걱정은 추호도 할 필요 없다. 곧 보림이 끝나고 때가 되면 네 앞에도 나타날 것이다. 그러니 너는 오직 너의 불도 성취에만 정진하면 된다. 내가 너의 아버지에 관한 이야기를 더 자세히 해 주지 않는 것은 네 아버지가 스스로 나타나 밝힐 때가 있을 것이라고 믿기 때문이다. 나에게 언젠가는 너를 만날 것이라는 말을 했다. 네 아버지가 너를 당장 찾아오지 않아도 너를 생각하는 마음은 지극하고 가없는 것임을 내가 알고 있다."

보림(保任)은 깨달아 부처가 된 이후의 수행을 말한다. 보호임지(保護任持)를 줄여서 쓰는 말이고 불교식 한자를 읽는 방법은 달라서 보임이 아니라 보림이라 한다. 깨친 후에도 수행을 게

을리하지 않고 완전히 자기 것으로 만드는 것을 이르는 말이다.

아버지가 초견성(初見性)은 했지만 보림 기간을 거쳐야 완벽한 도인이 된다는 말씀이었다. 그러나 여전히 어디서 무슨 도를 닦고 계신지 구체적인 언급은 하지 않는다. 궁금증은 많았지만, 아버지가 나타나 직접 알려 줄 때가 있다니 기다리는 수밖에 없었다.

그러자 다시 자기의 문제로 돌아온다.

"지금 수바시사로 가시면 불도설미 스님을 대승으로 개종할 수 있도록 인도해 주실 수 없겠는지요?"

"그렇지 않아도 사제에게 성공과 중도를 가르친 후 계빈으로 돌아갈 생각이었다."

구마라습이 했다면 천지개벽을 시키는 노력이 필요했겠지만, 불도설미는 사형인 반두달다의 설명을 다소곳이 경청하였다. 마침내 불도설미도 대승에 눈을 뜨게 되었다. 불도설미가 대승을 받아들이자 구자국 깊숙이 퍼져 있던 불도설미의 제자들이 모두 대승으로 갈아탔다.

백순왕은 불도설미보다 약간 먼저 대승으로 개종했다. 국왕이 대승으로 전교하자 대소신료들이 또한 대승을 받아들였다. 소승의 뿌리가 깊이 내려 있던 구자국이 구마라습에 의해 대승으로 바뀌고, 이로 인하여 인근의 크고 작은 여러 나라에서 대승을 수용하는 바람이 연쇄적으로 일어났다.

소승에서 대승으로 바뀌었다는 것은 간략하게 말하면 자기 해탈을 위한 깨달음을 추구하는 것에서 보시로써 자비를 구현하는 것으로 수행 목적과 방향이 교체되었다는 것을 뜻한다.

이럴 때쯤 백순왕이 구마라습을 불러 이미 오래전에 예견되었던 금사자좌에 오르는 문제를 거론하였다.

"왕사에 금사자좌를 만들 것이니 그대는 더 미루지 말고 이제 대승의 법륜을 굴리도록 하라."

백순왕의 권유를 받아들이지 않을 이유가 없었다. 구마라습이 마음을 정하자 왕사에 대한 대대적인 청소가 제일 먼저 이루어졌다. 연꽃 모양의 대좌를 개금하고 옥구슬로 장엄하였다. 행사 당일 불당 안에는 구자의 왕과 국빈 방문한 주변국의 여러 왕이 귀빈석을 차지하고 앉았다. 그때까지 구자에 머물고 있던 반두달다와 불타야사는 물론이고 은사인 불도설미가 구자의 여러 스님을 데리고 참석하여 왕사는 인산인해를 이루었다.

불당 입구에 모습을 드러낸 구마라습이 화려한 문양의 카펫을 밟고 입장하는 순서가 되었을 때, 누구도 예상치 않은 일이 발생하였다. 귀빈석에 앉아 있던 외국의 국왕들이 대좌 앞으로 나오더니 등을 구부리고 부복한 것이었다. 구마라습은 왕들의 등을 밟고 오르기를 요청받았다.

모두 독실한 불교 신자였던 주변국의 여러 왕이 몸을 구부려 구마라습이 자신들의 등을 밟고 지나가 등단할 수 있도록 한 것은 금사자좌에 오르는 스님에 대한 최상의 예우를 한 것이었나. 구마라습이 부축을 받아 왕들의 등을 밟고 걸어갈 때 왕실

악단은 오묘하면서도 경건한 곡을 연주하였다. 금사자좌에 오른 구마라습이 가부좌를 틀고 앉자 북을 치고 동발(銅鈸)을 부딪치는 의식이 이어졌다.

침향(沉香)의 그윽한 내음이 서서히 퍼지는 가운데 이윽고 구마라습의 사자후가 왕사의 지붕을 뚫고 나와 멀리 퍼져 나갔다. 이어서 설산 톈산의 계곡을 흘러내린 것 같은 청량한 법음(法音)이 흘러나왔다.

구마라습이 금사자좌에 오른 것은 불교 역사에 길이 남는 금자탑을 세운 것이었다. 이 사건은 구자에서 설일체유부의 소승이 대승으로 바뀌는 분기점이 되었다. 이때부터 공을 실은 큰 수레가 중국을 향해 동진하며 대승의 깃발을 펄럭이기 시작한다.

불타야사는 금사자좌에 오른 구마라습을 누구보다 자랑스럽게 여기면서 감축하였다. 행사가 끝난 후 불타야사는 다시 소륵국을 향해 떠났다.

4.

아침을 꿈꾸던
사람들

흉노(匈奴), 선비(鮮卑), 저(氐), 갈(羯), 강(羌) 등 다섯 개의 비한족(非漢族) 변방의 5호(五胡)들이 만리장성을 넘어와 짧은 기간 동안 중국의 북방에 여러 나라를 세운 후 흥망을 다투던 시기를 5호(五胡) 16국 시대라고 한다. 호(胡)는 중국인들이 이적(夷狄)인 오랑캐를 뜻할 때 사용하는 말이다.

135년밖에 되지 않는 짧은 기간이지만 이 시기에 많은 격변의 소용돌이가 몰아쳤다. 그중에 가장 중요한 변화는 중국으로 쳐들어왔던 5호들이 오랜 세월에 걸쳐 생성시킨 오랑캐 기질을 탈피하여 중국화되기 시작했다는 점이다. 그리고 중국은 오랑캐들이 가지고 온 불교를 수용하여 마음에 불심을 심는, 지금까지는 없던 현상이 발생하였다.

불광(佛光)은 서쪽인 인도에서 중국을 향해 크게 두 개의 실크로드를 따라 어둠을 몰아내면서 동진해 왔다. 그 첫째는 우전(于闐) 정절(精絕) 차말(且末) 야강, 선선(鄯善)으로 이어지는 행로고, 둘째는 소륵(疏勒) 고묵(姑墨) 구자(龜玆) 언기(焉耆) 고창

(高昌)을 경유하는 노선이다. 두 길은 둔황에서 다시 만나 량저우(涼州) 장안(長安) 뤄양(洛陽) 징저우(荊州) 루샨(廬山) 진캉(健康) 등으로 펴져 나갔다.

따라서 중국 본토인들보다 실크로드의 서역 국가들이 먼저 불은(佛恩)을 입게 되고 연쇄적으로 오아시스 국가들과 인접해 있던 북방의 오랑캐인 5호들에게 전교(傳敎)되는 순서를 밟았다.

이 말은 중국을 침략한 5호들이 중국보다 먼저 받아들인 불교를 등에 업고 남하했다는 것을 의미한다. 즉 불자이던 5호들의 남침(南侵)은 중국을 불국토화시키는 결과를 초래하였다. 이리하여 사상적으로 심한 혼돈을 겪던 중국인들의 마음속에 불심(佛心)이 빠르게 접목되어 퍼져 나갔다.

전쟁이 일상화되면서 어디를 둘러보나 선혈(鮮血)이 낭자하고 인명(人命)이 파리 목숨과 별반 다를 것이 없게 되자 삶에 대한 본질적인 허무와 인간이 숙명처럼 걸머지고 태어난 고(苦)에 대한 자각을 어느 때보다 많이 하게 되고 이런 풍토가 불교에 관한 관심을 증폭시켰으며, 불교가 퍼지는 좋은 환경을 조성했다.

5호들에게 쫓기어 남쪽으로 내려간 한족들은 위(魏), 진(晉), 남북조시대를 열었다. 위는 조조(曹操)의 아들 조비(曹丕)가 후한(後漢)의 헌제(獻帝)로부터 선양받아 세운 나라고, 진은 사마염(司馬炎)이 조위(曹魏)의 원제(元帝)로부터 정권을 취하여 세운 국가다. 남북조는 장강과 황하의 중간 부분을 경계로 중국의 남북에서 북위(北魏)와 동진(東晉)에 이어 명멸한 왕조들을 일컫는다. 위·진 남북조시대는 후한이 멸망한 다음 해(221)로부터 수(隋)가 통일국가를 세운 때(589)까지를 이른다.

한동안 5호 16국과 위·진 남북조는 공존하며 빼앗고 빼앗기는 각축전을 전개했다. 그중 지금의 칭하이(靑海) 주변에 거주하던 흉노 지배층을 이끌던 티베트인들이 저족(氐族)이다. 이 저족이 한족을 정복하고 세운 나라가 전진(前秦)이다. 전진은 5호 16국 시대와 위·진 남북조시대를 통틀어 천하통일에 가장 근접했을 만큼 막강한 국력을 키웠던 나라다.

전진의 부흥을 주도한 인물은 제3대 황제인 부견(苻堅)이다. 그는 5호 16국 시대의 용맹하지만, 무식하기 짝이 없었던 다른 군주들과는 달리 유교(儒敎)를 숭상하고 불교를 중흥시켰으며 학문과 문화를 장려한 성군(聖君)으로 추앙받는다. 사가(史家)들은 부견의 이런 면모가 한족 출신의 왕맹(王猛)을 책사로 기용한 용병술에서 기인한다고 본다.

부견에게 왕맹을 천거한 사람은 여파루(呂婆樓)다. 그는 폭군이었던 부생을 몰아내고 부견을 즉위시키는 데 큰 공을 세운 후, 황제의 친족을 포함한 조정 대신들을 감찰하는 사예교위(司隸校尉)라는 직책을 수행했던 부견의 측근이다. 그리고 부견 휘하의 용맹스러운 장수 여광(呂光)은 바로 여파루의 아들이다.

같은 저족 중에 전투를 잘하는 부하 장수들은 많았지만, 국가를 경영할 시략을 갖춘 사람은 찾기 힘들었다. 민리장성을 넘을 때 목숨을 걸고 같이 싸운 공도 중요하지만 그런 점을 중시하며 한족을 배척했던 다른 군주들과는 달리 부견은 왕맹을 비롯한 한족들을 차별하지 않고 널리 등용하는 것으로 인물난을 극복하고 정국을 빠르게 안정시켜 나갔다.

왕맹을 제갈량(諸葛亮)에 견줄 수 있다고 생각한 부견은 여파루의 천거로 중용하기 시작한 왕맹의 의견을 받아들여 문벌과 귀족을 억누르고 내정(內政)과 법제(法制)와 풍속을 정비하였다. 중농(重農)정책을 추진하여 널리 백성들의 배를 부르게 하고 현인(賢人)을 뽑아 여러 방면에서 전진의 중국 왕조화를 진행했다. 현인 발탁이란 곧 중국인 중용책을 뜻한다.

일찍부터 불교를 받아들인 독실한 불자였던 부견은 주변국 포교에 열성적이었다. 부견이 소수림왕 2년인 372년에 순도(順道) 화상을 시켜 경(經)과 불상을 고구려에 전하도록 했다는 내용이 우리나라 국사 교과서에 실려 있다.

부견은 북진하려는 동진을 저지하기 위해 샹양(襄陽)을 공격했다. 샹양은 장안(長安)에서 우한(武漢)으로 가는 중간에 알박기로 박혀 있는 교통의 요충지다. 378년 전진의 17만 대군이 성을 포위하자 량저우(梁州)의 자사 주서(朱序)는 결사항전(決死抗戰)하지만, 해가 바뀐 379년 2월 더 이상 버티지 못하고 항복한다. 부견은 투항한 주서를 용서하고 도리어 도지상서(度支尙書)라는 벼슬을 내리는 은혜를 베풀었다.

부견은 이 전투를 통해 영토를 넓힌 것 외에 이후 불교 정책을 주도하는 도안(道安) 스님을 얻었다. 도안은 후조(後趙) 시대에 활약한 불도징의 수제자다. 불도징은 구자국 출신으로서 계빈국에 유학한 선구자다. 그 후 동래(東來)하여 중국에 널리 불교를 편 전력(前歷)으로 볼 때 구마라습의 선배에 해당한다. 불도징은 310년(서진의 영가 4년) 뤄양(洛陽)으로 오다가 흉노(匈奴)의 하위 부족인 갈족(羯族)과 처음 인연을 맺었다.

불도징은 5호 16국 중 하나인 후조를 건국한 갈족 출신의 석륵(石勒, 274년~333년)을 만나 그를 불교도로 개종시키는 첫 번째 포교를 하였다. 이후 왕사(王師)가 되어 석륵이 패권을 다투는 여러 전쟁에 참여했다. 신통력이 대단하였고 성숙(星宿)에 밝았으며 천기를 볼 줄 알았던 불도징은 병서(兵書)에도 해박했었다.

석륵의 정신적 지주 역할을 했던 불도징은 전쟁을 승리로 이끄는 신출귀몰한 작전을 펼친 후 전후 논공행상(論功行賞)을 할 때 상으로 절을 지어달라고 청했다. 기분이 매우 좋았던 석륵은 군대를 동원하여 사원 건립 불사를 대대적으로 지원하였다.

그렇게 하여 중국에 세워진 절의 수효가 대략 1천여 개에 이른다. 불도징이 참여한 전투가 승승장구한 결과며 절을 증축하면 불패 신화를 계속할 수 있다고 믿은 석륵이 불도징의 요청을 무조건 수용했기 때문에 그렇게 많은 절이 만들어졌다.

불도징은 후조의 제3대 황제인 석호(石虎, 295년~349년)가 허난성(河南省)의 예(鄴)로 천도할 때 도읍을 정하고 국법을 제정하는 업무도 도왔다. 이 공로로 그때까지 허용되지 않던 한인(漢人)

의 출가를 이끌어 냈다.

　불도징은 이후 1만 명에 달하는 중국인 제자를 배출시켰다. 1천 개의 절과 1만 명의 스님들은 중국불교의 새벽을 여는 데 결정적인 공헌을 한다. 그중 가장 걸출했던 제자가 도안이다. 그 밖에도 중국불교의 새벽을 같이 연 그의 제자 중에는 축법태(竺法汰) 법화(法和) 법상(法常) 등이 꼽힌다. 불도징은 348년(영화 4년) 12월에 118세로 열반하였다. 당시로서는 드물게 천수를 누렸다.

　도안은 명성과는 어울리지 않게 한때 정처 없이 떠돌며 곤궁한 생활을 했었다. 부견은 그런 도안을 샹양에서 장안으로 데리고 온 다음 오급사(五級寺)에서 주석케 하였다. 도안은 부견의 불교 정책을 보좌하는 한편 이때부터 열반 전까지 대략 5년 동안 두 가지 일을 한다.

　첫째 지금까지 북방 오랑캐들이 거의 무비판적으로 받아들여 난립해 있던 교단을 최초로 정립하고 의궤를 제정하여 불교 발전을 위한 토대를 쌓았다.

　두 번째는 역경 불사의 새벽을 여는 일에 신명을 바쳤다. 인도와 서역에서 온 역경승(譯經僧)의 경전 번역을 돕다가 나중에는 직접 『아비달마』계열의 경전을 관중(關中) 지방에 번역 소개하는 일을 했다. 도안이 구마라습보다 대략 20년 정도 먼저 불경 번역을 시작했다. 이때를 고역(古譯) 시대라 한다.

　도안이 이역경(異譯經)과의 비교연구를 통해 원전의 진의

(眞義)에 접근하려 노력했지만, 격의불교(格義佛敎)의 결함을 완벽하게 극복하지 못했다. 외국인으로서 산스크리트어에 대한 이해도가 완벽하지 못한 데 따른 문제점을 노출했다. 도안은 완벽한 경전 번역을 위해서는 자신보다 범어를 잘하고 경에 대한 이해가 깊은 스님이 필요하다는 것을 경험을 통해 알았다.

부견은 국력을 키우려면 불교를 중심으로 사람들을 뭉치게 만들어야 한다고 생각했던 불심천자다. 그는 어느 날 도안을 입궐시킨 다음 물었다.

"대사님, 우리나라에 불교를 크게 융성시킬 방안이 없겠습니까?"

그에 대한 도안의 대답 속에 처음으로 구마라습이 등장한다.

"저의 은사인 불도징 큰스님의 고향 구자국에 지금 서역의 여러 불교국가를 통틀어 가장 위대하다고 평가받는 구마라습이라는 스님이 있습니다. 그 스님을 모셔오면 이 나라가 불교를 중심으로 크게 융성하게 될 것입니다."

"구마라습이라고 했소?"

"그렇습니다. 일곱 살 어린 나이에 동진 출가하였고 계빈으로 유학하러 간 것은 그의 나이 겨우 아홉 살 때의 일입니다. 당시 계빈에서 설일체유부계의 태두이던 반두달다 큰스님을 사부로 모시고 수학했는데, 3년 만에 더 가르쳐 줄 것이 없다는 말을 들었던 천재입니다. 이런 구마라습을 모셔다 팔리어나 산스크리트어로 된 경전을 중국어로 번역 출판토록 해야 합니다. 우리 말

경전을 갖게 되면 불법이 구름처럼 피어날 것으로 사료됩니다."

도안은 구마라습을 자신보다 능력 있는 불학대사로 인정하여 부견에게 추천했다. 이때 도안의 세납(歲納)은 불과 5년 후에 열반할 정도로 많았다. 그리고 아무리 명성이 높다고 해도 구마라습은 서른도 되지 않았었다. 노스님이 젊은 구마라습을 젖비린내 나는 어린애 취급한 것이 아니라 자기보다 훌륭한 스님으로 인정하여 추천했던 것이다. 구마라습의 법력이 그만큼 높았기 때문이라고 할 수 있지만, 그를 알아본 도안 노사(老師)의 경지도 대단하다.

도안의 추천을 받은 부견이 결단을 내렸다.

"그럼 지금 당장 사신을 구자국으로 보내 구마라습 대사를 우리나라로 모셔오도록 하겠습니다."

그러나 도안이 구마라습을 천거한 일은 구자국과 구마라습을 예상치 않은 곤경에 빠트리고 말았다. 선의(善意)에서 나온 한 생각이 전혀 예상치 못한 처절한 피바람을 불러왔기 때문이다.

부견이 사신을 급파하여 구마라습을 보내 달라 요청했지만, 구자국의 백순왕은 부견의 요청을 받아들이지 않았다. 그렇다고 대국의 요청을 묵살할 수도 없었던 백순은 동생 백진을 단장으로 하는 사절단을 파견했다. 백순과 백진은 어머니가 다른 형제다. 백진이 외교적 업무를 수행할 때 형을 곤경에 처하게 할 흑심을 가지고 있었던 것은 아니다. 나중에 백진이 구자의 왕위를 계승하게 되는데, 그것은 형의 자리를 찬탈한 것이 아니라 전적으로 타의에 의해 주어진 것이기 때문이다.

사절단의 백진 단장이 부견 앞에 머리를 조아렸다.

"구마라습 대사는 지금 구자를 떠나기가 곤란한 처지입니다."

"그게 무엇 때문이더냐?"

"구자국 주위의 서른 개쯤 되는 나라의 스님들이 구마라습 대사에게 참학(參學) 하기 위해 몰려들었는데, 그 수효가 몇백 명인지 일일이 파악이 안 되는 실정입니다. 그들을 가르치다가 중도에서 작파하고 훌쩍 떠나면 외교적 결례가 될 것입니다. 주변국 국왕들의 큰 기대와 성원을 그런 식으로 저버릴 수 없으므로 선뜻 대왕의 요청을 수락할 수 없었던 것입니다."

"그러면 나는 영 그분의 가르침을 받을 수 없다는 말이냐?"

"황공하옵니다. 저의 왕께서 앞으로는 유학생을 받지 않겠다고 하셨습니다. 그러면 대강 3년 정도 후면 지금 가르치고 있는 학승들의 교육을 마무리 지을 수 있습니다. 저희 국왕께서 3년 후에는 구마라습 대사를 장안으로 보내드릴 수 있다고 하셨습니다."

그 말을 들은 부견은 통 큰 결단을 내렸다.

"사정이 그렇다니 그럼 내가 3년을 기다리겠소."

"성은이 망극하옵니다. 폐하!"

부견은 백진을 위해 연회를 베풀었다. 이 자리에는 장군 여광도 참석하였다. 백진과 여광의 이 만남은 그냥 일시적으로 스쳐 가는 것이 아닌 아주 특별한 만남이 되었다. 나중에 그런 시절 인연이 도래한다.

결론부터 말하면 백순은 3년이 지나도 구마라습을 장안으로 보내지 않았다. 유학생들의 교육이 끝나지 않았으니 6개월의 말미를 더 달라고 청을 했다. 그래서 부견은 이의를 제기하지 않은 채 6개월을 더 기다리는 인내력을 발휘했는데도 구마라습은 끝내 장안에 나타나지 않았다.

대노(大怒)한 부견이 여파루의 아들 여광을 불렀다.

"장군은 7만의 병력을 주면 서역 땅 구자국의 구마라습을 생포하여 본국으로 데려올 수 있겠는가?"

"폐하, 구마라습이 누구인데 잡아들이는 것인지요?"

"그는 큰스님이다."

"스님 따위를 연행하는 데 7만의 병력을 동원한단 말입니까?"

이런 불손한 언사를 통해서도 짐작할 수 있듯 여광은 불자가 아니다. 그에 반해 아주 독실한 불교도인 부견이 화를 벌컥 낸다.

"도력 높은 그 스님을 꼭 모셔와야 하므로 7만의 병력을 보내는 것이다. 불응하면 구자국을 쑥밭으로 만들어서라도 구마라습 큰스님은 꼭 안전하게 모시고 와야 할 것이야."

여광은 더 이상 토를 달았다가는 자신의 목이 날아갈 수도 있다는 것을 알았다. 부견이 구마라습을 얻으려는 마음은 그토록 간절했다.

"폐하, 구마라습을 틀림없이 폐하 앞에 대령시키겠나이다."

스님 한 명을 데려오기 위해 7만 명이 동원된 일은 일찍이 없었다. 그래서 사가(史家)들은 대부분 구마라습을 모시겠다는 것은 구실이고 사실은 이때 부견이 서역을 평정하기 위해 정벌군(征伐軍)을 보낸 것이라고 본다.

책사인 왕맹은 부견의 서역정벌을 반대했었다.

"서역은 거칠고 멀어 그들을 백성으로 얻는다고 해도 부릴 수 없으며, 한무제가 그곳을 정벌하였으나 얻은 것으로 잃은 것을 보충하지 못하였습니다. 지금 만 리 밖으로 군사들을 원행시키는 것은 한나라의 과실을 뒤쫓는 것이지 득 될 것이 없습니다."

"무슨 말씀이오. 지금은 한나라 때 없었던 구마라습이 그곳에 있소이다."

부견은 서역 평정보다 더 큰 천하통일의 위업을 달성하기 위해서는 구마라습 같은 큰스님의 도움이 꼭 필요하다고 여겼다. 이것은 구자 왕 백순이 구마라습만 보내주었다면 서역정벌을 하지 않을 수도 있었다는 뜻이다.

그렇다고 불같이 화가 난 부견이 앞뒤 가리지 않고 전쟁을 일으킨 것은 아니다. 서역정벌의 어려움을 익히 알고 있었던 부견은 382년 9월 서역으로 가는 길목에 있는 차사전부(車師前部)의 미전(彌寘)과 선선(鄯善)의 타휴밀(休密馱)을 장안으로 불러들여 먼저 두 사람을 회유시켰다.

"그대들은 서역정벌대의 향도(嚮導)를 맡아 길 안내를 해 줄 수 있겠는가?"

부견의 제안을 받아들이지 않으면 제일 먼저 자신들이 서역정벌의 희생양이 될 것은 불을 보듯 뻔한 일이었다. 약소국의 두 군주는 납작 엎드렸다.

"저희에게 천조(天朝)의 은혜를 베풀어 주시옵소서. 기꺼이 길을 안내하겠나이다."

383년 3월.

부견은 마침내 여광을 서역정벌대의 도독서토제군사(都督西討諸軍事)로 임명한 후 출병식을 거행하였다. 휘하에 갈비 팽황 두진 강성의 장군들이 포진하고 농서의 동방, 풍악의 썬 담배, 부위의 가건, 홍농의 양병 등을 각각 사부좌장(四府左將)으로 삼았다. 이것은 전쟁을 일으킨 것이지 스님 한 명을 데려오기 위한 호위대를 파견한 것은 절대 아니었다.

부견은 감히 자신의 명을 거역한 백순왕에게 벌을 내리고 이를 계기로 자신의 영역을 서역까지 넓히는 전쟁을 일으킨 것이 맞다. 부견은 어차피 천하를 통일하고 나면 서역도 정벌하여 한나라처럼 도호(都護)를 설치할 원대한 그림을 그렸던 군주다. 이때는 아직 동진(東晉)정벌에 대한 구체적인 안은 서 있지 않았지만, 천하통일을 위한 전쟁보다 무엄하게도 역린(逆鱗)을 건드린 구자 왕 백순을 제거하고 구마라습을 데려오는 서역정벌을 몸풀기 삼아 먼저 해 보는 것도 나쁘지 않다고 판단한 것이었다.

마침내 장안을 출발한 여광의 서역정벌대가 둔황을 지나 옥문관(玉門關)에 도착한 것은 두 달이 경과한 5월 하순이었다. 한

나라 때 지은 옥문관을 사이에 두고 중국의 화하(華夏) 문화와 북방 오랑캐들의 생활 터전이 갈린다. 옥문관을 통과하여 서쪽으로 진군하면 그곳이 서역(西域)이다.

이윽고 서역으로 접어든 정벌대가 십여 일을 더 행군하자 선선국이 나왔다. 선선국의 타휴밀왕은 여광을 환대한 후 명마인 한혈마(汗血馬)를 진상하였다. 이때부터 미리 약속되어 있던 대로 타휴밀은 차사전부의 미전왕과 더불어 정벌군의 길 안내를 맡았다.

선선국 서북쪽이 바로 타클라마칸사막이다. 가도 가도 끝이 보이지 않는 모래 바다와 풀 한 포기 나지 않는 황량한 사막에는 동물은커녕 하늘을 나는 새도 한 마리 눈에 띄지 않았다. 말라비틀어진 낙타의 배설물과 인골과 그 인골이 살아있을 때 함께 사막을 가다가 죽은 동물 사체(死體)의 앙상한 뼈들이 나뒹굴 뿐이었다.

인골과 동물 사체가 유일한 이정표가 되는 황량한 사막을 통과하는 데 수개월이 걸렸다. 자연과 처절한 사투를 벌인 끝에 마침내 고창국(高昌國)에 도착한 원정대는 이곳에서 충분한 휴식을 취했다. 고창은 글자 그대로 높고 넓은 벌판에서 곡식들이 자라는 오아시스 나라다.

고창을 벗어나자 다시 나무도 풀도 꽃도 없는 사막이 끝없이 펼쳐졌다. 이글거리는 태양이 거대한 사구(沙丘)에 부딪혔다가 반사되면서 눈을 못 뜨게 만들고 불볕더위는 목이 타는 갈증을 불러온다. 백일을 가도 오아시스는 다시 나오지 않았다. 가져온 물은 다 떨어지고 군사들은 건드리기만 해도 픽 쓰러질 듯 기진맥진하였다. 타클라마칸사막 내에는 오아시스가 없다.

타클라마칸은 위구르어로 '들어가면 나올 수 없는 곳'이라는 뜻이다. 이름만 들어도 곳곳에 목숨을 위협하는 재난이 숨어 있는 험로라는 느낌을 준다. 어떻게 이런 거대하고 불가해한 사막이 생기게 된 것일까. 판구조론에 답이 있다.

지구가 태양에서 떨어져 나올 때는 불덩어리였지만, 바깥 표면에서부터 식어 들어가다가 어느 순간 쩍 갈라지는 지각 변동을 일으켰다. 지구가 식을 때 생긴 수증기가 비를 만들었고 그 비가 갈라진 틈으로 들어가면서 지구 표면은 바다에 의해 분할되어 몇 개의 대륙으로 나누어졌다. 그중에서 유라시아가 가장 크고 남아메리카와 아프리카가 붙어 있다 갈라졌으며 호주와 인도로 분리되었다.

지구는 태양에서 떨어져 나오면서부터 공전(公轉)과 자전(自轉)을 시작하였다. 땅덩어리가 돌면서 인도판이 유라시아판과 충돌하여 그 밑으로 끼어들어 갔다가 솟아오른 것이 히말라야산맥이다. 판구조의 여진(餘震)에 의하여 남쪽은 데칸고원과 힌두스탄평원이, 북쪽은 펑퍼짐하게 퍼진 티베트고원이 되었다가 쿤룬(崑崙)산맥으로 치솟았다. 다시 타림분지로 내려앉았다가 톈산산맥으로 치솟고, 그것이 또 준가르분지로 내려앉은 지각 변동의 파노라마가 전개되었다.

이렇게 하여 지형이 완성되자 다음으로는 지형에 따른 기후 변화가 뒤따랐다. 가령 남쪽은 몬순이 불어 인도양으로부터 습기를 공급받아 비가 많이 내리는데, 히말라야산맥에 가로막혀 습기를 받지 못하는 북쪽은 건조해질 수밖에 없었다. 거기다가 겨울철이면 고기압이 발달하며 생긴 한랭(寒冷) 건조한 바람이 동아시아 쪽으로 거세게 불어온다. 이로 인해 타림분지 내에는 동식물이 번식하지 못하는 곳이 많게 되고 차츰 황폐해지면서 생겨난 것이 타클라마칸사막이다.

판구조와 기후 변화가 가세하여 오랜 기간에 걸쳐 만들어진 타클라마칸사막 안에 남쪽으로는 쿤룬산맥, 남서쪽으로 파미르고원, 서쪽과 북쪽으로는 톈산산맥에 의해 경계가 정해지는 타림분지가 들어 있다. 죽음이 곳곳에 널려 있는 이 거대하고 황막한 사막이 실크로드의 진면목(眞面目)을 도처에 숨겨 놓고 있는 동서 교역의 자연 장애물이다.

타클라마칸사막에 갇힌 여광의 서역정벌대는 살아서 그곳을 헤어나게 될 가망이 없어 보였다. 그런 상태로 며칠만 더 지나면 정벌대는 모두 타는 목마름을 견디지 못하고 쓰러질 판인데, 극한 상황에 맞닥트렸을 때 천우신조(天佑神助)로 비가 내렸다. 군사들은 비가 쏟아지는 하늘을 향해 고개를 쳐들고 입을 벌려 갈증을 해소하였다.

죽을 고비를 넘기고 행군을 계속한 서역정벌대는 같은 해 12월, 마침내 언기(焉耆)에 이르렀다. 여광의 대군이 모래 폭풍처럼 밀려들자 언기 왕 니류(泥流)는 이웃 국가들의 왕과 더불어 무릎을 꿇었다.

그러나 전쟁의 빌미를 제공한 구자는 순순히 백기를 들 생각이 전혀 없었다. 여광의 군대가 호호탕탕 밀려오고 있다는 파발을 받은 백순왕은 중신들과 함께 대책 회의를 열었다. 이 자리에는 구마라습도 참석하였다. 군신들이 의견을 피력하였다.

"중국에서 서역의 험로를 지나온 원정대는 힘이 빠져 전투를 제대로 할 능력이 없을 것입니다. 항복하지 말고 맞서 싸워 이길 수 있는 절호의 기회입니다."

중신들은 대부분 주전파(主戰派)였다. 그러나 구마라습은 다른 의견을 내놓았다.

"우리나라의 국운이 쇠잔해지고 있습니다. 장안에서 오는 전진의 군인들은 저족 출신으로 만리장성을 넘어 중국을 찬탈했던 전력이 있는 아주 용맹한 군사들입니다. 오래전부터 전쟁으로 단련된 저들에게 대적하는 것은 무모합니다."

백순왕은 고개를 가로저었다.

"우리에게는 죽음으로써 항전할 5만의 군사가 있다. 싸워보지도 않고 백기를 든단 말이냐?"

"전쟁은 군사의 수효가 아니라 시운(時運)이 결정합니다. 소납이 천기를 살펴보니 우리에게 아주 불리한 운세가 나왔습니다."

"너의 모친도 계빈으로 떠나면서 우리나라의 국운이 나빠질 때가 올 것이라 했었다. 지금이 그때란 말이냐?"

"그렇다고 생각됩니다."

"하지만 우리가 손을 들면 서역의 모든 나라가 중국의 속국이 된다."

구마라습도 자기주장을 굽히지 않았다.

"전진군들은 소납을 중국으로 데려가기 위해 오는 것이라 들었습니다. 저는 언젠가는 중국으로 가서 불교를 널리 알리는 일을 해야 한다고 여겨 왔습니다. 지금 떠나도 나쁠 것이 없으니 전쟁을 택하여 국가적인 재앙을 초래하지 마시고 저를 보내주시옵소서."

이때 백순은 구마라습의 말을 들었어야 했다. 그러나 부견이 원정대를 보낼지도 모른다 예상하고 몇 년 전부터 맞서 싸울 준비를 해온 백순은 싸워 보지도 않고 손을 들어 자신이 역사에 오류를 남기는 군주가 될 수는 없다고 생각했다.

전쟁을 불사하겠다는 것은 구마라습을 보내달라는 거듭된 요청에도 불구하고 끝내 응하지 않고 은밀하게 군사훈련을 시킬 때부터 백순의 마음속에 이미 정해져 있었다. 이를 잘 알고 있는 중신들이 항복을 택할 리 없었다. 회의는 굴욕적인 화친(和親) 도모가 아니라 항전(抗戰)을 결정하며 끝났다.

『진서』와 『자치통감』등에 구자와 서역정벌대 간에 치러진 전쟁의 전황(戰況)을 엿볼 수 있는 기록이 단편적이나마 실려 있다. 여광은 구자를 포위하고 공격을 감행했지만, 구자는 쉽게 항복하지 않고 완강하게 버텼다고 적혀 있다. 전쟁이 일진일퇴의 공방을 보이던 384년 7월, 백순이 인근 서역국에 도움을 청했다는 내용도 나온다. 이때 서쪽의 회호(獪胡)에서 기병 20여만을, 다른 서역 여러 나라에서는 도합 70여 만의 병력을 보냈다고 되어 있는데, 이는 대병력을 물리치고 여광이 승리했다는 것을 나타내기 위해 부풀린 것으로 추측된다.

구원군 90여 만에 구자국 사람들을 합하면 100만에 이르는 병력이 동원되었다는 말인데, 서역국 남녀노소를 다 합해도 그렇게는 되지 않는다. 구원군의 숫자는 엄청나게 과장돼 있지만 어쨌거나 여광에게는 위협적인 병력이 집결되었던 것은 맞다. 그것이 전쟁을 속전속결(速戰速決)로 끝낼 수 없었던 이유였다.

구원병을 파견한 나라의 명단 중에는 소륵도 들어 있다. 소륵 왕은 망설이다 뒤늦게 태자에게 소륵의 앞날을 당부해 놓고 자신이 직접 군대를 이끌고 출병하였다. 이때 태자의 사부로 소륵에 머물고 있던 불타야사가 소륵 왕에게 간곡히 말했다.

"폐하께서도 계빈에서 공부를 마친 구마라습이 귀국길에 소륵에 들러 부처님의 진가사를 입고 법문했던 일을 기억하고 계실 것입니다."

"물론이오. 그에게 진가사를 입도록 한 사람이 바로 과인입니다."

"구마라습은 한 세기에 한 명 나올까 말까 한 천재며 불교계를 빛낼 위대한 석학입니다. 대왕께서는 부디 그런 구마라습의 안위를 지키는 데 큰 힘을 보태 주시옵소서."

"이를 말이오? 구자국이 중국에 넘어가면 우리도 무사하지 못할 것이오. 이것은 서역 전체의 자위권 싸움이나 마찬가지입니다."

불타야사는 구마라습을 지키는 것이 최대 관심사고 소륵왕은 서역을 방어하기 위해 참전을 결정했다. 목적하는 바는 달라도 평화만 유지되면 그 모두를 지키는 것이 된다.

회호국 군인들은 말을 타고 활을 쏘는 궁기병(弓騎兵)이었다. 그들은 창과 사슬갑옷으로 무장하여 화살을 맞아도 죽지 않았고, 가죽으로 만든 올가미를 던져 사람들을 생포하는 전술을 폈다. 서부극에 등장하는 밧줄 던지기를 연상시킨다.

여광의 군대는 포위전을 펼치느라 진영이 성 주위에 분산되어 있었기 때문에 올가미에 끌려가는 병사가 속출했다. 이에 여광은 쇠사슬에 갈고리를 단 구쇄(勾鎖)로 맞섰다. 활에 대한 저항력이 강한 적에 대항하기 위해 밧줄 던지기를 보고 착안하여 만든 구쇄 갈고리를 이용하는 맞불을 놓은 것이다. 그런 대목을 읽어도 당시 전황에 대한 그림이 선명하게 떠오르지 않는다.

막강한 전투 경험을 갖춘 서역정벌군에 대항하여 죽기 살기로 배수진을 친 구자국과 연합군들이 합세하여 벌인 전투는 상당히 백중세였던 것으로 보이나, 역사의 팩트는 백순의 패망으로 나타났다. 마지막 전투 상황을 '성의 서쪽에서 싸워 적은 크게 패하였고 만여 급을 베었다(戰於城西, 大敗之, 斬萬餘級)'라고 기록해 놓았다. 치열한 백병전(白兵戰)이 전개되었음을 알려 주는 대목이다. 만 명의 목이 떨어져 흐르는 핏물이 쿠자강으로 흘러들어 수백 리 강물이 선홍빛이 되었다는 것을 상상하면 차마 눈 뜨고는 볼 수 없는 참혹한 정경이 비로소 선명하게 떠오른다.

이때 백순은 단기(單騎)로 포위망을 뚫고 탈출하였다. 구자가 항복하면서 인근 30여 개국이 서역정벌대의 수중으로 떨어졌다. 이렇게 서역은 전진에 의해 평정되었고 많은 특산품을 진상하는 치욕을 겪게 되지만, 거기서 소륵은 제외되었다. 거리가 멀리 떨어져 있었고 재빠르게 참전 결정을 하지 않고 어느 정도 관망했던 결과다. 구자의 국경을 막 넘으려 할 때 종전(終戰) 소식을 접하게 된 소륵 왕은 슬며시 회군한다.

불타야사는 소륵 왕으로부터 경위를 설명 듣고 머지않아 구마라습이 참혹한 법난(法難)에 휘말려 들 것을 예견하였다. 부처님께서 구마라습 같은 천재를 사바로 보낸 뜻이 있다면, 법난을 통해 시련을 주는 것도 그 시련을 극복하고 더 큰 소임을 하게 만들려는 뜻이라고 여길 수밖에 없었다.

이때 사라진 백순왕의 행방은 어느 곳에서도 발견되지 않았다. 도움을 청하면 같은 서역국에서는 밀고하지 않고 은신을 시켜 주었을 것이다. 그러나 어느 나라에서도 백순의 모습은 목격되지 않았다. 전사했다면 시체라도 발견돼야 한다. 하늘로 솟았는지 땅으로 꺼졌는지 종적이 묘연하였다.

전쟁은 원정군이 장안에서 출정한 때로부터 1년 7개월 만에 끝났다. 이 전투에서 구자국을 비롯한 서역국의 인명 피해는 3만으로 추산되었고 서역정벌대도 1만의 병사를 잃었다. 인명 피해만 그렇다. 재산상의 손괴(損壞)를 추가한 참상은 일일이 필설(筆舌)로 헤아리기 어렵다. 침략자인 여광은 평화로웠던 서역을 짓밟아 놓고도 잘못을 뉘우치기는커녕 보상을 원하니 기가 막힐 노릇이었다.

구마라습은 전쟁이 진행되던 동안 지금까지 수행해 온 왕신사를 떠나 키질석굴의 승방에 가 있었다. 그가 일곱 살 때 어머니 지바 공주와 함께 찾아갔던 바로 그 석굴이다. 그때는 한창 조성 중이었는데 지금은 찬란한 벽화의 색이 변한 상태로 구마라습을 맞이했다. 색이 퇴색한 중에도 라피스 라줄리(Lapis Lazuli)의 청금석(靑金石)에서 추출한 파란색만은 황홀한 신비감을 주며 영롱한 빛을 발했다.

방해석과 황철석이 성장한 변성암의 일종인 라피스 라줄리는 예로부터 파란색 염료를 만드는 원료로 사용해 왔다. 보석을 갈아 만드는 이 청색 물감은 값이 너무 비싸 신(神)을 묘사할 때만 사용했는데, 『대지도론』에 부처의 머리카락이 파란 구슬 같다고 설명해 놓은 구절을 보고 불상 제작에 이용하기 시작하였다. 키질석굴의 불상에 라피스 라줄리가 다른 곳보다 유난히 많이 사용된 것은 구자인들이 이 파란색을 행운의 상징으로 여겼기 때문이다. 구자인들은 파란색을 행운뿐만 아니라 부와 권력의 상징으로도 여겼다. 드물기는 하지만 귀족이나 왕족을 그릴 때도 라피스 라줄리가 쓰였다.

　구마라습은 솜씨 좋았던 불모가 그린 모자상 앞에 섰다. 벽화의 모델이 되었던 일곱 살 때의 기억이 선명하게 떠올랐다. 출가 전 공주복 차림의 어머니는 다시 보니 아름답다기보다 우아하고, 잔잔한 미소가 머물러 있는 얼굴은 한없이 자애로운 관세음보살이었다.

　벽화에 사용된 값비싼 라피스 라줄리는 보석이기 때문에 색이 바래지 않고 세월이 지났음에도 오히려 더 신비하고 영롱한 색채감을 발산한다. 불모가 보석 물감을 사용한 것은 어머니의 시주액이 많았던 것과 연관이 있을 것이다. 구마라습은 어머니와의 추억이 어려 있는 키질석굴의 불당 앞에 무릎을 꿇고 라피스 라줄리가 상징하는 행운이 구자에 찾아오기를 기원했지만, 막상 전해진 것은 구자의 패망 소식이었다.

　구마라습은 백순왕의 안위(安危)가 가장 염려되었지만 사라진 백순의 정체는 그야말로 오리무중(五里霧中)이었다. 자신의 말을 들었다면 이렇게 비참한 결과를 초래하지는 않았겠지만, 가정이 용납되지 않는 역사는 냉혹하게 한 페이지가 넘어가고 말았다.

　여광은 왕궁을 접수한 직후 구마라습을 찾는 대대적인 수색작전을 펼쳤다. 키질석굴에서 불공을 드리다 여광의 수색대에 발각된 구마라습의 얼굴에는 며칠째 수염을 깎지 못해 검은 털이 숭숭 돋아 있었다. 항상 정갈하고 단정하던 수행자의 초췌한 모습은 대접만 받고 살던 좋은 시절이 저물고 상상도 하지 못한 신고(身苦)의 시대가 도래했음을 단적으로 알려 준다.

여광의 눈에는 구마라습이 초라한 옷을 걸친 하찮은 중에 불과하였다. 대사라고 들었을 때는 막연하게 나이가 많으리라 생각했는데 잡아들이고 보니 애송이에 불과하였다. 불법을 모르니 도력에 위압 당할 이유가 없었던 여광은 부견이 정중하게 모시라고 했지만, 처음부터 그럴 마음도, 그래야 하는 이유도 찾을 수 없었다. 그는 구마라습에게 존댓말조차 쓰지 않았다.

"너는 곧 우리를 따라 장안으로 가야 한다. 마음의 준비를 해 두어라."

말은 그렇게 했지만, 승리에 취한 여광은 장안을 향해 즉시 출발하지 않았다. 아직 전리품(戰利品)의 점고(點考)도 채 끝나지 않은 상태였다.

구자궁 대전을 장악한 여광은 왕실 수납고에 보관되어 있던 질 좋은 포도주를 찾아낸 다음 궁녀들로 하여금 흥을 돋우도록 하고 느긋하게 승리의 축배를 들었다. 여광이 이끌고 온 서역 정벌대는 서역의 태양이 키운 포도를 사용하여 구자의 장인들이 정성 들여 빚은 질 좋은 포도주를 원도 한도 없이 마셔댔다. 죽지 않고 살아남은 자의 포식은 가족을 잃고 겨우 생존한 패전국 사람들에게 또 다른 상처를 준다.

강력한 군대를 이끌고 짧은 기간 내에 동쪽의 전연(前燕),

남쪽의 양(梁), 북쪽의 대(代), 서쪽의 전량(前凉) 등을 접수하고 화베이(華北)의 패권을 차지한 부견은 이제 동진만 무너뜨리면 천하가 자신의 수중에 떨어진다고 생각했다. 그러나 375년 왕맹이 안타깝게도 같이 천하를 도모하지 못하고 병이 들어 먼저 떠나면서 숨을 거두기 직전 부견에게 간곡히 말했다.

"동진은 내부적으로 결속이 단단하고 국력도 강합니다. 또한 장강(長江)이라는 천혜의 방어망을 안고 있어 쉽게 정복할 수 없는 전략적 요충지에 있습니다. 동진을 치는 것보다 선비족 출신인 전연(前燕)에서 항복한 모용수(慕容垂)와 강족(羌族) 출신의 요장(姚萇)이 더 위험하다는 것을 잊지 마소서. 그들은 투항하긴 했으나 우리를 적으로 알기에 그대로 놔두면 훗날 큰 후환이 될 것입니다. 그들부터 완벽하게 제거하는 것이 순서입니다."

왕맹의 유언은 구국(救國)의 염원을 담은 충언이었지만 천하를 도모하는 데 자신감을 가졌던 부견은 몇 년이 경과하자 죽은 그의 당부를 까맣게 잊고 말았다. 천하통일을 달성하려는 야망을 불태우던 부견은 서역정벌대가 한창 전투 중이던 383년 5월 대대적으로 군사를 일으켜 동진정벌에 나섰다. 여광이 용맹스럽지만, 그가 아니라도 부견 휘하에는 많은 장수가 있었다.

이때 부견이 동원한 병력 규모는 선봉군 25만, 후군 60만, 기병 30만, 기타 수비군들을 모두 합하면 100만 명에 이른다. 실제보다 부풀려 있다는 주장도 있지만 대규모 병력이 동원된 것만은 확실하다.

동진의 재상 사안(謝安)은 대원수가 되어 동생인 사석(謝石)을 대도독(大都督)으로 임명하고 사현을 선봉으로 삼아 전진과의 전쟁에 임했다. 동진의 병력 규모는 겨우 8만이었다.

부견은 100만 대 8만은 숫자상 싸워 보나 마나라고 여겼다. 누구나 군사의 수효만 보면 부견처럼 어느 쪽이 이길지 정해진 것이나 마찬가지라고 생각했을 것이다. 그러나 인해전술(人海戰術)이 꼭 승리를 담보하는 것도 아니고 전쟁 결과는 끝나 봐야 안다. 그리고 이때 인해전술을 무력화시키는 그야말로 신출귀몰한 전술이 등장했다.

동진과 전진이 안후이(安徽)성에 있는 페이수이(淝水)강을 사이에 두고 맞섰기 때문에 이 전투가 바로 유명한 페이수이대전이다. 페이수이는 우리나라 발음으로 하면 비수다. 그래서 우리나라 문헌에는 비수대전(淝水大戰)으로 소개되어 있다.

페이수이대전을 다룬 문헌마다 페이수이에서 건곤일척(乾坤一擲)의 대결로 치닫던 중, 동진의 대원수 사안이 지휘 천막 안에서 태연히 바둑을 두고 있었다는 이해하기 힘든 내용이 적혀 있다. 그것이 백만 대군과 맞서게 되어 불안해하는 조정과 병졸들을 안심시키려는 의도였는지 자신의 마음을 가라앉히기 위함이었는지 알 길은 없다. 어차피 8만으로서는 100만의 대군을 물리칠 수 없다고 여겨, 질 것이 뻔한 전투를 애써 외면한 것이라고 말하는 사람도 있다.

전진군과 동진군이 페이수이의 양안(兩岸)에서 대치하던 상황을 떠올려 대국(對局)을 복기하듯 검토해 보면, 전진 쪽 선발대는 부견이 직접 이끌고 왔다. 후발대는 부견에게 백기를 들고 투항했던 강족인 요장과 선비족인 모용수, 부견의 아들 등이 이끄는 세 종류로 구성되었다. 페이수이강을 향해 진군해 오는 후발대의 길이가 대략 1천 리에 달했다.

　이렇게 길게 늘어져 있었으니 선두와 중간, 후미 간에 전황(戰況)이 어떻게 전개되고 있는지 서로 알 길이 없었다. 후발대는 앞에서 무슨 일이 벌어지고 있는지도 모르고 페이수이를 향해 전진해 왔다.

　페이수이는 진격하는 전진에게는 큰 방해물이 되는 강이고 지키는 동진에게는 방호(防護)의 보루였다. 전진의 대군은 함부로 도강(渡江)을 감행할 수 없었다. 며칠 동안 대치하던 끝에 부견은 포로로 잡은 후 우대하고 있던 량저우 자사 주서를 동진 군중으로 보냈다.

　"애꿎은 병사들을 희생시키지 않으려면 한시라도 빨리 항복하는 것이 좋을 것이라는 내 뜻을 전하시오."

　회유(懷柔)를 받아 오라는 명을 띠고 파견된 한족 출신의 주서는 회유는커녕 동진의 대도독 사석에게 작전을 누설하는 배신을 저질렀다. 은혜를 배신으로 갚는 것은 그 배신이 조국을 구한다는 명분이 있을 때는 쉽게 합리화된다. 그런 것을 계산에 넣지 않은 쪽이 어리석다.

주서는 대도독 사석에게 말했다.

"아직 전진의 100만 대군이 다 집결하지 않은 상태입니다. 지금 선공을 가하면 적에게 혼란을 줄 수 있습니다. 100만 대군이 다 도착할 때까지 기다리면 대적할 수 없을 것입니다."

그런 첩보를 들은 사석은 진중에서 바둑판을 앞에 놓고 묘수풀이에 열중하고 있던 재상 사안에게 주서를 데리고 갔다. 사안이 주서에게 물었다.

"바둑 둘 줄 아시오?"

"몇 수 내다보지 못합니다."

"전혀 못 두는 것은 아닌 모양이니 나와 한판 겨뤄 봅시다."

국가 운명이 바람 앞의 등불인데 태연스럽게 바둑 타령이나 하고 있을 때란 말인가. 그러나 일국의 재상이 하는 말이라 이의를 제기하기 어려웠다.

주서는 잠자코 바둑판 앞에 마주 앉았다. 이렇게 하여 두 사람은 바둑을 두기 시작하였다. 대국이 금방 끝날 리 없었다. 대도독 사석은 형님이 주서와 독대(獨對)하기를 원하는 것으로 생각하였다. 사석은 밖으로 나가고 사안과 주서는 바둑을 계속 두었다.

바둑 한 판이 끝났을 때 주서는 혼자 밖으로 나와 전진 진영으로 귀환하였다. 이 바둑을 두던 동안에 8만 병력이 100만 대군을 물리치는 묘수가 등장한 것만은 분명한데, 그것이 사안의 머리에서 나온 것인지, 전진군에 사로잡혀 와신상담(臥薪嘗膽)

아침을 꿈꾸던 사람들 149

해 오던 주서의 꾀인지, 경위를 자세하게 적어 놓은 문헌은 없다. 거기에 대해서는 사안도 주서도 입을 굳게 다물고 일절 언급하지 않았기 때문이다.

사안은 전진의 왕맹과 견주어지는 지략가(智略家)다. 어떻든 그가 대원수가 되어 참전한 전투에서 8만의 병력이 100만을 무찌르는 역사에 길이 남을 전과(戰果)를 거두었으니 그가 동진을 구한 것이라고 보는 게 마땅할 것 같기는 하다.

전진의 진중으로 돌아온 주서는 부견에게 말했다.

"동진의 사석 장군이 양안(兩岸)에서 대치만 하고 있을 것이 아니라 군대를 뒤로 물리고 잠시 휴전하자는 제의를 했습니다. 그것을 받아들여 일단 후퇴한 다음 대군이 집결할 때를 기다렸다가 총공격을 감행하면 반드시 승리할 것입니다."

부견은 국면을 시급히 전개하고 싶었다. 그는 대군 불패론(不敗論)을 굳게 믿었다. 대치 상태를 장기화시키면 군사가 많은 쪽이 불리해진다. 원정군의 가장 큰 문제점은 보급품이 고갈되는 것이다. 목전에 승리를 앞두고 언제까지나 전세를 관망하고 있을 수 없다고 생각한 부견은 장고(長考) 끝에 주서에게 말했다.

"좋소. 일단 우리가 군대를 뒤로 물려 후발대가 오기를 기다렸다 공격하기로 합시다."

그러나 부견은 후발대를 기다리기 위해 군대를 물릴 결정을 한 것이 아니다. 자신이 군대를 물리면 동진에서 절대 후발대가 오기를 기다리지 않을 것이라고 여겼다. 시간을 벌기 위해 기다리다가는 결국에는 더 많은 군대를 상대해야 하기 때문이다. 그런 상황을 만들기 전에 죽기 살기로 달려들어 해결을 보려 들 것이라 생각했다.

부견은 동진군이 공격을 하기 위해 페이수이강으로 뛰어들 때까지만 작전상 후퇴를 하는 척하다가 재빨리 돌아서서 공격을 감행할 생각이었다. 일단 동진군이 페이수이강 안으로 들어오기만 하면 독 안에 든 쥐가 아니겠는가. 유인책을 써서 동진군을 입수(入水)시킨 후 돌아서서 공격을 감행하자는 작전을 세운 부견은 철통같은 보안을 위해 자신의 작전을 측근에게도 발설하지 않는 치밀함을 보였다. 그것이 통한의 패착(敗着)이 되고 말았다.

부견이 퇴각 명령을 내렸다. 작전상 후퇴라는 말을 듣지 못했기에 측근으로부터 말단 병사에 이르기까지 갑자기 왜 후퇴하는 것인지 알지 못했다. 그러나 전진군은 명령에 충실하게 따를 수밖에 없있다. 예상대로 전진군이 퇴각하자 동진군이 강으로 들어왔다. 거기까지는 부견의 예상대로 진행되었다. 그러나 동진군이 강으로 들어오자 전력을 다해 퇴각하던 군사들에게 즉시 퇴각을 멈추고 돌아서서 공격을 감행하라는 군령(軍令)을 내려도 그 영이 서지 않는 아주 이상한 현상이 발생하였다. 명령만 내리면 후퇴에서 공격으로 전환하는 데 문제가 없을 것이라는 전제하에 펼친 작전인데, 전력을 다해 퇴각하던 군사들의 귀에는 이제부터 돌아서서 공격하라는 명령이 즉각적으로 전달되지 않았다. 그 이유는 주서가 풀어놓은 바람잡이들이 달아나는 군사들을 헤집고 다니면서 큰소리로 다음과 같이 외쳐댔기 때문이다.

"성난 동진군들이 몰려오고 있다. 전력을 다해 퇴각하라. 어서 퇴각하라!"

바람잡이들을 준비했다가 작전에 투입한 주서가 전쟁 승리의 일등 공신인 것은 분명하다. 바람잡이들은 전진군 복장을 하고 있었기 때문에 누구라도 첩자라고 생각하지 않았다. 그들의 수효는 소수였지만 잘 훈련이 되어 있어서 전진군이 전력을 다해 달아나도록 유도하는 작전을 성공적으로 수행하였다. 이러니 뒤돌아서서 공격을 감행하라는 부견의 외로운 명령을 따르는 전진군은 없었다.

주서는 부견이 작전상 후퇴를 선택할 것을 손바닥 위에 올려놓고 보듯 훤하게 내다 보았다. 결국, 부견은 장고 끝에 악수를 두고 말았다. 퇴각하는 대군의 오와 열을 흩어 놓으면 전진군을 패망시킬 수 있다고 여긴 주서가 실제는 부견보다 한 수 위였다.

엎친 데 덮친 것은 퇴각하는 전진 군대와 본선과 합류하기 위해 진격해 오던 후발대가 서로 뒤엉키고 말았다는 점이다. 퇴각하던 군인들은 정확한 전후 사정도 모르면서 후발대에게 전투에 패했으니 어서 달아나라고 외쳐댔다. 천 리에 걸쳐 길게 늘어서 있던 대열은 걸음아 나 살려라, 달아나기 시작하면서 흩어지고 뒤엉키고 넘어지고 엎어졌다. 달아나기 바쁜 대군은 죽기 살기로 달려드는 작은 군대도 막아낼 수 없다. 동진군의 공격을 받은 전진군은 속수무책, 우왕좌왕하다가 추풍낙엽(秋風落葉)처럼 쓰러지고 말았다. 전진군의 적은 동진군이 아니라 서로 먼저 탈출하려고 퇴각하는 전진군이었다. 아군이 아군을 밟아 죽이는 기현상이 벌어지는데 부견은 손쓸 방법을 시급히 찾아내지 못했다.

페이수이까지 진격했던 전진군은 그 강 때문에 더 나가지 못하고 이렇게 자멸하고 말았다. 군대의 수효가 많은 것이 자충수로 작용하는 대참사가 빚어질 줄은 미처 예상치 못했다. 100만 대군이라지만 다민족으로 구성된 군대의 응집력은 지휘체제가 실종되자 오합지졸(烏合之卒)에 불과하였다.

왕맹의 말은 맞았다. 동진은 규모가 작지만, 한족(漢族)으로만 똘똘 뭉쳐 있어서 대단한 응집력을 발휘하는 반면 전진은 북방 통일을 이룩했지만, 다민족 집단이어서 한번 무너지자 다시 뭉치게 만들 동력(動力)이 없었다. 거기다가 왕맹은 투항했던 강족인 요장과 선비족인 모용수를 경계해야 한다고 했는데, 부견에게서 힘이 빠져나가자 그들은 과연 즉각 반기를 들었다.

살수대첩(薩水大捷)은 612년(영양왕 23) 7월 24일 고구려의 을지문덕(乙支文德) 장군이 30만의 군사로 수나라의 우중문과 우문술이 지휘한 200만 대군을 지금의 청천강인 살수에 수장시킨 전투를 말한다. 페이수이대전은 8만의 동진군이 100만의 전진군를 물리치는 전과(戰果)를 남겼다.

살수대첩과 페이수이대전은 작은 군대가 큰 군대를 대적하여 불가능을 가능하게 만들었고 세계 전쟁사에 길이 남았다. 전체 희생자 수로는 살수대첩이 단연 앞서고 을지문덕은 바둑이나 두고 있던 문신인 사안과는 비교 불가 우위를 점하는 장군이다. 그러나 군사의 비율로 보면 페이수이 쪽이 더 이기기 어려운 전투였다.

많은 군사를 가지고도 부견은 승리하지 못했다. 이후 부견은 몇 년 더 살아 있었지만 재기(再起)는 못 했다. 그것이 역사적인 사실이다. 그것만 놓고 보면 천하통일을 달성하려는 욕망에 눈이 멀어 신중하지 못했고 지략(智略)이 부족했다는 지적을 받을 만하다.

부견은 구자국을 정벌하면 지체하지 말고 구마라습을 장안으로 데려올 것을 명했었다. 그에 따라 여광은 파발마를 보내 승전과 구마라습의 처리 문제를 두고 부견의 생각을 물었으나, 돌아온 것은 부견이 동진정벌에 나서서 장안에 없다는 소식뿐이었다. 여광이 곧바로 구마라습을 데리고 돌아갈 이유가 없어졌다. 자신도 속히 귀국할 때가 아니라 부견의 동진정벌이 어떤 결과를 빚게 될지 몰랐기 때문에 잠시 관망하는 것이 좋겠다는 결정을 내렸다.

이렇게 되니 여광은 자신이 정복한 구자국 처리 문제를 놓고 스스로 결단을 내려야 하는 상황을 맞게 되었다. 구자국은 직접 와서 보니 생각보다 훨씬 살기 좋은 나라였다. 왕궁의 수납고에는 엄청난 재물과 보물들이 비축되어 있었다. 구자국을 차지하고 통치하면 부귀와 영화를 누리게 될 것이 분명해 보였다. 고향으로 돌아가고 싶어 하는 병사들의 마음만 돌리면 그렇게 여생을 보내도 좋겠지만 누구라도 객사하고 싶은 사람은 없었다.

술과 여자와 전리품을 나누어 주는 것으로는 멀리 원정 나온 병사들에게 자연스럽게 생기는 부모 형제와 처자식을 그리는 마음을 봉쇄시킬 수 없었다. 회군(回軍)을 늦추고 있지만 결국에는 돌아가야 한다고 판단한 여광은 그 전에 승리를 만끽하기로 했다.

그는 떠나기 전에 구자국의 새 임금부터 자기 말을 잘 들을 사람으로 정해야 한다는 생각을 한 끝에 백순의 이복동생인 백진을 낙점하였다. 몇 년 전 장안에 왔던 백진을 한 번 만난 일이 있었던 여광은 일차로 백순의 장자에게 주어진 왕위 계승권을 몰수한 다음 얼굴을 아는 백진에게 주는 오랑캐 짓을 저질렀다.

백진은 국난 중에 왕위가 자신에게 돌아오자 자신만 좋게 된 것 같아 황송하지 않을 수 없었다. 백진은 해마다 조공을 바친다는 굴욕적인 외교문서를 작성해 주고 구자궁을 돌려받은 다음 여광에게는 영빈관을 내주었다.

불심천자인 부견이 동진을 정복하고 천하통일을 달성했다면,

중국불교는 그대로 중흥기로 직진할 수 있었다. 부견의 퇴조는 중국불교의 정체로 이어졌고 중국불교의 새벽은 오다가 멈추고 말았다. 구자도 한 치 앞의 분별이 되지 않는 어둠 속으로 침잠했다.

5.
염주와 단주

백진은 즉위식을 거행한 후 여광 일행을 궁으로 초청한 가운데 연회를 베풀었다. 여광은 이때 구자의 궁중무에 동원되는 악기의 종류가 전진(前秦)보다 다양한 것을 알고 놀란다. 구자에는 하프와 비슷한 모양의 현악기인 공후(箜篌), 신묘한 소리를 내는 5현(五弦) 비파(琵琶)와 3현(三弦) 횡적(橫笛), 관악기인 필률, 타악기인 답랍고(答臘鼓) 등등의 악기가 즐비하였다.

  거기다 갈족의 갈고(羯鼓), 위구르족의 대고(大鼓)와 수고(手鼓), 요고(腰鼓) 동발과 동각(銅角), 쇄납, 박판(拍板) 등이 어우러져 궁중 악사들의 연수는 신묘한 선율과 천둥 번개가 치는 듯한 자연음을 재현했다.

  일본 탐험대들이 수바시사에서 가져다 도쿄박물관에 보관 중인 목제 사리함의 뚜껑에는 악기를 연주하는 나체의 동자들과 춤을 추는 무희 21명이 그려져 있는데, 이것이 구자의 가무극인 소막차를 재현한 것이다.

  동아시아에서 춤과 음악과 노래와 악기는 구자의 영향을

받지 않은 나라가 없을 정도다. 우리나라도 예외는 아니어서 고구려 고분벽화인 「장천 1호분」에 등장하는 5현 악기와 오대산 상원사 통일신라 시대 범종에 새겨진 비천상의 공후(箜篌)가 구자에서 유래된 것이다. 우리의 중요무형문화재인 북청사자놀음, 봉산탈춤, 통영오광대 등에 나오는 사자춤도 구자에서 전해졌다. 그중 압권은 호선무(胡旋舞)다.

당시 구자에는 호선무, 호등무(胡騰舞), 자지무(柘枝舞) 등으로 불리는 서역 3무가 발달해 있었다. 서역의 소수민족 사람들은 오랫동안 타향으로 떠돌면서 장사를 하거나 민족 가무를 추면서 살았다. 교역이 성사될 때마다 먹고 마시는 자리에서 남자들은 호등무를, 여자들은 호선무를 추었다. 구자는 가무의 도시로 명성이 높아졌고 서역의 낙도라는 칭송을 받았다.

이것이 발달하여 나중에는 실크로드를 오가는 상인들이 구자의 수도인 연성에 들르면 업무를 보고 난 뒤 으레 호선무를 추는 여인들이 나오는 술집에서 며칠씩 흥청거렸다. 몇 달씩 거친 사막을 지나온 상인들은 도시에 들르면 휴식을 겸한 유흥에 빠지기 마련인데, 그것이 구자를 서역의 낙도로 만든 요인이다.

호선무는 둔부를 흔들면서 돌아가는 것이 특징이다. 현대 위구르족의 민속춤으로 발전된 호선무는 소륵과 구자의 실크로드 문화권에서 발생하여 지리적 인접성에 따라 페르시아 이슬람권과 문화 공유를 거치면서 끊임없이 변화해 왔다. 그러나 반시세 방향으로 선무(旋舞)하고 회전하는 점만은 변함없이 지켜져

왔다.

여인이 엉덩이를 흔들며 추는 구자의 호선무는 동으로는 중국을 거쳐 고구려로 전해져 우리나라에도 유입되었다. 고구려 호선무는 빠르기가 중국과는 비교도 할 수 없을 정도였다는 평이 『신당서』에 실려 있다.

백진의 즉위를 경축하는 궁중 연회에서 호선무를 출 기능보유자가 입궁하여 연습을 시작하였다. 이때까지는 아무 문제가 없었다. 구자국의 신임 왕인 백진의 딸 백라길(白羅吉) 공주가 연습 장면을 지켜보게 된 것은 그녀가 바로 호선무 기능보유자의 수제자였기 때문이었다. 궁에 있던 공주가 스승이 궁에 들어와 공연 준비를 시작하자 이를 참관한 것은 당연한 일이었다.

여기까지는 정해진 수순에 따라 잘 진행되었다. 그런데 연습을 시작한 호선무 기능보유자가 발을 겹질리는 변괴가 발생하였다. 원숭이도 나무에서 떨어질 때가 있다는 것은 이럴 때 쓰는 말이었다. 무심코 춤사위에 취해 몸을 회전하다 발목을 겹질렸는데 이내 퉁퉁 부어올라 춤은커녕 걸음도 옮겨 놓을 수 없게 되었다.

백라길이 덩달아 사색이 되었다.

"어떻게 해요, 선생님!"

대역(代役)을 할 수 있는 사람이 구자에 없는 것은 아니지만 급히 입궁시킬 시간적인 여유가 없었다. 현재 궁에서 호선무를 출 수 있는 사람은 스승과 제자인 백라길뿐이었다.

백라길이 호선무를 처음 접한 것은 열 살이 채 되지 않던 소녀 시절이었다. 한번 춤사위를 본 백라길은 마치 귀신에 홀린 듯 매료되어 호선무를 배우게 해달라고 부모를 졸랐다. 자식을 이길 부모가 어디 있겠는가. 어린 딸이 식음도 전폐하고 춤을 배우고 싶어 하자 결국 구자에서 호선무를 제일 잘 추는 기능보유자를 스승으로 정하여 춤을 배우게 해 주었다.

백라길은 은사로부터 '호선무의 손사위는 북장단에 맞추고 춤사위는 마음을 실은 현악기의 가락에 의지한다'라는 의미심장한 가르침을 받았다. 그 말이 무슨 뜻인지를 아는 데 하루 이틀이 아니라 무려 10년이 걸렸다.

춤을 배우기 시작한 지 10년이 지나자 백라길은 자신에게 호선무를 가르친 스승보다 더 춤을 잘 추게 되었다. 그러나 공주가 아닐 때나 공주가 된 후에도 그녀는 군중 앞에서 춤을 춘 적이 없다. 심지어 부모도 그녀가 호선무를 추는 것을 본 일이 없었다.

다리를 다친 은사는 곁에서 연습을 지켜보던 제자 백라길에게 말했다.

"갑자기 호선무가 빠지면 경을 치게 될 텐데, 이 일을 어찌 할꼬…… 나를 구해 줄 사람은 공주님밖에 없어요."

"스승님, 제가 사람들 앞에서 춤을 한 번도 춰 본 적이 없다는 것은 스승님도 잘 알고 계시잖아요!"

다른 방법이 없었던 은사는 지체 높은 공주에게 간청했다.

"살려 주세요. 호선무가 빠지면 이년은 죽습니다. 공주님은 사람들 앞에서 한 번도 춤을 춰 보지 않았다고 하지만 지금 우리나라에서 나보다 더 호선무를 잘 출 수 있는 사람은 딱 한 분 공주님뿐입니다. 그것은 춤을 가르친 제가 누구보다 잘 알고 있습니다요."

이때 백라길은 아무리 애원을 해도 스승의 청을 들어주지 말았어야 했다. 침략자들 앞에서 춤꾼으로 나설 수 없는 지엄한 신분을 가진 공주가 아닌가. 그러나 연회에서 빼놓을 수 없는 호선무를 선보일 시간은 다가오는데, 다른 방법이 없었다. 백라길은 십 년 넘게 자신을 가르쳐 준 은사의 곤경을 외면하기에는 너무 착했다.

호선무는 춤출 단장을 하는 데도 많은 시간이 걸린다. 공주궁이 지척이어서 명을 받은 궁녀는 지체 없이 무도복(舞蹈服)을 대령시켰다. 순서를 뒤로 물리고 분주하게 손을 놀리자 백라길의 공연 준비는 번갯불에 콩 볶아 먹듯 이루어졌다.

이윽고 백라길 공주가 무대 위로 등장하자 우선 백진왕이 소스라치게 놀란다. 연회에 불려 와 꿔다 놓은 보릿자루처럼 앉아 있던 구마라습도 동공에서 지진을 일으켰다. 춤 선생의 말이 맞았다. 한 번도 사람 앞에 서 본 적이 없었지만, 백라길은 등장하는 순간부터 구름을 희롱하는 학이었다. 물이 흐르듯 유연한 춤사위는 사람들의 혼을 쏙 빼놓는 황홀 그 자체였다.

지금까지 전장(戰場)을 누비며 살아온 여광은 선녀가 출현한 것 같은 이런 선경(仙境)을 처음 대했다. 수양버들보다 더 하늘거리는 육체를 가진 앳된 구자의 여인이 배꼽이 드러난 옷을 입고 선율에 맞춰 둔부를 흔들자 함께했던 서역정벌대의 부장(副將)들은 모두 침을 흘렸다.

잘 씻지도 않아 때가 꼬질꼬질하게 낀 얼굴을 한 무인(武人)들 틈에 끼어 앉아 있는 말쑥한 차림의 구마라습은 마치 오리무리 속의 백조 같았다. 그러나 오리와 다른 백조는 부러움이 아니라 놀림감의 대상이다. 여광과 그의 부하들은 세속의 복락을 거부한 채 청정한 삶을 지향하고 있는 구마라습을 존경하기는커녕 노골적으로 비웃고 무시하였다.

구마라습은 공주의 아들로 태어나 남부러울 것 없는 환경에서 자랐고 출가 후에는 찬탄과 존경을 받으며 지금까지 살아왔다. 금사자좌에 오를때 왕이 등을 내주어 밟고 지나가 등단하도록 하는 의전을 받을 만큼 존엄 그 자체였던 구마라습은 생전 처음 자신을 하찮게 보고 시비를 거는 여광이라는 비불론자(非佛論者)를 만나 모멸감을 참아야 하는 인욕바라밀의 시절을 맞게 되었다.

여광이 포도주잔을 구마라습 앞으로 내밀었다.

"30년을 숙성시킨 포도주는 구자의 명품인데 그대는 이 혀끝을 파고드는 맛을 아는가?"

"비구는 음주하지 않습니다."

"자, 받아라. 술 한 잔도 마셔 본 일이 없는 주제에 무슨 사람 사는 도리를 알아 중생을 제도한단 말이냐!"

 여광은 구마라습이 끝내 술잔 드는 것을 거부하면 허리에 찬 칼을 뽑을 기세였다. 억지로 포도주를 한 잔 받아 마신 구마라습은 얼굴이 뻘게지더니 이내 의식이 몽롱해졌다. 청정 비구에게 음주토록 한 것은 여광이 저지른 두 번째 오랑캐 짓이었다.

 "소승은 이만 가서 쉬어야겠습니다."

 구마라습이 일어나다 쓰러지려고 하자 옆에 앉아 있던 궁녀가 부축했다. 구마라습은 여인을 밀쳐 내고 연회장을 빠져나갔다.

 여광의 기분이 상한 것을 본 측근이 말했다.

 "대장군님, 아까 호선무를 추던 여인이 누구인 줄 아십니까?"

 "누구냐?"

 "조금 전에 궁녀에게 들으니 새로 구자 왕이 된 백진의 딸, 백라길이라 하옵니다. 대장군님께서 보위에 앉히는 은혜를 베풀었는데 딸을 바치는 것으로 은혜를 갚으라 하십시오."

 "가만, 춤추던 여인이 구자의 공주란 말인고?"

 "그렇다고 들었습니다."

 여광은 음흉한 미소를 띠었다.

 "미색이 기가 막히니 수청을 들면 대장군님의 기분을 좋게 해 줄 것입니다. 오늘 밤 대장군님의 숙소로 그 여자를 들게 할까요?"

 "공주는 내가 취할 일이 아니다."

"안 될 이유가 무엇입니까? 지금 구자 땅에서 대장군님의 위세를 능가하는 사람이 또 있습니까?"

"구자 공주는 용도가 달리 있다."

여광은 구자국을 접수한 후 지금까지 혼자 잠자리에 든 적이 없었다. 밤마다 궁녀 중에 빼어난 미모를 가진 여자를 차출하여 수청을 들게 한 호색한(好色漢)이라는 것을 알고 있는데, 느닷없이 도덕 군자연(君子然)하면서 미모의 공주를 사양하는 저의(底意)가 무엇이란 말인가. 여광의 속내는 며칠 후 백진과 마주한 자리에서 밝혀졌다.

"내가 공주에게 구자 왕실의 전통에 따른 혼례를 올리도록 중매를 설까 하는데 어떻게 생각하시오?"

느닷없이 홍두깨를 내밀자 얼굴이 굳어진 백진이 물었다.

"구자 왕실의 전통이라면?"

"내가 듣자 하니 지바 공주가 구마라염이라는 스님을 원해서 백순왕이 강제로 승복을 벗기고 결혼을 시켰다고 들었소. 그래서 태어난 사람이 구마라습이라는 것은 중국까지 퍼진 소문이오."

그게 무슨 구자국의 전통이라는 말인가. 전자(前者)의 일을 들어 모욕을 주는 것이었다.

"구자국의 공주는 스님을 환속시켜 결혼하면 천재를 낳는데, 꼭 이어나가야 할 전통 아니오?"

"그럴 만한 스님도 없고 그럴 수도 없는 처지입니다."

"왜 그럴 대상이 없단 말이오. 구마라습이 있지 않나. 공주의 신랑감으로 그만한 인물이 또 있겠소?"

"그것은 두 가지 이유로 불가합니다. 첫째 구마라습은 절대 이것을 받아들이지 않을 것입니다. 두 번째는 구마라습은 내 누이의 아들입니다. 두 사람은 내외 종간으로 같은 왕실의 피가 흐르는데 어찌 부부가 될 수 있겠습니까?"

"무슨 당치않은 말을 하는가. 옛날부터 왕실에서는 혈통 보존을 위해 오히려 근친결혼을 시켰어요. 그것이 중국 황실의 법도거늘 새삼 변방의 나라에서 그것을 문제 삼는단 말이오!"

"구마라습이 절대 결혼하지 않으려 할 것입니다."

"구마라습은 내가 설득할 테니 왕께서는 결혼식 준비나 서두르시오."

"승려가 결혼하는 것은 파계입니다. 파계를 부추기는 업을 짓는 사람은 큰 벌을 받게 된다고 들었습니다."

여광은 코웃음을 쳤다.

"나는 지옥에 떨어진다고 해도 공주에게 중매하기로 하였소."

여광은 다음으로 구마라습을 만나 엄포를 놓았다.

"너의 아버지 구마라염이 구자 공주인 너의 어머니와 결혼하여 너를 낳았다는 것은 온 천하가 다 알고 있는 사실이다. 너는 백라길 공주와 결혼하여 구자 왕실의 전통을 잇도록 하라."

깜짝 놀란 구마라습이 단호하게 말했다.

"비구는 결혼하지 않습니다."

"네가 내 권유를 받아들이지 않으면 나는 공주를 내 부하의 첩으로 줄 것이다. 그렇게 되면 인형같이 고운 공주는 평생 노리 갯감으로 살아야 한다. 공주의 신세를 그렇게 망쳐놓고 네가 중생을 어떻게 구하는지 내가 두 눈을 뜨고 지켜볼 것이야!"

구마라습의 얼굴이 하얗게 질렸다. 구마라습의 망막에 백라길 공주의 모습이 떠올랐다. 왕사에서 법문하는 날이면 백라길은 언제나 제일 앞줄을 차지하고 앉았다. 그럴 때면 초롱초롱 눈을 빛냈기 때문에 농으로 초롱이라 부르고는 했었다. 구마라습은 외사촌 동생 초롱이가 독실한 불자라는 것은 알고 있었지만, 호선무의 기능보유자라는 것은 몰랐었다.

티 없이 맑고 고운 구자의 여인으로 아끼며 축복해 온 동생을 전쟁에서 사람 죽이는 일에 이골이 난 백정보다도 못한 자의 정실도 아니고 첩이 되게 할 수는 없었다. 그건 백라길을 죽음으로 몰아넣는 것이나 마찬가지다.

구마라습은 어머니 지바 공주가 스님을 환속시켜 결혼한 업보가 자신에게 미쳤음을 알았다. 숙생(宿生)의 업은 한 치도 빗나감이 없어 무엇이든 반드시 갚아야 소멸한다. 내가 계를 지켜 살고 백라길 공주를 죽게 하면 그 업은 또 어떤 보(報)로 구현될 것인가.

자신이 살기 위해 공주를 죽이는 일을 해서는 안 될 것 같았다. 구마라습은 여광이 고타마 싯다르타의 성도를 마지막으로 방해하던 마왕 파순보다 더 악독한 존재라고 생각했다.

구마라습은 왕신사 법당의 부처님 전에 엎드렸다. 존상(尊

像)은 왼손을 가부좌한 발 위에 올려놓고 오른손은 무릎 위에서 아래로 땅을 향했다. 부처님께서는 바로 그런 자세로 마왕으로부터 항복을 받아냈다. 그래서 이를 항마촉지인(降魔觸地印)이라고 한다.

부다가야의 부처님 성도처(成道處)는 그가 계빈 유학 시절에 어머니와 함께 직접 순례했었다. 구마라습은 그때 수자타가 올린 우유죽 공양을 받아 기운을 회복하신 싯다르타가 목동인 스바스티카가 바친 부드럽고 향기로운 풀을 보리수 아래에 깔고 그 위에 앉아 '위 없는 깨달음을 얻지 못한다면 차라리 이 몸이 부서지는 한이 있더라도 마침내 이 자리에서 일어서지 않으리라.' 하시던 장면을 실제 목격한 것처럼 떠올렸다.

싯다르타가 선정에 들어 깨달음을 얻으려 하자 다급해진 마왕 파순은 세 딸을 고타마에게 보냈다. 마왕의 세 딸은 온갖 교태를 부리며 유혹하지만, 고타마 싯다르타는 수미산처럼 미동도 하지 않았다.

"너희들의 몸은 비록 아름답지만 모든 악이 가득해 견고하지 않고 부정이 흘러 생로병사가 항상 따른다. 손에는 팔찌, 귀에는 귀걸이를 흔들면서 교태 섞인 웃음으로 탐욕의 화살을 쏘는데 지혜로운 사람은 그대들의 욕망을 독약으로 안다. 칼날에 발린 꿀은 혀를 상하게 하고 사악한 욕정은 독사의 머리와 같으니 내 이미 모든 유혹을 뛰어넘었다. 너희들은 모두 본래의 모습을 드러내고 물러가라."

마왕의 세 딸의 이름은 각각 성적 쾌락을 상징하는 은애(恩愛), 상락(常樂), 대락(大樂)이다. 이는 깨달음을 얻고자 하는 사람이 마지막까지도 끊지 못하는 것이 바로 육체의 욕망, 즉 색욕이라는 것을 상징한다. 그러나 싯다르타는 마왕 파순이 딸들을 시켜 연출한 색욕의 유혹을 물리쳤다.

이로써 부다가야의 보리수 아래에서 깨달음을 얻었다. 석가모니부처님이 35세 되던 해 음력 12월 8일의 일이다. 마왕의 방해를 물리치고 깨달음을 얻은 것을 그림으로 나타낸 것이 수하항마상(樹下降魔相)이며 금강석보다 굳센 의지로 깨달음을 얻으신 그 자리를 금강보좌라 부른다.

고타마 싯다르타는 35세에 마왕 파순의 유혹을 물리치고 성도하셨는데, 그 나이가 지난 자신은 파순 같은 여광의 유혹을 물리칠 수 있을까. 여광은 구마라습이 파계하지 않으면 기어이 백라길을 자기 부하의 첩으로 주는 결정을 내릴 것이다. 그는 결코 공갈을 친 것이 아니었다. 구마라습과 백라길 중 한 명은 죽어야 한다. 그 선택이 구마라습에게 주어졌다.

백진은 딸을 살리겠다고 구마라습에게 파계하라고 강요할 수는 없었다. 그렇다고 백라길 공주가 자기를 살려 달라고 구마라습에게 애원하지도 못한다. 차라리 죽음을 택할지언정 어찌 서역의 제일 큰스님이요 구자의 자랑인 구마라습에게 파계해서 자신을 살려 달라고 할 수 있겠는가.

백라길은 자신이 궁중 연회에서 호선무를 추는 게 절대 아니었다고 생각했다. 착하다는 것이 천추(千秋)의 한이 되었다. 이런 참담한 결과를 빚게 될 줄은 상상도 못 했다. 갑작스럽게 발을 다친 은사를 곤경에서 구하기 위해 나섰다가 날벼락을 맞게 된 백라길은 밥은커녕 물 한 모금도 넘기지 못했다. 그녀는 전쟁광의 첩이 되기도 전에 이미 죽은 목숨이나 다름없었다.

이 문제를 해결할 사람은 구마라습밖에 없었다. 구마라습은 중생을 구제하기 위해 큰 수레를 굴리려고 결심했었다. 그러나 실제는 뭇 중생은커녕 한 명의 목숨도 구하는 일이 쉽지 않았다. 구마라습은 수계를 고집하면 자신 때문에 죽은 그 한 명이 평생 자신을 따라다니며 괴롭힐 것을 알았다.

왕신사 법당에 엎드려 있던 구마라습이 마음 정리를 끝낸 후 일어났다. 대중을 구하지 못하는 처지가 된다고 해도 한 생명을 죽게 만들어서는 안 된다는 것이 그가 내린 결론이었다. 그는 여광을 만나 결혼 의사를 밝혔다.

여광은 만족한 듯 음흉한 미소를 지었다. 그로부터 결혼식이 일사천리로 진행되었다. 이것이 구자 공주궁 발 제2탄 스캔들이다. 구마라습은 당시 구자뿐만 아니라 서역의 모든 나라 불자들이 주목하며 존경심을 표하던 큰스님이었다. 그런 구마라습에게 메가톤급 법난(法難)이 덮쳐 왔다.

여광은 새신랑에게 못 먹는 포도주를 억지로 마시게 하였다. 애써 한 잔을 비우자 다시 강권했다.

"이제야 비로소 사내대장부가 되는데 기쁜 마음으로 한 잔 더 들라."

　여광이 따라 주는 포도주를 사양하지 못한 구마라습은 생전 처음 대취하였다. 의식을 잃은 상태에서 왕실에 차려진 신방으로 옮겨지자 여광은 궁녀들을 시켜 구마라습이 입고 있던 옷을 모두 벗기도록 하였다. 실오라기 하나 걸치지 않은 나신(裸身) 상태로 곯아떨어진 구마라습은 자신의 몸에 와닿은 보드라운 살갗의 감촉을 느끼자 번쩍 정신이 돌아왔다. 백라길의 몸에도 옷이 걸쳐져 있지 않았다.

　공주의 나신은 어둠 속에서도 상앗빛으로 빛났다. 마치 자체 발광체 같았다. 그녀가 몸을 뒤척이자 볼기 부위의 따뜻한 살이 구마라습에게 밀착되었다. 태어나 30년이 넘도록 소변을 보는 이외의 용도로 사용해 보지 않았던 구마라습의 남근(男根)이 칼로 바뀌었다. 그 칼이 둔부를 찌르자 공주는 몸을 뒤척였다. 그러자 그녀의 칼집이 나타났다. 칼이 칼집에 넣어졌다. 칼집에 갇힌 칼은 더는 위험한 물건이 아니었다.

　법난이 이불 속 춘풍(春風)을 동반하고 모습을 드러냈다. 피를 뿌리는 처절한 형태가 아님을 다행으로 여겨야 할까. 그러나 당사자인 구마라습의 가슴은 천 갈래 만 갈래로 찢어졌다.

　사람들이 구마라습을 서역에 널리 이름을 떨치고 있는 큰스님이며 구자의 자랑이자 희망이라고 치켜세우고 있지만, 여광이 보기에 그는 그저 한낱 활도 못 쏘고 말도 타지 못하는, 당당할 것 없는 보통 사내에 불과하였다. 삼십 년 수도 인생을 망가뜨려

놓아도 신통력을 발휘하여 대처하지 못하는데 자신보다 더 나은 것이 무엇이란 말인가.

여광은 기분이 매우 좋아졌다. 부처님도 뭣도 없다는 생각을 한 여광은 대장부의 기개를 굳건하게 믿는 턱없는 자만에 빠져들었다. 그는 구마라습을 극진하게 모셔야 한다는 부담감을 떨쳐 냈다.

여광은 이렇게 결정적인 오랑캐 짓을 저질렀다. 만리장성을 넘어온 5호 중에는 악행을 저지르지 않고 계율도 지키는 불자로 거듭난 사람이 많은데 불교를 받아들이지 않은 여광은 교화되지 않은 오랑캐였다.

구마라습이 법난을 당한 것은 384년, 세납(歲納) 40세 때의 일이다. 12세 동자승 구마라습이 계빈 유학을 마치고 귀국하던 때 월지국 북산에서 만난 나한이 35세까지 파계하지 않으면 아소카왕의 왕사인 우바굴다존자 같은 불과(佛果)를 획득하게 될 것이라 예언했었다. 구마라습이 파계한 것은 35세가 아니라 40세 때다. 그 나한의 말대로라면 이미 우바굴다존자의 경지에 오른 상태에서 파계했다는 뜻이 된다. 나한은 파계하는 시점을 정확하게 예언하지 못했다고 볼 수도 있고, 사람에 따라서는 35세까지 파계하지 않은 구마라습이 이미 우바굴다의 경지에 오른 상태니 그런 구마라습을 파계의 일반적인 잣대로 잴 것이 아니라 중생구제의 법륜을 굴린 것으로 보아야 한다는 견해를 피력하기도 한다.

그러나 세인들은 이때 모두 구마라습을 파계승으로 받아들였다. 은사 불도설미는 크게 낙담하였다. 모든 것이 여광이 저지른 법난임을 알지만, 파계 사실을 부인할 수는 없었다. 불도설미는 구마라습에 대한 기대가 컸던 만큼 상실감도 컸다. 그는 탄식했다.

"높기만 하던 구자불교의 위상이 무너졌다."

구마라습에게 집중되었던 후광(後光)과 존경과 기대가 모두 사라졌다는 것은 주변 불교국가에서 몰려들었던 학승들이 짐을 싸서 돌아간 것으로도 증명되었다. 구마라습이 왕사에서 부처님께 예불올리는 것을 중단하지 않았지만, 동참자는 백라길뿐이었다.

왕사는 적막(寂寞)에 휩싸였다. 법문을 듣기 위해 찾아오는 사람이 없기 때문에 법상에 오를 일도 없었다. 그런 외부적 변화보다 더 심각한 것은 구마라습의 내부에서 일어나는 자괴감이었다.

싯다르타는 어여쁜 얼굴과 부드러운 몸매, 검푸른 머릿결과 주홍빛 입술, 가는 허리와 희고 곧은 다리, 어지러운 향기를 풍기며 온갖 교태로 유혹하는 마왕의 세 딸에게 '똥과 오줌이 차 있는 가죽 자루'라며 '애욕은 마치 횃불을 잡고 바람을 거스르는 것과 같아서 어리석은 사람은 횃불을 놓지 않으므로 반드시 자기 손을 태울 것'이라고 했었다.

부처님께서는 나중에 특히 음욕이 많은 제자에게는 부정관

(不淨觀) 수행법을 시켰다. 부정관은 육체의 더러움과 무상함을 통찰하게 함으로써 단박에 음욕의 불길을 꺼버리는 관법(觀法)이다.

『대념처경(大念處經)』의 신수관(身隨觀)은 몸속의 온갖 장기에서 발생하는 피, 고름, 가래, 응고 덩어리들을 관하고 또 자신의 시체가 부패하는 과정을 적나라하게 지켜보면서 육신의 덧없음을 깨치게 하는 것이다. 비구는 여자를 피고름이 가득한 더러운 존재로 관해야 하고 차라리 남근을 독사의 아가리에 넣을지언정 똥이 가득한 자루 같은 여자에게 넣어서는 안 된다. 그러나 구마라습은 백라길을 피고름 똥자루로 보려 해도 그렇게 보이지 않았다.

구마라습은 끊임없이 자책하였다. 왜 나는 백라길의 아름다움만 보이고 오물이 가득 찬 육신의 더러움은 보이지 않는가. 백라길은 나의 곁에서 따뜻한 마음씨와 아름다운 몸으로 내 마음의 고통을 어루만져 주고 더함 없는 위로를 주려 노력하고 있다. 그런 백라길을 어떻게 오물이 가득 찬 냄새나는 가죽 자루로 본단 말인가.

심한 정신적 갈등을 겪고 있던 이 무렵 어느 날, 아버지 구마라염이 아들 구마라습을 찾아왔다. 돌아보니 만나지 않고 지낸 세월이 어언 30년이 넘었다. 대개 이 정도의 시간이 사람 사이에 가로 놓이면 부자간이라도 인륜이 끊어진다고들 한다.

아버지가 새 여인을 만나 가정을 꾸렸다면 그렇게 될 가능성이 높다. 그러나 같이 살지 않았지만 가족 구성원의 요건이 변한 것은 없었다. 만나지 않았을 뿐 생각도 하지 않고 지낸 것은 아니었다. 아무리 많은 세월이 지났어도 부자간이라는 천륜은 변할리 없었다.

"반두달다 스승님께서는 아버지가 도를 닦고 계신다는 말씀을 벌써 30년 전에 했어요. 30년이면 득도를 해도 벌써 했을 것 같은데 어떠세요?"

아들의 말을 듣고 구마라염은 폭소를 터트렸다.

"큰스님께서 내가 도를 닦는다고 했단 말이냐?"

"그렇습니다."

잠시 후 구마라염의 얼굴에서 웃음기가 사라졌다.

"득도했다고 내 입으로 말할 수 있을 만큼 성취를 이루었는지는 모르겠다. 하지만 도를 닦았다는 말이 틀리지는 않을 것 같다."

"무슨 도를 닦으셨는데요?"

"네가 스스로 생각해 보면 알게 되는 날이 올 것이다. 내 입으로 성도했다 할 수는 없구나."

아버지 역시 아리송한 말뿐이었다.

"동생은 지금 어디 살고 있으며 잘 지내고 있는지요?"

"네 동생은 투루판에 있다. 제법 많은 재물을 모았으며 슬하에 남매를 둔 가장이 되었다."

"아버지도 동생과 같이 살고 계신가요?"

"아니다. 나는 현재 주로 천축의 본가에서 지낸다. 관리할 재산과 사람들이 생각보다 많구나. 이제는 서둘러 재산을 정리하고 하인들에게 땅을 나누어 준 다음 자유의 몸이 되도록 할 생각이다."

아버지가 계빈의 본가에 계실 수도 있다고 생각했다. 그러나 동생이 투루판에 거주한다는 것은 상상도 해 본 적이 없는 뜻밖의 일이었다. 구자에서 동생이나 아버지의 행방이 목격되지 않았던 이유가 짐작되었고 적어도 경제적으로 곤경에 처해 있지 않다는 확신을 주는 것은 다행이었다.

아버지가 덧붙였다.

"나는 천축에서 중국 사이의 서역 나라를 여행하는 취미를 가지고 있다. 그러나 이제는 그 취미도 내려놓고 장차 구자 인근에 정착할 장소를 하나 만들 생각이다."

나중에 돌이켜 보니 이때 아버지는 아버지가 닦은 도와 앞으로의 계획을 다 들려준 것이었다. 험악한 총령을 넘나들며 삭막한 타클라마칸사막을 돌아다니는 것은 목숨을 걸고 하는 일이다. 그것을 생업으로 하는 상인들은 있지만, 취미로 여행을 하는 사람은 없던 때다. 그런데도 그런 것을 정확하게 헤아려 볼 정신적인 여유가 없었기 때문에 알려 주었어도 제대로 알아듣지 못했다.

구마라염이 가지고 온 보따리를 풀자 글이 빼곡하게 쓰여 있는 원고 뭉치가 나왔다.

"이것은 그동안 내가 산스크리트어로 된 『유마힐경』을 중국어로 번역한 원고다."

아버지가 경전 번역을 하고 지냈다는 것도 의표(意表)를 찔렀다. 구마라습은 그것이 아버지가 닦고 있다는 도와 연결되는 고리일지도 모른다는 생각에서 귀를 쫑긋 세웠다.

"나는 오래전에 중국을 갔었다. 그때 경전이 중국에 소개되어 있지 않다는 것을 알았다. 산스크리트어와 중국말은 언어 체계가 다르기 때문에 역경 불사는 난제 중의 난제로서 아직 첫걸음도 떼지 못한 상태다. 중국어판 경전이 출간되어야 비로소 불법이 제대로 전해질 토양이 마련된 것이라 할 수 있다. 나는 내가 그 중차대한 일을 하고 싶다는 생각을 한 다음 그동안 경전을 중국어로 번역하는 일을 하며 지냈다. 이것이 그 결과물이다."

구마라염이 원고 뭉치를 아들 앞으로 밀쳐 놓았다. 그 원고들이 아버지가 동생과 같이 장사를 하는 것이 아님을 설명해 주는 것 같았다.

"이것은 내가 계를 유지하지 못하고 파계승이 된 것과는 아무 상관 없이 할 수 있는 일이었다. 독학으로 습득한 나의 중국어 실력이 난해(難解)한 경전을 정확하게 번역하기에는 모자라는 수준이라는 점이 문제일 뿐이다. 그동안 불경을 번역하면서 이 일은 나 같은 범인이 아니라 너 같은 천재가 해야 할 일임을 알게 되었다."

구마라염이 아들의 천재성에 방점을 찍어 덧붙였다.

"너라면 중국어로 정확하게 경전을 번역하여 그들에게 전해 줄 수 있을 것이다. 경전의 중국어본 출간은 중국 불자들이 손꼽아 기다리는 일이며 더 미루어서는 안 되는 시대의 소명이다. 단에 올라가 불법을 말로 전하는 법문을 하는 것보다 결코 의미가 적지 않고 그 어떤 전교 행위보다 훌륭하고 보람된 일이 역경을 통한 홍법(弘法)이다."

구마라습은 아버지 구마라염의 말을 듣자 자신이 비록 구자의 희망이었다가 구자의 애물단지로 전락하여 파계승이 되었지만, 불광(佛光)을 동방으로 전파하는 데 일정 부분 할 수 있는 일이 있다는 사실을 알게 되었다.

구마라습의 머릿속에는 여전히 수십만 경전 구절이 처음 입력되었던 때와 다름없이 그대로 들어 있었다. 한 번 들으면 절대 잊지 않는 기억력은 여전히 손상되지 않았다. 팔리어나 산스크리트어본 경전을 중국어로 옮기는 일이 쉽지는 않겠지만 결심만 하면 못 할 것도 없었다.

구마라염은 두 번째로 염주 목걸이와 단주를 꺼내 놓았다.

"이것은 내가 너를 생각하면서 10년쯤 전에 처음 만들기 시작했던 것이다. 완성하기까지 몇 년이 걸렸다. 역경이나 다른 일을 하면서 틈틈이 조금씩 깎고 다듬고 염주와 단주의 알 하나하나에 산스크리트어로 된 진언(眞言)을 새겨 넣느라 많은 시간이 걸렸다. 조각하다 밤을 꼬박 새운 날이 부지기수(不知其數)다. 완성한 뒤에는 전해 줄 시간을 만들지 못해 보관하면서 너를 대하듯 아껴 오다가 오늘서야 이렇게 가지고 왔구나."

구마라습은 가슴이 찡 아려온다. 아버지는 같이 살지 않았지만 가슴에 늘 자식을 묻어 두고 그 자식의 불도 성취를 빌어 왔다. 염주와 단주가 바로 그 증거였다.

구마라습은 처음에 그것을 그저 흔한 보리자 모감주 금강주 같은 것으로 만든 법구(法具)쯤으로 여겼다. 그러나 거기서 퍼져 나온 향기가 코로 스며들자 이내 예사 물건이 아님을 알았다.

"형언하기 힘든 그윽한 향기가 납니다."

"이것은 멀리 일남(베트남)에 가서 내가 직접 구해 온 가남이라는 최상품 침향목을 다듬어 만든 것이다. 피로하여 잠이 잘 오지 않을 때나 가슴이 답답할 때 이 염주를 돌리면 마음이 편안해지고 잠도 깊이 자게 될 것이다."

침향은 침향나무에 천연으로 분비된 수지가 침착되어 심재 부위에 단단한 덩어리 모양의 조직을 이룬 것을 말한다. 백목향(白木香)의 수지는 심혈관이나 뇌혈관 질환의 예방과 치료에 특효가 있다. 소갈에도 좋고 면역력을 증강시키며 퇴행성 뇌질환에 침향보다 더 좋은 약재는 없다.

구마라습은 침향 목걸이와 단주는 부르는 것이 값이지 정해진 액수가 없다고 들었다. 거기다 침향 중에서도 최상질의 침향인 가남으로 만들었고 일일이 손으로 깎은 정성을 합하면 그야말로 국보급 보물이었다.

"침향은 죽어 가는 사람도 고친다. 진심통이나 뇌출혈로 숨이 넘어가게 생긴 환자를 만났을 때 이 염주 한 알만 갈아 먹이면 살릴 수 있다. 지금 이 염주를 목에 걸어 줄 테니 고개를 숙이거라."

"저는 아버지 은혜에 보답은커녕 아버지를 두고 절로 떠났던 불효자식입니다. 이런 비싼 것을 선물로 받기가 송구합니다."

"모르느냐? 너는 태어난 자체로 이미 나에게 큰 효도를 했다. 너를 얻고 세상을 다 얻은 것 같았다. 너는 나를 두고 머리를 깎아 불효했다고 생각하는 모양인데, 실은 내가 가지 못한 승려의 길을 향해 의연하게 걸어간 자랑스러운 내 분신이다. 출가한 것도 결코 불효를 저지른 것이 아니다. 너 같은 천재가 내 아들이어서 나는 평생 뿌듯했으며 용기를 갖고 열심히 살려고 노력할 수 있었다. 너는 내 삶의 원동력이고 목적이고 든든한 의지처였다. 꼭 같이 살았던 것만이 능사는 아니다. 너는 내 선물을 받을 자격이 차고 넘친다. 목에 걸어 줄 테니 아무 소리 말고 잠자코 받아라."

구마라습은 아버지가 거액을 투자하여 침향목을 산 다음 온 정성을 기울여 만든 선물을 거절할 다른 이유를 찾을 수 없었다. 구마라습이 아버지 앞으로 고개를 숙여 내밀었다. 아버지가 목에 침향으로 만든 염주를 걸어 준 다음 말했다.

"이 단주도 받아라."

구마라습이 아버지 말씀을 따랐다.

"아주 잘 어울린다. 앞으로 염주는 늘 목에 걸고 단주는 항상 손에 들고 다니거라. 나는 네가 그런 차림으로 동토(東土)에 가서 역경 불사를 통해 홍법하기를 바란다."

구마라습도 그러고 싶지만 마음대로 가고 오지 못하는 신세인 것이 문제였다. 아버지 말씀이 계속되었다.

"내가 오랫동안 너를 만나러 오지 않았던 것은 너에게 내 도움이 필요하지 않다고 여겼기 때문이다. 필요 없는데 찾는 것은 오히려 방해만 될 뿐이다. 그러나 나는 너를 늘 지켜보았고 앞으로도 그럴 것이다. 나는 네가 다시 또 곤경에 처했다고 생각되면 그곳이 어디든 너를 찾을 것이며 내 모든 것을 다해 너를 도울 것이다. 다만, 직접 만나러 갈 것인지 사람을 보낼 것인지는 그때그때 사정에 따라 결정하마."

"아버지 말씀을 들으니 힘이 납니다."

"어려운 일이 생기면 목걸이와 단주를 보고 부디 용기를 내기 바란다. 거기에 새겨 넣은 진언에는 네가 위기에 처했을 때 구해 달라는 내 염원이 담겨 있다."

"고맙습니다."

"그리고 동토 홍법길에서 혹 숨이 넘어가는 위급상황에 처한 환자를 만나게 되었을 때는 지체 말고 단주를 부수어 그 병고 중생을 구제하는 데 사용토록 하여라. 사람의 몸을 살려 박수받고 불법을 전해 영혼을 구제해 주는 그런 멋진 스님이 되거라. 그것이 내가 하고 싶었던 일인데, 이제는 내 아들인 네가 나를 대신해서 해 주기를 바라는 일이다."

구마라습은 목구멍으로 뜨거운 것이 치미는 것을 느꼈다. 그것을 삼키느라 애쓰는데, 아버지의 다음 말이 기어이 구마라습의 눈에 이슬을 맺게 하였다.

"나는 이런 목걸이와 단주를 네 어머니 몫으로 한 쌍 더 만들었다. 그것도 곧 네 어머니에게 전해 줄 생각이다."

"어머니가 천축 어디에 계시는지 아세요?"

"천축은 작은 나라가 아니라 광대한 땅덩어리지만 그래도 부처님 손바닥 안에 있다. 천축에서 정진 중인 스님의 행방을 찾기로 들면 천축 출신이며 한때 부처님의 제자이기도 했던 나에게는 여반장(如反掌)이다. 그렇지만 내가 네 어머니 앞에 직접 나타나면 만나 주지 않을 것이니 목걸이와 단주는 천축에 갔을 때 네 스승인 반두달다 국사님을 통해 전할 것이다."

천축에서 어머니가 반두달다의 영향력 밖에서 정진하는 방법을 찾을 수는 없었을 것이다. 그를 통하면 어머니의 소재를 쉽게 파악할 수 있다.

"어머니가 밉지 않으세요?"

"너와 네 동생을 낳아 준 사람이다. 너도 동생도 나에게는 사리보다 더 소중한 보물이다."

그런 말씀 후에 덧붙였다.

"우리를 두고 스님이 되겠다고 했을 때는 물론 미웠다. 그러나 미워하지 말고 고마워해야 한다고 마음을 바꾸었다. 미움을 가지고 살면 이승이 바로 지옥이다. 마음을 돌리면 지옥이 극락으로 바뀐다."

마음 한번 돌리니 예가 바로 극락이라는 말씀이 구마라습의 가슴을 파고들어 온다.

"불도 성취는 스스로 하는 것이어서 도와줄 분야가 아니지만, 혹 병이 든다거나 생활고에 봉착하기라도 한다면 내가 도울 것이다. 그러니 네 엄마 걱정도 하지 말고 오직 너만 생각하면 된다."

"고맙습니다, 아버지. 아버지가 이렇게 훌륭하신 분인지 몰랐습니다."

"나는 네 엄마가 불법과 광대한 인도철학의 무덤에 빠져 설혹 그 모두에 해박한 박사가 되어도 중생구제와 멀어지면 그게 자기만의 구원과 만족에 그치는 일이라는 것을 모를까 걱정된다. 그러나 여자의 행복을 포기하고 선택한 길인데, 영혼의 자유를 얻고 배운 것을 어떤 식으로든 널리 회향할 수 있으리라 믿는다."

아버지의 어머니에 대한 생각은 구마라습을 한층 안심시켰다. 구마라염은 구마라습이 정신적으로 가장 위기에 처해 있을 때 나타나 목걸이와 단주에 의지하여 인욕의 강을 건널 수 있도록 활로(活路)를 열어 주었다. 파계의 아픔을 선험(先驗)했던 아버지였기에 한 치 앞 분별이 안 되는 법난의 혼돈 속에 빠져 있는 아들을 구해 낼 지혜가 있었다.

헤어지기 직전에 아버지가 마지막 한 마디를 더했다.

"나는 앞으로 염주와 단주를 한 쌍 더 만들 생각이다."

구마라습은 아버지가 그 말씀을 통해 아주 중요한 사실을 알려 주었다는 것을 나중에야 알았다. 어떤 용도로 쓰기 위해 만드는 것이냐고 물었어야 하는데 그렇게 하지 못한 것은 크게 유감이었다.

서역정벌대가 구자에 오고 해가 바뀌었다. 침략군은 향수가 깊어갈수록 낮에는 칠수할 때 가져갈 것들을 약탈하고 밤에는 술에 취하지 않고는 부모 형제와 처자식이 떠올라 잠을 이루지 못하는지 포도주를 물 마시듯 들이킨 후, 구자 여인들의 옷을 무자비하게 벗겨대는 만행(蠻行)을 저질렀다. 화주(火酒)처럼 독하지는 않지만 10년의 숙성기간을 거친 포도주는 은근히 취하게 만들고 한번 취하면 확 올라왔다가 빨리 깨는 화주보다 취기가 더 오래간다.

여광은 군의 최고 통수권자로서 질서 유지의 책임이 있지만, 부하들의 만행을 일일이 적발하여 체벌(體罰)하면 사기가 저하될 것이라 여겼음인지 적당히 눈 감아 주었다. 이민족에게 정복당하면 예로부터 늘 이런 희생이 뒤따랐기 때문에 처음에는 그러려니 했지만, 생각보다 장기화되고 도가 지나쳤기 때문에 문제의 심각성이 대두되었다. 더 방치해서는 안 된다는 생각을 한 백진은 구마라습을 상대로 비통한 심정을 토로했다.

"아내와 딸들을 제물로 희생시키는 치욕을 구자 사람들이 얼마나 더 견뎌야 한단 말인가. 그 옛날 서역도호부를 설치하고 우리를 다스렸던 후한(後漢) 시대에도 이런 만행을 저질렀다는 기록은 찾아볼 수 없어요."

이에 대한 구마라습의 대답은 의외로 한가로웠다.

"너무 심려치 마십시오. 소납이 최근에 천기를 자세히 살폈는데, 동쪽 하늘에 큰 별 하나가 빛을 잃어가고 있어요."

"중국에서 누가 죽기라도 한단 말이오?"

"네. 중국에 대 변고가 생기고 있습니다. 그리되면 여광은 더 구자에 머물러 있으라고 붙잡아도 돌아갈 것이니 너무 상심치 마십시오."

"그게 대체 언제란 말인가?"

"제가 여광을 만나 빨리 결단을 내릴 수 있도록 해 보겠습니다."

구마라습은 그 자리를 파한 후 곧장 여광을 찾아가 고사성어를 하나 들이댔다.

"대장군께서는 투필종융(投筆從戎)이라는 말의 어원을 아시는지요?"

"그게 무슨 개가 풀 뜯어 먹는 소리인가?"

반초(班超)는 서기 73년에 서역정벌을 감행한 후한의 장수다. 『후한서』「반초전」에 의하면 영평 5년(62년), 형 반고(班固)가 교서랑(校書郞)으로 임용되어 뤄양(洛陽)으로 갈 때, 반초는 어머니를 모시고 형을 따라 같이 갔었다. 어려운 집안 형편 때문에 어쩔 수 없이 문관이 되어 관아에서 문서를 작성하는 일을 하며 살아가던 반초는 문관에서 무관으로 전직을 결심한 다음 서역정벌대를 자청하였다. 여기서 나온 고사성어가 '붓을 던지고 무인(武人)이 된다.'라는 뜻의 투필종융(投筆從戎)이다.

 투필종융을 선언한 반초는 서역을 평정한 다음 끊겼던 한나라와 서역 간의 교역을 부활시켰다. 이때 한나라는 구자에 봉수대(烽燧臺)를 세웠다. 봉화대(烽火臺)와 연대(煙臺)의 기능이 합쳐진 봉수대의 웅장한 자태는 한나라가 서역을 지배한 거대한 기념비적 위용을 뽐내는 것으로서 수많은 세월이 흐른 지금까지도 구자의 상징물로 남아 있다. 봉수대는 서역 치안을 담당했던 서역도호부가 구자에 있었다는 것을 알려 주는 신물(信物)이다.

 "한나라 출신 반초는 서역에 와서 우전국 소륵국 월지국 구자국 언기국 등을 차례로 평정하고 우리 구자국에 서역도호부를 만든 다음 일대를 다스렸습니다."

 "반초라고 했는가?"

 "네, 후한 시대에 서역을 평정했던 장군입니다. 그는 나이 칠십이 넘어서도 고향에 가지 못하고 30년을 넘게 이 구자에 머물러 살았습니다."

 여우도 죽을 때가 되면 머리를 자기가 살던 쪽으로 둔다는 뜻에서 수구초심(首丘初心)이라 했는데, 하물며 만물의 영장인 사람에게 고향을 그리워하는 마음이 어찌 없었겠는가. 늙고 병이 들자 고향으로 돌아가고 싶은 생각이 간절했던 반초는 죽기 전에 옥문관을 다시 넘어가 고향 땅을 밟는 것이 소원이라는 상소를 올렸다. 3년이 지나도 귀국 허락이 떨어지지 않다가 죽을 병이 든 것을 안 조정에서 마침내 그를 불러들였는데, 안타깝게도 그는 귀국한 지 한 달 만에 죽고 말았다.

구마라습의 설명이 계속되었다.

"서역은 대국 사람들이 머물면 결국에는 죽을 수밖에 없는 땅입니다. 대장군께서는 이런 곳에 오래 머물 생각을 하지 마시고 이제는 돌아가셔야 합니다."

"감히 너 따위가 세 치 혀를 놀려 나더러 돌아가라 말라 한단 말이냐?"

말은 그렇게 했지만, 여광은 구마라습이 자신도 모르던 반초의 고사를 들이밀자 솔깃하게 들었던 것이 사실이다.

"저는 대강 천기를 볼 줄 압니다. 최근 운세를 보니 동쪽에 있는 큰 별 하나가 빛을 잃었습니다. 이는 중국에서 큰 인물이 죽는 것을 시사합니다. 그렇게 되면 별들의 전쟁이 시작될 것입니다."

이 말은 여광의 관심을 끌 만한 흡인력이 있었다.

"그대는 내 운세가 어떻게 전개될 것인지도 능히 알 수 있는가?"

"대장군을 상징하는 별은 이곳이 아니라 중국 근처의 하늘에 떠 있습니다."

"그곳이 정확하게 어디인지 아는가?"

"정확한 장소까지는 모르지만, 그곳이 중국 가까이에 있음은 분명합니다. 지금 바로 대장군을 위해 마련되어 있는 약속의 땅으로 옮겨 빨리 그 땅을 선점하면 능히 대업(大業)을 도모할 수 있게 될 것입니다."

대업이란 나라를 창건한다는 의미다. 여광은 어머니가 찬란하게 떠오르는 태양을 입으로 삼키는 태몽을 꾼 뒤에 얻은 아들이다. 그래서 빛 광(光) 자가 들어가는 이름을 지었다는 말을 들려준 다음 그의 아버지 여파루가 아주 은밀하게 말했었다.

"너는 언젠가는 태양처럼 만인이 우러러보는 존귀한 존재가 될 것이다. 그때까지 누구에게도 천기를 누설해서는 안 된다."

여광은 구마라습이 대업을 이루게 될 약속의 땅이 자신을 기다리고 있다는 말을 하자 조금 전에 화를 냈던 것은 어느새 까맣게 잊고 확인하듯 물었다.

"이곳은 길지(吉地)가 아니고 내가 머무를 땅도 아니라는 말이냐?"

"그렇습니다. 서역은 기후 풍토가 중국인들에게는 적응이 잘 안 되기에 혈의 운행을 나쁘게 하여 오래 머물면 반드시 병을 얻게 됩니다. 반초 장군께서는 이곳에서 너무 오래 살았기 때문에 풍토병을 얻은 것입니다."

여광이 구마라습의 말을 심각한 표정으로 듣더니 말했다.

"나는 너를 잡아 오라는 명을 받고 온 사람이다. 내가 장안까지 못 가고 가다 중도에서 머문다고 해도 나는 너를 여기에 그냥 두고 갈 수 없다."

"저도 마음의 준비를 하고 있었습니다. 대장군님을 따라가면서 그때그때 대장군님의 운세를 살펴 드리고 제가 말씀드린 약속의 땅이 나오면 그것도 즉각 알려 드릴 것이니 염려하지 마십시오."

"네 말이 거짓으로 밝혀지면 너는 살아남지 못할 것이다."

반초가 조정으로 돌아갈 때, 그의 뒤를 이을 후임자인 임상(任尙)이 그에게 서역을 안정시키고 잘 다스릴 방책을 묻자 '수청즉무어(水淸則無魚) 인찰즉무도(人察則無徒)'를 답으로 제시해 주었다. 물이 너무 맑으면 사는 물고기가 없고 사람이 너무 살피면 따르는 무리가 없다는 뜻이다.

뭔가 특별한 비법을 기대했다가 너무 평범한 조언이라 여긴 임상은 한쪽 귀로 듣고 다른 쪽 귀로 흘려 버렸다. 반초가 제대로 알려 주었지만, 서역으로 부임한 임상은 너무 투명하게 하고 사람들을 적으로 여겨 의심의 눈초리로 살피니 따르는 사람을 만들지 못했다. 5년 만에 서역 국가들은 모두 임상으로부터 등을 돌렸다. 그 책임을 물어 임상은 경질되고 얼마 지나지 않아 툭하면 말썽이 일어나는 골치 아픈 서역도호부는 폐지되고 말았다.

여광이 구마라습의 말을 듣고 곰곰 헤아려 보니 30년이나 서역을 다스렸던 반초도 결국 병을 얻어 떠난 서역인데, 자신이 이곳을 차지하고 돌아가지 않는다는 것은 옳은 선택이 아닐 것 같았다. 그러나 아직 꿀보다 더 좋은 먹거리가 지천인 구자를 버리고 떠나는 것은 선뜻 내리기 힘든 결정이었다.

이런 여광에게 구마라습이 결정타를 날렸다.

"대장군께서는 반초를 반면교사(反面敎師)로 삼아야 합니다."

"반초의 무엇을 참고하라는 말이냐?"

"첫째 반초는 이곳에 너무 오래 살았기 때문에 병을 얻은 것입니다. 그 전철을 밟으시면 낭패를 보게 될 것입니다. 둘째는 인찰즉무도라 하지 않았습니까? 대장군께서는 천하를 도모할 운을 타고났지만, 그런 사람이라도 따르는 부하가 없으면 천하를 혼자의 힘으로는 얻지 못합니다. 대업을 위해서는 대장군님을 따르는 사람들을 많이 만들어야 할 것입니다."

맹랑한 말이다. 이곳을 빨리 떠나 약속의 땅으로 옮길 것과 따르는 사람이 많아지도록 만들면 대업을 이루게 된다는 것으로 요약된다.

여광은 독불장군이지만 구마라습이 던져 준 달콤한 지혜의 봉을 맞고 손을 들었다. 대업에 대한 충동질이 그의 야망을 부추긴 때문이었다. 마침내 지금이 돌아갈 때라고 생각한 여광은 전군에 회군(回軍) 명령을 내렸다.

군사들은 구자와 인근 나라들로부터 받아들인 사은품과 특산품들을 챙겨 이삿짐을 꾸렸다. 약탈하고 진상 받은 물품들을 헤아려 보니 금은 동 철기 주석 아연 세포(細布) 석밀 후추 등과 산호 호박 명월주(明月珠) 유리(瑠璃) 청벽(靑碧) 낭간(琅玕)

금루계(金縷罽) 주단(朱丹) 화완포(火浣布) 진주 소합향(蘇合香) 벽유리(璧流離) 등등이 있고 멀리 일남(日南 베트남)의 특산물인 상아나 무소뿔 같은 것도 눈에 띈다. 문헌에는 이런 것들을 낙타 2만 마리와 말 1만여 필에 실어 갔다고 기록되어 있다. 여광은 구자국을 탈탈 털었다.

구마라습은 여광의 귀국 행렬에 합류하기로 마음을 정했다. 손발을 묶어 놓고 있는 것이 아니므로 하려고만 들면 여광의 손아귀에서 벗어날 방법이 없는 것이 아니었다. 총령을 넘어 멀리 천축으로 가면 여광인들 어쩌겠는가. 그러나 구자의 원수인 여광을 오직 자신만이 인도하여 추방할 수 있다는 사명감을 느낀 데다가 아버지와의 만남을 통해 중국에 가서 할 일을 찾았기에 구마라습은 잠적이 아니라 중국행을 택했다.

그러나 백라길은 구마라습을 따라 중국에 가지 않겠다고 선언한다.

"저는 그동안 서방님을 모시며 큰 행복을 느낄 수 있었어요. 이만하면 됐어요. 저는 따라가서 서방님에게 짐이 되고 싶지 않고 여기 남아 할 일도 이미 찾아 놓았어요."

"그게 무엇이오?"

"저도 불도설미 큰스님에게 부탁드려 삭발할 거예요. 기회가 되면 계빈 유학도 고려해 볼 것입니다. 먼저 그 길을 가신 당신의 어머니는 나의 시어머니시며 구자 왕실의 공주로서 내 고모님이기도 하니 저를 만나면 잘 인도해 주실 것입니다."

구마라습은 파계하여 마음이 찢어지는 가운데서도 백라길을 따뜻하게 감싸 안고 자상하게 배려하였으며 조금도 예의에 어긋나지 않게 대해 주었다. 그런 사실을 잘 알고 있는 백라길은 부처님의 사랑이 아무리 커도 이보다 더 자신에게 의지가 되지는 않을 것이라 여겼었다. 그런 사랑을 받았는데, 자신을 살리려고 스스로 사형선고를 내려 파계한 남편에게 더는 짐이 되고 싶지 않았다. 그를 놓아주는 것이 그를 사랑한 여인이 취할 태도일 것 같았다. 신혼의 단꿈이 아직 깨지도 않았는데 이들 부부 앞에는 이별이 가로 놓였다. 애고(愛苦)다. 이별을 앞에 두고 나니 사랑은 분명 고(苦)였다.

구마라습은 구자를 떠나기 전에 수바시사로 은사 불도설미를 찾아뵈었다.

불도설미가 물었다.

"백라길 공주도 데리고 가느냐?"

"아닙니다. 공주는 여기에 혼자 남아 출가를 하겠다고 합니다."

"출가를 한다?"

"그렇습니다. 그러니 나중에 공주가 찾아오면 스님께서 머리를 깎아 주시면 안 될까요?"

그에 대하여 불도설미는 즉답하지 않았다. 염주를 돌리는 미세한 마찰음이 침묵을 깼다. 이윽고 생각에서 벗어나며 불도설미가 입을 열었다.

"내가 우리 구자국의 공주를 한 분도 아니고 두 분씩이나 머리를 깎아 주어야 하느냐?"

"스님의 인도가 필요한 중생입니다."

"알았다. 네 부탁이니 백라길 공주가 나를 찾아오면 입문시켜 주마."

"스님, 부탁이 하나 더 있습니다."

"그게 무엇인고?"

"저는 앞으로 다시 승려로 돌아가고자 합니다. 그동안 머리를 기른 것이 아니었으니 다시 깎을 필요는 없지만, 파계했었는데 계단(戒壇)을 세워야 한다고 생각합니다. 스님, 저에게 다시 계를 설해 주십시오."

"너는 불세출의 천재다. 스님으로 돌아와서 타고난 머리를 활용하여 널리 홍법에 힘쓸 결심을 했다면 내가 기꺼이 또 계를 설하는 수고를 할 것이니라."

"일정이 빠듯합니다."

"계를 받는 길일(吉日)이 따로 있는 것은 아니다. 그러나 사람들 앞에서 널리 공표하는 절차를 생략해서는 안 된다. 내일모레 왕사에서 계를 설하면 되겠느냐?"

"네, 스님."

수바시사를 나온 구마라습은 막상 구자를 떠나려 하자 새삼 태어나 자란 나라에 대한 애정이 샘물처럼 솟구치는 것을 느꼈다. 그의 발길은 수바시사와 키질석굴 사이에 있는 염수구경구

(鹽水溝景區)에서 멈추었다. 염수구경구는 옛날 일대가 바다였을 때 지각 변동으로 인하여 땅이 솟구치면서 하얀 소금살을 드러냈고 그것이 굳어 만들어진 소금 계곡이다.

근처에 아단지모(雅丹地貌)가 있다. 아단은 사암(砂巖)과 흙이 수많은 세월 동안 바람과 비에 의해 침식되어 만들어진 자연 조각품들이다. 마치 금강산의 만물상처럼 각종 동물 형상을 한 천연 조각품이 즐비하게 들어차 있다. 아단이라는 말의 어원은 위구르어인 '흙더미로 이루어진 절벽'이라는 뜻의 야르당이다. 야르당은 아프리카 사하라, 미국 애리조나주 피닉스 등에도 있으며 이집트의 스핑크스가 야르당을 참고하여 만든 것이라는 주장도 있다.

현재의 신장 위구르 자치구에는 3대 아단지모가 있는데 누란에서 둔황으로 가는 길에 있는 백룡퇴, 둔황 옥문관에서 하미로 가는 도중에 있는 마귀성, 구자의 아단지모 등이 그것이다. 구자의 아단지모는 범위도 넓고 갖가지 동물상이 장엄하게 펼쳐져 있다.

밤이면 바람이 불어 조각품들 사이를 돌아 나오면서 귀소성을 내기 때문에 마귀성(魔鬼城)이라고도 부른다. 마귀성은 독특한 풍식 지모다. 사시장철 바람이 많이 불고 큰바람이 불 때마다 황사가 하늘을 뒤덮고 바람이 각종 형상 사이를 맴돌며 내는 소리는 처량하다 못해 숫제 귀신의 울음소리와 같다. 귀소성은 소름이 끼칠 정도로 무섭고 스산하므로 해가 진 후에도 그곳에 머무는 구자인은 없다.

구마라습은 서둘러 키질리아로 향했다. 톈산신비대협곡(天山神秘大峽谷)인 키질리아는 붉은 산이 숲처럼 솟아 있는 홍산석림을 지나 이르게 된다. 이 협곡은 지질학적으로 볼 때 1억 4천만 년 전에 유라시아판과 인도판이 충돌하는 과정에서 생겨났다. 풍화작용은 점토와 이암(泥岩)을 씻어 내고 마그마의 뼈대만을 남겼다.

이암은 점토로 이루어진 세립질의 퇴적암이다. 일반적으로는 점토, 실토를 주성분으로 하는 불규칙한 혼합물로 물을 함유한 연약한 진흙이 굳어 생긴 암석이 이암이다. 실트가 점토보다 많은 경우는 실트암, 점토가 실트보다 많은 경우는 점토암이라고 부른다. 이암층을 비바람이 할퀴고 지나가면서 생채기를 남긴 것이 구자의 키질리아다. 구마라습은 언제 다시 볼지 모르는 자연이 빚어 놓은 구자의 비경을 머릿속에 새겼다.

집으로 돌아온 구마라습은 백라길 공주에게 왕사에서 다시 계를 받는다는 것을 알려 주었다. 밤이 깊었다. 돌이켜 보니 구마라습과 백라길이 부부의 연을 맺고 산 지 1년은 채 되지 않았고 반년은 훨씬 넘었다. 긴 세월은 아니지만 엄혹(嚴酷)한 종교의 계율과 거부하기 힘든 애욕의 격렬한 충돌이 구마라습을 갈등으로 몰아넣는 가운데서도 남녀 간에 같이하면서 이루어지는 행위는 모두 섭렵하였다. 이때 2세가 생겼다는 기록은 찾을 수 없다.

백라길은 지금까지 남편이 안아 주기를 기다렸다가 조금씩

서서히 타오르고는 했었다. 그러나 다시 구마라습이 수계를 받는다는 말을 들은 백라길은 마지막 밤을 잠이 주는 휴식 속으로 곧장 빠져들지 못했다. 뒤척이던 그녀는 체면도 다 던져 버리고 용광로처럼 달아올라 남편을 도발하였다. 그 밤의 사랑을 추억으로 가슴에 품고 다시는 남자를 맞아들이지 않는 길을 떠나려는 몸부림 같았다. 그래서 구마라습도 차가울 수 없었다.

구마라습은 백라길의 숨넘어가는 소리를 들었다. 백라길이 이제 비로소 남녀의 교접이 주는 깊은 열락(悅樂)에 눈을 떴는데 그것으로 마지막이라는 것은 겨우 스물한 살이라는 나이를 생각하면 가혹하고 안타까운 일이었다. 그녀는 새벽이 되어도 잠들지 않았다. 사랑은 예정된 이별 앞에서 보았을 때 분명한 고(苦)였다.

이튿날 왕사에서 거행된 구마라습의 수계식에는 불도설미가 몰고 온 스님들이 납의(衲衣)의 물결을 이루었다. 백진왕과 대소 신료(臣僚)들, 백라길과 궁녀들이 참석했으며 특이한 것은 여광이 얼굴을 내밀었다는 점이다.

장안으로 돌아가는 결정을 하자 부견이 존경했던 구마라습을 파계시켰던 것이 은근히 걱정되었던 여광은 구마라습이 수계를 다시 받고 스님이 되어 중국행을 감행하는 데 대하여 달리 딴지를 놓을 수 없었다. 여광의 얼굴에 알 듯 모를 듯한 미소가 머물러 있었던 것으로 미루어 축하가 아니라 조소(嘲笑)를 보낸 것이었다.

6.
대붕(大鵬)의 인욕

서기 385년 건원 21년 3월 하순.

여광의 서역정벌대는 드디어 구자를 떠났다. 동행한 구마라습은 344년생이니 이때 나이는 41세였다. 불세출의 천재로 세 살부터 사람들의 기대를 받았는데 불혹의 나이가 되었어도 포로와 다름없는 신세를 면하지 못한 것은 유감이었다.

침략군의 발길이 연성을 벗어나자 구자 사람들은 만세를 불렀지만 떠나는 사람들은 아쉬움을 곱씹는다. 명품 포도주를 다 가지고 가지 못하는 것이 유감이었고, 아직도 구자에는 품고 싶은 여자와 빼앗고 싶은 보물들이 즐비하게 남았다고 여겨지기 때문이었다.

군대는 구자를 벗어나 호양나무가 도열해 있는 타림강 옆을 지나갔다. 살아 천 년을 죽지 않고, 죽어 천 년을 쓰러지지 않으며, 쓰러져 천 년을 썩지 않는다는 말을 듣는 호양나무는 건조한 사막뿐만 아니라 소택지(沼澤地)에서도 잘 자라는 생명력이 아주 강한 나무다. 구마라습은 비록 한 치 앞의 삶이 어떻게 전개

될지 모르는 미지의 세계를 향해 나가고 있지만, 끈질긴 생명력을 자랑하는 호양나무처럼 살아남으리라 작정했다.

구마라습은 이때 낙타를 타고 서역정벌대를 따라갔다. 오랜 세월 실크로드를 오가는 대상들의 짐을 뚜벅뚜벅 서두르지 않고 날라 온 낙타는 사막 운송의 일등 공신이다. 그러나 여광은 낙타 등에 앉아 있는 구마라습의 모습이 숨바꼭질하듯 보였다 말았다 반복하자 짜증이 났다.

여광은 구마라습이 어떤 사람인지 아무리 머리를 굴려도 정확하게 파악되지 않았다. 다행히 서역을 무사히 정벌하고 많은 전리품을 챙겨 돌아가고 있지만, 아군의 피해도 적지 않아 1만여 명의 희생자가 발생했다. 여광의 군대가 살상한 구자와 인근 서역 국가들의 인명은 3만 명이 넘는다. 그렇게 많은 인명을 죽음으로 몰아 놓은 대가로 사로잡아 데리고 가는 구마라습은 정녕 그럴 만한 가치가 있는 존재인가.

분명한 것은 가는 도중에라도 잘못되어 구마라습을 잃게 되면 부견은 그것을 문제 삼지 않고 너그럽게 이해해 줄 사람이 절대 아니다. 어떻든 무사하게 호송할 필요가 있는 존재를 언제까지나 낙타 등에 올려놓고 혹사할 수 없다고 생각한 여광은 어느 날 아침 식사를 끝낸 직후 구마라습을 불렀다. 선선국으로부터 진상 받은 한혈마의 등을 쓰다듬고 있던 여광이 말했다.

"이 말은 하루에 능히 천 리를 달려도 끄떡없는 명마다. 내가 그대에게 선물로 줄 것이니 지금부터 타고 가거라."

"감사합니다, 대장군님."

"나중에라도 내 공을 잊어서는 안 된다. 우리 전진의 황제를 뵈었을 때 내가 한혈마를 주어 편히 왔다고 말씀드리면 된다."

그러자 구마라습이 대답했다.

"알겠습니다, 대장군님."

"그럼 어디 한번 타 보거라."

천마(天馬) 또는 대안마(大安馬)로도 불리는 한혈마는 적토마 못지않은 명마다. 기마병(騎馬兵) 출신의 여광이 그런 말을 선뜻 구마라습에게 준다는 것은 이해가 되지 않는 점이었지만, 호의를 의심하지 않았던 구마라습은 잠자코 한혈마의 등으로 훌쩍 올라탔다.

구마라습은 승마 경험도 있고 지금까지 그에게 주어졌던 말들은 훈련이 잘되어 있었기 때문에 행마하는 데 전혀 문제가 없었다. 그러나 아직 길들여지지 않은 야생마는 순순히 아무나 자기 등에 태우지 않고 두 발을 앞으로 들어 올리며 울부짖더니 갑자기 앞으로 향해 내달리기 시작하였다. 말고삐를 꽉 잡았지만, 구마라습은 견디지 못하고 낙마(落馬)하고 말았다. 옷에 흙이 잔뜩 묻었는데 다행인 것은 사막의 모래 위에서 벌어진 일이라 크게 다치지는 않았다.

사람들이 그 모습을 보고 모두 자지러졌다. 그중에서 여광의 웃음소리가 가장 컸다. 구마라습에게 야생마는 순수한 호의가 담긴 선물이 아니었다. 군인이 아닌 구마라습이 말을 잘 다루지 못할 것은 누구라도 쉽게 예견할 수 있는 일이었다. 모욕을 주어 사람들 앞에서 웃음거리로 만들려는 불순한 의도가 들어 있는 연극이었다. 그러나 연출가 여광은 시치미를 뚝 떼고 옷에 묻은 흙을 털어낸 구마라습에게 다정하게 말했다.

"다시 한 번 조심해서 말 등에 올라타 보아라."

아무리 명마라도 조련이 되어 있지 않으면 위험천만이다. 받고 싶지 않지만 사양하기도 쉽지 않았다. 구마라습은 여광의 지시대로 다시 말 등에 올랐다. 말은 장애물처럼 늘어선 바위들을 훌쩍훌쩍 뛰어넘더니 한 바퀴 빙 돈 다음 앞을 향해 질풍(疾風)처럼 내닫는다. 구마라습은 여지없이 다시 낙마하고 말았다. 이번에도 사람들의 웃음소리가 구마라습의 귓전을 때렸다.

구마라습은 불과 얼마 전까지만 해도 구자 나라에서 위로는 국왕으로부터 아래로는 일반 백성에 이르기까지 존경과 찬사를 한 몸에 받던 스님이었다. 구마라습은 사자후를 토하는 단상에 오를 때 여러 나라의 국왕들이 등을 내주어 밟고 지나가 등단할 수 있도록 하는 의전을 받았었다. 이런 극진한 예우는 구자국의 고승인 불도설미나 계빈에서 구마라습을 가르친 반두달다 대 화상도 받아 보지 못한 것이었다. 그런 구마라습을 여광은 발에 낀 때처럼 취급했다.

그러나 다시 옷에 묻은 흙을 털면서 일어나는 구마라습의 얼굴에는 어떠한 분노나 모멸감도 나타나 있지 않았다. 인욕하는 사람의 얼굴은 일그러지지 않는다.

『금강경』의 이상적멸분(離相寂滅分)에 인용하지 못하는 것은 아상(我相)·인상(人相)·중생상(衆生相)·수자상(壽者相) 때문이라고 되어 있다. 인용하는 사람이 사상(四相)이 가져오는 착에 빠지면 적멸 상태에 들지 못하게 되고 그런 상태에서는 인용이 불가능해진다.

적멸을 얻으려면 상이 없어야 한다. '모든 사람이 치켜세우던 나인데 나를 몰라보는구나!', 하는 상의 그물에 걸려들면 성내고 화내는 마음이 생길 것이고 그러면 인용과는 멀어지고 만다. 구마라습은 두 번이나 말 등에서 떨어져도, 그래서 사람들의 조롱거리가 되어도 자신을 조롱거리로 만든 사람에게 화를 내거나 원망하지 않았다. 상을 내지 않으니 구마라습의 얼굴은 아무 일도 없던 듯 평온하였다. 여광은 구마라습의 그런 모습을 이해할 수 없었다.

'저자는 바보인가, 성인인가.'

그는 구마라습에게 다가와 말했다.

"한혈마는 사람을 가려 등을 내주는 모양이구나. 훈련이 잘 된 다른 말을 줄 테니 그것을 타거라."

진상 받은 명마는 처음부터 구마라습을 웃음거리로 만들려는 의도에 의해 준다고 했던 것뿐이었다. 여광은 구마라습이 명마를 태울 인물이 못 된다는 것을 공개적으로 알려 수모를 준 다음 실제로는 길든 보통 말로 바꿔 줄 생각이었다. 연극은 끝났다. 그런데 구마라습이 예상하지 않았던 말을 했다.

"아닙니다. 한혈마가 길들지 않았다는 것을 몰랐는데 이제 알았으니 제가 길을 들여 타겠습니다. 대장군께서는 아무 염려하지 마십시오."

야생마를 길들이는 일이 죽 먹듯 쉽단 말인가. 건방을 떠는 것으로 보아 다시 한혈마의 등에 올라탔다가 낙마하게 될 것이 뻔했다. 여광은 비웃음을 숨기고 도량이 넓은 사람처럼 인자하게 말했다.

"생각이 그렇다면 그리하도록 하라."

구마라습이 야생마를 절대 길들이지 못할 것이라 믿고 한 말이었다. 그러나 꼭 그러리라 예견했던 대로 되지 않는 기현상이 발생하였다. 구마라습이 한혈마의 고삐를 당겨 한혈마의 귀에 대고 무슨 말인가를 중얼거렸다.

한혈마는 선선국 특산물이니 선선국 언어를 사용하여 훈련을 시키는 것일까. 자세히 들어 보니 천축말로 된 불도의 진언(眞言) 같았다. 여광으로서는 뜻을 알 수 없는 말을 한참 중얼거렸는데, 한혈마는 그것을 알아들었는지 아주 온순해졌다. 그런 후에 구마라습이 등으로 올라타자 한혈마는 더 요동치지 않고 경쾌한 행보를 시작했다.

여광은 눈을 크게 떴다. 구마라습에게 신통력이 있다고 여기지 않으면 이해할 수 없는 상황이었다. 연극의 소품으로 동원되었던 한혈마를 다시 빼앗을 방법이 없었다. 여광은 짜증이 치밀어 올랐지만, 겉으로 표출할 수 없었다. 참으려니 더 짜증 났지만 어쩔 도리가 없었다. 자업자득(自業自得)이었다.

　이것이 전부가 아니었다. 여광은 그로부터 두 번을 더 구마라습의 신통력을 보게 된다. 첫 번째는 여광이 이끄는 부대가 타림분지를 가로질러 타클라마칸사막의 북쪽으로 뻗은 길을 따라가고 있을 때 발생하였다.

　달걀 모양의 타림분지를 품고 있는 타클라마칸사막은 고운 모래언덕인 사구(沙丘)로 이루어졌고 그중 85%가 바람에 따라 끝없이 이동하는 유동 사막이다. 중국인들은 이것을 유사(流沙)라 부른다. 바람이 불지 않는 날의 타클라마칸사막 유사는 잠든 양처럼 순하다. 하늘을 온통 붉게 물들이며 타오르는 노을은 저녁 10시 가까이 되어서야 지는 특징을 가졌다.

　노을은 이렇게 늑장을 부리다가 긴 낮이 무색하게 순식간에 자취를 감춘다. 하늘이 붉었던 만큼 어둠은 한 치 앞을 분별할 수 없는 칠흑을 연출한다. 여광은 타클라마칸사막의 특별한 노을을 바라보며 지금쯤 행군을 멈추어야 일정이 원만하게 진행된다고 생각했다. 유시(酉時)가 지난 때여서 온종일 행군했던 병사들도 지쳤다. 여광이 측근에게 말했다.

　"오늘은 이쯤에서 하룻밤 쉬어 가도록 하자."

　"그렇게 하시지요, 대장군님. 노을이 유난히 아름다운데 바람이 잠들어 평화롭기까지 합니다. 날씨가 심술을 부리지 않으니 붉은 노을은 분명 길조로 여겨집니다. 오늘은 이곳에서 일박(一泊)하는 것이 좋겠습니다."

그 말을 듣고 여광이 병사들에게 명령을 내렸다.

"아직도 해가 중천에 떠 있는 것 같지만 저 태양은 지기로 들면 순식간에 사라진다는 것을 그동안 많이 보았으니 제군들도 잘 알고 있을 것이다. 서둘러 군막을 치고 저녁 식사를 준비하라!"

여광의 명이 하달되자 군사들은 부지런히 짐을 풀고 막사를 세우기 시작했다. 그런데 지금까지 보이지 않던 구마라습이 뒤늦게 나타나 딴지를 걸었다.

"대장군님, 오늘 밤 이곳에서 잠을 자면 안 됩니다. 막사를 다른 곳으로 옮기지 않으면 큰 변고가 생길 것입니다."

"군막을 옮기면 하룻밤 묵어갈 준비를 하기가 늦어진다. 그대는 어디 있다가 늦게 나타나 무슨 뜬금없는 소리를 하는가?"

"소납은 주변의 모래들을 살펴보느라 늦은 것입니다. 몇 군데를 조사해 보았는데 한 군데서는 쥐구멍에서 나온 쥐들이 산 쪽을 향해 달아나고 있었고 또 다른 곳에서는 개미들이 집을 버리고 급히 어딘가로 옮겨 가고 있었습니다. 이곳이 물에 잠긴다는 것을 동물들이 알려 주고 있습니다. 그런데······."

"또 무엇이냐?"

"이곳은 지형이 낮습니다. 예로부터 실크로드를 따라 오가던 대상(隊商)들은 반드시 지대가 높은 곳을 택하지, 낮은 곳에 막사를 짓지 않았습니다. 그것은 화를 자초하는 행위입니다."

"그대는 내가 화를 자초하고 있다고 하는데 내가 그 정도로 멍청하단 말이냐!"

여광이 핏대를 세우는데도 구마라습은 상황 설명을 계속했다.

"오늘 밤 폭우가 쏟아질 것입니다."

"날씨가 이렇게 맑은데 갑자기 무슨 폭우 타령이란 말인가!"

"그럴 수 있습니다. 저녁노을의 색깔은 가물거나 비가 올 자연현상을 예고하는데 오늘같이 유난히 노을이 붉은 날 미풍도 없는 수상한 침묵이 찾아오면 반대급부로 돌풍을 동반한 폭우가 쏟아질 것을 예견합니다."

여광은 자신이 정한 일박(一泊) 장소가 재앙을 불러오는 곳이라고 주장하는 구마라습이 도시 귀찮고 못마땅하기만 하였다. 그래서 단호하게 잘랐다.

"그대도 눈이 있으면 보라. 이미 막사를 다 지었다. 취사병들은 식사 준비를 끝냈는데 어느 겨를에 막사를 다시 뜯어 옮긴단 말이냐! 네 말대로 하려면 밤중이 되어도 허기를 면하기 어렵다. 아름다운 노을을 보면서 기분이 좋아졌던 병사들을 설득시킬 명분이 없다. 몇 시간만 자면 떠날 텐데 밤사이에 무슨 변고가 일어날 것이라고 호들갑을 떠느냐!"

여광은 구마라습의 말을 듣지 않고 뚱딴지같은 소리라며 비웃기까지 했다. 온종일 행군하며 지친 병사들에게 막사를 뜯어 옮기라는 명령을 내리면 반발할 것은 분명하지만, 구마라습의 제안을 한마디로 거절한 것은 여광이 돌이킬 수 없는 실수를 한 것이었다.

서역정벌대의 대장이 그런 결정을 하니 다른 방법이 없었다. 구마라습은 혼자 한혈마를 몰고 언덕으로 올라가 바위에 가부좌를 틀고 앉아 선정 삼매에 몰입했다. 그의 목에는 염주가 걸려 있고 손에는 단주가 들려 있었다.

저녁 식사를 끝냈을 즈음 사막의 붉은 노을이 거짓말처럼 사라지고 짙은 어둠이 하늘을 덮었다. 피로했던 군사들은 시간이 되어 해가 지고 어둠이 찾아온 것으로만 알았다. 그들은 이내 잠이 주는 휴식 속으로 빠져들었다.

타클라마칸사막은 생각보다 광활하고 곳곳에 많은 위험이 도사리고 있다. 광막한 광야를 모래 먼지와 싸우며 고난의 행진을 해왔던 병사들이 세상 모르게 곯아떨어져 가족을 만나는 단꿈에 취해 있을 즈음, 아니나 다를까 서북쪽으로부터 폭우를 동반한 광풍(狂風)이 몰아닥쳤다. 글자 그대로 사정없이 몰아치는 미친 바람은 성난 이리와도 같았다.

단 한 번의 공격을 받고 천막이 날아갔다. 이어서 하늘에 구멍이 생긴 것처럼 세찬 물 폭탄이 쏟아졌다. 반 시각도 지나지 않아 그곳에 있던 모든 것들이 물 위로 떠오르며 지옥이 따로 없는 아비규환(阿鼻叫喚)이 연출되었다.

물은 높은 곳에서 낮은 곳으로 모인다. 지대가 낮은 곳에 군막을 쳤으니 사방에서 몰려든 물에 금세 잠기고 말았다. 여기저기서 병사들이 살려 달라 아우성을 질러댔지만, 비가 내리고 있어 횃불도 밝히지 못하는 칠흑 같은 어둠뿐인데 누구든지 달아

나기 바쁘지, 다른 사람을 구해 줄 엄두를 내지 못했다. 말과 낙타들도 허우적거리기는 마찬가지였다. 전장(戰場)을 누비며 수많은 난관과 부딪쳤던 여광도 이런 고약스러운 비 폭탄을 적으로 맞기는 처음이었다.

날이 밝으면서 시신과 동물의 사체가 여기저기 널브러져 있는 참상이 드러났다. 점호를 해 보니 죽은 병사의 수효가 5천이 넘었다. 이제까지 어느 전투에서도 한 번에 이런 참패를 당한 적은 없었다. 자연과의 싸움이 가장 힘든 전투라는 것을 백전노장(百戰老將) 여광도 미처 몰랐다.

말의 사체(死體)가 1천 구, 낙타도 그 비슷한 수효가 죽었다. 수마(水魔)가 삼킨 재산 피해가 정확하게 얼마나 되는지 점검조차 할 수 없는 참담한 현실 앞에 여광은 망연자실(茫然自失)했다.

성인을 비웃고 조롱한 대가가 이토록 참혹한 것인데도 잘못을 저질렀다는 것을 알기는 했을까. 그 정도 선에서 그친 것도 언덕의 바위 위에 앉아 참선하며 밤을 새우던 구마라습이 돌풍이 시작되자 즉각 달려와 군사들에게 위험을 알렸기 때문으로 밝혀졌다. 구마라습이 다급하게 외쳐대는 목소리를 듣고 눈을 떴다가 살아난 병사들이 그렇게 증언하였다.

언덕으로 막사를 옮겼다면 수고는 했겠지만, 그동안 사선(死線)을 같이 넘으며 동고동락해온 서역원정대의 소중한 인명을 희생시키는 일은 없었을 것이다. 구마라습이 능히 재앙을 면할 방법을 알려 주었는데 여광이 이를 묵살한 결과로 참사를 빚었으니 자연재해가 아니라 인재(人災)였다.

두 번째 이적(異蹟)은 이허(宜禾)를 지난 정벌대가 옥문관을 향해 가던 도중에 발생했다. 일대는 사막이 끝없이 펼쳐져 있는데 여광은 그 사막에 지옥의 사자 같은 카라부란이 침묵으로 위장하고 매복해 있다는 것을 알 길이 없었다.

카라부란은 흙먼지를 동반한 모래바람으로 중국이나 한국, 일본까지 영향을 미치는 살인적 황사(黃砂)를 일컫는다. 사막을 가다가 준비하지 않은 상태에서 불시에 카라부란을 만나면 눈을 뜨지 못하는 정도에서 그치는 것이 아니다. 카라부란은 불시에 달려들어 사람을 질식시킨 다음 곧바로 끌어가는 저승사자다.

옥문관을 통과한 직후에 구마라습은 낙타들이 사막에 코를 박는 것을 목격하게 되었다. 군사들은 이상한 행동을 하는 낙타들을 잡아당기거나 채찍을 가하면서 끌고 가려 사투를 벌였다. 낙타가 뜨거운 모래에 코를 박는 것은 머지않아 그보다 더 견디기 힘든 자연재해가 닥친다는 것을 예견한다. 미구에 카라부란이 불어닥칠 것을 예고하는데 그런 사실을 알아보는 사람은 구마라습 이외는 없었다.

구마라습이 급히 여광을 찾았다.

"대장군님, 지금 즉시 행군을 중지시키고 병사들을 삼삼오오 한군데로 모이게 하십시오. 그런 다음 모포나 보자기를 뒤집어써 몸을 가리도록 해야 합니다. 곧 모래폭풍이 불어올 것입니다."

예상대로 여광은 천하태평이었다.

"허허 참, 아니 이렇게 날씨가 화창한데 뜬금없이 무슨 모래폭풍이 분다는 것이냐?"

"사막 날씨는 본래 변덕맞습니다."

생퉁맞기는 지난번과 똑같았다. 그때는 구마라습의 말을 무시했다가 일생일대의 낭패를 보고 코가 납작해졌었다. 여광은 무식했지만, 또다시 구마라습의 말을 뭉개버리지 않을 만큼은 학습이 되었다. 미심쩍어하면서도 여광은 부하들에게 명령을 내렸다.

"군사들은 지금 즉시 말에서 내려 여러 사람이 몇 개의 원을 그리며 옹기종기 모여 앉은 다음 모포로 얼굴과 몸 전체를 가리도록 하라."

여광도 모포를 뒤집어쓰고 주저앉았다. 곧이어 카라부란이 마성(魔性)을 드러냈다. 다행인 것은 살인적인 황사는 급히 몰아쳐 왔다가 오는 속도와 똑같이 빠르게 사라진다. 카라부란이 찾아왔지만 대비했기에 치명적인 손상을 입히지 않고 멀어졌다. 그래도 카라부란은 행동이 굼떴던 군사 몇 명의 명줄을 끊어 놓고 말았다. 만약 이번에도 구마라습의 말을 무시했다면 저승사자는 서역정벌대의 절반쯤을 굴비처럼 엮어 데려갔을 것이었다.

사막을 가다가 카라부란을 만났는데 겨우 몇 명이 질식사하는 정도의 피해밖에 보지 않은 것은 전적으로 구마라습의 공로였다. 여광은 멀쩡했던 군사 중 몇 명이 질식사하여 널브러진 참상을 목격하고 놀란 가슴만 쓸어내릴 뿐 구마라습에게 감사의 마음을 표하는 데는 인색하였다.

구마라습은 일찍이 동쪽으로 간 수많은 홍법승이 사막을 지날 때 겨울에는 살을 에는 추위와 싸워야 하고 여름에는 살인 더위와 카라부란 같은 자연재해와 맞서야 했다는 것을 비로소 확실하게 알게 되었다. 그러나 선험자(先驗者)들이 겪은 역경보다 자신에게는 여광 같은 비불론자(非佛論者)의 횡포가 더 가혹했다.

수십 년 쌓아온 법력(法力)을 무너뜨리고 존엄을 훼손시키는 법난을 당하고 있지만, 그러나 구마라습은 동토 홍법을 위한 것이라면 기름이 끓는 가마솥에 처넣어진 것과 같은 고행이 닥쳐도 인욕해야 한다고 여겼다.

여광은 구마라습에게 신통력이 있다는 것을 확실하게 믿게 되었다. 그것이 부견이 구마라습을 필요로 한 이유일 것 같았다. 그렇다면 구마라습은 여광 자신에게도 유용하게 쓰일 존재로 여겨졌다. 그러나 여광은 기본적으로 학문을 닦은 일이 없고 식견이 부족하였으며 무엇보다 불교를 이해하지 못하고 자신의 힘만 믿는 무식한 오랑캐였다.

구마라습의 예지력을 신통력으로만 보고 도술과 사술을 구분하지 못하는 여광보다 부견이 몇 수는 위였다. 부견은 유교를 공부했고 멀리 고구려까지 승려를 보내 전교해 준 것만 보아도 불심이 대단했던 지도자다.

　이때까지 서쪽에서 동쪽으로 온 홍법인들은 대강 두 가지 유형의 군주를 만났다. 첫째는 기본적으로 문화적 소양을 갖추지 못한 무지한 자들이다. 후주의 석륵, 석호나 여광 같은 무리로서 서역의 고승을 음양오행에 밝은 술사쯤으로 취급, 통치에 이용만 하였지 불교를 마음으로 받아들이지 않은 부류들이다.

　그래도 석륵은 불도징을 공경했었다. 조회가 있는 날 불도징을 참석시켰으며 그가 어전(御殿)에 나타나면 신하들에게 모두 일어나 정중한 예를 갖추어 맞이하게 하고 본인도 극진하게 대했다. 불도징을 상석에 앉힌 다음 의견을 경청했는데, 이 모두는 불교를 이해하고 홍법을 돕기 위한 행동에서 나온 것이 아니었다. 그들은 불도징이 미래의 길흉을 예측하고 위기를 감지하는 데 필요했을 뿐 진정성을 갖고 불교를 받아들이지는 않았다.

　그래도 누가 물으면 자신은 불자라고 했었다. 목적이 어디 있었든 스님을 공경하고 석가모니부처님을 모신 법당에 들면 공양을 올리고 예불을 따라 했으니 불자는 불자다. 불교가 전래한 지 오래되지 않은 때여서 불심의 깊이가 자기 소원이나 비는 수준에 머무를 수밖에 없었던 것뿐이다.

　불도징은 그런 중에도 석륵이나 석호를 도와준 대가를 챙겨 사원(寺院)을 늘리고 스님들을 양성하는 일을 했으니 서로 필요에 따라 이용한 사이라고 볼 수 있다.

　여광은 구마라습의 예지력이 깊은 깨달음에서 나오는 것임을 알지 못했던 것으로 보아 석륵보다도 훨씬 더 무지했던 것으로 여겨진다. 노골적으로 멸시하는 태도는 고쳤지만, 구마라습의 도움을 받아 위기를 넘겨도 공경하는 마음으로 대하지는 않았다.

불교를 받아들이거나 이해하려는 노력을 전혀 하지 않은 여광은 결국 구마라습을 점술가로 취급했다. 중국불교의 새벽을 연, 서역에서 온 홍법승을 여광처럼 홀대한 것이 불교의 중국 전래가 연착륙된 가장 큰 이유다.

그에 비해 두 번째 유형인 문화 수준이 비교적 높았던 층은 불교에 대한 이해도 깊었고 불교 진흥책을 혁신적으로 추진했으며 서역의 전륜성왕들처럼 포교에도 매우 적극적으로 임했다. 전진의 부견이 그에 속한다.

그러나 중국을 천하통일시킬 것으로 보이던 부견은 페이수이에서 동진에게 패한 뒤 역사의 뒤안길로 밀려나고 말았다. 부견의 퇴조와 더불어 화베이(華北)는 통제력을 상실하고 다시 군웅(群雄)이 활거하는 시대로 바뀌었다.

부견에게 억눌려 지내던 사람들이 여기저기서 들고 일어나는 혼란 중에 모용수는 예(鄴)에서 384년 후연(後燕)을 건국했다. 모용홍은 동생 모용충과 합세하여 요장을 격파하고 장안 함락을 목표로 했으나 부하에게 살해당하고 말았다. 그 뒤를 모용충이 계승하여 서연(西燕)을 세웠다.

모용홍에게 패했지만 요장은 심기일전(心機一轉)하여 위베이(渭北)에서 강족을 규합, 후진(後秦)을 건국했다. 부견은 385년 7월, 바로 자기가 데리고 있었던 요장에게 붙잡혀 선양(禪讓)하라는 강요를 받게 된다. 이를 거절하자 요장은 부견을 효수(梟首)하였다. 자신이 부견에게 사로잡혀 받았던 모욕을 몇 배로 대갚음해 준 것이었다.

여광의 서역정벌대는 간쑤성(甘肅省) 고장(姑臧)에 있는 우웨이(武威)에 도착하였다. 우웨이는 주취안(酒泉) 둔황(敦煌) 장예(張掖)와 더불어 서한(西漢)의 무제 때 설치된 허시(河西) 사군(四郡)에 해당한다.

이곳은 원래 월지(月氏) 땅이었는데 흉노의 우현왕(右賢王)이 병합했다가 흉노가 한에 투항하면서 중국에 귀속된 후, 유목지구가 농경지로 개발되기 시작하였다. 농경에다 톈산남로의 실크로드와 연결되는 교통의 요지로서 상업을 아우르며 발전해 나간다.

여광은 우웨이에 도착한 직후 비로소 부견이 요장에 의해 살해되었다는 소식을 듣게 되었다. 여광은 장안을 향해 곡(哭)하고 전군에 명하여 상복을 입게 하였다. 성대한 애도 기간을 보낸 다음 량저우(涼州) 전역에 대 사면령을 내렸다.

396년 6월.

부견이 없는 장안으로 돌아갈 필요가 없어진 여광은 우웨이를 도읍으로 정하고 후량(後涼)을 건국한 다음 스스로 왕위에 올랐다. 우웨이는 여광에게 구마라습이 예견한 약속의 땅이 되었다.

여광이 우웨이에 머물자 구마라습의 장안행도 무산된다. 천기를 읽고 미래를 예견하는 능력을 갖춘 그로서도 자신이 겪는 온갖 박해가 인연 화합의 결과이며 인력으로 바꿀 수 있는 것이 아님을 알기에 아직은 때가 아니라며 자신을 달래는 이외에 달리 택할 방법이 없었다.

여광은 구마라습에게 대관(臺關)을 개축하여 절을 하나 만들어 주는 작은 은혜를 베풀었다. 일주문 앞에 초소를 만들고 감시병을 배치했지만, 그곳에서 불경을 암송하거나 참선수행을 하며 보내는 데는 아무 문제가 없었다.

그러나 억류되었던 기간이 장장 17년이다. 구마라습은 참혹한 인욕이 요구되는 긴 상실의 시기를 보내야 했었다. 그렇다고 구마라습이 아무 일도 하지 않은 채 허송세월한 것이 아니라 이때 경전을 중국어로 번역하기 위한 준비를 했다.

구마라습은 구자에 있을 때부터 중국어로 의사소통을 하는 것은 물론 중국 문헌을 해독하는 일이 가능했다. 그러나 산스크리트어로 된 경전을 중국어로 완벽하게 바꾸는 일은 생각보다 어려웠다. 만약 구마라습이 우웨이에 머물지 않고 바로 장안으로 가 번역을 시작했다면 번역에 대한 그의 위업은 양적인 면에서 우위를 점했겠지만, 질적으로는 훨씬 뒤졌을 것이다. 구마라습 같은 천재가 긴 세월을 바쳐 중국어를 갈고 다듬으며 준비한

덕분에 위대한 업적을 남길 수 있게 된 것이었다.

왕실의 피를 받고 태어난 데다 천재로 떠받들어지며 살아온 구마라습은 바닥 인생에 대한 이해가 없었다. 머리로 인식되는 현실과 직접 몸으로 부딪쳐 체험한 경험과는 거리가 있기 마련이다. 만약 구마라습에게 하층민들의 애환을 몸소 겪는 인고의 세월이 주어지지 않았다면 머리만 좋은 불교 이론가의 범주를 벗어나기 어려웠을지 모른다.

인생의 밑바닥에 대한 체험은 그를 단순한 번역가의 수준을 넘어 공(空)이라는 불교 아이콘을 대변하는 사상의 거두로 자리매김하도록 만드는 자양분이 되었다. 이때 구마라습은 늘 참선 수행을 하였다. 우웨이에서 보낸 세월이 결코 헛된 것만은 아니었다.

399년 12월, 여광이 중병(重病)에 걸렸다. 그는 태자 여소(呂紹)를 천왕으로 정하고 스스로는 태상황제를 자칭하였다. 여찬을 태위로 삼고 요홍을 사도(司徒)로 정한 뒤 형제간에 화목할 것을 간곡하게 훈계하였다. 그 얼마 후 여광이 병사했는데, 그의 시신(屍身)이 굳기도 전에 여찬이 여소를 제거하고 왕위를 찬탈하였다.

401년.

여륭(呂隆)은 여찬을 살해하고 후량의 새 임금으로 등극하였다. 전쟁터로 돌아다니며 잔뼈가 굵은 여광은 자식 교육을 제대로 시키지 못했다. 교육받지 못한 자식들이 골육상쟁(骨肉相爭)을 벌여 무장의 말로를 비참하게 만들었다.

이때 후진에서는 동진을 공격했다가 패하면서 예봉이 꺾인 전진의 부견을 제거하고 후진(後秦)을 건국한 요장이 죽었으며 그의 아들인 요흥이 등극하는 정치 변혁을 겪었다. 요장은 전진의 제도와 문물을 계승하면서 나라 이름도 후진이라 했으며 장안에 도읍을 정함으로써 나라를 웅비시킬 기틀을 마련해 놓았다.

후진이 부견의 패망과 더불어 초래된 화베이 지방의 혼란을 빠르게 개편하면서 강국으로 부상하게 된 것은 전진을 계승하고 잘 정비된 대도시 장안을 수도로 품었기 때문이다. 아버지 요장의 뒤를 이어 후진의 국주(國主)가 된 요흥은 여찬이 여륭에게 당하기 직전에 사신을 보내 구마라습을 장안으로 보내 달라고 요청했다.

여광이나 여찬은 다 같이 불심은커녕 불학 무지한 존재들이다. 그런 자들로부터 불세출의 천재인 구마라습을 모셔다가 불교중흥과 국가의 백년대계를 도모하고 싶었던 요흥은 부견보다 불심이 깊었던 군주였다. 그러나 여찬은 요흥의 요구를 단호하게 거절했다.

불도에 대한 상식이 여광보다 못했던 여찬은 구마라습을 고승이라고는 절대 생각하지 않았다. 불법을 펼 생각은 없었지만, 지략을 가진 도사를 남에게 줄 수는 없었다. 현학(玄學)을 대체하면서 불교가 급속도로 퍼져 나가던 시기였다는 점을 고려하면 여찬은 시대의 요구를 수용하지 못했다. 수준이 그런 정도니 여륭에게 죽임을 당한 것이다.

이런 혼란한 정국은 구마라습에게 홍법 구현의 방법을 찾을 수 없도록 만들었다. 동쪽으로 온 서역 고승 중에 구마라습만큼 긴 인욕의 세월을 보낸 사람은 없다. 장장 17년이라는 긴 세월 동안 철저하게 조롱당하며 살았던 구마라습에게 그 질곡을 벗어나게 될 조짐은 불교가 현학을 대체할 중국의 새로운 사상적 기반으로 가파르게 주목받으면서 나타난다.

위·진 남북조시대를 관철한 중국의 사상은 노자와 장자류의 현학이다. 그러나 그것만으로는 무엇인가 부족하다고 생각하는 사람들이 각계에서 하나둘 생겨나기 시작하였다. 승조(僧肇)도 그중 한 사람이다.

승조는 후진의 장안에서 태어났다. 속명은 장조(張肇)다. 약관 20세가 되기 전에 출가하였다. 장조가 승조로 바뀐 것은 스님들이 출가하면 속가(俗家) 성을 버리고 부처님의 제자라는 의미에서 석가모니의 석(釋) 자를 따 사용하거나 더 소박하게는 스님이 되었다는 뜻에서 승(僧) 누구라고 하는 승가(僧家)의 관례를 따랐기 때문이다.

승조(僧肇)는 우리나라 말로 하면 '조 스님'이다. 즉 속인이었을 때는 장조였고 출가한 후에는 성을 바꿔 승조가 된 것이었다. 승조가 되기 전 속인이었을 때의 장조는 가세(家勢)가 넉넉

하지 않았기 때문에 학문에만 전념할 수 없었다.

그는 철이 들면서 스스로 생활비를 벌었는데 그가 호구지책(糊口之策)으로 삼은 직업은 필경사(筆耕士)다. 제지업(製紙業)과 인쇄술이 발달하지 않은 시절, 많은 사람이 필사본(筆寫本)을 통해 독서 욕구를 충족했기 때문에 필사는 나름대로 짭짤한 수입이 보장되는 직업이었다. 그리고 책을 필사할 때 아무 생각 없이 옮겨 적는 것이 아니라 내용을 이해하려는 노력을 선행(先行)하기 때문에 장조는 책을 한 번 옮겨 쓰고 나면 10번 정도 정독한 것보다 더 필사본의 내용을 잘 요해(了解)하였다.

책과 오래도록 같이 놀며 읽고 베끼는 것을 반복하다 보면 두뇌의 활동이 왕성해진다. 편도체에 대한 제어와 해마 기능의 활성화, 대뇌와 소뇌의 활발한 두뇌 교류가 이루어져 사람을 지혜롭게 만들며 나아가서는 이것이 깨달음의 실마리를 제공해 주기도 한다. 장조가 어린 나이에 해박한 지식을 습득하고 초견성(初見性)을 한 것은 그의 방대한 독서량과 무관하지 않다.

어쨌든 나중에 좋은 문장력을 요구하는 역경(譯經) 불사에 종사하게 된 것도 소년 시절의 필경업과 불가분의 관계가 있다. 일찍부터 갈고 다듬은 실력이 나중에 크게 도움이 된 것이다.

장조는 『노자』와 『장자』를 많이 필사했다. 그는 노장사상에 심취하여 십 대를 보내며 오랫동안 현학을 마음의 의지처로 삼았다. 그는 『도덕경』 후반부인 덕장을 보다가 "좋기는 좋지만, 마음 수양의 지침으로 기대하기에는 아직 완벽하지 않다."라고 한탄하여 마지않았다. 이럴 즈음 장조는 『유마경(維摩經)』을 만났다.

　장조는 『유마경』을 필사하며 정독한 끝에 환희심을 일으키고 "비로소 귀의할 곳을 찾았다."라고 말한 뒤 10대 후반에 출가했다. 그를 출가 사문으로 만든 책이 바로 『유마경』이다. 더 정확히 말하면 유마힐이라는 거사의 중도관(中道觀)이 장조로 하여금 승려가 될 결심을 하게 만들었다. 중국에서 대승경전의 핵심인 공(空)을 제일 먼저 이해한 사람이 승조다.

　10대 중반을 넘기기도 전에 승조는 누구와 겨루어도 변론과 담론에서 뒤지지 않았다. 승조는 구마라습이 소륵국에서 부처님의 진가사를 입고 설법했을 때와 비슷한 나이의 사미승 시절에 장안의 덕망 있는 유학자나 관외 선비들과 대결하면 누구라도 콧대를 납작하게 만들어 주는 실력을 보유했었다. 구마라습이 서역 제일의 천재였다면 승조는 당시 중국 사상계에서 우뚝 솟은, 하늘이 낸 사람이었다.

　이 무렵 우웨이에 머물던 구마라습에 대한 소식이 장안까지 알려졌다. 장안 제일의 천재는 대승을 구현하는 서역 제일의 고승인 구마라습을 만나고 싶었다. 공에 대한 의혹을 해소해 줄 스승을 장안에서는 찾을 수 없었던 승조는 불원천리(不遠千里) 우웨이행을 감행했다.

　밤낮없이 걸어 두 달이 지났을 때 승조가 고장성의 동문 안으로 들어섰다. 우웨이 사람들은 구마라습이 머무는 절의 위치를 누구나 잘 알았다. 하얀 얼굴에 파란 눈을 가진 외모적 특색 때문에 시선을 끌었고 한 곳에서 10년 넘게 살다 보니 구마라습의 덕행도 자연스럽게 소문이 나서 그를 존경의 대상으로 격상시켜 놓았던 때문이다.

그래도 구마라습의 신분은 포로였다. 여광이 살아 있을 때는 그의 필요에 따라 입궁하여 자문에 응하는 일이 많았지만, 여찬이나 여륭은 구마라습이 다른 나라로 옮겨 가는 것만 철저하게 감시하고 있을 뿐이었다. 위리안치(圍籬安置)의 귀양살이를 하는 것과 다를 바 없는 신세였지만, 다행인 것은 절을 지키는 후량의 군사들은 구마라습이 밖으로 나가는 것은 통제해도 그를 만나기 위해 사람들이 절로 찾아오는 것은 특별한 의문점이 감지되지 않는 한 제지하지 않았다.

승조가 몇 사람에게 물어본 끝에 어렵지 않게 구마라습이 사는 절의 일주문 안으로 들어서게 되었다. 구마라습과 마주한 승조는 오랫동안 동경해 오던 인물을 직접 대하니 감격이 끓어올라 처음에는 말을 제대로 할 수 없었다. 그는 뛰는 가슴을 겨우 진정시키고 입을 열었다.

"저는 장안에서 온 사미승, 조라고 합니다."

구마라습은 파란 눈으로 승조의 누런 얼굴을 살폈다. 군데군데 여드름이 돋아 있고 짙은 눈썹 아래의 검은 눈동자는 초롱초롱 빛을 냈다. 자신이 계빈 유학을 마치고 귀국하던 때와 비슷한 나이쯤으로 보였다. 어린 나이지만 승조의 공부가 덜 되었다고 여기는 것은 그 나이 때의 자신을 돌아보면 잘못된 생각이었다.

구마라습은 이때 불경 번역의 유용한 언어적 토양을 갖추는 작업의 하나로 사서오경을 비롯한 제자백가의 사상서들을 섭렵하는 중이었다. 그동안 중국어의 언어 체계와 더불어 중국 사상에 관한 공부를 하는 데 몰두해 왔던 것은 중국 사상에 대한 대의를 파악하지 못한 상태에서는 산스크리트어로 된 경전을 중국어로 번역하는 일이 가능하지 않다고 여겼기 때문이다.

구마라습의 방에 쌓여 있는 중국 사상서들을 빠르게 훑어본 승조가 맹랑한 말을 하였다.

"천장강대임어시인야(天將降大任於是人也)시에 필선고기심지(必先苦其心志)하며 노기근골(勞其筋骨)하며 아기체부(餓其體膚)하며 공핍기신(空乏其身)하야 행불난기소위(行拂亂其所爲)하나니, 소이근심인성(所以勤心忍性)하야 증익기소불능(增益其所不)이니라."

"맹자의 고자(告子) 편에 나오는 말이라는 것은 알지만 나는 그 뜻을 정확히 모르겠소. 사미는 내 무식을 깨워 주겠소?"

구마라습은 한 번 읽으면 무엇이든 외우고 암기한 것은 당연하며 뜻도 알고 있는 천재였다. 짐짓 모르는 척 의견을 물어본 것뿐이었다.

"하늘이 장차 어떤 사람에게 큰 임무를 내리려 할 때는 반드시 먼저 그의 마음을 괴롭게 하고 그의 근골을 힘들게 하며,

그의 몸을 굶주리게 하고 그의 몸을 곤궁하게 하며, 어떤 일을 행함에 그가 하는 바를 뜻대로 되지 않게 어지럽힌다. 이것은 그의 마음을 분발시키고 성질을 참을성 있게 해 그가 할 수 없었던 일을 해낼 수 있게 도와주기 위한 것이다. 그런 의미입니다."

"그 대목을 꼭 집어 나에게 말하는 뜻이 있소?"

"스승님은 오랫동안 인욕(忍辱)을 해 오셨습니다."

"나의 인욕이 나를 크게 쓰기 위해 하늘이 내린 시련이라는 말이오?"

"아니 그렇겠습니까? 하온데, 앞으로 허락해 주시면 스승으로 모시려고 찾아뵌 것이니 저에게 일일이 존댓말을 쓰지 마시고 하대를 해 주십시오."

승조는 구마라습이 입고 있는 옷과 거처하는 허름한 장소와 사용하고 있는 일상 용품의 낡음을 보고 누구의 설명을 듣지 않아도 서역의 푸른 눈을 가진 성사(聖師)가 그동안 궁핍한 생활을 하며 인욕의 세월을 보내왔음을 알아보았다. 구마라습은 하대함으로써 자연스럽게 승조를 제자로 받아들이겠다는 뜻을 비쳤다.

"장자 소요유(逍遙遊) 편에 대붕(大鵬)이 9만 리를 6개월에 걸쳐 날았다는 대목을 접하고 나는 중국인들의 과장이 좀 심하다고 생각했었네. 아니 그런가?"

"일체의 세속적인 속박에서 벗어나 하늘과 땅을 다스리는 존재처럼 마음대로 노니는 지인의 경지를 서술한 것이 소요유(逍遙遊) 편입니다. 붕(鵬)이라는 큰 새는 인간의 참 마음을 구현한 지인을 형상화한 것으로 자신을 내세우지 않고 명리에 대한 욕심이 없어 자유롭게 살 수 있는 사람을 뜻합니다. 붕은 상상 속의 새니 사실과는 다르게 과장하여 우화적 분위기를 조성한 것인데 한 번에 9만 리를 난다고 했으니 중국인들의 풍이 좀 세기는 합니다."

"과장된 우화는 현실과 괴리감을 주지 않을까?"

"대붕이 남명(南冥)으로 날아가는 날갯짓에 물이 3천 리나 튀고 회오리바람을 타고 오른 것이 9만 리며 6개월을 날아가다 한 번 숨을 내쉰다고 했습니다. 그러나 이런 대붕이 어디 우화에만 있겠습니까. 너무 과장되어 현실에서는 없는 일이라고 할지 모르지만, 스님께서 서역을 떠난 후에 이곳에서 멈춘 것은 마치 대붕이 6개월 동안 날다가 한 번 숨을 쉬기 위해 멈춘 것과 다르지 않습니다. 다시 날아오르면 누구의 도움이 없어도 곧장 남명까지 날아갈 것입니다. 저는 스님을 그런 분으로 알고 가르침을 받기 위해 찾아뵈온 것입니다."

구마라습은 그 말을 듣고 폭소를 터트렸다. 먼저 말한 맹자의 고자와 지금의 장자 소요유를 합하면 자신을 인욕 중인 대붕으로 생각하고 찾아왔다는 뜻이었다. 대붕이라니 가당치 않다고 여기면서도 인욕 중이라는 것도 맞고 기회가 되면 남명이고 장안이고 날아가 뜻을 펼 생각을 가슴에 숨겨 두고 있는 것도 사실이었다. 사미가 그런 것을 간파했다는 것이 유쾌하지 않을 수 없었다.

"자네도 중국인이 맞는 것 같네. 나는 대붕이 아니라니까. 별 볼 일 없는 사람을 너무 크게 생각지 마시게."

승조는 현존하는 불교 최대의 석학을 만난 것이었다. 구마라습은 화엄 방등 법화 대승과 소승 율부 등 모든 분야에 막힘이 없는 최고의 불교학자였다. 승조는 구마라습으로부터 그런 것을 가르침 받기 시작하였다.

서역의 파란 눈을 가진 천재와 중국의 검은 머리를 가진 천재가 만났으니 인도불교를 중국화시키는 역경 불사가 가능하게 된 것이다. 그리고 그들이 합심하여 만들어 낸 공(空)은 어언 2천 년 가까이 흐른 현시점에 이르러서도 21세기의 정신문화를 재는 잣대로 우리 앞에 놓여 있다.

7.

불향만리
(佛香萬里)

여광이 구마라습에게 대관(大關)을 개조하여 절은 하나 만들어 주었지만 경제적 지원은 처음에 잠깐 했을 뿐 차츰 소원(疏遠)하게 대하다가 나중에는 아예 중단했다. 초소에 감시병을 배치해 놓고 삼보(三寶)를 냉대하며 무시한 것은 만행을 저지른 것이었다.

　곤궁한 일상을 영위하던 구마라습은 실크로드를 넘나들며 장사하는 서역 상인들에게 널리 알려지면서 생활고 해결의 실마리가 풀렸다. 상인들은 어느 때부터인가 대관 근처를 지나갈 때면 여각(旅閣)이 아니라 존경하는 구마라습 대사의 절에서 숙식을 해결하고 그에 대한 답례로 시주하는 것을 큰 보람으로 여기게 되었다.

　상인들은 대개 독실한 불자였다. 광속에서 인심이 나는 법이다. 항상 전대(錢臺)를 차고 다니는 상인들은 아무래도 일반인보다는 시주액이 많았고 이익을 크게 남긴 장사를 했을 때는 절 형편이 어렵다는 것을 알고 불사금을 쾌척하는 상단이 늘어났다.

감시병들로부터 이런 정황을 보고받은 여광이 보조비를 끊는 대신 상인들의 출입은 허락하는 정책을 펼친 것으로 보인다.

구마라습은 상인들에게 법문이나 덕담을 들려줄 때 상인들의 출신국에 따라 그들이 쓰는 토속어를 사용하였다. 자기 나라 말로 알아듣기 쉽게 들려주는 법문은 상인들에게 용기와 의지를 북돋워 주었다. 거기다가 큰 거래를 앞둔 상인들이 불공을 드리면 대박을 터트린다는 소문이 퍼지면서 불공에 대한 주문이 쇄도하였다.

대관을 찾아오는 여러 상단 중에 키질리아라는 이름을 가진 상단이 있었다. 구마라습이 이곳에 주석하기 시작한 초기부터 찾아와 인연을 맺은 다음 꾸준하게 드나드는 상단으로서 대행수가 구자 출신이었다. 구마라습은 고향 사람인 키질리아상단의 대행수를 무척 반겼고 그는 지극히 공경하는 마음으로 구마라습을 대했다.

키질리아는 고국 구자의 명소인 톈산신비대협곡(天山神秘大峽谷)을 가리키는 말이다. 붉은 산이 숲처럼 솟아 있는 홍산석림을 지나 이르게 되는 키질리아는 지질학적으로 볼 때 유라시아판과 인도판이 충돌하는 과정에서 생겨난 협곡으로 점토와 이암을 씻어 내고 마그마의 뼈대만을 남긴 풍화작용의 결과물이다. 비바람이 할퀴고 지나가면서 남긴 생채기를 품고 있는 대협곡의 암벽층은 장엄하고도 신비롭다.

실크로드를 오가며 장사하는 상인들 중에 서역의 대표적인 명소 키질리아를 모르는 사람은 없을 것이다. 그런 명소를 차용하여 상단 이름을 지은 것은 모진 비바람의 시련을 견디고 살아남아 비경을 이룬 키질리아처럼 서역을 대표하는 상단으로 성공하겠다는 뜻이 담겨 있는 것으로 보인다.

키질리아상단 사람들은 대행수뿐만 아니라 전체가 다 독실한 불자였다. 뿐만 아니라 그들은 불교와 깊은 연관이 있는 물목을 취급했다. 우선 부처님께 공양을 올리는 데 필요한 과일이 그들의 주력 상품이었다.

중국과 서역 사이의 오아시스 국가에는 풍부한 일조량을 자랑하는 강렬한 태양이 길러 내는 각종 과일이 풍성하다. 그중 어디서건 재배되는 것이 석류다. 열매껍질이 두껍고 속에는 얇은 격막으로 칸막이가 된 6개의 자실이 있으며 다수의 종자가 격막을 따라 배열된 석류는 새콤달콤한 특수한 풍미를 낸다. 이것이 갈증을 해결해 주는 특효가 있어 실크로드를 오가던 상인들로부터 많은 사랑을 받았다.

수박 참외 멜론의 고향이 서역의 오아시스다. 바나나 파인애플 오렌지를 비롯한 과일은 허기를 면해 주는 식사 대용도 되고 상인들이 이글거리는 열사(熱砂)에서 공급받는 특제 비타민이다.

『서유기(西遊記)』에는 손오공이 동승신주(東勝神州) 오래국(傲來國)에 있는 화과산(花果山)의 복숭아밭을 관리하면서 각각 3천 년, 6천 년, 9천 년 만에 익는 복숭아를 따 먹는 내용이

나온다. 그 대목을 읽으면 과장은 심하지만, 복숭아가 신선이나 천상계의 신들이 좋아하는 특수한 과일이라는 생각을 하게 만든다. 중국 화베이의 산시성과 간쑤성의 해발 600~2,000m 고원지대가 바로 신선들이 즐길 법한 천도복숭아의 원산지다.

나뭇가지가 휘어질 정도로 주렁주렁 열려 있는 대추야자는 두서너 개만 먹어도 배가 부를 정도로 크고 당도가 높다. 변비에 특효인 프룬은 현지에서는 주로 생과일로 먹지만 말린 건자두 역시 별미다.

염주나 단주의 재료로도 쓰는 호두가 지천이며 하미(哈密)의 대표 과일인 하미과는 입에 넣으면 씹을 것도 없이 살살 녹는다. 하미와 투루판과 우루무치에 널리 퍼져 있는 하미과는 아주 오래전부터 동쪽으로는 진상품으로 선정되어 지체 높으신 중국 황실 사람들의 사랑을 받았고, 서쪽으로는 멀리 로마 귀족들의 입맛을 사로잡은 명품 과일로 꼽혀 왔다.

투루판은 포도의 주요 생산지다. 생과일을 운반하는 데 따른 어려움이 컸기 때문에 투루판에서는 예로부터 대단위 덕장을 조성하여 대략 4개월에 걸쳐 포도를 말리는 작업을 대대적으로 해 왔다. 현재도 세계 건포도 유통량의 절반 이상을 투루판이 책임지고 있다.

서역 과일의 유통을 책임지고 있는 키질리아상단 사람들은 바람처럼 나타났다가 며칠 쉬면서 불공을 드리고 턱없이 후한 불사금을 낸 후 사라지고는 하였다. 그들은 대웅전의 기와를 교체하고 전각 보수와 탱화불사를 할 때 단독 시주를 자청했다. 돈독한 불심을 가장한 시주액이 모든 상단을 통틀어 가장 많았던 키질리아상단은 대관의 든든한 후원자였다.

한번은 구마라습이 키질리아상단 대행수에게 물었다.

"생과일을 취급하려면 어려운 점이 많지요?"

"물론 그렇습니다. 그러나 저희만의 오랜 비법이 있는 데다가 생과(生果)는 소량이고 건포도를 주로 유통하며 프룬을 말린 건자두와 대추야자 호두 같은 것을 구색으로 곁들입니다."

그런 다음 묻지 않은 말을 덧붙였다.

"저희 상단 도방께서는 투루판에 큰 포도 농장과 거기서 생산되는 포도를 말리는 덕장을 여러 개 가지고 계십니다. 건포도는 우리가 생산에서 유통까지 책임지는 세계 최대의 상단입지요."

구마라습은 아버지로부터 불사제바가 투루판에서 사업을 한다는 말을 들었지만, 그런데도 투루판 포도 농장과 건포도 덕장을 동생의 사업과 연관 지어 생각하지 못했다. 구마라습이 천재였지만 천재라도 도(道) 아닌 문제에 대해서는 거의 머리가 돌아가지 않았다. 관심사 밖의 일이기에 장사에 관해서는 그것을 처음 배우기 시작한 사환(使喚)보다도 젬병이었다.

키질리아상단이 다시 대관을 찾아왔을 때 구마라습이 일상적으로 물었다.

"장사는 잘되오?"

"저희 상단은 워낙 기반이 잘 다져져 있어 늘 꾸준한 수입을 올리고 있습니다."

"그럼 재물도 많이 모았겠소?"

"글쎄요. 저희들은 우리 상단 도방 어르신이 서역 제일의 부자라고 생각하고 있습니다만……."

특산품인 과일만으로 그런 부를 일구는 것이 가능할까. 의도했던 것이 아니라 자연스럽게 이어진 대화를 통해 대행수는 좀 더 구체적으로 키질리아상단의 취급 물목을 언급하여 구마라습의 궁금증을 해소해 주었다.

"건포도 이외에 저희 상단에서는 향료와 스님들이 예불 올리실 때 사용하는 향을 위시하여 절에서 사용하는 각종 불구 같은 것도 취급하고 있습니다. 전단향이나 침향, 몰약, 나드, 유향 같은 고급 향은 저희가 80% 이상을 장악하고 있습지요. 우리 상단의 대방 어르신께서는 초기에 중국과 천축을 제집 드나들듯 다녔으며 멀리 일남(베트남)을 직접 찾아가 거래처를 구축하셨어요."

상인들은 자신들이 취급하는 상품의 종류나 가격 동향 같은 것에 대하여 함구하는 공통점을 가졌다. 사업상 비밀을 누설해서는 안 되는 것이 상인들이 지켜야 하는 수칙이다. 그런데도 대행수가 금기를 깼다. 나중에 생각해 보니 그런 이야기를 나누어도 될 만큼 가까워졌기에 무심중에 실수한 것이 아니었다. 상단의 정체를 드러낼 때가 되었다는 필요에 따라 이루어진 것이었다.

구마라습이 경탄을 표했다.

"대단하오."

"향은 과일보다 분량은 적지만 거래액은 몇 배가 넘는 품목입니다. 제사 문화가 발달한 중국은 한나라 시대부터 향을 많이 사용했고 최근에는 불교 전래와 더불어 향 수요가 기하급수적으로 늘어나고 있습니다. 불교 선진국인 천축은 향 소비가 중국의 몇십 배는 되고 향은 불교국뿐만 아니라 유럽의 천주교 문화권에서도 대량으로 소비하는 품목입니다. 향은 종교 생활과 불가분의 관계가 있습니다."

"그렇겠소."

"저희 상단은 오래전부터 천축과 중국은 물론 그 사이에 위치한 모든 불교국가를 대상으로 향뿐만 아니라 불구들을 독점 공급해 오고 있습니다. 처음 거래처를 개척하신 분이 대방 어르신입니다."

"그분이 누구신데 과일과 향료와 향 같은 것을 품목으로 정하고 모든 불교국가를 상대로 장사를 하기 시작한 것이오?"

"현 도방은 구자 태생이신데 우리 상단의 창립자며 도방의 부친이신 대방 어르신은 원래 천축 출생이라 하더이다."

그 말을 듣는 순간 구마라습의 뇌리에서 번쩍 섬광(閃光)이 일었다. 천축 출신으로 구자에서 아들을 낳은 사람이 아버지 외에 또 있을 것 같지 않았다. 대행수가 그 사실을 확인해 주었다.

"우리 상단을 처음 만드신 구마라염 대방께서는 초기에

불향만리(佛香萬里) 237

지금의 도방을 데리고 다니시며 거래선을 구축하셨는데, 사환이었을 때 저도 동행한 적이 있습지요. 키질리아상단의 창립자이신 대방 어르신은 방문국에 가면 우선 국왕이나 큰스님부터 찾아뵙더이다. 그 나라의 왕이나 큰스님은 언제나 우리 대방 어르신을 무슨 이유에서인지 극진하게 환대했어요. 제가 그 모습을 이 두 눈으로 똑똑하게 봤다니까요. 대방 어르신을 면담한 왕이 상인을 추천하여 입궁시킨 다음 상담을 진행할 수 있도록 편의를 봐주니 거래처를 확보하는 일이 일사천리로 진행되었습니다."

대행수는 키질리아상단의 창립자인 아버지가 중국 → 구자 → 천축을 한 축으로 이었고 더 멀리는 이스탄불의 콘스탄티노플이나 로마까지 연결되는 유통망을 개척한 전설적인 인물이며 아버지의 사업적 성공이 남다른 의사소통 능력에서 기인한 것이라고 자랑하였다.

"의사소통 능력은 비단 말이 통하는 것으로 되는 것은 아닙니다. 생각이 통하고 마음이 통해야 사업적 동반자가 될 수 있습니다. 구마라염 대방 어른께서는 절대 개인적 이윤을 극대화하는 욕심을 부리지 않는 분입니다. 마음을 열어 놓고 생산자와 소비자를 모두 만족시킬 수 있도록 소통하신 결과로, 이문을 많이 남기는 귀신같은 재주를 가진 장사꾼이 아니라 여러 사람을 살리는 성인 같은 상도(商道)를 실천에 옮기신 분이라고 할 수 있습니다."

"가만, 지금 상도라고 했소?"

"그렇습니다. 비단 불도만 도는 아니잖습니까. 상인들의 세계에도 엄연한 도가 있습니다. 얄팍한 상술만 앞세우는 장사치가 있는가 하면 생산지나 원산지에서 찾아낸 원석이나 특산물을 최종 소비자에게 연결해 주는 전 거래 과정을 물 흐르듯, 누구에게도 거슬리거나 손해를 보지 않도록 배려하면서 자연스럽게 진행하는 도인 같은 상인도 있습지요."

구마라습은 아버지가 추구한 도가 상도였다는 것을 비로소 확실하게 알게 되었다. 반두달다 스승께서 아버지가 도를 추구하고 있는데 아직 채 이루지 못한 것 같다. 이제는 도를 이루셨다는 식의 말씀을 했었는데, 그때마다 그런 말을 들을 때는 도시 아리송하기만 했었다. 그러나 지금에 와서 보니 그야말로 자세한 설명을 듣지 않아도 저절로 이해가 되었다. 장사가 아직 크게 성공하지 못했을 때는 도를 이루지 못했다고 했었고 장사 기반을 확실하게 다지고 크게 성공하자 도를 이루었다고 표현하신 것이었다. 아버지를 단순하게 돈벌이를 하는 장사꾼이 아니라 상도를 추구하는 사람으로 보았다는 것은 시사하는 바가 적지 않았다.

실크로드를 오가는 상인의 종류는 다양하다. 전체 구간이 아니라 오아시스에서 다음 오아시스까지의 짧은 구간을 담당하는 카라반(Caravan)이 있으며, 100~150kg의 짐을 실은 동물 1만~4만 마리씩 이끌고 다니는 상단이나 10마리 내외의 소나 낙타가 끄는 짐수레를 1천 대씩 보유하고 1년에 8억 2천 100만 톤의 물자를 이동시키던 대규모 상단도 있었다.

"키질리아상단의 크기는 어느 정도 되오?"

"향료나 향은 값은 비싸도 무게나 부피가 많이 나가는 품목은 아닙니다. 건포도는 카라반 조직을 통해 중국 쪽이나 천축으로 넘겨주기 때문에 거래 규모에 비해 많은 사람이 필요한 것이 아닙니다. 몇 개 조직이 각처에서 움직이고 있는데 우리 상단은 크지 않은 조직을 가지고 많은 이문을 추구하는 알짜배기라고 할 수 있습지요."

"도방과 대방 어르신 모두 건강하시오?"

"네. 건강하십니다."

"두 사람이 같이 살겠지요?"

"아닙니다. 우리 상단 본부는 투루판에 있습니다. 불사제바 도방께서는 투루판 본부를 지키면서 포도 생산과 건포도 만드는 덕장을 운영하십니다. 대방께서는 구자 인근에 절을 하나 만드신 다음 현재 그곳에서 수행승처럼 살고 계십니다."

"아, 그렇소!"

아버지가 구자 인근에 안주할 거처지를 마련할 생각이라고 했는데 그것이 절을 만들겠다는 것이었음이 밝혀졌다.

"지금까지도 그랬지만 앞으로도 대사님 절에서 부처님께 올리는 과일과 향은 최상품으로 저희 상단에서 모두 책임지겠습니다."

"고맙소. 그러나 과일 공양은 크게 신경 쓰지 않아도 되오. 그저 가고 오는 걸음이 있으면 그냥 지나가지 말고 꼭 나를 찾아와 쉬어 가시오. 내가 건강과 사업번창을 기원하는 불공을 해 드리겠소."

"말이 나왔으니 지금 바로 일 년 치 불공비를 드리겠습니다."

그런 말과 함께 대행수는 턱없이 많은 돈을 내놓았다. 자신 앞에 놓인 돈을 내려다보다가 구마라습은 부지불식간에 손바닥으로 이마를 쳤다. 상단 사람들은 처음 우연히 대관을 찾아온 것이 아니었다. 대행수는 바로 아버지가 자신의 형편을 알아보기 위해 파견한 밀사(密使)였다는 확신이 들었다. 조금만 신경을 써서 대행수의 말속에 들어 있는 의미를 생각해 보았다면 진작 알았을 일을 세기의 천재가 너무도 오랫동안 깜깜이로 지냈다.

구마라습은 아버지가 마지막 만났을 때 어디에 있든 자신을 지켜보겠다고 했던 말을 상기했다. 아버지는 약속대로 자신을 주시했었고 형편이 어렵다는 판단이 들자 불사금을 가장하여 생활비를 지원해 오신 것이었다. 타클라마칸사막의 험로도 부자의 가슴속으로 흐르는 강물을 결코 멈춰 놓지 못했다. 구마라습은 옆에 놓아두었던 단주를 집어 들었다.

"나무아미타불!"

구마라습은 키질리아상단의 공양물인 향을 피웠다. 콧속으로 스며든 향 내음이 산란하게 흐트러지는 마음을 가라앉힌다.

결가부좌를 하고 앉은 구마라습의 뇌리에 『법구비유경』 1권에 나오는 한 장면이 떠올랐다.

어느 날 부처님은 한 마을을 방문하여 사람들을 위해 설법했다. 그 자리에서 사람들을 모두 제자로 삼은 부처님은 그들을 데리고 숙소로 갔다. 돌아오는 길에 부처님은 길가에 떨어진 낡은 종이 한 장을 보고 아난에게 주워 오게 하였다.

부처님이 아난에게 물었다.

"그것은 어떤 종이인가?"

종이를 들고 냄새를 맡아 본 아난이 대답했다.

"이것은 향을 쌌던 종이입니다. 아직 향 내음이 그대로 남아 있습니다."

부처님은 고개를 끄덕이고 나서 다시 길을 재촉하였다. 그런데 한참을 가다 보니 새끼줄 한 토막이 떨어져 있었다. 부처님이 그 새끼줄을 가져오게 한 다음 다시 아난에게 물었다.

"무엇에 썼던 새끼줄이냐?"

"이것은 생선을 꿰었던 새끼줄입니다. 비린내가 아직도 남아 있습니다."

그러자 부처님은 여러 사람을 바라보며 말했다.

"모든 것은 본래 깨끗하고 정결하지만 인연에 따라 죄와 복을 얻는다. 착한 사람을 가까이하면 스스로 착해지고 어리석은 사람을 친구로 삼으면 재앙과 죄가 따른다. 마치 종이가 향을 가까이하여 향내가 나고, 새끼줄이 생선을 꿰어 비린내가 나는 것과 같다. 결국 사람은 가까이 있는 것에 조금씩 물들어 가지만 스스로 그렇게 되는 것을 모를 뿐이다."

 향을 보급해 온 아버지는 장사를 한 것이 아니라 세상을 향기로 가득 채우는 노력을 해 오신 것이었다. 이로써 구마라습은 아버지가 닦은 상도가 사람들로부터 돈을 갈취하는 장사치의 저열한 술수를 부린 것이 아니라 세상을 향 내음으로 바꾸어 놓는 도행(道行)을 펼치신 것임을 알게 되었다.

 키질리아상단 사람들은 일 년에 몇 번씩 구마라습을 찾아와 그때마다 다른 상단과 크게 차이 날 만큼 거액을 시주하였다. 아버지의 지시사항을 이행하는 것도 같고 불심 깊은 대행수의 독단 행동인 것도 같은 기도비가 항시 넉넉하게 전해졌다.

 그러나 대행수는 아버지와 동생에 대한 소식을 더 자세히 알려 주지는 않았다. 자신이 아버지의 사람이라는 것을 공식적으로 드러내지 않으려는 의중이 읽혔다. 그래도 알 것은 다 알게 되었다.

 동생이 슬하에 남매를 두었다는 말은 이미 아버지에게서 들었던 것이고 동생의 부인이 투루판 최대의 포도생산업자의 딸이라는 정도가 추가되었다. 그렇게 되자 키질리아상단이 본가와 처가에서 생산된 포도뿐만 아니라 다른 사람들이 생산한 건포도도 대부분을 위탁받아 유통하고 있다는 것을 유추해 내는 것이 어렵지 않았다. 그에 따라 키질리아상단이 세계 건포도 시장의 40%를 점유하고 있으며 그것만으로도 엄청난 부를 창출하는

데 거기다 그 몇 배의 향료와 향, 불구 시장을 장악하고 있으니 서역 제일의 부자라는 말은 과장이 아닐 듯싶었다.

천축과 서역 전체가 불교국가니 절을 신축하거나 유지할 때 엄청난 불구들이 필요하다. 아버지가 승려였다가 속퇴(俗退)했지만, 승려일 때 자연스럽게 알게 된 공양물과 절에서 사용하는 불구들을 취급 품목으로 선택하는 기지를 발휘한 것이었다.

아버지는 아내와 아들이 출가한 후 구자 왕실의 도움은 일절 받지 않았다. 이제 돌이켜 생각해 보니 계빈의 재상가 출신이었던 아버지는 처음 장사의 길로 나갈 때 반두달다 스승과 상의를 했고 계빈 국왕까지 합세하여 유통 조직을 구축해 준 것으로 여겨졌다.

천축과 서역의 모든 나라가 불교를 국교로 믿던 때였으니 불교 종주국 계빈의 국왕과 국사는 국내외적으로 막강한 영향력을 가졌다. 계빈 왕이나 반두달다의 소개장을 소지한 것만으로도 군소 불교국의 국왕들은 아버지를 칙사처럼 모셨을 것이다. 전직 승려로서 불교 예법을 잘 알고 있던 아버지는 자연스럽게 접대를 받으면서 유통망을 빠르게 구축했을 것이다.

구마라습은 모든 정황을 파악하게 되었다. 한번 의혹이 풀리니 저절로 다 알 수 있을 것이라고 했던 말이 틀리지 않았다. 다만, 장사 밑천과 도와준 사람이 있었다고 하여 구마라염이 쉽게 상도를 깨치고 성공한 것은 아니다. 아무리 충분한 자본이 있고 도와주는 사람이 있었다고 해도 자신에게 판단력과 추진력이 없으면 장사의 성공은 보장되지 않는다. 구마라염은 불교가 서역을 장악하고 있던 시대적인 배경을 사업에 활용할 만큼 상재(商材)가 뛰어났다. 이윤추구가 아니라 도를 구한 것이기에 욕심을 부리지 않았던 것도 성공 가도를 달릴 수 있게 만든 요인이 되었다.

구마라염은 자신의 상단을 통해 구축한 재화(財貨)를 혼자 부여잡고 자신의 배만 불린 것이 아니라 약소 불교국에서 천재지변이라도 당한 비보를 접하면 지체 없이 구조의 손길을 펼치는 식으로 회향했다. 타클라마칸사막은 아버지에게 장마당인 동시에 곤경에 처한 사람을 만나면 구원의 손길을 폈던 자비 구현의 실천 도량이었다.

아버지와 동생이 실패했다는 소식을 듣는 것보다 성공했다는 입지전적인 소식을 접하니 여간 다행스럽고 고마운 것이 아니었다. 아버지와 동생에 대한 의문은 모두 풀렸는데 백라길의 행로에 대해서는 전해 주는 것이 없었다. 그래서 망설이다 한번은 구마라습이 용기를 내었다.

"혹시 백라길 구자 공주에 대한 소식을 들은 것이 없소?"

역시 그는 알고 있었다.

"백라길 공주님께서는 아주 오래전에 출가하셨어요."

대행수가 군더더기 없이 딱 필요한 것만 알려 주었다. 대행수는 모르는 것이 아니라 침묵한 것이었다. 그랬구나. 백라길이 결코 일시적인 생각에서 출가 운운하지는 않을 것이라 여겼는데 막상 출가했다는 말을 들으니 가슴이 아렸다.

"공주님께서 출가할 때 수바시사 불도설미 대사께서 머리를 깎아 주셨어요. 계빈으로 유학을 떠나셨고 선대 왕 시절의 공주였다가 출가를 하신 지바 스님을 찾아가 가르침을 받고 있다고 들었습니다."

모두가 백라길이 헤어질 때 했던 말 그대로였다. 부부가 이별하고 아내가 출가하면 타인들의 눈에는 여자가 불행해진 것으로 비칠 것이다. 그러나 수행을 통해 마음의 평온과 영혼의 자유를 얻을 수 있게 된다면 그게 바로 불행 중 다행한 일이 아니겠는가. 어머니 스님의 사랑을 받고 있음도 부처님 가피고 어머니 스님도 착한 백라길의 보살핌을 받으면 노후가 조금은 덜 삭막할 것이니 이도 나쁜 소식은 아니었다.

구마라습이 화제를 돌렸다.

"불도설미 대사에 대한 근황을 들은 것은 없소?"

"저희 처지가 워낙 고향에 오래 머물지 못하고 떠돌아다니는 신세여서 불도설미 대사의 근황까지는 모릅니다. 건강하게 계시지 않을까요?"

이제는 연세가 많다. 고령자의 건강 문제는 장담할 수 없는 일이다. 모자에 이어 백라길까지 불문으로 인도해 주신 은혜가 적지 않은 분이다. 노년이 건강하고 순일하기를 빈다.

"제가 다음번에 올 때는 불도설미 대사의 최근 소식을 알아 오겠습니다."

"그래 주면 정말 고맙겠소."

그로부터 4개월이 경과했을 때 키질리아상단 사람들은 정말 불도설미의 소식을 갖고 나타났다. 그러나 그것은 구마라습이 기다리던 것이 아니었다. 그들이 전해 준 것은 불도설미가 입적했다는 비보였기 때문이다. 그것뿐이었다면 그렇게 큰 충격을 받지 않았을 것이다.

대행수가 말했다.

"우리나라의 불도설미와 계빈의 반두달다 대사는 사형사제 간이라면서요?"

"그렇소이다."

"어쩌면 사형사제가 나란히 극락으로 가실 수 있을까요? 그런 것은 서로 따라가지 않아도 되는 건데 말입니다."

"아니 그럼, 반두달다 대사께서도 열반하셨단 말씀이오?"

"네. 계빈에서 반두달다 대사의 입적 소식이 전해지자 충격을 받으신 불도설미 대사께서 몸져누우셨는데 그로부터 두 달을 넘기지 못하고 세상을 뜨신 것으로 압니다."

구마라습은 두 분 사부의 이별 소식을 통해 지금까지 한 번도 진지하게 맞서 보지 않았던 수자상(壽者相)과 직면하게 되었다. 사람들은 분명 세월이 흐르면서 모두 나이가 들어가는데 그 사실을 심각하게 받아들이지 않는다. 나이 든 것을 내세우는 것도 수자상이지만 영원히 살아있을 것으로 여기는 것도 수자상이다.

구마라습은 자신의 나이가 예순이 코앞에 다가왔음을 새삼 의식하게 되었다. 앞으로 얼마를 더 살까. 당시의 예순은 언제 죽어도 이상할 것이 없는 고령에 속한다. 그런데 아무것도 이루어 놓은 것이 없었다. 태어날 때부터 불세출의 천재라는 소리는 요란하게 들었는데 회갑이 다 되도록 포로 신세를 면치 못하고 있다. 동토 홍법은 요원하기만 하였다.

구마라습은 처지를 비관하는 데 시간을 쓸 수는 없었다. 대관 법당의 부처님 존상 앞에 촛불을 밝힌 구마라습은 가부좌를 틀고 앉았다. 향로에서는 향이 소리 없이 타오른다. 키질리아상단에서 공양 올린 향은 넓은 불당 안을 그윽한 향 내음으로 가득 채웠다.

불자들이 향 공양을 올리는 것은 몸을 사르듯 그런 지극 정성을 바쳐 부처님을 받들겠다는 의지를 표현하는 것이라고 할 수 있다. 그러나 그것이 다는 아니다. 향은 병충해로부터 신앙 공간을 지키는 파수꾼 역할도 한다. 향 가루를 섞은 흙으로 벽을 만드는 이유다.

그러나 이런 것보다 향을 사르는 가장 중요한 목적은 향이 흩어지는 마음을 가라앉혀 주기 때문이다. 살인을 저지르고 싶은 충동을 느낄 만큼 증오심이 들끓다가도 문향(聞香)을 하면 그것이 가라앉는다. 향은 탐진치(貪瞋痴)를 제어하는 데 가장 큰 도움을 준다. 나아가 지혜를 솔솔 일깨워 수행자를 깨달음으로 이끌어 주는 역할도 한다. 부처님께서 향을 피워 놓고 아나빠나 사띠를 하셨던 이유다.

  구마라습은 아버지가 향 장사를 한 것이 아니라 불자들을 깨달음으로 이끄는 안내인 역할을 했다고 생각한다. 싸구려 향은 오히려 정신을 산란하게 흩어 놓는다. 그러나 키질리아상단에서 보내온 향은 반야의 동반자며 깨달음의 안내자였다.

  구마라습은 코끝으로 스며든 향 내음을 깊숙이 호흡하였다. 산란하던 마음이 차분하게 가라앉는다. 선정은 생각을 쉬는 공부다. 그러기 위해서는 우선 세속의 인과관계 속에서 마음을 산란하게 하는 육진(六塵)에 끌려감이 없이 마음을 내면으로 향하게 하는 내주(內住)에 이르러야 한다. 반두달다 스승이 주었던 『선요(禪要)』에 그렇게 적혀 있었다.

  그런 다음 평등한 생각으로 차별적인 번뇌들을 꺾어 미세하게 하는 등주(等住), 차별적인 번뇌를 끊는 방편인 평등한 생각마저도 버림으로써 외경(外境)에 대한 번뇌를 대치하는 생각이 모두 비워져 편안히 머무르는 안주(安住), 일체법이 본체 무상임을 깨달아 일체법에 능히 생각할 만한 것이 없음을 밝게 아는 것으로 무상을 깨닫는 데 묘(妙)가 있는 근주(近住), 다시 마음으로 바깥 사물에 집착하는 생각을 일으키지 않는 것으로 마음을 밖으로 흩어지지 않게끔 조절하는 조순(調順), 모든 분별하는 상(想)이 마음을 산란하게 하는데 앞과 같이 닦아 익힌 마음으로 움직이는 마음을 제거하여 동요하지 않게 되는 적정(寂靜)을 거쳐 최극정(最極靜)의 경지에 이르는 것이다.

최극정은 여전히 마음이 흩어져 동요를 일으키면 유심(唯心)뿐이요, 무외경계(無外境界)가 따로 없다는 정념을 일으켜 마음의 동요를 다스리고 곧바로 마음의 자상(自相)이 없음을 깨닫는 경지다. 그리하여 적정의 상태가 애씀이 없이 자연스럽게 이루어질 때를 진여삼매(眞如三昧)라고 한다. 이로써 번뇌를 철저히 억눌러 법계(法界)가 진여의 한 가지 모습을 지닌 사실을 알게 되고 모든 중생이 그냥 그대로 진리의 몸과 다를 바 없음을 깨닫는 삼매를 얻게 되는데, 이를 일상삼매(一相三昧)라 한다.

   구마라습은 반두달다와 불도설미 두 은사가 열반을 통해 제시한 수자상을 『선요』의 가르침에 따라 내주 → 등주 → 안주 → 근주 → 조순 → 적정 → 최극정의 순으로 관하는 삼매를 통해 불보살의 보호를 받으며, 마귀의 농간에 걸리지 않으며, 이단의 사상가들이 유혹하지 못하며, 다시는 진리를 비방하지 않게 되며, 항상 의심 없이 환히 깨달아 온전하며, 인간 본연의 모습에 대한 신심이 더욱 늘어나며, 근심과 걱정이 멀어져 현실을 용맹스럽게 대처하며, 다른 사람과 멀어져 있으므로 동요함이 없고 마음이 자비로워지며, 어디에서나 번뇌를 감소시키고 세속적인 쾌락을 즐기지 않으며, 놀람이 없게 되는 깨달음을 얻었다.

   헤어진 후 다시 만나지 못한 상태에서 이승과 저승으로 헤어졌지만 두 은사는 죽음을 통해 구마라습을 마침내 깨달음이라는 수행의 최고 수승한 경지로 이끄는 은혜를 베풀었다. 아버지가 보내 주신 향이 깨달음의 촉매가 되었다.

요흥은 401년 숙부인 정서 장군 요석덕으로 하여금 6만의 군사를 이끌고 후량 정벌을 단행토록 하였다. 요흥이 전쟁 명분으로 내건 것은 포로처럼 학대받고 있는 세기의 천재 구마라습을 구해 장안으로 모셔다가 불교진흥을 도모하는 것이었다. 이 무렵 중국에서는 불교에 관한 관심이 나날이 증폭되어 갔다.

　　요흥은 구마라습 같은 대덕(大德)을 모시면 백성들을 응집시키고 국력을 획기적으로 신장시킬 수 있다고 계산하였다. 살아 있는 육신사리(肉身舍利)인 구마라습을 얻고자 부견에 이어 두 번째로 전쟁을 일으킨 것이었다.

　　구마라습을 무식한 후량의 여륭에게서 빼앗아 와 후진의 불교중흥을 도모한다는 것을 대내외에 천명했지만, 실은 국력을 차분하게 증강해 왔던 요흥은 서역행의 길목을 점유하고 있는 후량을 멸망시켜 그곳을 후진의 서역 거점기지로 만들려는 생각을 해 왔었다.

　　어느 것이 진짜 후량을 성벌한 이유인가를 정확하게 가리려고 할 필요는 없다. 두 마리 토끼를 동시에 잡고 싶은 것이 진실 아니겠는가. 구마라습도 필요하고 서역으로 영토를 확장할 절호의 기회를 맞이하였는데 그것도 무산시키고 싶지 않았다.

　　후량의 여륭은 골육상쟁을 통해 정권을 탈취하고 그것을 유지하는 데 너무 많은 힘을 소모하는 바람에 외세에 맞서 싸울 대비를 전혀 하지 못한 상태였다. 정세를 살피는 안목이 뛰어났던 요흥은 그런 사실을 손바닥 위에 올려놓고 보듯 꿰뚫었다. 요흥이 구마라습을 보내 달라고 요청했을 때 거부했던 군주는 여륭이 아니라 여찬이었다. 여찬을 몰아내고 여륭이 권좌를 차지했으니 그 죄를 여륭에게 물을 수밖에 없었다.

구마라습은 자신을 둘러싸고 쟁탈 전쟁이 벌어지고 있다는 것을 알지 못했다. 이때 키질리아상단 사람들이 평소와 다름없는 일상을 보내고 있는 구마라습을 다시 찾아왔다. 대행수가 구마라습에게 말했다.

"불도설미 대사께서 열반하신 후 크게 동요되었던 구자불교계가 이제 다시 안정을 되찾았습니다. 천축에서 오신 불타야사 대사께서 왕신사에서 법회를 여신 것이 계기가 되었습니다."

"불타야사 대사께서 구자에 오셔서 왕신사에서 법회를 하셨단 말이오?"

"그렇습니다. 인산인해를 이루었습지요."

"건강은 어떠했소?"

"아주 건강해 보이셨습니다."

"대사께서는 지금 어디 계시오?"

"왕신사에 머물고 계신 줄 압니다."

구마라습은 지그시 눈을 감고 단주를 돌린다. 계빈에 유학하고 돌아오다가 소륵국에서 불타야사를 만나 오명을 배우던 때와 불타야사가 구자를 찾아와 『십송률』을 가르쳐 주고 비구계를 받고 금사자좌에 오를 때까지 같이 머물면서 지켜봐 주던 모습이 어제 일인 듯 선명하게 떠올랐다. 눈을 뜨면서 구마라습이 말했다.

"내가 편지를 한 통 써 드리면 불타야사 대사에게 전해 줄 수 있겠소?"

"알겠습니다. 왕신사에 계시면 다행이고 만약 어디로 떠나셨다면 상단 조직을 이용하여 찾아서 전해 드리도록 하겠습니다."

"고맙소."

불타야사는 동토에서 힘을 합해 같이 홍법을 펼치고 싶은 일 순위 스님이다. 구자로 돌아가는 대행수 편에 보낸 구마라습의 편지에는 불타야사를 우웨이로 청하는 내용이 들어 있었다.

후진이 후량을 멸망시키는 것은 다만 시간문제였다. 후진은 오랫동안 국방력을 길러 왔고 후량은 전혀 대비가 되어 있지 않았기 때문이다. 전쟁을 승리로 이끈 후진의 정서 장군 요석덕이 대관으로 구마라습을 찾아왔다.

"저는 대진국의 요석덕이라 하옵니다. 황제 폐하께서 구마라습 대사님에게 국사의 칭호를 내리셨습니다. 저는 국시님을 정중하게 장안으로 모시라는 명을 받고 왔습니다."

여광이 구마라습을 데리고 구자를 떠난 것은 385년 3월이다. 타클라마칸사막을 지나 중국의 턱밑인 서역 땅 우웨이에 도착하여 더 나가지 못하고 동토 홍법의 날을 기다리며 인욕의 세월을 보냈었다.

후진(後秦) 요흥 홍시 2년, 서기 400년 12월.

불향만리(佛香萬里) 253

마침내 구마라습은 요석덕 장군이 제공한 수레를 타고 고장의 우웨이(武威)를 출발하여 남쪽의 치롄산맥과 북쪽의 고비사막 사이로 뻗어 있는 길을 따라 나아갔다. 구마라습은 목에는 병고 중생을 만나면 구제해 줄 수 있는 침향 염주 목걸이를 둘렀고 손에는 단주를 들었다. 그런 모습으로 구마라습이라는 이름의 대붕(大鵬)은 장안을 향해 날개를 활짝 폈다. 이때 승조가 시봉하였다.

8.
공명조(共命鳥)가 사는 곳으로

홍시 3년 401년 2월 20일.

세수(歲壽) 예순을 눈앞에 둔 구마라습이 탄 수레는 마침내 장안 인근에 도착하였다. 그보다 앞서 질풍처럼 달려온 말 한 필이 궁성으로 들어가 후진의 황제 요흥에게 구마라습의 도착을 알렸다.

요흥은 곧바로 의장대의 호위를 받으며 문무 대신들과 함께 태극전(太極殿)을 출발하였다. 장안성 평삭문(平朔門) 앞에 도착한 다음 그곳에서 구마라습을 기다렸다. 황상(皇上)이 극진한 예우로써 구마라습을 맞이한다는 것을 안 신하들은 엄숙한 자세로 의전에 임했다.

얼마 후 구마라습이 탄 수레가 요석덕의 인도하에 모습을 드러냈다. 수레에서 내린 구마라습은 예관(禮官)을 따라 요흥의 앞으로 걸어갔다. 공손하게 합장하고 배례(拜禮)한 다음 입을 열었다.

"서역승 구마라습이 대진국 황제 폐하를 알현(謁見)합니다."

구마라습이 나이는 들었지만, 허리는 곧고 살이 찌지 않은 큰 키와 하얀 얼굴, 그윽하게 가라앉은 파란 눈동자가 설명 없이도 영락없는 이국인(異國人)임을 알려 주었다. 그러나 그가 구사한 중국어의 억양은 중국인과 조금도 다름이 없었다. 우웨이에 머물렀던 기간이 그를 그렇게 만들었다.

요흥은 만면에 웃음을 띠었다.

"어서 오시오, 대사. 오시는 데 불편하지 않았소?"

"요석덕 장군께서 세심하게 배려를 해 주셔서 편히 잘 왔습니다."

"다행이오."

첫 대면이 끝나자 요흥은 시종에게 명했다.

"국사를 소요원(逍遙園)으로 모셔라."

소요원은 왕실 소유의 별장이다. 인공으로 만든 수로를 통해 웨이수이(渭水)를 끌어들여 조성한 연못에는 철이 되면 빨갛고 하얀 연꽃들이 장관을 이룬다. 아름다운 경치가 조망되는 곳에 그림처럼 자리 잡은 정자(亭子)와 잘 길러진 관상수가 열병식을 앞둔 근위병처럼 늘어서 있는 산책로가 압권이다.

요흥은 구마라습 쟁탈을 위해 대외적으로는 후량과 전쟁을 벌이는 한편 대내적으로는 소요원의 사명각(四明閣)을 대웅전으로 바꾸고 그 옆으로 대단위 역장(譯場)으로 사용할 건물과 스님들을 위한 승방을 갖추도록 했었다. 구마라습이 머물 전각은 징현당(澄玄堂)이라 명명되었다.

구마라습은 장안에서 첫 공식적인 일정을 오급사에 조성되어 있던 도안 스님의 부도탑을 참배하는 것으로 정했다. 장안 태생의 승조가 길 안내를 맡았다. 도안은 17년 전 부견에게 구마라습을 장안으로 데려오면 불교가 중흥될 수 있다고 건의를 했던 스님이다.

도안이 부견에게 그런 건의를 하지 않았다면 여광의 서역정벌대가 구자국을 짓밟는 만행을 저지르는 일도 발생하지 않았을 것이다. 자신을 인정해 준 것은 고마운 일이나 행방을 알 수 없게 된 외삼촌 백순왕과 자신이 당한 법난을 생각하면 도안에 대한 애증이 교차했다.

묘탑 참배가 끝났을 때 한 스님이 구마라습에게 말했다.

"도안 노스님이 살아 계셨을 때 이곳에서 몇 권의 경전을 번역했는데, 그 역경 불사에 동참했던 승예(僧叡)라고 합니다."

"나는 서역에서 온 구마라습이오."

"대사님의 법명은 익히 들어 알고 있습니다. 단도직입적으로 여쭙겠습니다. 지금부터 소승을 제자로 거두어 주실 수 없겠는지요?"

"내 제자가 되고 싶은 특별한 이유가 있소?"

"네, 두 가지 이유가 있습니다."

승예의 세납(歲納)은 이때 쉰 살이었다. 열여덟에 출가한 승예는 비구계를 받은 후부터 선수련에 관심을 갖고 여러 곳을 돌아다니며 널리 선법(禪法)을 구했지만, 그것을 제대로 가르쳐 주는 스승을 만나지 못했다. 이때까지도 중국에 일부 경전은 전해졌지만, 선법을 제대로 가르쳐 줄 수 있는 선승이 동래(東來)한 적은 없었다.

도안의 은사 불도징은 구자 출신이며 계빈에 유학했던 선각자다. 그러나 유학 시절 중국불교의 새벽을 여는 데 앞장서겠다는 뜻을 가지고 있었던 불도징은 근기가 낮거나 아예 불심이 없는 사람들을 대상으로 포교를 하기 위해서는 선보다 신통력을 동원하는 방편을 익혀두는 것이 더 좋다고 생각했었다.

승예는 도안이 불도징으로부터 선 지도를 받았을 것으로 기대했지만, 막상 찾아와 만나 보니 도안은 선이 아니라 역경 불사에 매달려 있었다. 선수행에 대한 기대는 무산되었지만, 승예가 오급사를 떠나지 않은 것은 도안이 하고 있던 불경 번역에 매료되었기 때문이다.

승예는 『아비담비바사론(阿毘曇毘婆沙論)』『아비담경(阿毘曇經)』『비바사경(毘婆娑經)』 등의 번역 작업에 참여했다. 안타깝게도 도안이 열반하면서 오급사의 역경 불사는 중단되었다.

승예가 구마라습의 제자가 되고 싶은 두 가지 이유 중 첫째는 서역승 구마라습으로부터 선법을 배울 수 있을지 모른다는 기대를 했기 때문이다. 두 번째는 초기 역경 불사의 새벽을 연 도안 스님 밑에서 배운 역경 일을 계속하고 싶어서였다.

구마라습은 승예의 두 가지 바람을 충족시켜 줄 수 있는 최고의 실력자였다. 승예에게 사람을 제대로 만나는 시절 인연이 도래하였다. 구마라습으로서도 도안 밑에서 경전 번역의 경력을 쌓은 승예를 내칠 이유는 없었다.

구마라습은 흔쾌하게 말했다.

"좋소. 함께 선수행도 하고 번역 불사도 같이해 보기로 합시다."

"감사합니다. 기대에 어긋나지 않도록 최선을 다하겠습니다."

승예의 말을 듣는 가운데 구마라습은 다른 무엇보다 선의 지침서가 될 책부터 번역하는 것이 좋겠다고 생각하였다. 교를 이해한 후에 선수행을 하는 것이 순서지만 그동안 알게 모르게 교는 어느 정도 확산이 되었는데 선은 걸음마도 떼지 않은 상태였다. 상황이 이랬으니 적잖은 출가 사문들이 승예처럼 선법(禪法)을 구하고 있을지도 모른다는 생각이 들었던 것이다.

구마라습은 승예와 승조에게 계빈 유학 시절 반두달다 은사로부터 받은 『선요(禪要)』 책을 보여 주며 말했다.

"이것을 번역해 보면 선법에 관한 공부도 하고 자연스럽게 번역 능력도 점검해 보는 계기가 될 것이오."

『선요』는 산스크리트어로 되어 있었기 때문에 승예와 승조는 책을 봐도 그 내용을 파악하지 못한다. 구마라습이 책의 내용을 중국어로 번역해서 강설하는 것으로써 마침내 번역 작업의 막을 올렸다.

승예는 구마라습이 강설한 내용을 정리하였다. 승조는 그 내용 중에서 격의(格義)에 걸리는 부분이 없는가를 점검하였다. 현학에 관해서는 승조가 나이는 어렸지만, 확실히 승예보다 한 수 위였다. 최종적으로는 구마라습이 교열(校閱)을 보는 식으로 작업이 진행되었다.

교본으로 사용한 범어본 『선요』는 구마라타(鳩摩羅陀), 마명(馬鳴), 바수밀(婆須蜜), 승가라차(僧伽羅叉), 구바굴(漚波崛), 승가사나(僧伽斯那), 늑비구(勒比丘) 등이 선법의 핵심을 뽑아내 편찬한 책이다.

승예와 승조는 번역 작업을 진행하면서 구마라습의 지도를 받아 선수행을 병행하였다. 두 사람은 구마라습의 가르침에 따라 수련하는 가운데 욕념을 통제하는 경지를 넘어 선에서 지혜를 얻고 지혜로써 선을 닦으며 궁극적으로는 모든 것이 불변하는 실체가 없는 공적(空寂) 상태에 놓여 있다는 것을 알게 되었다.

공적 상태에서 마음의 힘이 온전하게 되면 어둠이 밝음으로 들어가고, 밝음이 온전해지려면 관조함을 잊어버려야 한다. 관조함을 잊어버린 후에 밝음과 밝지 않음이 없어지고 그렇게 되면 쉼에 가까워진다. 쉼이 곧 지혜의 작용이다. 선수련의 목적은 지혜 증득에 있다.

구마라습과 승예와 승조가 손발을 맞춘 첫 번째 번역 작업은 하나를 통해 둘을 얻게 되는 그야말로 일거양득(一擧兩得)의 결실을 수확하였다. 사제가 혼연일체(渾然一體)가 되어 노력한 결과로 번역본도 나오고 선수행노 낚게 된 것이었다.

선을 도교의 양생술 내지 도술의 한 지류로 여기고 있던 때 구마라습의 지도하에 승예와 승조가 공동 번역한 『선요』는 중국 선사(禪史)에서 중요한 일보를 내딛는 길잡이 역할을 했다. 처음 『선요』를 번역할 때만 해도 그런 책을 필요로 하는 사문이 많을 것이라고는 생각지 않았다. 그러나 『진서』의 「요흥전」에 『선요』를 참고하여 참선 삼매에 빠지게 된 사문의 수효가 1천 명을 헤아린다고 적혀 있다.

하루는 조회를 위해 입궐했던 경조윤(京兆尹)이 요흥에게 아뢰었다.

"구마라습 국사가 장안에 상주하면서 동으로는 뤄양, 남으로는 강남(江南)으로부터 스님들이 변경의 관문과 산을 넘어 장안으로 몰려들고 있습니다. 국경을 지키는 관리들이 보내온 소식에 따르면 무단으로 월경(越境)하는 자들의 수효가 이미 천 명을 헤아린다고 합니다. 폐하, 이대로 버려둬도 될는지 그 한계를 폐하께서 정해 주실 때가 되었나이다."

그 말을 들은 요흥의 입가에 미소가 떠올랐다.

"이는 구마라습 국사를 모시면서 짐이 바라던 바이다. 불법을 배우기 위해 장안으로 사문들이 몰려드는 것은 우리 대진의 경사다. 국경을 지키는 관리들에게 명하여 절대 막지 말고 자유롭게 출입할 수 있도록 하라."

소요원 사명각에서 두 번째로 번역한 경은 『아미타경』이다. 이 경의 산스크리트어 명칭은 『수카바티뷰하(Sukhavativyuha)』다.

성스러운 극락장엄(極樂莊嚴)이라는 뜻이다. 정토종의 소의경전인『아미타경』은 어느 경전보다 우리에게 친숙하고 조계종(曹溪宗)의 소의경전인『금강경』만큼이나 많은 사랑을 받고 있다. 최장기 베스트셀러의 지위를 누리고 있는 이 귀한 경전에 들어 있는 극락의 개념은 바로 구마라습이 만든 것이다.

구마라습은『아미타경』을 번역할 때 중국인들에게 극락세계를 실감 나게 알려 주려는 방법으로 원전(原典)에 없는 공명조(共命鳥)를 삽입하는 고심에 찬 선택을 했다.

공명조는 구마라습의 고향에 전해 오는 전설의 새다. 몸은 하나인데 머리는 두 개다. 머리가 두 개이니 서로 다른 생각을 하고 못 잡아먹어 안달한다. 결국 한쪽이 다른 쪽을 너무 미워하여 독을 먹게 만드는데 몸은 하나이기 때문에 상대가 독을 먹자 자기도 죽고 만다. 그렇게 상대를 죽게 만들 만큼 사이가 나쁜 원수도 극락에서는 같이 행복의 노래를 부른다는 것. 바로 그 점을 알려 주기 위해 구마라습은 원전에 없는 공명조를 번역본에 삽입해 구마라습식 극락을 만들었다.

상대를 죽이는 원수도 구마라습이 만든 극락에서는 같이 행복의 노래를 부른다. 서로 원수 사이인 공명조가 행복의 노래를 함께 부르는 극락, 그런 극락 개념을 구마라습이 만들었다.

『아미타경』의 온전한 이름은『불설아미타경(佛說阿彌陀經)』이다.『무량수경(無量壽經)』『관무량수경(觀無量壽經)』과 함께 정토삼부경으로 일컬어지며 아미타불의 공덕과 극락정토의 장엄함을 설명하고 아미타불의 명호를 마음속에 굳게 간직하여 흐트러짐이 없으면 극락정토에 왕생함을 밝히고 있다. 문장이 간결하고 유려해 독송용 경전으로 널리 사용되며 선망 부모의 왕생극락을 빌기 위한 사경을 할 때도 이 경을 가장 많이 사용한다.

『아미타경』은 제자들의 간청에 의한 것이 아니라 부처님 스스로 설법한 이른바 무문자설경(無問自說經)이다. 사지경(四紙經)으로 불릴 정도로 적은 분량이지만 쉽고도 간결하게 정토사상을 잘 설명해 놓았다.

『아미타경』에만 공명조가 사는 것은 아니다. 구마라습이 번역한 모든 불경이 우리를 열반과 극락으로 데려간다. 구마라습은 경전을 번역하여 우리를 공명조가 사는 곳으로 실어 갈 반야용선(般若龍船)을 만들었다.

중국불교사에서 역경에 대한 국가 차원의 지원을 최초로 한 군주는 전진의 부견이다. 그러나 규모나 액수 면에서 후진의 요흥은 부견을 훨씬 능가하는 대대적 후원을 했다. 이런 요흥의 불교진흥책에 힘을 얻어 구마라습이라는 세기의 천재와 탁월한 재능을 가졌던 그의 제자들이 손발을 맞추게 되고 소요원의 역장에서는 팔리어와 산스크리트어로 출간돼 있던 서역의 거의 모든 경전을 중국어로 번역 출간하는 획기적인 위업을 쌓아 나갔다.

초기에 발간된 고역 중국어판 불경의 오류는 대개 격의불교에서 기인한다. 격의는 불교를 노장사상과의 비교를 통해 이해하려고 노력하는 것에서 비롯된 불교 왜곡 현상을 이르는 말이다. 불교가 중국에 처음 전래될 당시 중국 사람들이 불교를 이해하는 데 어려움을 겪게 되자 도교나 유교의 사상과 비교해서 이해하려는 경향을 보이면서 격의가 만들어졌다.

도안 같은 큰스님도 처음에는 제자 혜원이 장자를 인용하여 불교를 설명하는 것을 용납했었다. 이질적인 문화를 수용하는 과정에서 먼저 있었던 사상적 토양에 새로운 사상을 수용, 기존의 사상과 새로운 사상의 유사성을 찾아내어 서로를 이해하려고 노력하는 것은 불교를 이해하는 데 어느 정도 도움이 되는 면이 있기 때문이다. 그러나 그런 도안도 나중에는 격의불교가 불교의 근본 이치를 왜곡시킨다는 비판을 하면서 혜원의 격의를 통한 교리 해석을 엄격하게 금지했다.

불교 『방등경』의 내용과 노장사상이 유사하다고 보거나 유교의 사상을 불교와 일치시켜 이해하는 과정에서 불교의 오계(五戒)를 유교의 오상(五常) 같다고 여긴다든지 불살생(不殺生)을 인(仁)으로, 불투도(不偸盜)를 의(義)로, 불사음(不邪淫)을 예(禮)로, 불망어(不妄語)를 지(智)로, 불음주(不飮酒)를 신(信)으로 이해하는 것 등이 곧 격의다.

격의불교는 불교의 반야사상을 해석하면서 결정적인 문제점을 노출한다. 노장의 무(無)와 반야의 공(空)을 연관 지어 무가 공이고 공이 무라고 이해하는 것은 공을 제대로 이해하지 못하게 만드는 요인이 될 수밖에 없다. 격의불교가 불교의 본모습을 심각하게 왜곡한다는 지적은 틀린 것이 아니다. 불교의 교의를 도가나 유가 사상과 동일시하는 것은 불교의 독립성이나 정체성에 대한 심각한 훼손이다. 결국 격의불교는 노장사상의 진의도 왜곡한다. 무가 공일 수 없듯이 공을 무로 이해하니 무에 대한 인식에도 오류가 생기게 된다.

승조는 현학 공부를 마친 후에 출가했기에 격의를 통해 불교를 왜곡한 부분을 누구보다 잘 파악하였다. 그는 격의에 의한 왜곡을 바로잡고 다시는 격의를 개입시키지 않도록 원천 봉쇄할 수 있는 능력을 갖추고 있었다. 불교를 깊이 몰라도 노장을 제대로 알면 격의로 노장을 왜곡하는 부분을 가려낼 수 있는데 불교 이론까지 제대로 이해하고 있는 승조의 눈을 거치면 격의는 모두 걸러졌다.

구마라습은 이전에 번역한 경전들을 살펴보는 가운데 경문의 뜻이 지나치게 잘못된 곳이 많다는 것을 발견하였다. 이에 구마라습은 옛 번역본에서 오류를 찾아내 원본과 대조하여 교정하는 작업을 진행했다. 그런 작업을 거치자 뜻이 모두 원만하게 소통하게 되었다. 위로는 요흥으로부터 대중들과 불자들에 이르기까지 고역본을 교정하여 만든 새로운 번역본을 접한 이는 모두 흡족하여 찬탄한다.

소요원에는 승조와 승예를 위시하여 도류, 도융, 도종, 도탄, 도표, 도회, 도항, 담순, 법흠, 보도, 승략, 승천, 혜공, 혜상,

혜정 등등 기라성 같은 학승들이 몰려들었다. 이들 중에는 격의 불교로 번역된 경전을 통해 공부를 시작한 사람도 있었지만, 학습 의욕과 이해 능력이 뛰어난 두뇌를 소유한 수재들이어서 소요원에서 생활하며 대 석학인 구마라습으로부터 경전 강설을 듣고 역경 불사에 동참하는 동안 자연스럽게 출가 초기에 범한 오류를 바로잡아 나중에는 모두 중국불교사에 길이 남을 업적을 세우는 보배로운 존재가 되었다.

소요원 역경 불사의 규모는 시간이 지나면서 초기의 『선요』나 『아미타경』을 번역할 때보다 커졌지만, 방법은 동일하게 진행되었다. 구마라습이 먼저 등단하여 범본을 중국어로 번역하여 들려주고 그것을 듣고 일차 정리한 것을 가지고 스님들이 둘러앉아 토론회를 거친 다음 승예나 승조를 비롯한 여러 스님 중에서 문장력이 뛰어나거나 그때그때 번역 중인 경전에 특별한 관심을 두고 있는 스님이 자원하면 대표로 정리를 하게 하고 마지막으로 구마라습이 검수하는 방식으로 역경 불사가 진행되었다.

402년에는 『아미타경』8권에 이어 『현겁경(賢劫經)』8권, 『미륵생불경』 『대지도론』 『바수밀경(婆須蜜經)』 『중아함경』 『중일아함경』 『아비담비바사론(阿毘曇毘婆沙論)』 『삼법도론(三法度論)』 『아비담경팔건도론(阿毘曇經八犍度論)』 순으로 착착 번역 작업이 진행되었다.

403년에는 『대품반야경』이 번역되었다. 『대품반야경』 번역에 주도직으로 참여한 승조가 그 작업이 끝난 직후에 「반야부지론」을 썼다. 승조는 「반야무지론」을 스승인 구마라습에게 제일 먼저 보여 주었다. 그것을 읽어 본 후에 구마라습이 말했다.

"반야무지에 대한 불법 이론은 내가 그대에게 양보하지 않 겠지만, 문장력만은 나로서도 귀히 여겨 받들어야 하는 명문장 이다."

404년에는 용수의 제자인 제바(提婆)의 『백론』을 재번역 하였다. 그리고 이듬해에 구마라습이 상주할 대사(大寺)가 신 축되었다.

구마라습은 소요원에서 그곳으로 숙소를 옮기면서 손수 초 당사(草堂寺)라는 현판을 써서 내걸었다. 따라서 문헌에 보이는 대사와 초당사가 서로 다른 것이 아니라 같은 절이다. 나라에서 정한 절 이름은 대사고, 구마라습이 지은 이름은 소박한 초당사 다. 주위에 갈대숲이 우거져 있고 소요원보다 한층 조용하였다. 국가가 주도하는 대단위 역경원이 운영되면서 불교를 바르게 공 부하려는 사람들이 소요원으로 꾸역꾸역 몰려들어 수용 한계를 넘었기 때문에 새로운 숙소의 증축이 불가피해졌다. 나중에는 중사(中寺)도 지었다.

소요원 사명각과 대사와 중사가 서로 멀리 떨어져 있는 것 이 아니어서 전체를 요흥이 만들고 이 모두를 구마라습이 운영 했었다고 알면 된다. 세 군데서 동시에 역경 불사가 이루어질 때 도 많았다. 구마라습은 그 세 곳의 법당을 돌아다니며 범어본 의 중국어 강해(講解)를 진행하였다. 사문이나 불자들도 자기의 관심 대상에 따라 소요원 서명각을 찾기도 하고 대사나 중사를 드나들기도 하였다. 역장들은 단순히 번역 작업을 하는 곳이 아니라 승려를 양성하고 불자들을 교육하는 기관으로 거듭나게 되었다.

범본 경전이 없는 경우 구마라습은 자신이 공부할 때 스승으로부터 전수 받아 암송한 것을 머릿속에서 되살려 내어 중국어로 바꿔 강설하였다. 구마라습이 걸어 다니는 백과사전이며 설일체유부계 경전 대부분을 암송하고 있다는 말은 결코 허풍이 아니었다. 그러니 구마라습이 곧 경전이었다.

405년부터는 역경 사업에 속도가 붙어 『불장경(佛藏經)』3권과 『보살장경(菩薩藏經)』3권, 『창양제불공덕경』2권, 『집비유경』과 『대지도론』을 번역하였다. 이어서 속속 『법화경』 『사익범천소문경(思益梵天所問經)』이 출간되었다. 그런 다음 구마라습은 『유마힐경』을 꺼내 들었다.

구자를 떠나기 직전 아버지가 염주 목걸이와 단주를 가지고 오셨을 때, 자신이 번역한 것이라며 내놓았던 원고 뭉치가 바로 『유마힐경』이다. 구마라습은 깊숙이 간직해 두었던 그 원고 뭉치를 찾아내 정독해 보았다. 아버지 스스로 밝혔듯이 중국어 해독 능력은 완벽하지 않았던 듯 여기저기 오역이 눈에 띄었다. 그러나 원문과 대조해 보면 충분하게 의미 파악이 가능하였다.

구마라습은 아버지가 뛰어난 상재(商材)를 발휘했지만, 실제는 환속한 뒤에도 상도보다 불도를 더 닦고 싶어 했던 것으로 여겼다. 지극한 도는 도와 통한다. 아버지가 『유마힐경』을 번역하면서 유마의 경지에 오르고 싶었을 것 같았다. 아버지는 경전 속 유마의 말을 늘 떠올리고 새기고 실천에 옮기셨던 분이다. 환속했지만 도를 내려 놓지는 않았다는 것이 그대로 느껴졌다.

　『유마힐경』은 여러 사람이 번역했다. 나중에 승조도 은사의 『유마힐경』을 참고하여 『유마경』이라는 이름으로 번역 출간했다. 『유마힐경』이나 『유마경』이나 같은데 사람마다 달리 표현해 놓았다. 경전 번역의 지침이 마련돼 있지 않았기에 비롯되는 혼선이다. 일반 불자들의 입장에서 보면 유마힐이든 유마든 아무 상관이 없다. 같은 사람을 제각각 떠벌려 혼선을 빚는 경전 번역상의 병폐가 오늘날까지도 반복되고 있다. 관세음보살이나 관자재보살이나 다른 보살이 아니라 같은 보살이다. 불자들에게 혼란을 주지 않으려면 역경 통일안을 빨리 만들어야 한다.

　『유마힐경』은 대승의 이론을 선으로 발전시켜 가는 과도기에 놓여 있던 위·진 남북조라는 시대를 배경으로 현학에 싫증이나 한계를 느끼기 시작한 지식인들에게 새로운 활로를 열어 주는 사상적 토대를 제공했던 경이다. 때문에 출간될 때마다 많은 사람의 관심을 불러일으켰다. 구마라습본이 지금에 이르러서도 가장 완벽하다는 평을 듣고 있다. 아버지의 번역 원고를 참고하고 구마라습이 남다른 애정을 가지고 임했기 때문일 것이다.

　『유마힐경』 번역에 참여한 스님들은 작업 초기에는 대부분 대승의 공을 정확하게 이해하지 못했지만, 그 작업이 마무리될 즈음에는 모두가 공과 무를 혼동하지 않게 되었다. 공을 실은 큰 수레가 서서히 중국의 심장부를 향해 굴러가기 시작하였다.

범어를 중국어로 바꾸는 작업은 양국 말을 이해하고 있다는 것만으로는 충분하지 않다. 언어에 대한 이해는 최소한의 필수 불가결한 요소고 정말 중요한 것은 서로 다른 언어 체계에 대한 이해가 수반되어야 한다. 구마라습이 승조에게 다음과 같은 말을 했다.

"중국의 시가와 천축의 시가는 다르다. 중국의 것은 문장이 짧고 글자의 수가 정해져 있는데, 서역의 시가들은 음절의 길고 짧음에 차이가 있고 각 구절이 포함하고 있는 의미도 다양한 특징을 가지고 있음을 유의해야 한다."

"시경은 네 자구가 대부분이고 후한과 위·진 시대에 이르면 오언시와 잡언시가 나타나며 어기는 느리고 부드럽고 포함하는 뜻도 다양해집니다."

구마라습은 제자들에게 또 이런 말도 했었다.

"국왕을 알현할 때는 국왕의 덕을 찬미하는 송이 있고 부처님을 뵐 때는 부처님을 찬탄하는 방식이 있어요. 경전 속의 게송들은 모두 이런 형식인데 그런 범문을 중국어로 바꾸면 그 문장의 아름다움을 잃게 되는 경우가 많아요. 번역은 문장의 양식이 아주 완벽히 동떨어지기 때문에 마치 밥을 씹어 남에게 주는 것과 같은 것이지요. 맛을 잃어버릴 뿐 아니라 구역질이 나게 할 수도 있어요."

　구마라습은 천축 문체의 음악적 특질과 범어를 중국어로 번역할 때 생기는 병폐를 잘 파악하였다. 현악기와 어울리듯이 문체와 운율도 아름다워야 한다는 것을 강조한 다음 제자들에게 다만 뜻을 전달하는 데 멈추지 말고 운율로써 경의 의미를 전해야 한다고 강조하였다.

　구마라습은 단상에서 가끔 목청을 가다듬고 큰 소리로 경전을 읊었다. 그 소리는 음악 같고 새들의 지저귐 같기도 하였다. 산스크리트어로 듣는 부처님 말씀의 뜻은 설명해 주기 전에는 알지 못하지만, 천상의 메아리 같은 부처님의 교언(敎言)은 그대로 법음(法音)이고 어떤 운율로 중국어본을 만들어야 하는가를 시사해 준다.

　소요원의 일상은 강경(講經)에서 머물지 않고 좌선과 변론으로 이어지고 이에 따라 매일 1천 명 정도의 학승과 신도들 발길이 마치 웨이수이가 소요원의 연못으로 흘러들 듯 모여들었다.

　구마라습이 세운 위업(偉業)은 경전 번역과 보급이라는 차원을 넘어 대승을 전교함으로써 중국불교의 방향을 자기 구원을 목적으로 하는 설일체유부의 소승에서 중생구제를 실현하는 대승으로 바꾸어 놓았다는 데 큰 의미가 있다. 구마라습은 단순한 역경가(譯經家)가 아니라 대승의 전교자로서 중국을 포함한 동아시아 불교사에 위대한 업적을 남긴 성사(聖師)로 추앙받아야 한다.

구마라습은 계빈 유학에서 돌아오다가 만난 수리야소마에게서 들은 용수에 대한 전기를 머릿속에 저장해 두었다가 중국어판 『용수보살전』을 출간했다.

이 전기에 따르면 용수보살은 남천축의 브라만 출신이다. 태어날 때부터 뛰어나게 총명하여 어떤 일이든 다시 알려 주지 않아도 되었다. 젖먹이일 때 브라만들이 네 가지 베다 경전을 외우는 것을 들었는데, 게송이 각각 4만이나 되고 게송마다 서른 두 글자가 있었음에도 그 문장을 다 외우고 그 뜻을 모두 깨달았다. 약관(弱冠)의 나이에도 여러 나라에 이름을 드날릴 만큼 독보적인 인물이 용수였다.

용수에게는 뜻이 맞는 세 사람의 친구가 있었다. 이들은 모두 한 시대를 풍미할 만큼 뛰어났었다. 이들이 함께 모여 의논하였다.

"천하의 신명을 열고 그윽한 뜻을 깨달을 만한 이치와 뜻을 우리는 이미 다했다. 다시 또 무엇으로 즐겁게 하겠는가. 욕정대로 하고 싶은 것을 끝까지 하는 것만이 일생의 가장 큰 즐거움일 것이다. 그러나 왕공(王公)이 아닌데 어찌 그럴 수 있겠는가. 몸을 숨기는 술법만이 이 즐거움을 이룰 수 있을 것이다."

네 사람이 함께 술사(術士)를 찾아가 은신술(隱身術)을 배운 다음 왕궁을 드나들며 궁중 미인들을 능욕하였다. 1백여 일이 지난 뒤에 임신한 궁녀가 생겨 마침내 이 사실이 왕에게도 알려

지게 되었다.

 왕은 지혜로운 신하들을 불러 놓고 이 일에 대해 의논했는데 연륜과 학식이 높은 신하가 입을 열었다.

 "무릇 이 같은 일이 일어나는 원인은 두 가지가 있는데, 도깨비가 아니면 방술(方術)에 의한 것입니다. 가늘고 고운 흙을 문 안에 뿌리고 나서 유사(有司)에게 그것을 지키게 하시기 바랍니다. 방술을 하는 이라면 그 자취가 저절로 드러나 무기로 제거할 수 있을 것이며 도깨비가 들어왔던 것이라면 자취가 남지 않았을 것이니 방술로써 없애야 합니다."

 그 말대로 시행하니 사람이 출입한 자취가 드러나게 되었다. 왕이 힘센 장수들을 거느리고 나타나 칼을 허공에 대고 휘두르게 했다. 그러자 세 사람은 그 자리에서 죽고 용수 혼자만 몸을 움츠리고 숨을 죽인 채 왕 옆에 바짝 붙어 있다가 살아남았다. 왕의 주변 일곱 자 안에는 칼이 이르지 못하게 되어 있어 들키지 않을 수 있었다.

 용수는 이 사건으로 모든 화의 근본이 색욕에 있다는 깃을 알게 되었다. 욕정이 괴로움의 근본이며 모든 재앙의 뿌리로서 덕을 무너뜨리고 몸을 위태롭게 한다는 것을 깨닫고는 출가를 결심한다.

 용수는 산속에 있던 한 불탑을 찾아가 출가하여 계를 받았으며 90일 만에 경률론 3장(藏)을 모두 암송하고 다시 설산으로 들어갔다. 그 산의 탑 안에 있는 늙은 비구가 대승경전인 『마하

연경전(摩訶衍經典)』을 용수에게 주었다. 용수는 그것을 즐거이 암송하였다. 또한 용수는 남인도의 철탑 안에 봉인되어 있던 밀교 경전을 내와서 이를 습득하였다.

    용수는 공부하다 보니 자신이 불교의 논리가 부족하여 이를 보완할 필요를 느꼈다. 이때 대룡(大龍) 보살이 나타나 용수를 해저(海底) 궁전으로 데리고 가 칠보장(七寶藏)을 열고 칠보 화함(華函)을 꺼내 모든 방등(方等)의 심오한 경전과 한량없는 묘한 법을 그에게 주었다. 용수가 이를 받아 읽은 지 90일 만에 통하여 이해하게 되었으며 마음속 깊이 보배로운 이익을 체득(體得)하였다.

    용수는 모든 경전의 여여한 일승(一乘)을 증득하고 무생(無生)에 깊이 들어가 두 가지 인(忍)을 구족하였다. 용이 다시 용수를 남천축으로 돌아가게 하자 용수는 불법을 크게 홍포하고 외도를 꺾어 항복 받았으며 대승을 널리 밝히는 우파제사(優波提舍) 10만 게(偈)를 지었다. 또 『장엄불도론(莊嚴佛道論)』 5천 게(偈)와 『대자방편론(大慈方便論)』 5천 게, 『중론(中論)』 5백 게를 지어 대승의 가르침이 천축에 크게 행해지도록 했다. 또한 『무외론(無畏論)』 10만 게를 지었는데 『중론』이 그 안에 들어 있다.

    용수의 최후에 대해 두 가지 설이 있다. 어느 교만한 어린 왕자가 용수에게 논쟁을 요구했는데 용수가 이를 받아들이지 않자 화가 난 왕자는 권력의 힘을 이용하여 용수의 목을 치려 했다. 용수는 피할 수 있었음에도 "이렇게 죽는 것은 젊은 날에 지은 죄업과 전생에 개미 한 마리를 죽인 과보다."라며 순순히 목을 내어 죽음을 받아들였다.

또 다른 일화는 한 상좌부 승려가 용수보살에게 앙심을 품었는데 한번은 용수보살이 그에게 "당신은 내가 오래 살기를 바랍니까?"라고 묻자 그가 아니라고 대답했다. 그 후 용수보살이 조용한 방에 혼자 들어가 며칠이 지나도 나오지 않아 제자들이 문을 부수고 들어가 보니 용수는 매미가 허물을 벗어 놓듯이 껍질을 벗어 놓고 가 버린 뒤였다.

용수의 어머니가 나무 아래서 그를 낳았다고 해서 자(字)를 아주타나(阿周陀那)라 했다. 아주타나는 나무 이름이다. 용(龍)으로써 그 도를 완성했기 때문에 용 자를 짝지어 이름을 용나무, 즉 용수(龍樹)라고 하였다.

구마라습이 쓴 『용수보살전』의 내용은 짧지만 상징성은 매우 높다. 우선 모든 화의 근본이 욕정을 잘못 다스리는 데서 비롯된다는 점이 눈길을 끈다. 용수가 출가하여 불탑을 찾아가 그곳에 살고 있던 비구로부터 경전을 받았다는 것과 탑 안에 비장되어 있던 밀교 경전을 얻었다는 점 등으로 미루어 볼 때 대승과 탑이 아주 밀접한 관계에 놓여 있다는 것을 알 수 있다. 대승은 바로 탑을 숭배하던 재가 불자들이 횃불을 들어 올린 종교개혁이다.

용수가 새로운 종교개혁을 주도하게 된 것은 당시의 시대상과 연관 지어 생각해야 이해가 된다. 용수는 석가모니 열반 뒤 대략 5백 년쯤의 세월이 흘렀을 즈음에 이 세상에 왔다. 이때는 불교의 타락상이 필설로 헤아리기 어려울 정도로 심각했었다.

출가 사문이 도를 구한 다음 중생을 구제하는 것이 아니라 권력자들의 복을 빌어 주면서 많은 돈을 받고 호사를 누리는 정도가 심했으며 공공연하게 은처(隱妻)까지 두었다. 이런 짓을 하다가 인도에서 남천축 같은 곳으로 쫓겨나 겨우 명맥을 유지해 온 것이 소승불교다. 소승에서는 대승이 힌두와 합세하여 불교를 변질시켰다고 하지만 용수는 깨달음을 빙자하여 중생들을 고에서 해방시켜 주는 것이 아니라 더 깊은 늪으로 밀어 넣고 있는 불교를 개혁하지 않으면 안 된다고 생각했었다.

용수가 출현하지 않았다면 부패한 소승불교는 영원히 퇴출되었을 것이다. 대승은 부패한 소승까지 큰 수레에 옮겨 실은 다음 인류를 구원하는 법륜(法輪)을 굴리기 시작했다. 그 이론적 논거를 제시한 사람이 『중론』의 저자인 용수보살이다.

용수가 용왕으로부터 받았다는 경전이 바로 『금강경』이다. 『금강경』은 부처님이 설한 내용을 담고 있는 것이 아니다. 『금강경』은 용왕 종족들이 해저(海底)의 칠보장 화함에 보관해 오던 것으로 표현되어 있지만, 실제는 대승의 공을 주제로 용수가 저술했다. 그것을 바다 밑에서 구해 온 것처럼 만들어 신비함을 가미시켰지만 분명한 것은 석가모니부처님의 말씀이 아니라 용수보살의 가르침이 녹아늘어 만들어진 것이다.

구마라습 역장에서 번역 출간한 경전 중 가장 베스트셀러가 『금강경』이다. 『금강경』은 대한불교 조계종의 소의경전으로서 우리나라에서 가장 많이 읽히는 경전이다. 그런데도 『금강경』의 내용이 부처님의 교설이 아니라 용수보살의 말씀을 담고 있는 것이라는 사실도 모르고 있다. 그러니 그 안에 들어 있는 반야가 무엇인지 정확하게 아는 것은 더더욱 요원해 보인다. 기껏해야 한다는 말이 공(空)을 이해하는 지혜가 반야라는 정도다. 반야가 팔정도를 이해하고 실천하는 의지 속에 깃드는 정신 작용이라는 것을 보다 촘촘하게 이해하려는 노력이 필요하다.

용수는 중도로 나아갈 때 진실한 깨달음의 도가 있다고 하였다. 석가모니는 29세에 출가하여 35세에 깨달음을 얻어 부처가 될 때까지 6년 동안을 대부분 가혹한 고행의 도를 닦았다. 그러나 그 고행도 몸을 괴롭게 하는 것일 뿐 참된 인생 문제의 해결책은 될 수 없었다. 출가 전 왕자로서 물질적으로 풍족하여 즐거움에 찬 생활을 보내고 있었으나 그러한 물질적 풍족함만으로는 구원을 받지 못한다는 것도 알고 있었다. 그리하여 석가모니는 출가 전 낙행(樂行)이나 출가 후 고행도 모두 한편에 치우친 극단이라고 보았다.

이것을 버리고 고와 낙의 양면을 떠나 심신의 조화를 얻는 중도에 설 때 비로소 진실한 깨달음의 도가 있다는 것을 스스로 체험함으로써 자각한 부처님께서는 성도(成道) 후 함께 고행한 5인의 비구들에게 가장 먼저 중도를 알려 주었다.

간과되었던 이런 사실을 냉철하게 들여다본 용수는 중도가 팔정도의 실천으로 지탱되는 준엄한 도이며, 여기서는 나태 번뇌 노여움 어리석음으로 자신도 모르는 사이에 어떤 것에 집착하려고 하는 것을 모두 버려야 한다고 강조하였다. 용수는 참다운 진리가 모든 집착이나 분별의 경지를 떠난 무소득(無所得)의 상태에 있음을 밝혔다.

석가모니부처님은 극락왕생하기 위한 열반의 도를 가르쳤다. 용수는 공명조가 사는 극락을 죽어서 가는 저세상이 아니라 이승에 만들기 위해 공을 큰 수레에 옮겨 놓고 굴리기 시작한 제2의 부처다.

9.

색즉시공공즉시색
(色卽是空空卽是色)

구마라습은 다음과 같은 의미가 있는 범어 원문을 놓고 오랫동안 고민하였다.

> 이 세상에 있어 물질적 현상에는 실체가 없는 것이며 실체가 없으므로 바로 물질 현상이 있게 되는 것이다. 실체가 없다고 하더라도 그것은 물질 현상을 떠나 있지는 않다. 또, 물질 현상은 실체가 없는 것으로부터 떠나서 물질 현상인 것이 아니다. 이리하여 물질 현상이란 실체가 없는 것이다. 대개 실체가 없다는 것은 물질적 현상인 것이다.

구마라습은 긴 고민 끝에 마침내 위 내용을 다음과 같은 문장으로 요약하였다.

色不異空空不異色(색불이공공불이색)
色卽是空空卽是色(색즉시공공즉시색)

범어로 길게 설명한 공을 단 열여섯 자의 한자어로 멋지게 바꾸어 놓았다. 구마라습의 번역 능력을 단적으로 집약해서 보여 주는 문장이다.

우리나라 말로 풀면 '색이 공과 다르지 않고 공이 색과 다르지 않으며 색이 곧 공이요 공이 곧 색이다.'가 된다. 다시 길어졌다. 구마라습은 '색불이공 공불이색 색즉시공 공즉시색'이라는 아주 명쾌하고 멋진 말로 공을 완벽하게 표현해 놓았다. 이 점만 보아도 구마라습이 오랜 기간 인욕이라는 담금질을 통해 언어의 마술사로 거듭 태어났음을 알 수 있다.

원래 불교에서는 이원론적(二元論的) 사고방식을 지양하고 평등한 불이(不二)의 사상을 토대로 하여 교리를 전개했다. 따라서 중생과 부처, 번뇌와 깨달음, 색과 공을 차별적인 개념으로 이해하기보다는 대립과 차별을 넘어선 일의(一義)로 관조할 것을 강조한다.

이 명구 또한 가유(假有)의 존재인 색 속에서 실상을 발견하는 원리를 밝힌다. 그리고 색과 공이 다른 것이 아니라고 하여 색이 변괴(變壞)되어 공을 이루는 현상적인 고찰을 뜻하는 것이 아니라 색의 당체를 직관하여 곧 공임을 볼 때 완전한 해탈을 얻은 자유인이 될 수 있음을 말하고 있다.

구마라습이 장안 역장에서 번역한 『반야경(般若經)』『법화경(法華經)』『화엄경(華嚴經)』 등은 수행을 통해 누구나 부처가 될 수 있다는 대승의 실천 이론을 담고 있는 경전들이다. 상놈도 부처가 될 수 있다는 인간 자유선언은 혜능보다 천 년도 더 전의 고인(古人)인 용수와 구마라습에 의해 이루어진 위대한 인간 선언이다. 이들은 같은 주장을 했던 석가모니부처님을 계승하면서도 자가당착에 빠진 오류를 비판하고 새로운 활로를 열어 공을 실은 큰 수레를 굴린 것이었다. 구마라습이 중국에 와서 한 일의 가장 중요한 부분은 바로 그가 굴린 법륜이 공을 실은 큰 수레였다는 점이다.

소요원 역장에서는 구마라습이 범본 경전을 보면서 중국어로 뜻풀이를 하는 것으로부터 번역 작업이 시작된다. 원전(原典)이 없는 경우 구마라습이 어린 시절 공부할 때 암송한 것을 떠올려 번역을 진행했다. 거의 다 이런 경로를 통해 번역이 이루어졌는데 『십송률』과 『십주경』만은 예외다.

『십송률』의 경우에는 범본 경전을 구마라습이 아니라 계빈 출신의 불야다라(弗若多羅)가 암송하였다. 구마라습은 『십송률』의 대가인 불야다라가 장안에 나타나자 중사(中寺)에 머물 수 있도록 해 준 다음 『십송률』 번역에 동참해 줄 수 있는지 의사를 타진하였다.

구마라습의 청을 들은 후 불야다라가 말했다.

"나는 중국어를 겨우 알아듣는 수준이지 번역할 정도는 못 됩니다."

"그 점은 염려하지 마세요. 스님께서 범어로 암송만 하시면 빈도가 그것을 듣고 중국어로 뜻을 풀어 설명할 것입니다. 그러면 그것을 빈도의 제자들이 문자로 기록하여 번역본을 완성하게 됩니다."

"아, 그런 방법도 있군요. 그렇다면 기꺼이 힘을 보태겠습니다."

이에 따라 불야다라는 중사의 대법당 단상에 올라 머릿속에 저장해 놓은 범어 불게(佛偈)와 경문을 암송하였다. 이를 듣고 즉석에서 구마라습이 중국어로 통변했다. 형체 없이 다만 불야다라의 머릿속에 기억으로만 존재하던 경구(經句)가 구마라습에 의해 형상을 띤 문자로 바뀌는 과정은 장엄하기까지 하였다.

그러나 안타깝게도 불야다라와 구마라습의 합동 번역은 3분의 2 정도 진행된 시점에서 중단되고 말았다. 불야다라가 갑자기 병을 얻어 열반하였기 때문이다.

구마라습은 비구계를 받기 전 왕신사에 머물고 있을 때 주로 대승경전에 몰두했었다. 그때 『십송률』과 『십주경』을 공부할 기회가 있었다. 『십주경』은 계빈에서 돌아오던 중 소륵국에서 인연을 맺었던 불타야사가 구자국으로 구마라습을 찾아와 재회한 다음 왕신사에서 같이 생활하며 가르쳐 주었다.

그리고 『십송률』은 구자를 방문했던 계빈 태생의 율승 비마라차(卑摩羅叉)에게 역시 왕신사에서 전수 받았다. 그때 비마라차에게 강을 들으며 머릿속에 넣어 두었던 게송을 정확하게 떠올려 암송할 수 있는 구마라습은 다른 경전을 번역할 때와 마찬가지로 혼자 범어와 중국어를 동시에 설하는 방법으로 진행해 나머지를 완성할 수도 있었다.

그런데 그렇게 하지 않아도 되는 인연이 다시 찾아왔다. 루샨의 혜원으로부터『십송률』의 또 다른 전수자인 담마류지(曇摩流支)가 현재 자기 회상에 들렀는데 불야다라를 대신하게 할 생각이 있으면 장안으로 보내겠다는 서신을 보내왔다.『고승전』권2의「담마류지전」에는 담마류지가 남천축 출신의 율승으로 소개되어 있다.

구마라습은 혜원의 의견을 받아들였다. 그에 따라 루샨에 머물고 있던 남천축 율승 담마류지가 장안의 구마라습을 찾아오게 되었다. 이때 길 안내를 위해 도생(道生)을 같이 보내는 결정을 하면서 혜원이 도생에게 말했다.

"너는 담마류지 큰스님을 모시고 장안에 간 다음『십송률』 번역이 끝날 때까지 구마라습 회상에 머물면서 번역을 돕고 공부도 하거라. 구마라습은 지금까지 동래(東來)한 스님 중에 덕망과 학식이 가장 높은 불학의 대가이시다. 배울 것이 많을 것이니 앞으로는 그 사람의 제자가 되어도 좋다."

이때 장안으로 왔던 도생이 담마류지와 구마라습이 합심하여『십송률』을 번역할 때 곁에서 주의 깊게 지켜본 결과 구마라습의 인품과 학식에 매료되어 제자로 받아들여 줄 것을 간청한다. 도생은 나중에 승조와 쌍벽을 이루는 구마라습의 제자가 된다.

『십송률』은 모두 61권의 방대한 분량의 게송집이다. 『십송률』은 말 그대로 10개의 송으로 된 율이라는 뜻으로 출가자가 지켜야 할 행동규범과 의식절차, 그에 관련되는 기타 문제들에 관해 상세히 설명하고 있는 책이다. 『십송률』에 이어 구마라습은 『십송계본(十誦戒本)』『보살계본(菩薩戒本)』『불장(佛藏)』『보살장(菩薩藏)』등을 번역함으로써 중국불교계의 취약점이었던 율에 대한 체계를 확실하게 잡아 놓았다.

『십송률』 번역이 마무리된 직후 요흥이 구마라습에게 말했다.
"다음으로는 『십주경(十住經)』을 번역했으면 좋겠소."
그러자 구마라습이 말했다.
"빈도는 『십주경』의 게송은 암송할 수 있으나 그 이치에는 밝지 못합니다. 아무래도 『십주경』을 제대로 번역하려면 그 경의 최고 권위자인 천축승 불타야사의 도움을 받는 것이 좋을 것 같습니다."
"불타야사라고 했소?"
"그렇습니다. 불타야사 큰스님은 『십주경』을 머릿속에 넣고 다니시는 몇 되지 않는 스님 중 한 분입니다. 그런 큰스님이 참여하면 최상의 중국어본 『십주경』을 얻을 수 있을 것입니다."
"천축에 있는 불타야사를 어느 겨를에 모셔 온단 말이오?"
"큰스님은 지금 천축이 아니라 우웨이(武威)에 와 계십니다. 빈도가 사람을 보내 정중하게 청하면 기꺼이 와서 도와주실 분입니다."

　불사제바 상단의 대행수는 구마라습의 편지를 구자에 머무르고 있던 불타야사에게 틀림없이 전했다. 자신을 초청하는 편지를 읽은 불타야사는 지체 없이 구자를 떠났다. 그러나 그가 우웨이에 도착했을 때 구마라습은 그곳에서 기다리고 있지 않았다. 불타야사는 구마라습을 만나기 위해 장안으로 가야 할지 서역으로 돌아가야 하는지 행로를 정하지 못한 채 우웨이의 구마라습이 체류했던 대관에 머물고 있었다. 구마라습이 떠나면서 빈 절이 된 대관을 지키며 구마라습이 어떤 식으로든 연락을 줄 것이라 믿고 기다린 것이다.

　구마라습의 말을 들은 요흥이 말했다.

　"그럼 어서 빨리 그 스님을 장안으로 모셔옵시다."

　예상보다 많이 기다리게 했지만, 과연 구마라습은 불타야사를 잊은 것이 아니었다. 두 사람은 한번 헤어진 후 40년이 지나도록 재회하지 못했다. 티 없이 해맑던 구마라습의 얼굴에는 깊은 고랑이 패이고 성정(性情)만큼이나 꼿꼿했던 불타야사도 허리가 굽을 정도로 많은 세월이 흘렀다. 그러나 한번 맺어진 두 사람의 인연은 세월의 흐름 같은 것과는 상관없이 더욱 끈끈해졌지, 조금도 희석되지 않았다. 그것이 진정한 도반의 행로다. 마침내 두 사람은 장안의 소요원에서 뜨겁게 재회하였다.

　『십주경』 번역은 그로부터 4년 동안 진행되어 409년에 4권의 책으로 출간된다. 불타야사를 되도록 오랫동안 곁에 모시며 가르침을 받고 싶었던 구마라습은 서두르면 완벽할 수 없다며 만만디(慢慢的)로 일을 진행시켰다. 덕분에 시간은 오래 걸렸지만 완벽한 중국어판 『십주경』을 얻게 되었다.

『화엄경』「십지품」이라고도 부르는 『십주경』은 금강장(金剛藏)보살이 10주(住)에 관해 설한 경전이다. 주(住)는 지(地)와 같으므로 십주를 십지로도 표현하여 「십지품」이라고도 한다. 십지는 제1 환희지(歡喜地), 제2 이구지(離垢地), 제3 명지(明地), 제4 염지(焰地), 제5 난승지(難勝地), 제6 현전지(現前地), 제7 원행지(遠行地), 제8 부동지(不動智), 제9 묘선지(妙善地), 제10 법운지(法雲地) 등이다. 이렇게 부처가 되는 열 단계를 설명해 놓은 10지(地) 사상의 핵심은 보살행, 즉 십바라밀의 실천에 있다. 용수는 『십주비바사론(十住毘婆沙論)』이라는 주석서를 지어 십주 수행이 곧 대승 수행임을 가르쳤었다.

『십주경』 번역 작업을 만만디로 진행한 또 하나의 이유는 이 작업을 자연스럽게 화엄을 교육하는 방법으로 활용했기 때문이다. 불타야사가 먼저 범본 경전을 원어로 강하면 그것을 구마라습이 중국어로 바꿔 완벽하게 뜻풀이를 해 주니 제자들은 모두 자연스럽게 범어와 화엄사상을 동시에 듣고 배우는 기회를 갖게 되었다. 불타야사의 범본 강독은 이해하는 사람이 별로 없을 것 같지만 실제로는 독학으로 범어를 공부하던 사람이 의외로 많았고 몇 년 유학을 다녀왔지만 짧은 기간에 제대로 배우지 못하고 귀국한 유학생 출신 스님들의 호응도 대단하였다.

소요원을 찾으면 장안에 있으면서 천축에 유학하는 효과를 누릴 수 있었다. 중국어를 일절 사용하지 않고 한 사람이 범어로 게송을 읊고 구마라습이 중국어로 번역하는 방법은 『십송률』을 번역할 때도 사용했지만 그때보다 불타야사와 구라마습이 공동 작업할 때 더 학습효과가 컸던 것은 두 사람이 환상의 복식조를 이루었기 때문이다. 불타야사와 구마라습은 이런 식으로 생동감 있는 역장을 운영하였다. 이는 어떤 방법보다 포교 효과가 큰 홍법 활동이었다.

그러나 그것만이 다가 아니었다. 다른 때보다 『십주경』 번역에 유독 많은 시간이 걸렸던 데에는 중간에 예기치 않은 다른 일이 생겼기 때문이다. 그 것은 『십주경』 번역을 반쯤 진행했을 때 일어났다.

오호(五胡) 출신 요흥은 북방의 추위를 견디기 위해 매일 기름진 육식을 먹으며 성장했었다. 양이나 말고기를 주식으로 섭취해도 이때는 활동량이 많았기 때문에 큰 문제가 없있다. 만리장성을 넘은 그가 황제가 된 후 받은 수라상은 육식의 비중이 높았던 것에 비해 그의 운동량이 부족했기 때문에 고도 비만에 따른 동맥경화를 피하지 못했다.

요흥은 정사(政事)가 바쁜 중에도 틈틈이 소요원에 들러 불타야사와 구마라습의 합동 작업을 지켜보거나 번역에 의견을 내놓는 등 왕성한 호기심을 보였다. 이 무렵 어느 날 요흥은 초당사의 맨 앞자리에서 불타야사와 구마라습의 『십주경』 합동 강해를 경청한 다음 궁으로 돌아가기 위해 자리에서 일어나다가 갑자기 의식을 잃고 쓰러졌다.

구마라습은 요흥이 돌연사(突然死)할 절체절명의 순간을 맞게 되자 즉각 손에 들고 있던 단주 알을 뽑아 가루를 낸 다음 요흥의 입안으로 흘려 넣는 기지(奇智)를 발휘하였다. 침향 가루가 목구멍으로 넘어간 얼마 후 요흥은 기적적으로 의식을 회복하였다. 침향 성분을 검사한 황의(皇醫)는 그것이 중국에 없는 일남의 특산품이라는 것을 알아보았다.

"숱한 침향을 보았지만, 소신도 이런 신물(神物)은 처음입니다. 국사께서 중국에는 없는 일남산 최상질의 침향을 사용하여 신속한 응급처치를 했기 때문에 폐하께서 목숨을 구하신 것입니다."

과연 구마라염이 아들에게 선물했던 목걸이와 단주는 능히 죽어 가는 사람도 구할 수 있는 명품 침향으로 만든 것이었다. 이후 장안에는 구마라습이 죽어 가는 사람도 고치는 신통술이 있는 대사라는 소문이 쫙 퍼졌다. 황제를 살린 구마라습에 대한 인기와 존경심은 하늘을 찔렀다.

얼마 후 건강을 회복한 요흥은 황실용 마차를 초당사로 보내 구마라습을 불렀다. 목숨을 구해준 데 대한 감사의 뜻을 표하는 것이라 여겨졌다. 구마라습을 태운 화려한 궁중 마차는 어둠이 내리는 황도(皇道)를 지나 인적없는 조용한 곳의 한 별채 앞에서 멈추었다.

요흥이 기다리고 있으리라 여겼던 구마라습은 서둘러 마차에서 내려 방 안으로 들어갔다. 그러나 구마라습을 맞이한 사람은 요흥이 아니라 20대의 젊은 여인이었다. 그녀가 자신을 소개했다.

"어서 오시어요. 저는 궁녀인데 오늘 저녁 대사님을 모시라는 황제 폐하의 명을 받았습니다."

"황상께서 나를 모시라 했다는 말이오?"

"그렇습니다."

"그대가 나를 어떻게 모신다는 것이오?"

"폐하께서는 대사님이 피로가 겹쳐 있다고 하시며 그 피로를 풀어 드리라고 하셨어요. 자리에 누우시면 소녀가 안마를 해 드리겠습니다. 소녀는 등과 허리에 쌓인 피로를 푸는 특별한 기술을 가지고 있습니다."

"나는 피로하지 않으니 그럴 필요 없다."

"거짓말하지 마세요."

"거짓말이라 했느냐?"

"소녀는 사람의 모습을 살피기만 하여도 어디가 아픈지 압니다. 대사님은 지금 어깨와 허리에 피로가 누적되어 있고 기혈 순행이 원활치 못하여 손발이 차갑고 늘 저리며 간과 신(腎)이 나빠져 있는 상태입니다."

"너는 의원이냐?"

"의원은 아니지만 수련을 쌓았기 때문에 몸의 피로를 풀어 주는 데는 의원이라도 저를 따르지 못합니다. 어서 자리에 누우셔요. 대사님은 치료를 받으셔야 하는 상태입니다."

"나는 괜찮다는데 그러는구나."

"끝내 대사님께서 저에게 안마를 받지 않으면 저는 황제의 명을 제대로 수행하지 못한 죄인이 되어 궁에서 쫓겨나게 됩니다요."

궁녀가 그렇게 말하면서 재촉했기 때문에 구마라습은 궁녀가 펴놓은 요 위로 누울 수밖에 없었다. 그 직후 궁녀는 구마라습의 사지를 주무르며 때리고 말겼다. 얼마지 않아 구마라습은 편안하게 잠이 들었다.

여인은 구마라습이 잠들자 대담하게도 구마라습의 하의(下衣) 속으로 따듯한 손을 살그머니 밀어 넣었다. 밀림 속에 칼이 한 자루 들어 있었다. 여인은 그 칼을 조심스럽게 어루만졌다. 그러나 여인의 섬섬옥수(纖纖玉手)는 그 칼의 날을 세우는 데 실패했다. 칼을 잡은 손에 조금씩 힘을 가해도 무장 해제된 칼은 좀처럼 제 기능을 회복하지 않았다.

오랜만에 숙면(熟眠)을 취했던 구마라습은 새벽이 되어 눈을 뜨자 몸이 새털처럼 가벼워진 것을 알았다. 여인의 모습은 보이지 않았다.

요흥은 구마라습을 모신 궁녀로부터 안마 중에 잠이 들었다는 말을 듣고 폭소를 터뜨렸다. 수단껏 하라는 지엄한 황명(皇命)을 내려 놓았으니 여인은 온갖 지혜와 묘기를 다 동원했을 것이다. 그런데도 구마라습은 아랑곳하지 않고 잠으로 그것을 가볍게 물리쳤다. 과연 수행의 경지가 높았다.

황실 마차는 이틀에 한 번꼴로 초당사를 찾아와 구마라습을 문제의 별궁으로 데리고 갔다. 천천히 전체를 살펴보지는 않았지만, 전각의 규모와 관상수와 각종 꽃나무가 잘 가꾸어져 있는 넓은 정원으로 미루어 볼 때 황실 소유의 별궁 같았다. 연못 가의 팔각정(八角亭) 앞 버드나무 가지가 바람에 나부꼈다.

구마라습이 방으로 들어가면 예외 없이 젊은 여자 한 명이 앉아 있다가 맞아 주었다. 매일 새로운 얼굴이었으며 그중 어떤 여인은 향이 좋은 차를 만들어 올리기도 하고 비파(琵琶)나 얼후(二胡)를 연주하여 감흥을 돋우기도 하였다. 중국의 남방에서 많이 사용되어 난후(南胡)라고도 하는 얼후는 글자 그대로 줄이 두 개인 호금(胡琴) 현악기다. 해금과 유사하지만 줄의 재질이나 운지법이 조금 다르다.

지름 9~10cm의 몸체는 대 또는 단단한 나무로 만들며 모양은 둥근 것, 6각과 8각으로 된 것 등이 있다. 여기디 뱀 가죽을 씌우고 길이 80cm 정도의 자루를 달아 그 자루에 명주실을 꼬아 만든 줄을 두 가닥 쳤다. 말총으로 만든 활을 그 줄 사이에 끼워 찰주(擦奏)하는데, 왼손 엄지손가락으로 자루를 쥐고 식지 중지 약지로 현을 누른다. 조현(調絃)은 5도, 음역은 1옥타브다. 얼후의 고음은 들을 때마다 구마라습의 가슴속으로 파고들며 고향 구자의 민속음을 떠오르게 했다.

얼후 연주자도 추억은 소환하였지만, 구마라습의 춘정(春情)은 자극하지 못했다. 악(樂)에는 주(酒)를 동반해야 풍류아취(風流雅趣)가 어우러지는데 구마라습 앞에 주안상을 들이밀 수 없으니 과업 성취가 여간 어려운 것이 아니었다.

요흥은 이런 식으로 여인들로 하여금 시중을 들게 하여 자신의 목숨을 살려준 데 대하여 보은(報恩)을 하는 것일까. 승려에게 맞지 않는 방식의 접대가 불편하기만 했던 구마라습은 그럴 필요 없다고 말하러 요흥에게 면담을 청했다. 그래도 모른 척하던 요흥이 스스로 모습을 드러낸 것은 열 명의 여자를 동원한 접대가 끝났을 때였다.

"나는 대사에게 열 명의 여자를 선물했는데 그중 한 사람도 수청을 들도록 하지 않았다고 들었소."

"빈도는 수행승입니다."

"내가 보낸 열 명의 여자들은 수태 능력이 뛰어날 것으로 판단되어 선별한 건강한 궁녀들입니다. 나는 대사가 열 명의 여자들에게 머리가 좋은 천재들을 임신시켜 국가의 기둥이 될 인물들을 생산해 주기를 바라고 있어요."

맙소사. 요흥은 목숨을 살려준 데 대한 보은 차원으로 여자를 대령시켰던 것이 아니었다. 그는 정색하고 말했다.

"국사 같은 석학이 몇 명만 더 있으면 우리 후진의 전도(前途)는 양양(洋洋)할 것입니다. 그러니 대사께서는 낮에는 지금까지와 마찬가지로 역상에서 번역 불사를 주노하고 서녁이 되면 이곳으로 퇴근하여 열 명의 여자들에게 임신을 시키는 일을 해주시오. 두 가지 다 우리 후진을 위해 꼭 필요한 국가적 위업입니다."

열 명의 여인과 시중드는 사람들을 전각에 배치하여 구마라습을 황제처럼 모시도록 하는 것은 막대한 국가 예산이 투입되는 프로젝트다. 하루 이틀 생각하고 결정한 것이 아니며 여인들을 선별하는 문제만 해도 많은 시간이 필요했을 것이다. 예산과 시간을 투자하여 국가사업으로 추진해 온 일을 거절하면 항명(抗命)으로 간주된다. 요흥의 계획에 동조하려면 파계를 해야 한다는 것이 문제였다.

구마라습은 여광이 백라길과 결혼을 강요했던 것보다 더 큰 법난이 자신 앞에 놓이게 되었다는 것을 알게 되었다. 구마라습이 일생일대의 위기를 맞게 된 상황을 불타야사에게 들려준 후 조언을 구했다.

불타야사가 심사숙고한 후에 입을 열었다.

"산스그리트어를 스님만큼 제대로 알고 번역 불사할 사람은 없습니다. 무슨 일이 있어도 스님은 모든 경전을 중국어본으로 번역 출간하는 일을 마무리해야 합니다."

"그렇게 하려면 파계를 해야 합니다."

"경전 번역을 완성하기 위해 파계를 택하는 것이 계를 지키기 위해 순교하는 것보다 더 위대한 결정이 될 수도 있어요."

"후일 어떤 평을 듣는 것은 중요하지 않아요. 지금 당장 모든 대중이 고개를 돌리게 된다는 것이 문제지요. 사람들이 다 등을 돌리고 떠나면 혼자 무슨 일을 할 수 있겠어요."

"불가피한 선택이라는 것을 이해하고 대부분의 제자가 모두 역경 일을 도울 수 있도록 만들면 됩니다. 내가 제자들을 설득해 보겠소. 열 명의 여자를 거느리려면 고단하겠지만 천재로 태어난 숙명이라 여기고 한번 타오른 역경 불사의 불길을 끄는 선택은 하지 마시오."

"스님, 농담하실 때가 아닙니다. 지금 고단한 것이 문젭니까?"

구마라습은 불타야사의 권유에도 불구하고 열 명의 여자를 받아들이는 선택을 할 수는 없었다.

이 무렵 어느 날 키질리아상단 사람들이 구마라습을 찾아왔다. 앉아서 방으로 들어오는 상단 사람들을 맞이하던 구마라습은 일행 중에 끼어 있는 초행자의 얼굴에 시선을 주었다가 소스라쳤다.

구마라습은 벌떡 일어났다. 초대한 일 없는 방문객은 꿈에서만 보았던 동생 불사제바였다. 만나는 즉시 두 사람은 서로를 알아보았다. 정확히 말하면 동생의 출현도 놀라운 일이었지만 동생의 가슴에 달린 상장(喪章)이 구마라습을 경악하게 만들었다.

형제는 누가 보아도 판박이였다. 형은 승려고 삭발을 했으녀 동생은 머리를 길렀고 장사하는 농사꾼인데 흰 피부색과 파란 눈으로 상징되는 외모와 골격을 비롯한 체형과 얼굴 생김이 영락없이 닮았다. 이로써 아버지의 밀명(密命)을 띠었던 대행수는 물론 양쪽을 오가며 비교해 보았을 상단 사람들은 모두 두 사람이 형제라는 것을 알고 있었음이 분명했다. 아는 척하지 않은 것뿐이었다.

불사제바가 구마라습에게 예를 올린 후 입을 열었다.

"형님, 진작 찾아뵙지 못해 죄송합니다."

지금 한가하게 그런 인사를 챙기고 있을 때가 아니었다. 짐짓 망설이며 말을 꺼내지 못하고 있는 동생에게 구마라습이 물었다.

"아버지께서 열반하셨느냐?"

불사제바가 고개를 끄덕이는데 기어이 눈에서 솟은 눈물이 물방울처럼 출렁이다가 볼을 타고 흘러내렸다. 구마라습이 나직이 물었다.

"말년에 병을 얻어 고생하시지는 않았느냐?"

이에 대한 답을 대행수가 하였다.

"대방 어르신께서는 자신이 세운 절의 큰법당에서 가부좌를 틀고 앉아 좌탈입망(坐脫立亡)하셨습니다."

대행수의 설명에 따르면 구마라염이 열반하기 한 달 정도 전부터 기력은 많이 떨어졌지만 운신(運身)하지 못할 정도는 아니었다고 한다. 가실 날짜를 스스로 정해 놓고 때가 되자 손수

법당으로 들어가 참선하실 때의 모습 그대로 정좌하고 숨 한 번 크게 들이마신 다음 다시는 내 쉬지 않는 것으로 열반했다. 이렇게 좌탈입망하는 것은 수행을 많이 한 큰스님도 쉽지 않은 경지인데 구마라습은 아버지가 이룬 상도가 불도의 성취와 다른 것이 아님을 알았다.

불사제바가 아버지를 생각하고 격하게 끓어오르는 감정을 누른 후에 덧붙였다.

"아버지는 말년에 머리는 기르셨지만, 스님으로 사셨어요. 다비는 당신이 만드신 절의 마당에 연화대를 만들고 그곳에 계시던 여러 스님과 신도분들, 저희 전 상단 사람들과 저와 제 처와 자식들이 참석한 가운데 경건하게 엄수하였어요."

"수고했구나."

구마라습은 대행수와 상단 사람들에게도 말했다.

"내 아버지의 다비식을 치르느라 수고들 했어요. 고맙소."

그 말끝에 다시 대행수가 나섰다.

"대방 어르신께서는 옳은 장사꾼이 되지 못한 채 장돌뱅이로 떠돌던 저를 거두어 가정을 이루고 살 수 있도록 해 주신, 저에게도 아버지셨습니다. 저뿐 아니라 우리 상단 사람들은 거의 모두 천축에서 중국 사이의 오아시스를 돌아다니며 보따리 장사를 하거나 대개는 부랑아처럼 일정한 거처지 없이 떠돌던 사람들입니다."

카라반이나 장거리를 오가는 상단 사람들의 출신 성분은 사생아나 부랑자들이 의외로 많다. 아버지가 누군지 모르게 되는 것은 떠돌이 장돌뱅이가 하룻밤 풋사랑을 할 때 피임을 할 줄 몰랐고 여자는 원하지 않은 임신이 되었을 때 중절 수술을 할 방법을 찾을 수 없었기 때문이었다. 그렇게 태어나면서부터 버림받은 사생아들은 걸음마를 떼면 일찍이 상단 사람들의 심부름을 하는 것으로 어린 생명을 스스로 돌보기 시작하고 더 성장하면 상단의 일원이 되어 자연스럽게 떠돌이 생활을 시작한다.

목돈을 만지기 힘든 장돌뱅이는 가정을 이루지 못하고 울분을 술로 달래다 보니 알코올 중독자가 되기 쉽다. 구마라염은 타클라마칸사막을 방황하는 이리떼 같은 부랑아들을 따뜻하게 맞아들여 희망에 따라 투루판 포도 농장에 정착하여 농사일을 하게 하거나 키질리아상단의 구성원으로 만들어 가정을 꾸려 갈 수 있도록 수익을 배분해 주었다.

고정 수입을 보장해 주었다는 것보다 더 중요한 것은 그들의 어른 노릇을 했다는 점이다. 아버지는 잘못하면 꾸중하여 고칠 수 있도록 가르치고 힘들어하면 기댈 수 있는 어깨를 내주었던 타클라마칸사막의 성자였다. 황량한 모래바람 사이를 이리처럼 떠돌다가 굶주림을 참지 못하고 아사(餓死)하여 원혼밖에 될 것이 없었던 영혼들에게 구원의 동아줄을 내려 준 것이었다.

도는 머리를 깎고 출가하여 세속 일과 이별한 후 공부만 했던 어머니나 자신이 있던 출세간(出世間)이 아니라 동생을 데리고 속가에 남았던 아버지가 그 세속의 파고를 헤치던 세간(世間)에 있었다. 대행수가 그것을 입증했다.

"우리는 치하받을 일을 한 것이 아니라 받은 것을 돌려 드리는 최소한의 도리를 한 것뿐입니다."

구마라습이 대행수를 위로했다.

"그렇다니 동요되지 말고 마음을 추슬러 앞으로도 상단을 잘 꾸려 가도록 하세요."

잠시 후 불사제바가 큰 가방을 하나 내놓았다.

"이것은 아버지께서 형님께 드리라는 것입니다."

가방을 열자 그 안에서 여러 장의 환(換) 뭉텅이가 나왔다. 현금을 가지고 다니는 데 따른 어려움이 많기 때문에 실크로드를 오가는 대상들은 일찍부터 물품 대금을 환으로 결제하는 제도를 운용해 왔다.

"큰돈을 사용하기 좋게 쪼개어 여러 장으로 만들었습니다. 우리 키질리아상단에서 발행한 환은 모든 상단에서 받아 주는 보증수표입니다. 현금이 필요할 때는 환을 가지고 장안의 우리 상단 점포를 찾아가시면 그곳의 중국 책임자인 왕대인이 돈을 내줄 것입니다."

구마라습은 아버지 살아 생전에 편히 모시지 못한 것은 둘째치고 임종도 지키지 못했다. 무슨 낯으로 거액의 상속금을 받는단 말인가.

"나는 이 돈을 받을 자격이 없다."

"누가 알려 주지 않았으니 몰랐겠지만, 형님은 막대한 재산을 가지고 계셨던 할아버지의 일 순위 상속자였어요. 형님이 태어난 것을 아신 할아버지가 그렇게 결정해 놓으셨던 거예요. 장사 밑천은 할아버지가 물려주신 유산으로 마련한 것입니다. 형님 몫을 저와 아버지가 그동안 잘 늘렸다고 여기세요. 이것을 거절하면 아버지와 할아버지 뜻을 같이 저버리는 것입니다."

"무엇보다 나는 이런 큰돈이 필요 없는 출가 수행자다."

"형님, 저는 용처(用處)를 찾지 못해 쓰지 못하고 쌓아 둔 돈이 제법 많습니다. 남들이 서역 제일 부자라고 합니다. 제가 그런 부자인지는 몰라도 손해 보는 투자는 절대 하지 않는 장사꾼인 것은 맞습니다. 유산을 받지 않으시겠다니 그럼 이 돈은 제가 형님께 투자하는 것으로 해 둡시다."

"돈을 버는 것은 고사하고 쓰는 방법도 모르는 사람에게 투자한다는 것은 옳은 투자가 아닐 듯싶다."

"천만에요. 형님은 이 돈을 사용해 가능한 한 빠른 시일 내에 불교를 중국에 퍼트리는 일을 해 줄 것으로 저는 믿어요. 중국에 불교가 퍼지면 부처님께 공양을 올리기 위한 향과 과일과 불구 제품이 많이 필요하게 됩니다. 활동비를 미리 드리는 것이니 형님께서 그런 것을 취급하는 우리 상단이 하루빨리 막대한 수익을 올리는 날을 맞이할 수 있도록 앞서서 일을 해 주세요. 저의 투자가 잘못되는 일은 없을 것입니다."

그래도 구마라습이 좀처럼 받아들이려고 하지 않자 불사제바가 목소리를 착 깔고 상담을 진행하듯 차분하게 다시 설득을 시도했다.

"나도 아버지가 돌아가시고 알았는데 아버지는 절의 지하에 커다란 금고를 하나 만들어 놓으셨더군요. 그 금고 안에 아버지가 50년 전에 사신 귀중품도 들어 있었어요. 장사꾼은 현금을 절대 묵혀 두지 않고 유통하는 것으로 재화(財貨)를 창출합니다. 아버지가 반세기 동안이나 돈을 묵혀 두는 장사꾼 같지 않은 행동을 하신 겁니다. 절대 이런 식으로 돈을 잠재워 두는 장사꾼은 없어요. 그런데 아버지가 왜 그러셨는지 아세요?"

"글쎄다."

"아버지는 귀중품들을 형님 몫으로 사 놓은 것이기에 처분하지 않고 그냥 묵혀 두셨던 거예요. 이번에 알아보니 50년 전보다 대부분 가치가 많이 올랐고 심지어는 몇십 배 가격이 뛴 것도 있어 다행히 재산은 크게 불어나 있더군요."

"투자 전문가이신 아버지가 현금을 돌리는 것보다 보석에 투자해 놓는 것이 더 큰 이문을 남길 것이라고 여기셨던 게 아닐까."

"절대 그런 것이 아닙니다. 아버지는 형님 몫으로 그것들을 사 놓았던 것이기에 처분하지 않았던 것뿐입니다."

"정녕 그러냐?"

"아버지가 형님에게 돈을 진작 주지 않았던 것은 혹 돈이 수행에 방해가 될지도 모른다고 생각하셨기 때문이에요."

"나는 먹고사는 데 필요한 생활비 걱정은 해도 큰돈은 어디에 어떻게 써야 하는지 한 번도 생각해 본 일조차 없는 사람이다."

"그럼 아버지의 유산이니까 아버지가 원하신 곳에 쓰시면 됩니다."

"아버지는 내가 돈을 어디다 쓰기를 바라셨느냐?"

"중국 홍법을 위해 쓰시기를 바라셨습니다."

"어려운 숙제구나."

"아버지는 형님이 이제 돈을 수행의 방해가 되지 않게 쓸 수 있는 나이가 되었고 무엇보다 숙제를 잘 풀 수 있는 때도 되었다는 판단에 따라 큰돈을 유산으로 남기는 결단을 내리신 것으로 압니다. 그러니 형님은 아버지의 유산을 반드시 받으셔야 합니다."

상속을 해 주신 아버지나 그것을 집행하고 있는 동생에게 아무것도 해 준 것이 없다는 것을 생각하면 받을 자격이 없는 것은 맞지만, 아버지가 유산을 중국 홍법에 쓰기를 원했다는 말이 구마라습에게 결단을 내리도록 하였다.

"알았다. 네 말대로 하마."

"저는 형님과 헤어지면 일단 투루판으로 갔다가 곧 총령을 넘을 것입니다. 천축의 본가를 둘러보고 어머니에게 아버지의 상속금을 전해 드리는 일도 더 미루어 둘 수가 없습니다."

"어머니에게도 상속을 남기셨느냐?"

"네. 돈도 돈이지만 아버지는 당신이 만드신 절을 어머니에게 드리라고 하셨어요. 그곳에 가서서 생활하시도록 설득할 생각입니다."

"어머니는 아버지의 상속을 받지 않으실 것 같구나."

"저한테 방법이 있습니다."

"공주였던 어머니는 자존심도 세고 스님이 되신 이후로는 철저하게 계를 지키신 분이다. 유산은 받을 자격도 없고 받으면 계를 어기는 것이라 여기실 것이다."

"형님, 아버지가 세운 절은 아버지를 위한 수행 공간이 아니었어요."

"처음부터 어머니를 위해 만드신 것이었다는 말이냐?"

"아닙니다. 외삼촌 백순왕이 지금 그곳에서 수행 중이십니다."

"뭐라!"

중국과 천축 사이의 타클라마칸사막과 총령은 일반인의 접근을 쉽게 허락하지 않는 자연장애물이 널려 있는 곳이다. 상인들이 실크로드를 장악하고 독점으로 상품을 유통시킬 수 있었던 것은 쉽게 극복할 수 없는 그 철옹성(鐵甕城) 같은 장벽 때문이었다. 상인들은 그들만의 광대한 조직을 활용하여 일반인들이 알 수 없는 정보를 독점한다.

상단 조직의 연합체는 거미줄 같은 통신망을 구축해 놓았다. 일반인들은 이용하지 못하지만, 상인들은 약속된 특수 문자와 신호를 동원하고 봉화를 올리거나 매를 날려 소통한다. 사막의 험로를 다람쥐보다 더 빠르게 넘나드는 한혈마는 상품만 옮기는 것이 아니라 전쟁이나 천재지변의 숨 가쁜 상황을 실시간으로 퍼 나른다.

구마라염은 늘 아들인 구마라습과 지바 스님의 동향뿐만 아니라 구자 나라의 재앙과 구자 왕실의 환란까지도 손바닥 위에 올려놓고 보듯 들여다보았다. 구마라염은 백순왕이 단기(單旗)로 불타는 연성을 탈출할 때부터 타클라마칸사막에 버려질 때까지 지켜보다가 구원의 손길을 뻗쳤다.

"아버지는 외삼촌을 천축의 재상 본가로 데리고 가셨어요. 거기서 마음을 추스른 다음 출가할 수 있도록 도와 드렸던 거예요. 천축에서 수행을 시작했던 외삼촌이 구자로 돌아오고 싶어 하시자 키질석굴 근처에 절을 하나 만들어 외삼촌에게 수행처를 제공해 드린 다음 당신도 주로 그곳에서 말년을 외삼촌과 같이 보내셨어요."

지금까지 만고풍상을 겪었던 구마라습이지만 놀랄 일이 또 남아 있었다. 외삼촌 백순왕은 불심이 승려 못지않게 돈독했던 군왕이다. 나라를 빼앗긴 망국지통(亡國之痛)은 불심 이외에 그 무엇으로도 녹일 수 없는 통한(痛恨) 덩어리였다. 그를 살린 것이 부처님이며 마침내 그런 부처님에게 인도한 사람이 아버지였다는 것이 밝혀지자 워낙 예상 밖의 일이어서 놀랐지만, 그 놀라움은 생애 최대의 기쁨이기도 하였다.

아버지는 염주 목걸이와 단주를 한 쌍 더 만들 생각이라고 했었다. 그 말을 들었을 때 용도를 물었다면 외삼촌을 위한 것이라는 사실을 알려 주었을까. 아버지의 말씀 속에 이런 엄청난 비밀이 들어 있을 줄은 상상도 하지 못했다.

"워낙 극비사항이어서 일체 비밀에 부쳤기 때문에 어머니도 지금까지 외삼촌이 돌아가신 줄 알고 있습니다. 외삼촌이 죽고 나라가 망하자 어머니는 천축에 머무는 선택을 하신 후 구자 쪽은 쳐다도 보지 않고 살아오셨어요. 죽은 줄 알았던 오라버니가 나타나 남의 나라에 살지 말고 구자로 돌아가 같이 살자고 권하면 그 말씀을 따르실 겁니다."

절은 아버지가 백순왕뿐만 아니라 어머니 스님까지 염두에 두고 만든 것이었다. 그곳에서 백순, 지바, 백라길 등이 같이 수행할 수 있게 된다면 이보다 더 좋을 수 없는 일이었다. 아버지가 구자궁의 왕사 같은 왕실 전용 도량을 만들어 놓으셨다는 것을 알게 되자 구마라습은 여러 면에서 안도했다.

구마라습이 가장 걱정했던 것은 어머니 스님의 수행 끝자락이 뼈 저미는 고독의 나락 속으로 떨어지는 것이었다. 모든 것을 내려놓고 버리는 삶을 살아온 끝에 병들고 동냥할 힘도 없어져 주린 배를 부여잡고 뒹굴다 아사(餓死)하는 거지가 되는 것이 평생을 한길로 걸어온 수도승의 말로다. 아버지는 어머니가 그렇게 삶을 마치도록 외면하거나 버려두지 않았다.

어머니에게는 무엇보다 유일한 피붙이인 오라버니를 살려 준 은혜가 뼈에 사무치지 않을까. 자신이 버린 아들을 서역 제일의 부자로 키워 보배로운 존재로 우뚝 세워 놓은 공도 살 떨리게 고마운 일이다. 매몰차게 떠난 여자를 평생 원망하지 않고 가슴에 품어 준 사랑의 따뜻함이 어찌 부처님의 넓은 품에서 나오는 자비와 비교하여 작은 것이라 할 수 있겠는가. 어머니 스님은 평생을 수행하던 끝에 부처가 바로 자기 인연지기였음을 알게 될 것으로 전망되었다.

무엇보다 구마라염은 구마라습에게 침향으로 만든 염주와 단주를 선물한 것에 이어 이번에 다시 막대한 유산을 상속하여 구마라습이 그 돈을 불교의 중국 홍법에 사용토록 했다.

결론부터 미리 말하면 구마라습은 나중에 실제로 중국에서 향 소비를 획기적으로 늘려 놓았다. 활동비로 받은 것이 수미산만 하다면 향 값으로 돌려준 금액은 삼천대천 세계에 충만할 정도가 되었다. 구마라염과 불사제바의 투자 결정에는 빈틈이 없었다. 상도를 이루었던 사람들답다.

그러나 그것은 나중의 일이고 구마라습은 이때 아버지를 여읜 상실감 때문에 몸져눕고 말았다. 마왕의 유혹에도 넘어가지 않을 금강석 같은 깨달음을 이루었다고 생각했는데 요흥이 획책한 여난은 여전히 극복할 묘안이 떠오르지 않는 미증유(未曾有)의 법난이었다. 엎친 데 덮쳐 몸과 마음이 지쳤다.

구마라습이 병석에 누웠음을 알게 된 요흥은 황의(皇醫)를 대동하고 문병을 왔다. 나라의 최고 명의가 최상의 약재를 사용하여 치료해도 구마라습의 병세는 좀처럼 차도를 보이지 않았다. 환자가 고치겠다는 의지를 발휘해야 병이 낫는데, 우선 탕약을 제대로 먹지 않으니 건강이 회복될 리 없었다.

구마라습의 발병은 당장 역장(譯場) 운영에 심각한 타격을 주었다. 손을 놓은 제자들은 삼삼오오 모여 앉아 구마라습이 고국으로 돌아가고 싶어 병이 생겼다느니, 요흥은 구마라습을 대신할 사람을 찾아야 할 것이라는 등등의 말을 지어내 멋대로 떠들어 댔다.

이때 루샨에서 혜원 스님의 서신을 가지고 장안에 와 있던 담옹이 구마라습이 장안을 떠나 서역으로 돌아갈지도 모른다는 말을 듣게 되었다.

혜원은 21세 때 출가한 후 20년간 샹양(襄陽)에서 은사인 도안을 모시고 살며 법을 전수 받았다. 건원 14년(378년) 전진(前秦)이 샹양을 정복하면서 사제는 서로 이별한다. 이때 도안은 장안으로 갔고 혜원은 스승과 헤어져 남쪽으로 내려갔다. 혜원은 동진 땅 장시성(江西省)의 명산인 루샨을 택하여 동림사(東林寺)를 열었다.

당시는 전쟁이 빈번하게 발생했는데, 적이든 아군이든 루샨은 큰스님이 사는 곳이어서 공격해서는 안 된다고 생각했었다고 한다. 혜원에 대한 이런 존경심은 계행을 철저하게 지킨 데서 나왔다. 그는 오랫동안 장좌불와(長坐不臥)를 하면서 하루에 한 끼밖에 먹지 않는 일종식(一種食) 수행을 했었다.

계행은 여법했지만, 혜원이 대승을 설할 때 격의를 사용하다가 은사인 도안에게 야단을 맞았다는 기록이 문헌에 보이는 것으로 미루어 대승의 의미를 정확하게 알고 있었는지는 의문이

간다. 사실 외국에서 받아들인 불법을 스님이라고 해서 정확하게 알고 있기란 쉬운 일이 아니다.

불교 후진국 출신의 혜원은 불학대사인 구마라습이 401년 서역에서 관중에 도착했다는 소식을 듣고 먼저 고개를 숙여 예를 갖추고 402년에 서신을 보냈었다. 두 사람 사이에 첫 번째로 오고 간 편지 내용이다.

> 혜원이 머리 숙여 아룁니다. 지난해 요좌군(姚左軍 요숭)이 보내 준 편지를 통해 스님의 덕행과 안부에 대해 들었습니다. 지금 어림짐작으로 옷을 만들어 보내니 부디 높은 자리에 오르실 때 입으시기 바랍니다. 아울러 빗물을 걸러 마실 수 있는 그릇을 보냅니다. 이런 물건들은 법물(法物)로 단지 제 마음을 표하는 것입니다.

> 구마라습이 답장 드립니다. 아직 직접 만나 말하지 못했고 또한 글도 서로 달라 마음을 담기 부족한데 뜻을 얻을 인연도 얻지 못했습니다. 인편에 전해 주신 선물을 통해 덕스러운 풍모에 대해 조금이나마 알게 되었습니다. 요즘은 어떻게 지내시는지요? 하나를 들으면 반드시 백 가지를 덮을 수 있는 재능을 갖추셨다고 들었습니다. 경전에 이르길 말세에 동방에 반드시 호법(護法) 보살이 있을 것이라 하였는데, 그분이 스님인가 합니다. 만들어 보내 주신 옷은 조금 손을 보아 법좌(法座)에

오를 때 입고자 합니다. 전에 늘 사용하던 놋그릇으로 만든 쌍구조관(雙口澡灌 세숫대야)을 보내오니 법물의 수에 보태시기 바랍니다.

이렇게 서로 안면을 튼 후부터 혜원은 법에 대하여 의문이 생기면 구마라습에게 편지를 보내 묻기를 주저하지 않았다. 구마라습은 질문을 받으면 성의를 다해 답신을 보내 주었다.

혜원과 구마라습 사이에서 편지 심부름을 한 스님은 혜원의 제자인 담옹(痰壅)이다. 그는 원래 부견의 휘하에서 활약했던 장군인데, 전진이 동진에게 패망한 후 혜원을 찾아가 머리를 깎았다. 무장답게 기골이 장대하고 체력이 아주 좋았던 담옹은 수백 리 길을 발품을 팔아 혜원의 편지 심부름을 도맡아 했었다.

나중에 승조가 두 사람 사이에 오고 간 서신들을 모아 세 권의 책으로 출간했는데 그 책이 『대승대의장(大乘大義章)』이다. 도덕 높았던 혜원과 동래한 서역승 구마라습 사이에 오간 서신 문집은 당시의 불교 상황을 연구하는 데 중요한 문헌으로 꼽힌다.

혜원은 담옹으로부터 구마라습이 장안을 떠나 서역으로 돌아갈지도 모른다는 소문이 퍼져 있다는 말을 전해 듣고 물었다.

"무슨 일이 있었기에 구마라습 대사께서 중국을 떠나려 하신단 말이냐?"

"그 이유에 대해서는 모두 함구하고 있어 알아내지 못했습니다."

혜원은 중국불교 발전에 크게 이바지하고 있는 서역의 불학대사가 떠나면 큰일이라고 생각했다. 그는 담옹에게 자기 생각을 담은 편지를 써 주며 구마라습에게 전하도록 하였다.

소승은 방금 제자로부터 대사께서 장안을 떠나 고향으로 돌아가고 싶어 하는 마음을 가지고 있다는 이야기를 전해 들었습니다.

대사님, 이유는 자세히 모르지만 어떻든 곤경에 처하셨기에 그런 생각을 하신 것으로 생각됩니다. 그러나 대사님은 중국불교를 외면한 채 고국으로 돌아가는 결정을 해서는 안 된다는 말씀을 간곡하게 드립니다.

대사님의 노력에 의한 열매가 맺어져 중국불교가 비약적인 발전을 하기에 이르렀는데 법륜이 여기서 멈추어서는 안 될 것입니다.

소승은 대사께서 곤경에 처한 이유가 무엇이든 그것을 이해하기 위해 노력할 것입니다. 그리고 잘 극복하게 되기를 부처님께 빌겠습니다. 다시 한 번 말씀드리지만, 중국을 떠나서 고향으로 돌아가시는 선택을 해서는 아니 된다는 것이 저의 뜻이며 간곡한 부탁입니다.

장안 불교계의 중흥을 선도해 오신 대사님께서 떠나시면

중국불교는 다시 암흑으로 빠져들고 말 것입니다. 대사님은 중국불교의 미래며 희망입니다.

편지 내용으로 보아서도 알 수 있듯 혜원은 구마라습이 파계를 강요받고 있는 자세한 내막을 알지 못했다. 알았다면 비록 파계할지라도 역경 불사만은 접어서는 안 된다고 했을까.

철저하게 계행을 지켰던 혜원은 지엄한 왕명이라 해도 승려가 열 명의 여자를 거느리는 것을 용납하거나 이해할 수 없었을 것이다. 목숨은 버려도 계는 수지해야 한다는 것이 혜원의 가치관이다.

그러나 불타야사는 달랐다. 그의 최대 관심사는 구마라습의 안위에 맞춰진다. 요흥은 구마라습이 끝내 자기 계획을 수용하지 않으면 결코 추방하는 선에서 끝내지 않을 것이기에 수계를 위해 생명을 거는 모험을 택하도록 방임할 수 없었다.

불타야사는 승예와 승조를 비롯한 구마라습의 측근 제자들을 모아 놓고 의견을 수렴하였다. 제자 중에 순교를 택하더라도 파계해서는 안 된다고 주장하는 사람은 없었다. 스승이 죽음을 택하기를 바라는 제자가 어디 있겠는가. 어떤 상황에서든 파계하면 스승으로 모실 수 없다고 선언한 제자도 없다. 목숨을 걸고 항거할 일은 아니라는 쪽으로 의견이 모였다.

구마라습은 고민 끝에 죽지 말고 살아남아 역경 불사를 완성해 나가야 한다는 불타야사의 충고를 받아들였다. 이버지가 주신 거액의 상속금을 아버지가 원하는 일에 사용하지 못한 채 보관하고 있는 것이 그런 결정을 하게 만든 가장 큰 이유였다. 아버지의 유언인 불교의 중국 홍법을 마무리하지 못하면 천추의 한이 될 것 같았다.

구마라습은 법난과 바꾼 생명의 연장을 통해 거의 모든 산스크리트어본 경전을 번역하여 중국어본으로 출간하는 일에 매진하였다. 그는 그렇게 아버지의 유언을 지켰다. 구마라습이 계를 유지하고 의연하게 순교를 택했다면 중국불교는 침체의 수렁 속으로 빠져들었을 것이다.

구마라습은 또다시 파계했지만, 그 결과로 색즉시공 공즉시색을 큰 수레에 옮겨 싣고 법륜을 굴리는 위업을 달성한 것이었다. 그러나 당장은 승려가 열 명의 여자를 거느린 것을 이해해 주는 사람은 불타야사나 승예 승조 같은 최측근 이외는 없었다. 곤경에 처한 구마라습은 홍법을 계속하기 위해 이적(異蹟)을 하나 준비했다.

이렇게 하여 구마라습은 오명과 술사를 배운 이래 생애 후반기에 딱 한 번 시연(示演)했다. 한 번뿐이었지만 그것만으로도 그를 측량키 어려운 경계를 이뤘던 고승으로 여겨야지 파계승의 범주에 넣어 매도할 일은 아니다.

10.

바늘을 삼켜 만든
혀사리

구마라습이 열 명의 여인과 더불어 살림을 차린 사건은 얼마지 않아 장안의 화제로 등장했다. 직계 제자들은 사전에 알고 있었고 나름대로 생각을 정리하고 받아들였기에 속으로는 혹 불만이 있더라도 겉으로는 저항감을 표출시키지 않았다. 그러나 사정을 모르는 적잖은 무리들이 노골적으로 반발하며 불만을 터트렸다.

> (구마라습은 열 명의 여자를 거느리고도 버젓이 행세하며 지내는데 왜 우리만 적막한 승방의 불빛 아래서 경을 읽고 참선을 해야 힌단 말인가.)

급기야 구마라습의 경전 강해를 듣기 위해 모인 대중 가운데 한 사람이 상당(上堂)에 앉아 있던 구마라습에게 직설적으로 물었다.

"구마라습 법사님, 만약 출가한 사람이 여자 열 명을 가까이 두고 있다면 그것이 어떻게 불법에 어긋나는 행위를 저지르는 것이 아니라고 할 수 있는지요?"

구마라습은 요흥이 임명한 국사다. 그 요흥이 지켜보는 앞에서 무엄하게도 국사나 대사라는 호칭 대신 법사라고 불렀다. 목숨을 걸고 항변을 한 것이라 여겨졌다. 몇몇 스님들이 웃음을 터트렸다. 요흥이 소란을 일으킨 스님을 잡아들이라고 명령을 내리려는데 구마라습이 질문을 던진 스님을 고좌 앞으로 불렀기 때문에 일단 사태를 지켜보았다.

구마라습이 작은 상자 하나를 내밀며 물었다.

"이 상자 안에 들어 있는 것이 무엇이오?"

"바늘 같습니다."

"바늘 같은 것이 아니라 정확하게 말해서 바늘이오. 그 바늘을 한 움큼 집어 나에게 주겠소?"

사문은 구마라습이 시키는 대로 하였다. 바늘을 받아 든 구마라습이 대중들에게 선언했다.

"나는 지금부터 이 바늘들을 입에 넣어 목구멍으로 넘기려 하오."

그 말을 듣고 모두 깜짝 놀랐다. 사람이 바늘을 삼키면 피를 토하게 되고 피를 많이 흘리면 결국 죽는다. 구마라습이 감히 황제와 대중 앞에서 바늘을 삼키겠다는 말을 거짓으로 하지는 않을 것이다. 대중들은 구마라습이 바늘을 삼켜 죄를 참회하고 죽음을 택하겠다는 뜻으로 여겼다.

요흥은 구마라습이 바늘을 삼키도록 내버려 두어서는 안 된다고 생각했다. 급히 이를 제지하려는데 구마라습의 다음 말이 요흥의 행동을 멈추도록 만들었다.

"내가 바늘을 한 움큼 삼켰을 때 아무 일도 일어나지 않으면 대중은 누구도 더는 내 행동을 가지고 문제 삼지 말기 바라오."

그 말끝에 구마라습이 제지할 틈을 주지 않고 바늘 한 움큼을 입 안으로 털어 넣은 다음 꿀꺽 삼켰다.

깜짝 놀란 대중이 웅성거렸다. 당연히 피를 토하다가 쓰러질 것이라고 여겼지만 구마라습의 입에서는 피가 아니라 차분한 경고가 흘러나왔다.

"여러분들 중에 나처럼 바늘을 한 움큼 삼켜도 아무런 일이 생기지 않을 사람이 있다면 나를 따라서 여자를 취해도 좋소. 그러기를 원하는 사문이 있으면 지금 당장 나처럼 여러 대중 앞에서 바늘을 한번 삼켜 보시오."

구마라습이 바늘을 삼키고도 피를 토하기는커녕 얼굴색도 변하지 않는 신통 묘용을 시연(示演)해 보였다. 그러나 바늘을 한 움큼은커녕 단 한 개라도 목구멍으로 넘겼을 때 무사할 사람은 아무도 없다. 구미라습은 누구도 하지 못하는 기적을 보여 주는 것으로 도사 앞에서 요령 흔들지 말라는 일침을 놓았다. 이로써 도인의 뜻을 모르면 그가 하는 일에 대하여 왈가왈부하지 말고 흉내도 내지 말라는 구마라습의 뜻이 대중에게 성공적으로 전달되었다. 그 경위를 다 지켜본 요흥이 마침내 입을 열었다.

"구마라습 대사는 우리 대진국의 국사이시다. 국사에게 열 명의 궁녀를 내린 것은 바로 짐이다. 이는 후사(後嗣)를 두어

법륜을 멈추지 않고 후세에도 잘 굴러가게 하려는 국가정책에 따른 것이지 국사 자신이 스스로 파계를 택해서 그리된 일이 아니다. 지금 이곳에 같이 있는 사문이나 장안의 모든 대진국 승려들은 국가 백년대계를 위하여 내린 짐의 영을 받들고 있는 국사를 음해하거나 국사처럼 바늘을 목구멍으로 넘겨도 무사하지 못한 범인인 주제에 무단으로 여인을 취하는 일을 저지르면 내 정책을 비판한 것으로 간주하여 발견 즉시 사형에 처할 것이다."

황제는 절대 빈말하지 않는다. 지금까지는 승려의 은처(隱妻) 사실이 밝혀지면 파문(破門)을 당하면 되었지만, 앞으로는 사형에 처하게 된다. 요흥은 구마라습을 강력하게 옹호하고 구마라습을 통해 국가적 인재를 확보하겠다는 정책을 이런 식으로 밀어붙였다.

그러나 문헌에서 구마라습과 견줄 만한 천재가 태어났다는 기록은 찾을 수 없다. 딸이 두 명 태어났다고는 하나 그들이 역사에 남을 업적을 남겼다는 내용은 전하지 않는다.

구마라습이 신통 묘용을 시연하고 요흥이 강력하게 옹호해준다고 하여 모든 사람이 다 구마라습에 대한 존경심을 유지한 것은 아니다. 구마라습을 스님으로 인정할 수 없다고 여긴 대표적인 인물이 불타발타라다.

그는 북천축 가유라위국(迦維羅衛國) 출신이며 감로반왕(甘露飯王)의 후예다. 조실부모하고 동진 출가한 후 계빈국 최고 선사로 추앙받는 불대선(佛大先)의 제자가 되었다.

문헌에 나오는 불타발타라의 장안 도착일은 홍시 10년인 408년 4월이다. 장안에 처음 왔을 때 구마라습에게 열 명의 여인이 있다는 사실을 몰랐던 그는 대대적인 역장을 운영하고 있는 구마라습을 찾아갔다.

구마라습은 계빈 유학 시절 불대선을 만난 적이 있다. 그의 제자인 불타발타라는 처음이지만 대선사인 불대선을 보아서나 온갖 위험을 무릅쓰고 동진해 온 노고를 생각할 때 배척하지 않고 따뜻하게 맞아 주는 것은 당연한 일이었다. 구마라습은 불타발타라에게 소요원의 승사에 머물도록 배려하였다.

구마라습이 승예와 승조를 데리고 번역하여 출간한 『선요』는 그동안 선승들의 발길을 소요원으로 유도하는 역할을 했다. 그 수효가 하루에 1천여 명을 헤아렸다는 것은 이때 이미 후진에서 대중 선원(禪院)을 운영했다는 것을 의미한다. 소요원과 대사와 중사의 역장만 순회하기도 바빴던 구마라습은 직접 선원 운영에 관여할 시간직인 여유가 없있다. 선원은 구마라습의 제자들이 꾸려 나가고 있었는데, 불타발타라가 장안에 나타나자 구마라습은 그에게 선원 운영을 맡겼다.

문제는 불타발타라가 지금까지 선수련의 교본으로 사용해 온 『선요』를 인정하지 않고 스승인 불대선의 선법만을 강조하면서 발생했다. 『선요』는 특별히 누구의 선사상을 계승한 것이 아니라 전체 중에서 핵심을 뽑아내어 편찬한 요약본이다. 그것으로는 선의 진수에 접근하기 힘들다고 여겨 불타발타라가 자신이 잘 알고 있는 불대선의 선법을 가르치려 한 것은 잘못이라고 할 수 없을 것이다. 구마라습은 오히려 불타발타라를 옹호하였다.

"그의 가르침이 옳다. 그는 아주 훌륭한 선사로부터 선을 제대로 배운 분이다. 그런 분의 지도를 받으면 선이 중국에서 대중화되는 데 큰 도움이 될 것이다."

그러나 불타발타라는 달랐다. 선수행에 참여한 대중 가운데 누군가 『선요』에 나와 있는 말을 인용하면서 자신의 가르침에 의구심을 표하자 대선배가 번역 소개한 『선요』의 내용을 비판하는 무례를 범했다.

불타발타라가 불대선의 선법을 적극적으로 가르치자 이에 호응하여 따르는 사람들이 늘어났다. 문헌에는 그 수효가 3백 명쯤 되었다고 적혀 있다. 그들이 구마라습이 열 명의 여자와 살고 있다는 사실을 불타발타라에게 알렸다.

요흥은 가루를 내느라 훼손한 구마라습의 단주를 장인으로 하여금 수리토록 하였다. 복원된 단주를 가지고 역장으로 구마라습을 찾아온 요흥이 말했다.

"침향을 구하는 데 시간이 많이 걸려 늦어졌소이다. 원래의 명품에는 미치지 못하지만 그래도 모양은 감쪽같습니다. 자, 이 단주를 돌려 드리겠소."

"감사합니다, 폐하."

구마라습은 요흥이 건네주는 단수를 받았다. 요흥이 자신의 생명을 구하느라 훼손한 단주를 복원해 준 것이었다.

구마라습은 이때 『중론』을 번역 중이었다. 수리야소마는 소륵에서 인연을 맺고 구마라습에게 대승을 가르쳐 준 평생의 은인이다. 불타야사는 지금까지 도반으로 남아 있는데 수리야소마는 한번 헤어진 후 늘 보고 싶고 그리워도 다시 만나지 못한 채 세월이 흘렀다. 그런 그가 인편에 『중론』을 보내왔다. 『중론』이라면 소륵에서 헤어질 때 받아 공부하여 구마라습의 머릿속에 통째로 들어 있는데, 이번에 다시 수리야소마가 또 한 권을 보냈다.

수리야소마가 『중론』을 다시 보낸 것은 그 책이 용수 사상의 진수인 중도를 가장 정확하게 수용했다고 여겼기 때문이다. 중도가 하루빨리 중국에 성공적으로 이사하기를 바라는 수리야소마의 뜻이 읽혔다. 마침 일정이 비어 있었기에 구마라습은 곧바로 『중론』 번역에 착수하였다.

복원한 단주를 돌려주기 위해 역장을 찾았다가 구마라습이 언제나처럼 혼자 북 치고 장구 치며 범본을 중국어로 바꾸는 작업을 하는 것을 목격하게 된 요흥은 근자에 장안에 온 불타발타라를 떠올렸다. 『십송률』이나 『십주경』을 번역할 때처럼 불타발타라가 『중론』을 범어로 설하고 그것을 구마라습이 중국어로 통변하는 방법을 택하면 좋겠다고 생각한 요흥이 승략에게 말했다.

"불타발타라가 소요원 승사에 머물고 있다고 들었다. 불타발타라를 찾아가 그를 이곳 대사까지 모셔 오도록 하라."

승략이 황제의 명을 집행하기 위해 소요원 승사로 향했다.

최근에 불타발타라의 제자가 된 보운(寶雲)이라는 자가 승략에게 소요원 승사 주위에 조성되어 있는 울창한 대나무숲을 가리키며 말한다.

"불타발타라 선사께서는 지금 저 대나무 숲속에 계십니다."

요흥의 말을 전하지도 않고 돌아갈 수 없었던 승략은 대밭으로 들어가 불타발타라를 찾아다녔다. 황제의 명을 받들고 온 사람이 직접 대밭을 헤매며 찾도록 한 보운이 일차로 승략의 비위를 건드려 놓았다.

당시 장안 불교계는 비리를 저지른 승려를 찾아내어 다스리는 임무를 띤 승주(僧主)라는 제도를 두었다. 승주의 임명권자는 황제다. 승단이 제대로 구성되어 있던 때가 아니므로 승려들의 비행을 감찰할 필요가 제기되자 요흥은 국사인 구마라습으로부터 추천을 받아 대중들로부터 존경을 받는 도덕과 학식 높은 스님을 승주로 임명하여 불교계를 정화해 나갔다. 이때 국사인 구마라습이 추천한 승주가 바로 황제의 심부름을 하기 위해 불타발타라를 찾아간 승략이다. 보운이 승주를 알아서 모셔야 하는데 구마라습의 제자로만 보고 깔아뭉갠 것이었다

대밭이 손바닥만 한 것이 아니어서 승략이 한 식경이 지나서야 겨우 불타발타라를 찾아냈는데, 불타발타라는 사람이 오는 줄도 모르고 눈을 지그시 감은 상태로 참선 삼매에 빠져 있었다. 승주인 승략이 곁으로 가까이 다가가자 불타발타라가 눈을 지그시 감은 자세 그대로 입을 열었다.

"소승은 좌선 중이라 황제 폐하가 부르셔도 대사에는 가지 못하겠습니다."

불타발타라는 황제의 명을 받고 승략이 찾아온 이유를 알고 있다는 듯이 말했다. 남다른 예지력이 있는 것일까. 그렇다기보다는 황제의 명이 아니면 대숲까지 직접 들어와 찾아다니는 수고를 하지 않을 것이라고 예측하는 것은 얼마든지 가능한 일이었다. 누구라도 능히 짐작할 수 있는 범인의 영역에 속한 문제지 특별한 예지력이 아닌데도 천축승 불타발타라는 벌떡 일어나 중국인 승주를 맞이해야 함에도 눈도 제대로 뜨지 않고 지그시 내리깐 자세로 입만 나불댔다.

보지 않은 채 발소리만 듣고 누가 온 것인지 알 수는 없다. 불타발타라가 실눈을 뜨고 재빨리 살핀 다음 원위치시킨 것으로 여겨졌다. 좌선 자세를 흩트리지 않고 유지하려는 생각이 빚은 행동이라고 좋게 볼 수도 있지만, 실눈으로 흘깃 살펴보았다는 것은 어떻든 승주를 단순한 심부름꾼으로 보는 것이기에 예의가 아니었다. 눈을 제대로 뜨지 않고 상대를 보는 것은 거만한 행동이다.

승략이 결정적으로 비위가 상한 것은 내방 사유를 전해 들은 불타발타라가 한 말 때문이었다.

"소승은 『중론』 공부를 하지 않았습니다. 중국어도 서투니 『중론』 번역 일은 도와 드리고 싶어도 실력이 없어서 못 도와 드린다고 전해 주세요."

승략은 참지 못하고 받아쳤다.

"나는 오직 명을 전할 뿐이오. 그런 경위 설명은 스님께서 직접 황제를 찾아뵌 후에 드려야 마땅할 것이라 여겨집니다."

그런데도 불타발타라는 여전히 물정 모르는 소리만 했다.

"빈도는 조용한 것을 좋아하여 이렇게 대숲에 들어와 있는 것입니다. 실력이 없는 저는 사람들의 말소리가 들끓는 곳에는 가기를 싫어하고, 간다고 해도 시간을 낭비하는 것에 불과하니 스님께서 황제 폐하께 말씀을 잘 좀 드려 주세요."

불타발타라는 정권의 종교개입이 생활을 도와주는 선에서 끝나야지, 노골적으로 관여하면 수행에 영향을 미치고 선심(禪心)을 오염시킬 수 있다고 여기는 사람이다. 그런 생각을 할 수도 있다. 그러나 그렇다면 애초에 장안에 발을 들여놓지 말든지 국가에서 운영하는 시설물에 몸을 담는 것으로 숙식을 해결하는 방법은 택하지 말았어야 한다.

막대한 재화를 투입하여 불교진흥을 위해 노력하고 있는 황제의 불교 정책을 비판하려면 드넓은 중국 땅에 조용한 장소는 얼마든지 있는데 왜 소요원에 와서 국가에 신세를 지고 있단 말인가.

불타발타라는 추종자들로부터 구마라습에게 여자가 있다는 말을 듣고 나자 구마라습에 대한 기대도 존경심도 버리고 구마라습을 그렇게 만든 권력이나 이를 거부하지 못한 구마라습에게 똑같이 문제가 있다고 여겼다. 그는 정정한 계율을 지켜 온 선사

(禪師)다. 무슨 이유에서든 계행을 파괴한 사람은 스님이 아니라고 여기는 원칙론자였던 그는 아무리 구마라습의 도움을 받아 장안에서 생활하고 있어도 파계승을 존경하고 그의 지시를 따를 수는 없다고 여긴 것이었다. 이는 황제의 명이라도 불법에 맞지 않으면 받들 수 없다는 의지를 천명한 것이기도 했다.

승략은 황제의 부름을 거절한 불타발타라의 말을 그대로 전하면 그가 살아남기 힘들다고 판단했다. 승략은 요흥에게 불타발타라가 병이 나서 몸져누워 있더라는 거짓말까지 해 가면서 화가 미치지 않도록 잘 수습해 주었다. 큰스님이라고 예우하여 감싸 주는 것은 딱 한 번 거기까지였다.

불타발타라는 자신에게 처소를 제공해 준 구마라습에게 스님이 아니라 법사라 칭했다. 그것은 구마라습을 파계승 그 이상도 이하도 아닌 권력에 붙어사는 정치승 취급을 한 것이었다. 자신이 청정하게 계를 지키는 것까지는 좋지만 그렇지 못한 이면에는 파계의 잣대로만 잴 수 없는 무엇이 있다는 생각은 아예 하지 않았다.

역사는 결과로 남겨진 것을 따진다. 청정하다고 자인한 불타발타라가 중국에 미친 영향력은 그가 파계승이라고 여긴 구마라습에 비하면 특별히 내세울 것이 없기에 미미하다.

구마라습이 산스크리트어로 된 거의 모든 경전을 중국어로 번역한 데 반해 불타발타라는 나중에 『법화경』 하나를 번역한 것이 전부다. 그것도 오역 투성이의 엉성하기 짝이 없는 수준이었다.

구마라습의 업적은 그때부터 지금까지 계속됐으며 역사가 멈추지 않는 한 앞으로도 계속될 것이다. 불타발타라가 진정한 예지력과 통찰력을 갖춘 선지자였다면 허물이 아니라 위업(偉業)을 쌓기 위해 감당하고 있는 고통을 보는 안목도 있어야 했다. 그런데 허물은 지적하면서 감추어져 있는 큰 위업의 실체는 간과(看過)하였다.

불타발타라가 선의 경지는 높았는지 모르지만, 마음의 수양은 구마라습만큼 되어 있지 않았다. 모든 사람의 추앙을 받으며 살다가 최하층민 속으로 굴러떨어진 구마라습의 인생역정은 그 자체가 수행이고 그보다 힘든 인욕바라밀을 견뎌 낸 스님을 역사 속에서 찾기 어렵다. 세수 일흔이 된 고승 구마라습은 열 명의 여자들을 상대로 결코 욕정을 해소하거나 쾌락을 추구한 것이 아니었다. 황제에 의해 강요된 법난이고 이것은 그의 생애에서 가장 견디기 힘든 인욕바라밀을 수행한 것이었다. 불타발타라가 도인이라면 스스로 택한 것이 아니라 법난을 당하고 있던 다른 도인의 고충에 대하여 배척의 칼날을 휘두를 것이 아니라 이해하려는 노력을 기울였어야 마땅하다.

어쨌든 구마라습은 요흥에 의해 연출된 인재 만들기 프로젝트에 저항하지 못한 것이 부끄러웠던 올곧은 수행자였다. 그는 이후 단상에 오를 때면 이런 말을 했었다.

"연꽃은 더러운 곳에서 아름다운 꽃을 피웁니다. 아름다운 연꽃을 보려면 물의 더러움은 볼 필요도 없고 탓해서도 안 될 것입니다. 여러분들께서는 내가 빠져 있는 더러운 물은 보지 마시고 내가 입으로 말하는 연꽃의 향기와 아름다움만 기억하시기 바랍니다."

구마라습은 범어본 경전을 연꽃 같은 중국어로 피워내기 위해 온몸을 불사른 선각자다.

불타발타라가 소요원 역장에서 구마라습의 제자들에게 미움을 받아 구타당한 후 쫓겨났다는 기록은 발견되지 않는다. 굴러온 돌이 박힌 돌을 빼려고 했다는 오해를 받을 만했지만, 실질적인 평지풍파는 불타발타라가 던진 말 한마디에서 비롯되었다. 스스로 자초한 것이었다.

그는 추종자들에게 이렇게 말했다.

"나는 지난밤 고향에서 배 다섯 척이 출발하는 것을 보았다."

불타발타라의 고향은 천축이다. 만 리 밖에서 일어난 일을 과연 불타발타라가 지그시 눈을 감고 선정 삼매에 들었다고 하여 볼 수 있었을까. 볼 수 없는데도 자신이 마치 만 리 밖의 일을 볼 수 있는 것처럼 허풍을 친 것이었디. 불티발디라는 왜 그런 짓을 했을까.

구마라습의 제자들은 불타발타라가 만 리 밖에서 일어나는 일도 알아볼 수 있는 신통력을 지녔다는 식으로 떠벌려서 바늘을 삼킨 구마라습보다 자기가 더 도인이라는 것을 과시하려 했다고 생각하였다.

승주인 승략에게 불타발타라가 혹세무민(惑世誣民)하고 있다는 제보가 들어왔다. 승주는 불타발타라를 찾아가 냉엄하게 말했다.

"세존께서는 자신이 알게 된 법술(法術)이 있더라도 그것을 사람들 앞에서 함부로 입에 올려서는 안 된다고 했습니다. 천축과 멀리 떨어져 있는 장안에 있으면서 스님은 배 다섯 척이 천축에서 떠나는 것을 보았다는 말을 했습니다. 그것을 볼 수 있는 눈이 있다고 하여도 깨달은 자는 그런 말을 해서는 안 된다는 것이 부처님의 가르침입니다. 스님께서는 고승이라면서 설마 부처님의 그런 가르침을 모른다고 하시지는 않겠지요?"

불타발타라는 무엇이라 항변할 말을 찾지 못했다. 승주가 다그쳤다.

"그런 사실을 몰랐다고 해도 문제고 알면 더더욱 해서는 안 되는 언행을 한 것입니다. 혹세무민의 의도가 있던 것으로 볼 수밖에 없기 때문입니다. 이에 본 승주는 불타발타라 스님께서 조용한 곳에서 좌선하는 것이 좋다고 하니 더 이상 장안에 머물지 말고 그런 곳을 찾아 떠나시라고 요구하는 바입니다. 이것은 내 개인적인 권고가 아니라 대진 황제의 뜻입니다."

비행 승려들을 골라내어 체탈도첩(褫奪度牒)할 수 있는 권한을 가진 승주 제도를 만든 사람은 바로 황제인 요흥이다. 만약 불타발타라가 이의를 제기하면서 승주의 말을 받아들이지 않으면 쫓겨나는 것에서 그치지 않고 구마라습 국사를 음해한 죄까지 물어 사형에 처해질 수도 있었다. 요흥은 천재를 만들어 내라는 명을 수행하고 있는 구마라습의 절대적인 지지자였다.

불타발타라는 선의 동토 보급이라는 사명을 띠고 장안에 왔지만 뜻을 펴기도 전에 꼼짝없이 땡초로 몰리고 말았다. 억울한 면이 없지 않겠지만 어느 시대 어느 사회고 기득권층은 의외로 두껍다. 실력이 있어도 겸허한 자세로 기득권층과 소통을 시도하고 벼가 익을수록 고개를 숙이는 이치를 알았어야 하는데, 불타발타라의 고개는 너무나 뻣뻣했고 사려 깊지 못했다. 불타발타라에게 승주의 말은 권유가 아니라 명령과 다름없었다.

"알겠습니다."

구마라습은 불타발타라가 소요원 승사를 떠난 후에야 그런 사실이 있었다는 것을 알게 되었다. 승주인 승략은 스승의 음해와 연관이 있는 불타발타라를 몰아내면서 스승에게 보고하여 하명(下命)을 받아 처리하지 않았다. 그래야 하는 의무사항이 아니기에 늘 바쁜 은사를 찾아뵙고 일일이 보고하는 과정을 생략했다. 그래도 되는 승주의 전결사항에 속한 문제기에 속전속결로 처리한 것이었다.

불타발타라는 자신의 신중하지 못한 언행에서 비롯된 일을 구마라습이 음해하여 생긴 방해 공작으로 여겼다. 그는 승주의 처벌에 이의를 제기하지 않고 두말없이 짐을 쌌지만, 심사는 잔뜩 뒤틀렸다. 장안에서 쫓겨난 불타발타라는 루샨의 혜원 회상을 찾아갔다.

혜원은 구마라습의 역장에 머물지 못하고 쫓겨난 불타발타라가 자신을 찾아오자 그를 환영한 다음 선에 대하여 큰 관심을 보이며 배움을 청하였다. 루샨의 맑고 그윽한 경치와 고요하고 적막한 분위기는 불타발타라의 기질과도 잘 맞았다. 선수련하기 좋은 곳이었다. 이렇게 하여 북조의 장안으로 들어왔던 선이 루샨의 남방 불교와 접목되는 변화가 일어났다.

혜원은 서신을 주고받으면서 구마라습의 인품에 대하여 잘 알고 있었기 때문에 구마라습이 불타발타라를 쫓아냈을 리는 없다고 생각했다. 진상을 알아보기 위해 담옹을 장안에 보낸 결과로도 구마라습은 불타발타라가 장안을 떠난 사실을 그런 일이 발생한 후에야 알았다는 답신을 받았다.

불타발타라에 대한 배척은 구마라습의 제자들에 의해 이루어진 것이지만 구마라습의 직접적인 지시 사항은 결코 아니었다. 그가 장안을 떠나기 전에 알았다면 결단코 일이 그렇게 되도록 하지는 않았을 것이다. 멀리 천축으로부터 죽을 고비를 넘기고 동래한 홍법 선승에 대한 예우가 아니기 때문이다. 그러나 일이 벌어진 다음에 알았으니 어쩔 수 없었다.

혹세무민의 내용은 천축에서 배 다섯 척이 떠나는 것을 보았다는 말을 한 것이지만 불타발타라는 그 말을 몇몇 자기 제자들에게 한 것이지 대중을 상대로 법문 중에 한 말도 아니고 더구나 일반 불자들과는 전혀 관련이 없었다. 측근에게 한 발 없는 말이 널리 퍼져 나가 여론을 형성할 수도 있지만 일단 자기들끼리는 황제의 흉도 보는데 무슨 말인들 못 하겠는가.

구마라습은 요흥에게 불타발타라가 혹세무민하려는 의도를 가지고 대중 선동을 한 것이 아니라는 의견을 아뢰었다. 구마라습의 말을 들은 요흥은 불타발타라 앞으로 승주가 진상을 잘못 알고 확대해석하여 과도한 문책을 한 점을 사과하는 내용의 조서(詔書)를 내렸다.

혜원이 앞장서고 구마라습이 협조하여 불타발타라의 명예를 회복시켜 주었다. 그러나 불타발타라는 다시 북방으로 옮겨 오지 않았다. 따라서 그는 중국 남종선의 개원에 이바지한 인물이 되었다. 그는 동진의 수도 진캉(建康)에 있던 도량사(道場寺)로 거처를 옮겼다. 진캉은 난징의 옛 이름이다.

홍시 12년, 410년.

혜원의 제자 지법령(支法領)이 17년간의 천축 유학을 마치고 귀국하는 길에 우전국에서 『화엄경(華嚴經)』과 그 밖의 2백여 권에 달하는 방대한 경전을 수레에 싣고 돌아왔다. 그는 실크로드를 따라 장안으로 와서 소요원에 머물고 있으면서 가지고 온 경진의 처리 문제를 사부인 혜원에게 문의하였다.

혜원은 『화엄경』을 루샨으로 보내고 나머지 방등 계열의 경전들은 구마라습에게 드려 번역하게 함이 마땅하다는 답신을 보냈다. 혜원은 불타발타라의 명예 회복을 위해 힘쓰면서 불타발타라에게는 구마라습을 오해하지 않도록 중재했었다.

혜원이 구마라습의 법난 경위를 나중에 다 알았겠지만, 그에 대해서는 가타부타 언급한 내용이 전하지 않는다. 혜원이

대쪽이었지만 구마라습이 자기의 충고를 받아들여 중국에 남아 중국불교의 발전을 위해 신명을 바쳤다고 생각했기에 성사(聖師)의 법난을 파계의 잣대로 잴 수는 없었을 것이다. 구마라습이 쌓은 위업이 까칠한 혜원의 입도 막았다. 제자인 지법령이 가지고 온 경전의 번역을 구마라습에게 의뢰한 것은 구마라습이 그것을 해결할 유일한 답이었기 때문이다.

혜원은 도량사에 머물고 있던 불타발타라에게 지법령이 우전국에서 가져온 『화엄경』을 보내 번역하도록 하였다. 장안의 구마라습 역장과는 비교할 수 없을 만큼 규모가 작고 중국어에 대한 이해도 부족하여 초경(初經)은 충실하게 이루어질 수 없었다. 엉성하기 짝이 없던 것이 여러 사람의 손을 거치며 수정 보완되어 마침내 출간되었다. 이때 불타발타라가 번역한 화엄경은 60권본이다.

부처와 중생이 둘이 아니라는 화엄종의 근본 경전이 바로 『화엄경』이다. 불타발타라의 스승인 불대선은 소승 학자다. 불타발타라가 중국에 처음 왔을 때까지도 철저한 소승 학자였고 이런 점이 대승을 중국에 전교 중이던 구마라습과 대립적인 요소로 작용했다. 불타발타라와 구마라습의 갈등은 소승과 대승이 중국에서 충돌한 사건이다. 그러나 불타발타라가 대승경전의 꽃이라 불리는 『화엄경』 60권을 번역하면서 나중에는 대승에 대한 이해를 확실하게 했을 것으로 보인다.

『십주경』 번역을 마친 후 불타야사는 홍시 13년인 411년부터 『사분율』을 번역하기 시작하였다. 『사분율』은 모두 60권이며 백만 언(言)에 이르는 방대한 분량이다. 가져온 불경은 없고 오로지 불타야사의 머릿속에 들어 있는 것이 전부였다.

『사분율』 번역은 불타야사가 머릿속에 들어 있는 게송을 암송하고 축불념이 그것을 중국어로 번역하고 도함이 필수(筆受)하고 지법령의 제자인 혜변(慧辯)이 문자 교정을 담당하는 식으로 진행되었다. 구마라습은 그 1년 전인 홍시 13년, 411년부터 『성실론』을 번역하기 시작했기 때문에 『사분율』 작업에는 동참하지 않았다. 구마라습의 가르침에 힘입어 그동안 축불념의 통변 실력도 경전 번역을 하는 데 모자람이 없을 정도가 되어 있었다.

불타야사는 『사분율』 60권의 번역을 마친 후 홍시 14년인 412년까지 『장아함경』과 『사분승계본』 등의 번역에도 참여했다. 자신이 맡고 있던 불경 번역을 마무리 지은 불타야사가 구마라습에게 말했다.

"루샨의 혜원 스님이 백련결사를 한다는데 그동안 해 오던 번역 일을 마쳤으니 나는 잠시 쉬면서 혜원의 백련결사에 참석해 보고 싶소."

"스님이 그렇게 결정하셨다면 가셔야지요."

구마라습이 남조 여행을 떠나는 불타야사에게 정색을 하고 비로소 아버지로부터 많은 상속을 받게 된 경위를 털어놓았다.

불타야사가 고개를 절레절레 흔들었다.

"부친께서 소중한 유산을 주셨는데 적당한 용처를 생각해 둔 것은 있소?"

"아버지는 불교의 중국 홍법에 이 돈이 쓰이기를 바라셨어요."

"아주 훌륭한 생각을 하셨군요."

"그래서 말씀인데 혜원 스님을 만나면 저를 대신해 한 가지 상의를 해 주십시오."

"무엇을 말이오?"

"그동안 저는 나라에서 진행하는 것과는 별도로 몇 명의 사람을 써서 번역했던 경전을 책으로 출간하는 일을 은밀하게 진행해 왔어요. 물론 거기 들어간 비용은 아버님의 유산으로 충당했습니다. 그 책들을 혜원 스님에게 보내 드리면 그것을 출간해 남조 쪽에 배분해 주실 수 있는지 알아봐 주세요."

"교본을 보내 줘도 새로 책을 만들어 찍자면 비용이 만만치 않을 텐데 혜원에게 그런 여력이 있겠소?"

"제가 그 비용도 대 드릴 것입니다. 다만 책을 출간해서 배포해 주는 일만 하면 됩니다."

"한두 푼이 드는 것이 아닐 텐데 그렇게 많은 돈을 유산으로 받았소?"

구마라습이 명쾌하게 답했다.

"비용은 걱정하지 않아도 됩니다. 남으면 남았지 모자라지는 않습니다."

"그렇다면야 혜원이 오히려 적극적으로 임하지 않을까 싶소. 불교의 중국 전파에 획기적인 전기를 마련하는 일 아니오."

"만나서 상의해 보세요. 좋은 소식을 가지고 돌아오시기를 기대합니다."

"그리하리다."

구마라습이 불타야사 앞으로 돈다발을 하나 내놓았다.

"이게 뭐요?"

"경편(輕便)으로 드리는 것입니다. 가지고 가셔서 요긴한 데 쓰시기 바랍니다."

"부친의 유산은 이런 식으로 함부로 써서는 안 될 돈인 줄 아오."

"스님께 용돈 좀 드리는 것이 어째서 함부로 쓰는 것입니까!"

"그렇게 말을 해 주니 고맙소."

"앞으로는 아버지 유산을 쓰는 데도 시간을 좀 투자해야 할 것 같습니다. 잘못하다가는 돈을 그대로 두고 눈을 감는 일이 발생할지도 모릅니다."

"돈 쓰는 방법을 찾는 것은 행복한 고민이니 기꺼이 같이해 봅시다."

"결사에 참석했다가 오실 때는 서둘지 말고 중국의 명소들을 둘러보며 천천히 오세요. 제가 모시고 다녀야 하는데 시간을 낼 수 없으니 시봉을 한 명 붙여 드릴게요."

"고맙소. 정토왕생을 위한 염불수행을 하기 위해 조직된

신행 결사니 이제 죽을 날이 얼마 남지 않은 나로서는 자연 관심이 많습니다. 그럼 다녀와서 봅시다."

백련결사는 혜원이 주최한 것이 그 시원(始元)이다. 문헌에는 이때 123명의 스님이 모여 재회(齋會)를 베풀고 향과 꽃을 올려 일제히 정업(淨業)을 닦아 극락에 태어나기를 기원했다고 되어 있다. 대개 백련결사를 할 때는 『열반경』을 사용하는데 역사상 처음 열린 루샨의 동림사 백련결사는 『법화경』을 썼다. 처음이어서 『열반경』 준비가 안 되었던 것으로 유추된다.

최근 몇 년 동안 불타야사는 그림자처럼 구마라습의 곁에 머물며 묵묵히 구마라습을 도와주었던, 세상에 다시 없을 도반이다. 불타야사가 떠난 허전함을 메우기 위해 구마라습은 『성실론』 번역에 전념하였다. 『성실론』은 중천축국의 하리발마(訶梨跋摩)가 쓴 책이다. 계빈의 소승 거두인 구마라타의 제자며, 『성실론』은 소승 논서에 속한다.

그러나 번역을 하다 보니 명상(名相)의 분석이 매우 조리가 있고 그 안에 담긴 뜻이 반야사상과 무관한 것이 아님을 알게 되었다. 소승을 대승으로 연결하는 통로가 『성실론』 안에 들어 있었다. 『성실론』은 번역하는 데 꼬박 1년이 걸렸고 총 16권의 책으로 출간되었다. 이것이 구마라습이 생전에 한 마지막 작업이 될 줄은 본인도 모르고 제자들도 알지 못했다.

구마라습이 갑자기 기력이 쇠잔해지면서 몸져눕고 말았다.

회생하지 못할 것을 직감한 구마라습은 열 명의 여인들과 함께 살던 관사가 아니라 오랫동안 강경(講經) 장소로 사용했던 초당사에서 눈을 감고 싶다는 뜻을 밝혔다.

기어이 걱정하던 일이 눈앞에 닥치고 말았다. 일하는 데만 너무 골몰하여 아버지가 주신 유산은 거의 남겨 두고 떠나게 되었다. 제자에게 뒷일을 부탁하는 수밖에 없었다.

스스로 기동할 수 없었던 구마라습은 근위대에서 제공한 마차를 타고 초당사로 옮겼다. 삼천 명으로 헤아려지는 대중들이 초당사 대법당을 가득 메웠다. 가까운 곳에서 임종을 지키는 제자들을 한 번 둘러본 뒤 구마라습이 비교적 또렷한 음성을 토했다.

"번뇌시도량(煩惱是道場)이다."

광엄 동자가 유마에게 '도량이 어디냐'고 물었다. 이에 유마거사는 '즉심시도량, 즉 곧은 마음이 도량이다. 헛되거나 거짓됨이 없기 때문이다.'라고 답하였다. 그러나 구마라습은 번뇌가 시도량이라 하였다. 번뇌를 즉심으로 만드는 것이 수행이다. 따라서 번뇌시도량이나 즉심시도량이나 같은 말이냐.

구마라습이 숨을 몰아쉬었다.

"나는 우리가 함께 번역한 모든 경전이 후세까지 길이 전해져 널리 읽히고 불교를 바르게 알려 주는 데 쓰이기를 바란다."

잠시 멈추었다가 이윽고 마지막 말을 토했다.

"내가 번역하여 옮긴 것에 잘못이 없다면 나를 화장한 후에도 내 혀는 불에 타지 않을 것이다."

413년 4월 13일.

구마라습이 눈을 감았다. 그리고 다시는 뜨지 않았다. 구마라습은 그렇게 고좌를 뒤로하고 제자들과 이별한 후 홀연 장안을 떠났다. 구마라습은 344년생이다. 만 69세, 세속 나이로는 일흔에 입멸하였다.

서명각 앞마당에 장작을 3장(丈) 높이로 쌓아 올린 연화대가 만들어졌다. 구마라습의 법구(法具)가 그 위에 안치되자 이를 지켜보던 요흥의 눈에서 눈물이 솟구쳤다. 어디 용안에서만 눈물이 흘렀겠는가. 삼천의 제자들이 합송(合誦)한 반야심경은 그대로 통곡이나 다름없었다. 장작이 모두 타고 잿더미 속에서 홍색을 띤 구마라습의 혀사리가 수습되었다. 불길이 온몸을 살랐어도 혀만은 재가 되지 않았다.

그가 삼켰던 바늘이 타지 않는 혀사리를 만들도록 한 것일까. 성사의 혀사리는 장안의 초당사에 탑을 조성한 다음 봉안되었다. 그것은 지금까지도 전해오고 있다. 구마라습의 혀사리탑은 본래 조성되었던 초당사에 굳건히 자리 잡고 있지만, 그가 번역한 법사리(法舍利)인 『금강경』은 동아시아 전역으로 분신(分身)해 나갔다.

붓다께서 "법(진리)을 보는 자, 나를 보리라."라고 하셨듯 『금강경』을 읽는 자 역시 구마라습을 만나게 될 것이다. 아니 『금강경』을 대하면 그것이 곧 구마라습을 만나는 것이다. 구마라습의 불경 번역은 중국뿐 아니라 동아시아의 불교사에 길이 남을 공적(功績)이다. 그의 역서 『금강경』은 1800년 동안 당당하게 베스트셀러의 위상을 지켜 오고 있다.

구마라습을 보내면서 슬퍼하지 않은 사람이 없다. 그를 아는 사람들은 모두 그의 인품을 생각하며 애도하고 그가 남긴 업적을 떠올리며 가슴 아파하였다. 그중에 평생의 도반이었던 불타야사는 구마라습의 열반 소식을 뒤늦게 듣고 며칠 동안 음식을 넘길 수 없었다.

    (이렇게 허망할 수 있는가. 생명 하나가 사라지는 데 전광석화(電光石火)가 따로 없구나!)

교통이 발달해 있지 않던 때여서 장안과 루샨 사이를 하루이틀 사이에 오갈 수 없었다. 소식을 들었을 때는 이미 구마라습의 다비가 끝난 후였다. 장탄식 이외에 달리 할 것이 없었던 불타야사는 자신이 아니라 아끼고 사랑하던 구마라습의 정토왕생을 빌었다.

불타야사는 구마라습이 없는 장안으로 돌아가고 싶지 않았다. 파도처럼 넘실대며 밀려오는 그리움을 감당하기 벅찼기 때문이다. 그러나 혜원과 상의한 결과를 제자들에게 알려 경전의 남조 배포 문제를 마무리해야 한다는 생각이 들었기 때문에 장안행을 감행했다.

승예가 구마라습을 대신하여 불타야사를 맞아 주었다. 승예는 공손하게 구마라습의 염주 목걸이와 단주를 불타야사 앞으로 내놓았다.

"이것을 스님께 전해 드리라 하셨습니다."

"그렇다니 고인의 뜻을 기려 일단 내가 받겠소."

불타야사가 염주는 목에 걸고 단주는 손에 쥐고 돌리면서 충분히 구마라습과의 인연을 돌아보는 시간을 가졌다. 그런 다음 승예와 승조를 불렀다.

"자, 이제 이것을 내가 두 사람에게 하나씩 전하겠소."

불타야사가 단주를 승예에게, 염주 목걸이는 승조에게 넘겼다.

"스승의 체취가 많이 배어 있는 것이니 사랑을 가장 많이 받았던 두 사람이 간직하는 것이 맞는다고 생각했어요. 나보다 살아 있을 날이 많은 젊은이가 갖고 있어야 더 유용하게 쓰일 물건이기도 하고."

그런 다음 불타야사가 말을 이었다.

"그대들의 스승은 지금까지 출간한 경전을 남조에 배포시키고 싶어 했어요."

승예가 답했다.

"알고 있습니다. 스승께서 그 비용으로 쓸 돈을 우리에게 남기셨습니다."

"옳지. 그럼 앞으로 혜원 스님과 상의해서 그 일을 마무리하면 될 것이오. 혜원 스님이 기꺼이 힘을 합하겠다는 말을 그대들에게 전해 달라고 했어요."

"그리하겠습니다."

"그 말을 전하는 것으로 내 임무를 마쳤으니 나는 이제 천축으로 가려 하오."

"연세가 많으신데 괜찮겠습니까?"

"나는 그동안 많이 떠돌았는데 하늘로 소풍 가는 일만은 내가 태어난 곳에 가서 하고 싶소."

그런 말을 남기고 장안을 떠난 불타야사는 노구임에도 무수한 위험이 도사리고 있는 타클라마칸사막과 총령을 무사히 넘는 노익장(老益壯)을 과시하였다. 불타야사가 계빈에서 『허공장보살경』을 구한 다음 인편을 통해 소요원으로 보냈기 때문에 알게 된 사실이다. 이때는 역장을 가득 메웠던 사람들이 거의 다 흩어져 더는 번역 작업을 진행할 수 없었다. 승예는 불타야사가 보내 준 원본 『허공장보살경』을 간직하고 있다가 후일 장안을 떠날 때 가지고 갔다.

불타야사는 구마라습보다 열두 살이 더 많지만 가는 순서는 온 순서에 따르지 않는다. 불타야사가 하늘로 소풍을 떠난 해는 416년이다.

『출삼장기집』에는 구마라습이 대략 10년 정도 장안에 머물면서 전체 35부 294권의 경전을 번역했다고 적혀 있다. 그런가 하면 『개원석교록(開元釋敎錄)』에는 74부 384권의 대 번역사업이 이루어진 것으로 기록해 놓았다. 어느 것이 정확한 것인지는 모르지만 어쩌면 두 가지 내용이 다 맞을지도 모른다.

『개원석교록』은 당(唐)나라 때 승려 지승(智昇)이 편찬한 책으로 후한 명제(明帝) 영평(永平) 10년부터 당 현종(玄宗) 개원(開元) 18년(730년)까지 664년 동안 중국에서 한역된 대승과 소승의 경·율·논 3장 및 역자가 알려지지 않은 실역(失譯), 결본(缺本) 등을 정리하여 수록한 전 20권으로 된 문헌이다. 여기에 과장되어 있다고 여길 수 있으나 초역을 구마라습이 하지 않은, 격의에 의해 잘못 번역되었던 고역본 경전들을 수집하여 꼼꼼한 교정을 통해 오역을 바로잡은 다음 출간한 것까지 합하면 결코 부풀려진 것이 아니기 때문이다.

구마라습은 반야학 정립의 초석을 마련하고 중국불교의 지평을 연 선각자다. 우선 그가 번역한 『중론』 『백론』 『십이문론』은 승랑(僧朗), 승전(僧詮), 법랑(法朗)을 거쳐 수대(隋代) 길장(吉藏)이 집대성하여 삼론종(三論宗)을 탄생시켰다. 따라서 구마라습은 삼론종의 종조(宗祖)로 추앙받는다.

『법화경』은 천태종의 단서가 되고 『성실론』은 성실종(成實宗)의 근본경전으로 모셔졌다. 『아미타경』과 『십주비바사론』은 정토종의 소의경전이며 『미륵성불경』 『미륵하생경』은 미륵신앙의 발전을 촉진시켰다. 『좌선삼매경』은 보살선의 성행을 낳았고 『범망경』은 대승 계법(戒法)을 널리 전했으며 『십송률』은 율학 연구에 중요한 전적이 되었다.

구마라습은 이렇게 중국불교 역사상 앞을 잇고 뒤를 열어 준 공을 세웠다. 무엇보다 그의 문하인 승조와 도생에 의해 선불교의 이론적 토대가 만들어져 중국불교의 중흥기를 끌어낸 것이 가장 큰 위업이라 할 수 있다.

구마라습은 뜻을 정확하게 전달하기 위해 의역을 하고 현장은 직역한 것으로 유명하다. 구마라습본은 구역(舊譯)이라 하며 현장본을 신역(新譯)이라 부른다. 신역이라고 해서 새롭거나 더 잘 번역되었다는 뜻은 아니다. 언어 체계와 숨은 뜻까지 찾아내어 원본의 의미를 최대한 살려 중국인들에게 전하기 위해 노력한 구마라습의 구역이 신역보다 훨씬 앞서는 부분이 많다는 것이 사계(斯界)의 평이다.

구마라습이나 현장을 다 같이 삼장법사라고 한다. 삼장(三藏)은 불교 경전을 경장(經藏)·율장(律藏)·논장(論藏)의 3류(類)로 나눈 것을 말한다. 그 세 가지에 모두 정통한 경사(經師)·율사(律師)·논사(論師)를 합해 삼장법사라 부른다. 죽음으로 거역하는 방법밖에 없어 범했던 파계는 그의 고뇌를 키워 그의 사상을 깊게 하는 자양분은 되었을지언정 그의 정신세계를 부패 또는 타락시키지는 않았다. 범인을 재는 잣대를 그대로 들이대어 도인을 평가해서는 안 된다. 그가 남긴 업적이 그가 삼장법사임을 증명해 준다.

삼장법사 구마라습은 칠십 생애 중 노년의 10년간을 장안에서 보냈다. 나머지 60년은 장안 10년 세월을 위한 준비 기간이었다. 천재가 60년 동안 공부하고 인욕하면서 깨우친 모든 것을 녹여 낸 10년 세월의 법향(法香)은 결코 1만 유순에 머무는 것이 아니다. 『고승전』에 실려 있는 구마라습의 게송이다.

  心山育明德(심산육명덕)
  流薰萬由旬(유훈만유순)
  哀鸞孤桐上(애난고동상)
  淸音徹九天(청음철구천)
  마음 산(山)에서 밝은 덕을 길러
  그 향기는 만 유순(由旬)까지 퍼지고
  오동나무에 외로이 깃든 슬픈 난새의
  청아한 울음소리 구천(九天)에 사무치네.

유순(由旬)은 소가 하루에 가는 거리를 말한다. 대략 10km 내외에 해당한다. 그가 남긴 업적이 일만 유순의 거리에 미치는 정도에 불과한 것이 아니다. 거리로는 천축에서 장안까지며 시간상으로는 4세기에서 21세기에 이른다. 그러고도 역사가 계속되는 한 영원하리라.

11.

순교(殉教)로 세운 이정표

후진의 요흥은 불교가 중국에 전래될 때 물심양면으로 지원한 불심천자다. 이런 요흥에 대하여 『진서』 권 117에 다음과 같이 기록되어 있다.

"요흥은 불도(佛徒)에 의탁하고 공경(公卿) 이하의 관료들에게 의지하지 않았다. 이 당시 다른 지방에서 장안에 들어온 사문이 5천여 명이다. 양귀리에 부도를 세우고 중궁에 반야대를 건설하였다. 소요원 대법당에는 좌선하는 사문 1천여 명이 상주하였으며 각 고을을 불교로 교화하니 부처를 섬기는 자들이 십 중 아홉에 이르게 되었다."

불도에 의탁하고 공경 이하의 관료들에게 의지하지 않았다는 대목이 눈길을 끈다. 과거제도는 수나라 때 처음 도입되어 당나라 시절 정착했기 때문에 요흥 집권기에는 없었다. 문제는 이때까지도 만리장성 밖에서 활동하던 오호(五胡)들이 만리장성을 넘어와 중국을 점령하자 학식을 제대로 갖춘 중국인들은 이들을 피해 거의 다 강남(江南)으로 내려가고 화베이에는 관리로 채용할 만한 유능한 인재가 별로 남아 있지 않았다는 데 있다. 그러니 주변국들을 통폐합시키면서 확장한 방대한 국가 조직을 다스릴 인재는 많이 필요한데 이를 충원할 방법을 찾는 것은 쉬운 일이 아니었다. 요흥은 공경 이하의 관료들에게 의탁하지 않았다기보다 의탁할 만한 뛰어난 관료가 별로 없었던 시대의 군주였다.

요흥이 구마라습에게 열 명의 여자들을 내려 구마라습 같은 천재를 얻겠다고 생각했던 것도 요흥이 극심한 인물난에 시달렸다는 것을 단적으로 반증한다. 요흥은 국가의 백년대계를 위해 구마라습 같은 천재가 많이 필요하다고 생각할 수밖에 없었다. 여기서 그친 것이 아니다.

인물난에 직면했던 요흥은 구마라습의 제자 중에서 뛰어난 역량을 갖추었던 도항(道恒)과 도표(道標)를 환속시켜 관리로 삼으려 했었다. 이것이 불도에 의탁하고 공경 이하의 관료들에게 의지하지 않았다고 표현한 내용의 실상이다.

도항은 남편(藍田) 출신의 수재다. 어려서부터 현학을 공부한 도항은 스무 살이 되었을 때 출가하였다. 재주가 뛰어나서 얼마지 않아 경전에 두루 해박하게 된 도항은 구마라습이 장안에서 활약을 시작하자 그를 찾아가 귀의하였다. 불경 번역의 문자 교정을 도맡았던 도항은 누구보다 주목받은 젊은 인재였다. 수시로 역장을 출입하던 요흥의 눈에 곧바로 띄었다. 도표 또한 도항 못지않은 걸출한 인재였다. 출가 전에 현학에 정통했다는 점도 같다.

요흥은 상서령(尙書令) 요현(姚顯)에게 조칙을 내려 도항과 도표에게 왕업(王業)을 도와 떨치게 하라는 압력을 넣도록 하였다. 그러나 두 사람은 이에 굴하지 않았다. 그러자 요흥이 직접 명령을 내렸다.

"경들의 밝은 지조(志操)는 실로 가상스러운 점이 있다. 다만 내가 사해에 군림하여 정치에 재능이 있는 인재가 급히 필요하다. 이에 경들의 법복을 빼앗고 세상을 돕게 하라는 조칙을 내린 바 있다. 바라건대 나의 이런 생각을 알아주어 절조를 지키겠다며 사양하지 말기를 바란다. 진실로 도를 맛보는 것을 마음에 둔다면 어찌 속인과 도인의 구별에 얽매이겠는가?"

요흥은 삼보(三寶)를 공경했던 군주지만 천하에 군림하는 자신이 나라를 다스리는 데 인재가 필요하자 승려의 환속을 종용하였다. 불도를 닦는 것도 소홀히 할 수 없는 일이지만 요흥의 처지에서 볼 때 치국(治國)을 돕는 것은 더 중요할 수밖에 없었다. 그러나 환속은 도를 버리는 일이기에 간단한 문제가 아니다. 도항과 도표는 상소를 올려 불가하다는 뜻을 밝혔다.

요흥이 구마라습에게 제자들을 설득해 달라고 청했지만, 구마라습은 스승이라도 제자가 뜻을 접도록 종용할 수 없다는 입장을 고수하였다. 구마라습의 이런 태도는 왕권에 휘둘리지 않는 불교를 중국에 정착시키려는 의지와 맞닿아 있다.

기원전 5세기에 탄생하여 1천 년 동안 사상적·문화적·종교적으로 인도대륙을 휩쓸었던 불교는 13세기 이후 종주국인 인도에서 사라지고 말았다. 인도불교의 쇠퇴 이유는 많지만 그중 제일 먼저 꼽히는 것이 불교의 학문화다. 5세기 전반 쿠마라굽타 1세에 의해 나란다대학이 창건되었다. 7세기 당나라 현장이 도착했을 즈음 나란다는 예불당, 승원, 탑 등이 하나의 벽 안에 들어 있는 대사원이었다. 당시 불교가 일반 사람들에게 얼마나 신선한 삶의 지침을 제공했는지는 모르나 불교의 학문화는 일반사회와 유리되어 일반 대중들을 소외시키는 요인으로 작용하였다.

출가자들이 승원에서 학문연구에 몰두하고 자기들끼리의 지적 유희에 빠져 있는 사이 대중들은 불교에 등을 돌리고 힌두교로 옮겨갔다. 나란다대학과 비크라마쉴라사 등이 이슬람교도들에 의해 파괴되고 사원에 있던 스님들이 뿔뿔이 흩어지자 인도불교는 쇠퇴의 길로 접어들고 만다. 대중적 지지가 없는, 대중의 생활에 지침이나 도움을 주는 데 인색했던 학문적 불교의 예정된 말로(末路)다.

불교의 학문화는 재가 불자들을 포교하는 데 들어가는 시간까지 아까워하게 만들었다. 출가 조직이 위기에 처하게 될 때 그들을 도울 재가 조직을 지속해서 육성하지 않게 되면서 스스로 도태되는 자멸의 길을 밟았다.

떠돌아다니며 수행하고 전법하던 승려들이 부호나 왕권의 지원을 받아 승원에 안주하게 되자 성채 같은 사원에 집단 거주하게 된 승려들은 성채에 자신을 가둬 놓고 수행 해탈에 크게 도움 되지 않는 철학 활동에 경쟁적으로 몰두하였다. 수많은 논쟁가의 이름이 거론되는 아비달마불교가 그 결과물이다. 학문적인 철학은 해탈과 거리가 있었고 중생구제와도 벽을 쌓는 단절의 세계를 향해 나아갔다.

그렇다고 해도 종단 내부적으로 정체되고 타락하지만 않았다면 불교가 워낙 깊이 뿌리를 내렸었기 때문에 그것이 송두리째 뽑히지는 않았을 것이다. 일반 신도들이 아니라 권력자나 부호들의 통 큰 보시에 의존하게 되면서 그들의 복을 빌어 주는 일에는 열성적이었지만 민중들의 고(苦)는 바쁘다는 이유로, 공부에 방해가 된다는 핑계로 외면하였다. 이에 따라 불교는 일반인들과의 긴밀한 유대관계를 상실하게 되고 신앙적인 활력을 끌어내지 못했다. 종교가 민중의 외면을 자초하는 것은 존재 이유를 상실하는 중대 요인으로 작용한다.

상류층 후원에 의지하는 불교는 왕조가 위기에 직면하여 지원할 수 없는 상태가 되면 함께 몰락한다. 민중에 뿌리를 내렸다면 왕권이 와해해도 민중 속에 살아남을 수 있지만, 권력의 편에 섰기 때문에 그 권력이 몰락하면 동반 추락의 길을 걸을 수밖에 없다.

불교는 정체성마저 잃었다. 바라문의 창조주 관념을 부정하고 비판했으며, 신에 대한 제식주의(祭式主義)를 배격하고 카스트제도를 부정했던 불교는 나중에 힌두교적 요소를 채용하거나 절충하는 방법으로 활로를 모색하였다. 그러나 신들에 대한 예배를 대폭 수용한 후기 인도불교는 독자성은 물론 생명력과 정체성마저 상실하고 만다.

힌두교 옷을 입은 불교가 일시적으로는 대중의 관심을 끌었지만, 힌두교와 차별되지 않는 불교를 믿을 이유를 제공하지 못하면서 소멸의 길을 걷게 된다. 힌두를 이용하려다가 불교는 불살생과 명상 같은 고유한 정신문화를 힌두에 갖다 바쳤다. 불교의 최고 경지인 열반(涅槃)마저 힌두에 빼앗기고 말았다.

경전의 산스크리트화도 불교의 쇠퇴 원인 중 하나다. 석가모니는 가르침을 산스크리트보다는 지방의 언어로 전달하도록 했었다. 그러나 굽타시대부터 불교 경전의 산스크리트화가 진행되었고 이는 붓다의 뜻과는 다른, 대중과 유리되는 요인으로 작용했다. 대중이 알아들을 수 없는 글로 경전을 만들고 법을 설하니 무식한 사람들은 접근 자체가 어렵게 되었다. 체계적인 공부를 몇 년 동안 해야 겨우 이해할 수 있는 어려운 불법은 승려의 엘리트 의식을 한껏 부풀려 주지만, 계층 간의 간극을 좁혀야 하는 종교적 화해는 이끌어 내지 못했다.

이슬람과 힌두교가 모든 계급이 쉽게 접근할 수 있었던 반면 불교는 그렇지 못했다. 경쟁 종교의 탄압과 공격을 받고 전문지식인 그룹인 출가자 집단이 해체, 붕괴하자 일반 재가자들은 재기할 동력을 확보할 수 없었다. 이럴 때 용수(龍樹)가 등장하여 불교가 완전히 소멸하는 것을 막는 대승을 전개한 것이었다.

용수에 의해 주도된 대승운동은 민중으로부터 외면당할 수밖에 없게 만든 문제점을 뜯어고친 종교개혁이다. 부패한 가톨릭을 개혁하기 위해 마틴 루터가 주도했던 프로테스탄트 개혁 같은 것이 용수에 의해 주도된 불교의 대승운동이다. 용수는 우선 출가자 중심의 폐쇄되어 있던 사원의 문을 재가 불자들에게도 활짝 열었다. 그리고 왕권이나 권력의 시녀 노릇을 하던 승려들을 민중의 편으로 돌아오게 유도하였다.

이후 자기 구제와 해탈만을 추구하는 소승에서 재가 불자들이 중심이 되어 자비를 구현하는 대승으로 옮겨 탄 사람들은 멸망하지 않았지만, 엘리트 의식에 함몰되어 대중을 끝까지 외면하던 소승은 자신들이 외면했던 대중으로부터 철저하게 외면당하는 엄중한 인과응보를 피할 수 없게 된다.

구마라습은 소승 공부를 다 마쳤을 즈음 대승을 받아들인 다음 소승 중심의 구자불교를 대승으로 바꾸어 놓는 일을 했다. 그런 그는 중국으로 올 때 미구에 멸망의 길을 걷게 될 소승이 아니라 승려와 재가 불자가 함께 성불의 길로 나아가는 대승을 가지고 왔다. 불교가 종주국인 인도에서 멸망했지만, 중국은 그 전철을 밟지 않을 수 있었다. 그것은 전적으로 구마라습이 용수가 개혁한 대승을 중국에 옮겨 놓았기 때문이다. 그것을 알지 못하고 많은 세월이 흐른 지금도 여전히 패망한 소승의 엘리트 의식에 사로잡혀 끊임없는 시행착오를 범하고 있는 부류가 있다.

불교가 중국에 전해지던 초기 요흥 같은 권력자의 후원에 힘입은 바가 크지만, 권력자의 비위나 맞추는 데 급급했다면 현학에 흡수 통합되거나 한때 유행처럼 번지다가 유명무실한 철학의 범주에 머물러 그 쓰임을 다했을 것이다. 구마라습이 대승을 홍법했기 때문에 거기에는 소승이 범한 오류들을 배척하려는 의지가 들어 있었다. 왕권의 도움을 받아 홍법하면서도 불법에서 왕권을 배제해야 중국불교가 왕권에 휘둘리지 않는 독립성을 확보하게 된다는 가르침을 폈다. 요흥이 내린 열 명의 여자를 거부하지 않는 파계를 통해 홍법을 완성해 나가는 시간을 확보했던 구마라습은 왕권의 불법 개입을 용납해서는 중국불교의 미래가 없다는 생각을 뼈저리게 할 수밖에 없었다.

혜원은 불법이 왕권에 휘둘려서는 안 된다고 생각했던 대표적 인물이다. 그는 불법을 수호하는 사문은 왕권에 고개를 숙여 절을 하지 않아도 된다는 내용을 담고 있는 『사문불경왕자론(沙門不敬王者論)』의 저자다. 혜원은 장안의 구마라습과 서신을 주고받는 교류를 텄을 때 자신의 『사문불경왕자론(沙門不敬王者論)』을 보낸 바 있다.

불교가 왕권으로부터 독립되지 않으면 왕권의 몰락과 더불어 동반 쇠퇴의 길을 걷게 된다고 여겼던 구마라습은 제자들에게 『사문불경왕자론(沙門不敬王者論)』을 읽도록 독려하였다. 도항과 도표는 스승의 가르침을 외면하지 않았다. 요흥의 압력이 멈추지 않고 집요하게 계속되자 두 스님은 장안을 떠나 산속으로 들어가는 선택을 한다.

　머리를 기르고 환속하여 나라를 다스리는 세속적 출세 가도를 따라가면 부귀영화가 보장된다. 그런데도 이들은 끝내 환속하지 않았다. 만약 출가 사문이 쉽게 세속 권력과 결탁하는 풍조가 만들어졌다면 불교가 인도에서 중국으로 성공적인 이사를 했지만, 그 얼마 후 종주국인 인도에서 패망의 길을 걸었듯 중국에서도 이내 몰락의 길을 걷게 되었을 것이다. 중국의 출가 사문들은 불교가 정치 권력 같은 것에 휘둘리는 것을 막는 주춧돌을 아주 튼튼하게 놓았다.

　도항과 도표가 요흥의 유혹을 뿌리치고 산으로 들어가는 선택을 했지만, 그들이 중국불교사에 이렇다 할 공로를 세웠다는 내용은 전해지는 것이 없다. 그런데도 그들이 장안 불교계에서 모습을 감춘 사실을 문헌에 기록해 놓은 것은 왕권에 저항한 출가자의 의지가 중국에 불교를 성공적으로 안착시키는 요인이 되었다는 것을 알리려는 의도 때문이다. 그것이 도항과 도표가 중국불교계에 세운 남다른 공헌이다.

　도항과 도표가 잠적하고 얼마 후 구마라습 휘하에서 반짝이는 재능을 뽐냈던 또 하나의 젊은 사문인 도생도 장안 불교계에서 슬그머니 사라진다. 도생은 요흥의 환속 강요가 자신에게도 임박했음을 능히 알았다. 도생은 원래 축법태의 제자로 불교계에 입문했으며 루샨의 혜원 회상을 거쳐 구마라습에게 귀의했던 젊은 인재다. 번역 출간되는 여러 경전의 소(疏)를 지을 만큼 탁월하여 촉망을 받았던 그가 장안을 떠나는 결정을 할 다른 이유는 없다.

도생은 요흥이 환속의 그물을 치는 것을 한걸음 빨리 알아차리고 그 그물에 걸려들지 않으려 국경을 넘어 원래 왔었던 남조로 돌아가는 선택을 했다. 이때 구마라습은 루샨으로 가는 도생에게 승조가 지은 「반야무지론」을 가져가 혜원에게 보여 주도록 했었다. 혜원은 「반야무지론」을 꼼꼼하게 들여다본 후 감탄해 마지않았다.

"반야무지론은 내 생애 최고의 명문이다."

도생은 요흥의 그물에 걸려들지 않고 자유롭게 남조로 돌아간 다음 나중에 중국 남종선의 이론적 논거가 되는 「돈오불성론(頓悟佛性論)」을 주창하였다. 승조의 「반야무지론」과 도생의 「돈오불성론」이 합해진 것이 중국의 선종(禪宗)이다. 따라서 중국 선종의 이론적 배경은 구마라습의 두 제자인 승조와 도생에게서 나온 것이다. 「반야무지론」과 「돈오불성론」 또는 도생과 승조의 이야기는 그 자체로 중국불교를 관통하는 거대한 또 하나의 주제다.

승조의 「반야무지론」은 혜원이 평했듯 중국 역사상 가장 심오한 내용을 담고 있는 명문으로 평가받는다. 전체 분량이 2천 자밖에 되지 않지만, 거기에 담긴 반야무지는 공을 확연히 드러내 보임으로써 인류 역사상 가장 위대한 위업을 달성한 것으로 평가받는다.

승조는 「반야무지론」에서 반야의 의미를 무지(無知)와 무명무상(無名無相)으로 설명했다. 먼저 반야는 언어와 개념을 초월하여 집착이 없는 무지다. 이때의 무지는 아무것도 모른다는 의미가 아니라 참된 지혜는 분별이 없다는 뜻이다. 그래서 무지는 집착이 없어 마음이 허공처럼 맑다는 의미와 통한다. 일반인들의 앎은 분별과 집착이 있어 한계성이 있다. 그러나 성인의 지혜는 그러한 앎이 없는 무지다.

　　승조는 "무릇 아는 것이 있으면 알지 못하는 것이 있기 마련이다. 반야는 대상을 차별하여 사유하고 판단하는 지혜인 분별지(分別智)가 없으므로 진정으로 알지 못하는 것이 없다. 분별지가 아닌 앎을 일체지(一切知)라고 한다. 그러므로 경전에서 이르기를 '반야는 아는 것이 없어서 알지 못하는 것이 없다'라고 한 것은 믿을 만하다."라고 하였다.

　　반야는 최고의 지혜로 일반인들의 앎과 같지 않다. 일반인들의 인식은 그 대상에서 생겨난다. 그런데 인식주체와 대상과의 관계는 앎이 있으면 그 형상이 있다. 즉 형상을 통해 인식된 앎은 고정된 개념을 일으키기 때문에 사람들로 하여금 시비에 집착히도록 만든다. 그러므로 승조는 일상의 앎을 구체성과 고정성에서 비롯된 집착을 일으키는 한계가 있는 것이어서 '미혹으로 취하는 앎(惑取之知)'이라고 규정하였다.

　　승조는 진정한 지혜는 미혹으로 취한 앎이 아니라고 주장한다. 「반야무지론」의 중요한 가르침은 사람들이 미혹으로 취하는 앎을 버리면 곧 성인의 지혜에 도달하게 된다는 것이다. 다시 말해 「반야무지론」의 목적은 반야라는 성인의 지혜에 대한 상세한 설명을 통하여 사람들이 미혹된 지식을 버리고 그 자리를 성인의 지혜로 대체하도록 하는 데 있다. 승조는 이를 통해 인생과 우주에 대한 사람들의 관점을 바꾸어 그들에게 우주 만물의 진실한 상태를 이해할 수 있도록 하였다.

구마라습이 「반야무지론」을 정독한 다음 승조에게 말했었다.

"그대에게 중국의 해공제일(解空第一)이라는 별명을 붙여주노라."

해공제일은 공(空)을 제일 잘 이해하는 사람이라는 뜻이다. 이는 원래 붓다의 10대 제자 중 수보리 존자에게 부처님이 주었던 명칭이다. 인도에서는 수보리가 해공제일이고 중국에서는 승조가 공을 제일 잘 이해한 사람이다.

그렇지만 승조는 자신의 공에 관한 이해가 완전하지 않다고 생각하였다. 보다 더 연구가 필요하다는 인식하에 무섭게 정진한 다음 「물불천론(物不遷論)」 「부진공론(不眞空論)」 「열반무명론(涅槃無名論)」 등의 논문을 연달아 내놓았다. 여기에 제일 먼저 집필했던 「반야무지론」을 합해 414년 『조론』이라는 제목으로 책을 출간하였다. 그러니까 『조론』의 「반야무지론」은 구마라습이 살아 있을 때 쓴 것이고 나머지는 스승 사후에 스승의 가르침이나 스승과의 문답을 통해 알게 된 공에 관한 생각을 집대성한 것이다.

네 편의 논문 중 「물불천론」은 경불천(境不遷)·물불천(物不遷)·시불천(時不遷)·인과불천(因果不遷) 등을 통해 제법의 실상이 본래 진공명적(眞空冥寂)하다는 점을 구명해 놓은 것이다.

「부진공론」에서는 유와 무의 양변을 통해 공의 진정한 의미를 규명하고자 격의불교(格義佛敎) 시대의 잘못된 이해를 비판하고 진공묘유(眞空妙有)를 설명한다.

「반야무지론」은 아홉 번에 걸친 자문자답을 바탕으로 지(知)와 무지(無知)를 상정해 상대적인 앎을 뛰어넘어 일체지(一切智)로서의 무지를 구명하고 반야의 참뜻을 설명한 내용으로 네 편의 논문 중 가장 먼저 쓰였다.

「열반무명론」은 유명과 무명의 두 가상 인물이 열아홉 차례에 걸쳐 열반의 실체에 관해 이야기하는 내용을 다뤄 열반이 언어 밖에서 드러난다는 것을 밝혀 놓았다.

승조는 격의불교에서 벗어나 불교의 중국화에 초석을 놓은 최초의 철인(哲人)으로 꼽힌다. 공(空)과 무(無)의 만남은 바로 중국과 인도의 만남이고 지인(至人)과 부처의 만남이다. 승조는 구마라습이라는 당대의 거장에게 배우는 기회를 통해 중국 전통 무의 개념을 공으로 녹여 반야와 열반의 참뜻을 제시하는 등 진정한 중국불교를 출발시킨 사상가다.

『조론』은 이후 중국의 수많은 학승의 지침서가 됐고 선이나 교학을 중시하는 이들과 재가 불자들에 의해 화엄(華嚴)과 선이라는 중국불교의 꽃을 피우는 밑거름이 되었다. 이는 중국문화

전반에 걸쳐 오늘날까지 영향을 끼치고 있다.

일반적으로는 승조를 선승으로 보지 않는다. 조사선이 성립되기 이전의 인물이기 때문이다. 그렇지만 『조론』을 통해 제시한 이론과 사상은 이후 선종은 물론 교학에서도 후학들의 나침반이 되었다. 교를 떠난 선, 선을 떠난 교는 있을 수 없다는 면에서 『조론』은 교와 선을 아우르는 달을 가리키는 손가락 같은 것이다.

『조론』을 출간한 후 승조의 명성이 하늘을 찔렀지만, 그의 나이 겨우 31세였다. 요흥은 젊은 나이에 전 중국적인 관심을 한 몸에 받게 된 승조를 측근으로 삼고 싶어 하는 인물 욕심을 다시 발동하였다. 요흥은 구름같이 많은 불교도의 추앙을 받는 승조를 환속시켜 자기를 보필하게 하고 싶은 마음이 간절하였다. 그러나 공의 도리를 절절히 알았던 승조는 벼슬하는 것을 의미 없는 일이라고 여겼기에 요흥이 아무리 간곡하게 청해도 응하지 않았다. 아니, 파계의 아픔을 억누르며 구마라습이 너희들만은 왕권에 동요되는 사문이 되어서는 안 된다는 것을 뼈저리게 가르쳐 주었는데, 일신의 안위를 위해 불법의 위상을 떨어트리는 일을 저지를 수는 없었다. 그것은 불조(佛祖)와 스승에 대한 배신이다.

승조는 요흥의 거듭된 청을 끝내 받아들이지 않았다. 도항이나 도표, 도생, 승조 같은 불도(佛徒)들은 스승 구마라습이 왕명을 죽음으로써 항거하지 못하고 열 명의 여인을 받아들인 사건을 지켜보면서 자신들은 목숨을 내놓을지언정 파계는 하지 않겠다는 것을 확실하게 머리에 새겨 둔 바 있었다.

요흥은 많은 승려를 후원하고 아꼈지만 그런 은혜를 베풀고도 그들 중 누구로부터도 원하던 환속 보은(報恩)은 받지 못했다. 구마라습이 불교를 제대로 옮겨 놓았다는 반증이다. 거듭 지엄한 어명을 거절하자 요흥은 마침내 크게 노하고 말았다. 모든 스님 중에 가장 탐을 냈던 승조의 항명(抗命)은 요흥에게서 자제력을 빼앗아 갔다. 요흥은 어떤 달콤한 유혹에도 지조를 꺾지 않는 승조에게 본보기를 보여 줄 필요를 느꼈다.

요흥은 승조에게 참수형을 명했다. 그 경위가 『경덕전등록』에 자세히 적혀 있다. 아무리 회유해도 말을 듣지 않으니 결국 화가 나서 죽이라는 명령을 내렸다고 되어 있는데, 불같이 화가 났다는 것이 극형으로 다스린 이유의 전부는 아닐 것이다. 죽이지 않으면 홧김에 후진을 떠나 다른 나라로 가서 경쟁국의 재상이 되는 선택을 할 수도 있다고 생각했던 것은 아닐까. 내가 갖지 못한 것은 남도 가질 수 없도록 해야 후환이 없다.

승조는 헤아릴 수 없이 많은 나라가 난립하여 인물난을 가중시키던 때, 어느 나라에서나 데려다가 중용하고 싶을 만큼 주목을 받던 천재다. 그런 천재의 마음을 얻지 못하자 상실감이 컸던 요흥은 격노하여 돌이킬 수 없는 결정을 내리고 말았다.

사형집행관이 승조에게 물었다.

"마지막 소원이 있으면 말하라."

죄 없는 사람을 죽인다는 것을 알고 있기에 그 정도의 인심을 쓴 것이었다. 그러자 승조가 청했다.

"소승의 사형 집행을 일주일만 연기해 주시면 안 되겠소?"

"무슨 이유 때문인가?"

"시간을 주시면 그 기간 책을 한 권 쓰고 싶습니다."

『경덕전등록』에는 그렇게 해서 주어진 일주일 사이에 승조가 『보장론(寶藏論)』을 썼다고 서술해 놓았다. 고개가 갸우뚱해지는 대목이다. 경덕 연간에 쓰인 선사의 일대기를 조명한 『경덕전등록』이 1,700개나 되는 공안을 다루다 보니 취급한 영역이 방대한 것까지는 좋은데 적잖은 과장과 '카더라'가 곳곳에서 발견된다.

『보장론』은 8세기경이나 되어야 중국에 등장하는 '본성(本性)'에 대한 이론을 다루고 있다. 이는 승조가 살아 있을 당시에는 전혀 논의된 바 없는 생소한 분야다. 천재라도 그 정도를 앞서갈 수는 없고 일주일에 집필할 수 있는 분량도 아니다. 구마라습 사후 겨우 일 년도 되지 않는 기간 동안 살아 있었던 승조는 『조론』을 쓰는 데 주어졌던 시간을 모두 사용했다. 『보장론』을 일주일에 다 쓰려면 사전 구상이 이루어져야 하는데, 그런 시간적인 여유가 허락되지 않았었다. 이런 점들을 고려하면 '본성'이 사람들에 의해 거론되기 시작한 뒷날 다른 사람이 써서 집필자를 승조로 바꿔 놓았을 가능성이 제기된다. 유명 인사의 반열에 오르지 못했던 사람 중에 자신의 저서만은 세인들의 관심을 집중시키게 하려고 유명인의 이름을 차용(借用)하여 책을 낸 사례가 종종 있다.

『전등록』에는 승조가 사형당하기 전에 마지막으로 썼다는 임종게를 수록해 놓았다.

> 四大元無主(사대원무주)
> 五蘊本來空(오온본래공)
> 將頭臨白刃(장두임백두)
> 恰似斬春風(흡사참춘풍)
> 사대(四大)란 원래 없고
> 오온(五蘊)도 본래 공한 것이니
> 하얀 칼날로 목을 친다 해도
> 봄바람을 베는 것에 불과하다.

이 시에는 죽음을 초개처럼 여기며 두려움을 전혀 느끼지 않는 해탈자의 마음이 표출되어 있다. 그러나 아쉬운 점은 공을 알면 그럴 수 없다는 점이다. 공이 해탈이라는 초월을 담고 있는 것으로 여기기 쉬우나 더욱 치열하게 삶을 살아내는 의지를 발동시킨다. 이 임종게 또한 공을 중국식으로 이해한 사람의 글이지, 공을 제대로 알고 있던 『조론(肇論)』의 저자 승조의 머리에서 나온 것이 아니라는 의구심을 갖게 만든다. 자기의 죽음을 서릿발 같은 하얀 칼날로 목을 친다 해도 봄바람을 베는 것에 불과하다는 식으로 객관화시켰다는 것은 이해가 되지 않는다.

여기서 우리는 먼저 알려진 것과는 달리 승조가 공에 대한 이해를 제대로 하지 못했고 반야에 대한 직접 체험도 용수나 구마라습의 경지에 이른 것은 아니었다고 추론해 볼 수 있다.

용수는 중관을 먼저 머리로 깨달은 다음 죽음과 직면하는 시련을 겪은 후 제대로 체득하였다. 구마라습도 계빈에서 공부를 할 때나 구자에서 대승을 펼칠 때까지는 천재적인 머리로 초견성(初見性)을 했지만, 여광이 17년 동안 억류해 놓은 시련에 맞서 선을 한 후에야 정확하게 견성을 한 것이었다.

승조가 구마라습에 버금가는 천재인 것도 맞고 중국 사상사에 중요한 공적을 남긴 것도 부정할 수 없지만, 머리로 안 것을 체득하는 시련이 주어지지 않은 상태에서 너무 일찍 요절(夭折)하고 말았다. 그의 반야는 머리가 알려 주는 현학의 무를 완벽하게 초월하지 못했다는 의구심이 든다.

승조가 공을 제대로 알았다고 인정했던 구마라습의 말이 맞는다고 보는 것이 사실에 더 가깝기는 하다. 완벽하게 숙성되지 않은 부분이 있었다면 적어도 불교 이론에 관한 한은 세기의 천재였던 구마라습의 눈을 속일 수 없었을 것이기 때문이다. 구마라습이 제일 아끼고 인정했던 사람이 승조라는 것을 감안하면 이 임종게도 위작(僞作)이다.

중국식 공이지, 대승의 공을 녹인 시가 아니기 때문이다. 승조의 전기 중『보장론』을 쓰기 위해 7일의 말미를 얻었다는 부분과 임종게는『경덕전등록』의 저자가 진상을 바로 알지 못하고 왜곡된 것을 옮겨 놓은 이야기일 가능성이 다분하다.『보장론』에 담긴 내용은 승조 생전에는 전혀 논의된 바가 없는 것이고 임종게는『조론(肇論)』의 저자인 승조의 문장력과 정신세계를 제대로 반영하지 못했다는 아쉬움을 주기 때문이다.

그러나 승조가 지은 것으로 소개된 임종게를 그의 작품이 아니라고 부인할 결정적인 증거는 없다. 그래서『보장론』을 그 출현 시기가 너무 차이 나는 분명한 이유를 들어 승조의 작품이 아니라고 주장하는 사람도 임종게만은 승조의 것으로 받아들이는 이가 많다. 그러면서 승조가 그 정도의 인물밖에 되지 않았다고 낮춰보는 빌미로 삼는다.

승조는 참수형을 받고 순교하였다. 망나니가 참수형을 집행할 때 목을 베는 것이 아니라 치는 것이다. 고도로 단련된 무사가 아니면 단칼에 사람의 목을 분리하지 못한다. 망나니는 머리가 몸통에서 떨어질 때까지 반복해서 계속 내리친다. 그것이 참수형의 실체다.

상상만으로도 오금 저리는 혹형(酷刑)을 봄날 소풍 가듯 무심히 받아들였는데, 참수형보다 더 무서운 극단적 기개로 공을 지킨 것이다. 애당초 고통받을 몸이 없고 죽어야 할 내가 없는데 아파하고 아쉬워할 까닭이 없다는 논리를 증명해 보인 것일까.

그렇지만 승조가 순교자라는 사실만은 변하지 않는 진실이다.

불교가 중국에 전래되던 초기에 이루어진 승조의 순교는 불교가 인도에서처럼 도태되는 것을 막은 위대한 선택이었다. 만약 승조가 순교할 생각이 없었다면 도항이나 도표처럼 얼마든지 잠적할 수 있었다. 주위에 수많은 나라가 있었기에 국경만 넘으면 목숨을 구할 수 있고 승조는 원하면 세속적인 출세도 어렵지 않게 보장받을 수 있는 천재였다. 그러나 승조는 그렇게 하지 않았다. 스스로 순교를 택한 것이 맞다. 승조는 그렇게 중국불교사에 이정표를 세웠다.

불교의 동래(東來) 초기인 남북조시대에 세워진 승조라는 이정표는 당나라와 북송을 거치며 왕권이 법난을 저지를 때마다 이에 대항하는 승단의 버팀목이 되었다.

구마라습이 불타야사에게 전했던 염주 목걸이와 단주는 불타야사에 의해 승예와 승조에게 나누어져 한동안 각기 다른 사람의 사랑을 받았다. 그러다가 목걸이의 소유자였던 승조가 참수되기 직전에 미구에 잘릴 목에서 벗어내어 그것을 승예에게 전함으로써 다시 승예 한 사람이 목에 걸고 손에 드는 시대를 맞게 되었다.

승조가 사형을 당할 때까지 장안의 소요원에 남아 있던 승예는 젊은 나이에 목이 떨어진 불우한 천재의 다비식을 주관하였다. 목걸이 하나를 받고 그 어려운 일을 눈물 머금은 채 묵묵히 해냈다. 승예는 일 년을 사이에 두고 존경하던 은사와 막냇 동생처럼 아꼈던 사제(師弟)를 입술을 깨물고 보냈다. 그런 그가 그 후에도 당분간 장안에 남아 있었던 것은 그동안 번역 출간한 경전들의 남조 배분이라는 중차대한 소명을 다하기 위함이었다.

승예는 그동안 소요원 역경원에서 출간된 경전들을 거의 대부분 소장하고 있었지만 일부 빠진 것은 수집하여 보충하는 작업을 진행했다. 이제 그 책들을 루샨의 혜원 회상으로 보내는 일만 남겨 두게 되었다. 그런데 경전을 옮기는 문제는 요흥의 허락을 얻지 않은 상태에서는 결코 간단하게 해결할 수 있는 것이 아니었다.

승예는 구마라습의 제자가 되기 전에 도안에게 참학했었다. 혜원은 도안의 수제자다. 따라서 혜원과 승예는 일찍부터 서로 알았고 한때 사형사제의 법맥(法脈)을 형성했었다. 이런 법연이 있는 데다가 불타야사가 미리 상의를 한 바도 있어서 두 사람이 손발을 맞춰 불경을 옮기기로 합의하는 데까지는 쉽게 접근이 되었다.

그러나 막상 실천에 옮기려고 하자 생각보다 어려움이 많았다. 우선 분량이 적지 않았다. 대형 트럭 같은 운송 수단이 없던 시절이고 수레는 있었지만 요흥의 허락을 얻지 않고 진행해야 하는 비밀작전이었기 때문에 국경수비대의 눈을 의식하지 않을 수 없었다. 스님의 걸망이나 등짐을 통해 운반하려니 기간도 오래 걸리고 비용도 만만치 않아 난감하기 짝이 없었다. 이런 상황이었지만 그렇다고 언제까지나 미뤄 둘 수 없는 일이었다.

승예는 우선 경비를 마련하기 위해 키질리아상단의 장안 점포 책임자인 왕대인을 찾아갔다. 어떻든 경전의 남조 이송 문제를 실천에 옮기기 위해서는 비용이 필요했기 때문이다. 승예가 가져온 환을 본 왕대인이 말했다.

"스님, 워낙 큰돈이기에 지금 당장 드릴 수 없습니다. 보름만 말미를 주시면 준비할 수 있으니 수고스럽겠지만 그때 다시 한 번 찾아 주세요."

"알겠습니다."

승예가 점포에서 모습을 감춘 직후, 왕대인은 승예가 환전을 요구해 왔다는 내용을 적은 종이를 매의 다리에 매달았다. 매는 투루판에 있던 불사제바의 어깨 위에 내려앉았다. 매는 다시 타클라마칸사막 위에 있던 상단의 대행수에게 장안의 점포로 오라는 불사제바의 명을 전달했다.

구마라습이 열반했다는 비보를 불사제바에게 전했던 것도 키질리아상단이 기르는 매였다. 그러나 투루판과 장안은 너무나 멀리 떨어져 있어서 불사제바는 다비식 일정에 맞출 수 없었다. 불사제바는 상속금을 사용하지 않은 상태에서 구마라습이 열반하자 과연 그 많은 돈이 아버지의 뜻에 따라 중국 홍법에 쓰이는지를 주목해 왔었다. 불사제바는 왕대인에게 돈이 움직이기 시작하면 지체 없이 알리도록 지시해 놓았었다.

승예는 형이 가장 믿고 의지했던 제자다. 그런 정보를 입수했던 불사세바는 승예가 상속금을 유용하리라는 생각은 하지 않앉다. 형님이 그 정도로 제자를 엉성하게 가르쳐 놓지는 않았을 것이라고 믿었기 때문이다. 다만 마침내 상속금이 움직이기 시작했는데 어디에 어떻게 쓰여질 것인지, 그 과정에서 도울 일은 없는지를 알고 싶었던 것뿐이었다.

불사제바는 대행수를 대동하고 그때까지 초당사에 머물고 있던 승예를 찾아왔다. 수인사가 끝나자 불사제바가 조심스럽게 운을 떼었다.

"우리 상단의 장안 점포 책임자인 왕대인으로부터 스님께서 형님의 유산을 한꺼번에 현금화시키려 하신다는 말을 들었습니다. 실례지만 어디에 쓰시기 위함인지 알려 주실 수 있겠습니까?"

"은사께서는 우리가 이곳에서 번역 출간했던 모든 경전을 남조로 가져가 다시 출간하여 중국 전역으로 배포하실 계획을 갖고 계셨습니다. 갑자기 열반하시는 바람에 그것이 저의 일이 되었습니다. 언제까지나 스승님 떠나신 충격에 빠져 있을 수는 없잖겠습니까. 유지를 받들 때가 되었기에 돈을 필요로 하게 된 것입니다."

정황을 알고 난 불사제바가 말했다.

"큰 수고를 하게 되셨군요. 형님의 유지를 받드는 데 우리 상단의 도움이 필요하면 무엇이든 기탄없이 말씀해 주세요. 혹 비용이 모자라면 그것도 저희 상단에서 기꺼이 부담해 드리겠습니다."

"비용은 충분할 것 같은데 경전을 남조로 운반하는 문제가 하도 큰일이어서 엄두를 못 내고 있었습니다."

"운반할 책이 어디에 있습니까?"

"이곳 초당사의 창고에 보관 중입니다."

그 말을 듣고 불사제바가 대행수에게 지시를 내렸다.

"상단 사람들을 데리고 와서 물동량을 챙긴 다음 그 책들을 남조까지 무사하게 운반해 드리도록 하세요. 이는 내 아버지와 형님의 유지를 같이 받드는 일입니다."

"한 치의 오차도 없이 명을 받들겠나이다."

이로써 난제 중의 난제로 여겨졌던 불경의 이사 문제를 해결하게 되었다. 승예는 상단 사람들이 야음(夜陰)을 이용하여 책들을 포장할 때 지켜보는 이외에 달리 힘을 보탤 필요가 없었다. 짐을 싸는 데 이골이 난 상단 사람들은 경전을 상품으로 포장하는 일을 일사천리로 진행했다.

요흥은 국가 예산이 아닌 돈이 투여되어 경전이 비밀리에 출간되어 옮겨지리라는 것은 생각조차 하지 않았다. 당시에는 이런 일이 국책사업이지 개인이 할 수 있는 일이 아니었다. 그리고 한두 권이면 몰라도 경전이 대량으로 국경수비대를 통과하여 유출되는 일이 발생할 가능성은 거의 없었다.

그러나 키질리아상단이 개입하자 그런 예상을 모두 뒤엎었다. 무방비의 허를 찌르고 장안에서 번역 출간된 모든 경전들이 남조로 무사히 이사를 마쳤다. 경전은 분명 국경을 통과할 수 없는 보안 품목이지만 서역 제일의 규모를 자랑하는 키질리아상단의 상품으로 둔갑하자 국경수비대의 대장은 검색할 생각조차 하지 않고 무사통과시켰다. 그것이 돈의 위력이다. 이래서 홍법에도 돈이 필요한 것이었다.

불사제바는 형님 구마라습의 땀과 혼이 담겨 있는 경전들을 장안에서 루샨까지 안전하게 운반하는 문제를 간단하게 해결해 주었다. 많이 고민했던 것에 비해 일이 너무나 쉽게 풀렸다.

혜원은 장안에서 실어다 쌓아 놓은 거대한 경전의 산을 바라보며 감개무량하여 노구임에도 솟구치는 환희심을 주체하기 힘들었다. 마음속으로 나무아미타불 관세음보살을 수없이 되뇌었다. 혜원은 부처님의 무량한 공덕이 구마라습이라는 성사를 통해 중국에 닿았음을 진심으로 기뻐해 마지않았다. 이렇게 하여 구마라염의 상속금은 세세생생 마르지 않는 복천(福泉)이 되었다.

승예와 혜원이 손을 잡고 진행한 경전 운송 작전은 불교 전파의 획을 그은 중대사다. 소요원 역장에서 출간된 경전들이 북조에만 퍼지고 나머지는 그대로 창고에 비장(秘藏)되어 있는 기간이 길어졌다면, 그만큼 불교의 활성화는 지연될 수밖에 없었다. 불경을 전파한 승예의 공로는 그것을 번역한 일에 버금가는 업적이다. 그리고 번역과 전파의 일등 공신은 누가 뭐라고 해도 구마라습과 구마라습의 동생이었고, 이는 두 아들의 아버지인 구마라염이 오래전부터 기획 연출한 작품이다.

혜원은 루샨으로 옮겨진 불경을 진캉(健康)으로 보내는 2차 작업을 주도하였다. 거리가 가까웠고 비용이 해결되어 있었기에 별다른 문제는 없었다. 이렇게 하여 어느 정도 시차(時差)는 있었지만 북조의 소요원에서 초간된 경전은 남조에서 복간(復刊)되어 중국 전역으로 두루 퍼져 나갔다. 그로부터 중국의 후학들은 산스크리트어를 배우거나 천축 유학을 다녀오지 않아도 불교의 진수를 습득하는 일이 가능하게 되었다.

구마라습이 굴린 법륜이 중국에서 멈춘 것은 아니다. 중국 각처를 거친 다음 동북아의 역사 속으로 굴러갔기 때문이다. 그것이 그대로 우리나라에서 간행된 『팔만대장경』 판본 속으로 들어갔다.

해인사 팔만대장경 경판은 총 81,258판본에 대반야경 600권, 화엄경, 금광명경, 묘법연화경을 포함하여 불경 총 1,514종 6,569권 분량이 수록되었는데, 구마라습이 번역한 경전 대부분이 이 안에 포함되어 있다. 구마라습이 대장경 속으로 들어와 유네스코 지정 문화재가 되었으며 국보 32호로 추앙받는다.

일본의 조조지가 보관 중인 중국 송나라 사계판대장경, 원나라 보령사판대장경, 고려 팔만대장경에 관한 인쇄물이나 다이쇼 신수대장경에도 구마라습본이 들어 있다.

구마라습이라는 별이 떨어지는 격동의 시기를 숨 가쁘게 지켜보았던 승예는 번역본 이송을 매듭지은 후, 415년 마침내 남조로 가서 실로 몇 년 만에 루산 회상의 평온함에 안겼다. 혜원이 주도하는 백련결사에 참예(參預)하는 것으로 승려 본분사(本分事)인 수행 정진에 매진하는 기간을 가졌다. 그러나 그 기간은 길지 않았다. 도안이 이듬해인 416년에 열반했기 때문이다.

승예는 혜원의 다비식을 거행하고 다시 1년이 지났을 무렵인 417년 요흥의 건강이 갑자기 나빠져 세수 51세로 붕어(崩御)했다는 소식을 접했다. 당시로는 요절(夭折)은 아니지만 장수했다고 볼 수도 없다. 육식을 과다 복용하면서 얻은 동맥경화는 침향환의 복용으로 한 번의 위기를 넘겼지만, 천수를 누리지는 못했다.

요흥은 소요원의 역장을 후원해 준 고마운 불심천자다. 열정적으로 번역을 독려하고 불교중흥을 위해 노력하던 모습을 생각하면 그 치적(治績)을 추앙하지 않을 수 없는데, 구마라습에게 열 명의 여인을 하사하고 불세출의 천재인 승조의 목을 베는 이해 가지 않는 법난을 저질렀다.

승예는 명복을 기원하는 명부에 구마라습과 승조, 도안, 혜원 외에 요흥을 추가하는 문제를 두고 고민하다가 과(過)가 아니라 공(功)을 더 크게 여겨 그의 무생법락(無生法樂)을 기원하는 불공을 올려 주기로 한다. 요흥은 유일하게 승예로부터 불심천자에 합당한 대접을 받았다. 후진은 요흥이 사망하고 몇 달을 더 버티다가 같은 해인 417년 역사의 뒤안길로 사라진다.

승예는 생애의 마지막 부분을 불타야사가 보내 준 『허공장보살경』을 번역 하는 데 사용하였다. 승예는 스승 구마라습이 기절한 요흥에게 단주 알을 가루 내 먹이고 소생시키는 것을 현장에서 목격했던 증인이다. 승예는 자신에게 있는 명품 목걸이와 단주의 처리 문제를 두고 생각을 거듭하였다.

436년은 5호 16국 시대가 종결되고 맞이한 송(宋)나라 원가(元嘉) 16년에 해당한다. 그해 봄 승예는 결단을 내려 염주 목걸이와 단주를 해체한 다음 대중들에게 한 알씩 나누어 주었다. 전부를 한 사람에게 전할 제자가 없었던 것은 안타까운 일이다. 비상시 상비약으로 쓸 수 있도록 하였기 때문에 구마라습의 목걸이와 단주는 현재 전해지지 않는다. 그러나 스승은 뒤따라온 제자에게 그것을 훼손한 죄를 묻지 않고 칭찬했을 것 같다.

승예는 마침내 '나는 이제 가야겠다.'라며 얼굴을 서향(西向)하여 서방정토(西方淨土)를 념(念)하고 합장한 자세로 천화(遷化)하였다. 대중들이 보니 승예의 책상 앞에 한 송이 금연화(金蓮花)가 갑자기 시들었고 오색향연(五色香煙)이 흘러나와 허공 중으로 흩어졌다.

> 대도종장(大道宗匠)이 쓰러지시니
> 청정한 법륜(法輪)의 축이 뽑히고
> 아침 햇살 희미해지며
> 사악(詞樂)도 여기서 거꾸러졌네.
> 온 우주 어둠에 휩싸이니

도안(道眼)을 잃어버렸는데

창생(蒼生)도 애달파 슬퍼할진대

누가 보살피고 길러 주리오.

드높은 하늘도 슬퍼하고

나 역시 비통만 점점 더하니

오호라, 애통하고 또 애통하구나.

승조가 구마라습 사후에 지은 조문(吊文) 중에서 뽑은 것이다. 승조는 스승의 입멸을 법륜의 축이 뽑힌 것과 같은 절망을 느낀 것으로 표현해 놓았지만, 실제 구마라습은 중국에 민들레 씨앗 같은 불심을 옮겨 놓은 것이기 때문에 그의 죽음이 곧 법륜 구동(驅動)의 멈춤을 의미하는 것은 아니다.

대도종장이 서역에서 기운 후에도 구마라습이 퍼트린 민들레 씨앗은 중국 땅 여기저기로 흩어지면서 뿌리를 내려 살아남았다. 승조는 성급하게 법륜이 멈추었다고 진단한 것이었다. 믿고 의지하며 따랐던 스승의 입멸이 그를 절망에 빠트려 그런 표현을 하게 만든 점은 이해가 가는 부분이다.

인간은 가고 또 오지만 불법은 영원하다. 구마라습은 갔지만, 그가 서역의 불학을 큰 수레에 옮겨 싣자 서역에서는 법륜의 축이 뽑히고, 거리에서 바리때를 들고 걸식하는 승려를 찾아볼 수 없게 되었지만, 중국 한국 일본을 향해 구르는 것을 결코 멈추지 않았다.

석가모니의 가르침과 그 가르침을 펴는 사문과 실천에 옮기는 재가 불자와 권력의 유무나 지위의 고하를 막론하고 빈부와도 상관없는 남녀노소가 모두 함께 탄 큰 수레는 그때부터 지금까지 멈추지 않았고 앞으로도 인류와 더불어 영원히 보시(布施)로써 회향하며, 무명의 어둠을 밝히는 지혜의 등불이 되리. 대승의 교의를 전하는 경전은 성불을 향해 올라가는 사다리가 되리라.

제5회 법계문학상
심사평

소설가 남지심

운문사 회주 명성 스님이 유능한 불교문학 작가의 양성을 발원하며 제정한 <법계문학상>이 5회째를 맞이했다.

2023년 <법계문학상> 당선작인 『구마라습, 대장경 판각 속으로 들어가다』를 쓴 작가는 혜월(慧月) 스님이다. <법계문학상> 최초로 스님이 당선작가가 되었다. 혜월 스님은 출가 전 드라마 작가로, 신문사 문화부 기자로 활약한 경험이 있었기 때문에 작품이 흠잡을 데 없이 탄탄하다. 혜월 스님은 10년 전부터 구마라습의 일대기를 쓰겠다는 원을 세우고 철저한 고증과 자료 조사를 거쳐 마침내 천축의 계빈 출신 구마라염 스님과 구자국 공주 지바 사이에서 태어난 구마라습의 탄생부터 열반에 이르는 위대한 일대기를 세상에 내놓았다. 불자들이 이 작품을 읽으면서 구마라습에 대한 이해를 깊이 할 수 있기를 바라는 마음이다.

대한민국의 국보 중 해인사 장경각에 소장되어 있는 팔만대장경은 대한민국 국민이라면, 특히 불교인이라면 가장 자랑스럽게 생각하는 문화유산이다. 팔만사천 매에 달하는 목판 인쇄물을 보유하고 있다는 사실만으로도 우리는 세계에서 문화민족으로 우뚝 설 수 있게 된 것이다.
　우리가 해인사 소장 팔만사천 경을 보유할 수 있었던 것은 구마라습이라는 걸출한 역경인이 있었기 때문에 가능했다. 그가 산스크리트어로 된 장대한 불교 경전을 한문으로 번역했기 때문에 부처님 가르침인 대장경을 우리의 것으로 보유할 수 있었고 그 경전을 통해 우리는 부처님 사상을 받아들이는 불자가 될 수 있었다. 그런 의미에서 혜월 스님이 쓴『구마라습, 대장경 판각 속으로 들어가다』는 불자들이 반드시 알아야 할 구마라습의 생애를 다룬 전기적 소설이라 할 수 있다.

구마라습은 3세에 팔리어 경전을 암송하고 7세에 계를 받은 이후 출가하여 60에 역경을 시작해 10년간 『중론』『백론』『십이문론』 등을 비롯하여 74부 384권 (『개원석교록(開元釋教錄)』 기록 기준)에 해당하는 대 번역사업을 진행했다. 그 과정에서 구마라습은 전진의 부견이 일으킨 전쟁으로 인해 중국 장안으로 가기까지 17년간 억류를 당하며 구법을 위해 혼인까지 하는 파계를 감수해야 했다. 지난한 세월을 오직 대승불교 홍법에 원을 두었던 구마라습은 경전 번역과정에서 "뜻을 전달하는 데 멈추지 말고 운율로써 경의 의미를 전해야 한다"고 강조하며 "천축 문체의 음악적 특질과 범어를 중국어로 번역할 때 생기는 병폐를 잘 파악하여 문체와 운율의 아름다움까지 이룰" 것을 제자들에게 강조하였다.

혜월 스님은 『구마라습, 대장경 판각 속으로 들어가다』에서 세계 불교사에 한 획을 그은 삼장법사 구마라습의 불교적 업적은 물론 한 인간으로서 겪어야 했던 고뇌와 인간적인 면모를 스님만의 기개 있는 필치로 잘 담아냈다. 구마라습의 생애를 혜월 스님만큼 잘 그리기가 어렵다고 생각하면서 이번 제5회 <법계문학상> 당선작을 선정했다. 소설가란 공식 명칭을 얻은 혜월 스님이 스님의 자리에서 스님만이 쓸 수 있는 좋은 소설을 계속 탄생시켜 주기를 바란다.

작가의 말

　잎새가 아직 푸르름을 간직하고 있던 때 시작하여 그 잎새가 붉게 물든 낙엽이 되어 시나브로 산사의 뜨락으로 밀려들던 즈음 원고를 마감했는데, 서설(瑞雪)이 내리던 겨울의 초입에서 당선 통지를 받았다.
　이글은 대략 석 달 동안의 작업을 통해 정리한 것이지만, 처음 계획한 것은 10년쯤 전이며 자료수집 뒤에 초고를 쓰다가 중단했다. 글을 완성하지 않고 컴퓨터 속에 잠을 재운 첫째 이유는 책을 읽지 않는 풍조가 대두된 데 따른 창작 의욕의 상실에 있다. 두 번째는 구마라습의 위업을 측정하는 작가로서의 자(尺)가 짧다는 인식이 또한 망설임의 요인으로 작용했다.
　이 소설은 4세기 때 살았던 불세출의 천재 구마라습이 팔리어와 산스크리트어로 된 경전을 중국어로 번역한 내용을 담은 전기적 소설이다.

한문으로 된 문헌을 꼼꼼하게 뒤져서 시공(時空)을 초월하여 그의 위업을 촘촘하게 엮어내는 작업은 우선 팩트를 구성하기가 쉽지 않았다. 또한 삼장법사였던 그의 사상을 담아낼 수 있을 만큼 불법에 대한 이해가 선행되어야 한다는 문제도 있었다. 불문에 늦깎이로 들어온 나로서는 10년이 넘어서야 경(經)에 담긴 불법을 겨우 아는 정도가 되었다. 그나마 이런 정도의 수행력을 더함으로써 작품 속 구마라습의 진면목을 더 잘 드러낼 수 있게 되었다고 여긴다.

　여드름이 나던 소년기부터 독서와 교내 백일장 같은 글짓기대회를 통해 조금씩 키웠던 작가의 꿈을 이루지 못하고 회향하게 될까 노심초사하던 중 법계문학상 공모 소식을 만나게 되었다. 불모지와 다름없는 불교문학의 중흥을 기약하는 데 이바지할 뜻 높은 문학상에 대한 공고를 진작 만나지 못한 것은 무슨 연유 때문이었을까. 더 일찍 작품공모에 응모할 수도 있었는데 이제야 시절 인연을 만났다.

344년 서역의 구자국에서 출생한 구마라습은 3세에 팔리어 경전을 외우기 시작하였고 7세에 출가한 후 9세에는 불교 선진국인 천축으로 유학하여 12세까지 초기 경전을 모두 암기하였다. 12세에서 15세 사이에는 산스크리트어로 된 대승경전을 머릿속에 넣었으며, 20세에 비구계를 받은 후 금사자좌에 올라 대승의 법륜을 굴리는 사자후를 토했던 구마라습은 석가모니 부처님과 용수보살의 가장 위대한 부처 계보를 이었다.
　서역 출신인 구마라습은 중국과 서역 사이의 후량(後凉)으로 끌려와서 17년간 위리안치(圍籬安置) 당하는 혹독한 법난(法

難)을 겪었다. 동래(東來)한 서역승 가운데 가장 참혹한 인고의 세월을 보냈던 구마라습이 마침내 중국 장안에 입성하여 역경 불사를 시작한 것은 그의 나이 예순이 다 되었을 때였다. 그로부터 칠순을 눈앞에 두기까지 10년에 걸쳐 중요 경전을 중국어로 번역하는 위업을 달성 했다. 그것이 그대로 우리나라로 전해졌고 대장경으로 판각되었다. 일본판 대장경도 구마라습본이니, 그는 동아시아 불교사에 지대한 공헌을 한 삼장법사다.

구마라습은 단순한 역경승이 아니라, 반야학 정립의 초석을 마련하고 중국불교의 지평을 연 선각자다. 구마라습은 삼론종의 종조(宗祖)로 추앙받는다.『법화경』은 천태종의 단서(端緒)가 되고,『아미타경』과『십주비바사론』은 정토종의 소의경전이며,『미륵성불경』『미륵하생경』은 미륵신앙의 발전을 촉진

시켰다. 『좌선삼매경』은 보살선의 성행을 낳았고 『범망경』은 대승 계법(戒法)을 널리 전했으며, 『십송률』은 율학 연구에 중요한 전적이 되었다. 구마라습은 이렇게 중국불교 역사상 앞을 잇고 뒤를 열어 준 공을 세웠다.

구마라습이 젊은 시절부터 번역을 시작했다면 양은 훨씬 더 많았겠지만, 오늘날 우리에게 전해지는 것과 같은 완벽한 번역본은 만들어 내지 못했을 것이다. 17년의 억류 생활 동안 중국어와 중국사상을 습득하였고 견성을 한 것도 이 시절이었다. 60년 동안 응축시킨 것을 10년 동안의 열정을 통해 다 터트렸다.

옛날의 60살보다 지금의 70이 더 젊다. 나는 작가가 되겠다는 생각을 열다섯 중학생 시절에 처음 했는데, 70이 된 이제야 그 원을 이루었다. 앞으로 10년 동안 나는 우선 구마라습의 열정을 재현할 생각이다. 그것을 통해 불교문학의 발전을 원하며 법계문학상을 제정한 분의 뜻을 기리는 명작을 써서 금자탑을 세울 수 있기를 서원한다. 동기를 부여해 주신 운문산문의 법계 명성 큰스님께 감사드린다.

　　서역의 낯선 지명과 등장인물들의 생소한 이름들이 주는 이질감은 몇 장 읽지도 않았는데 하품이 나서 책을 덮어 버리게 만들 수도 있을 것 같았다. 나는 독서를 통해 어떤 지식이나 사상의 습득 못지않게 읽는 재미를 추구할 수 있어야 한다는 생각을 가지고 있다. 지속적인 궁금증을 유발하는 구성력과 팩트의 본질을 훼손시키지 않는 범주 내에서 재미를 줄 픽션을 양념처럼 가미시키고, 불법의 무거움에 중압감을 느끼지 않고 쉽게 접근할 수 있도록 해야 한다는 것…… 등을 글 쓰는 내내 화두처럼 간직했다. 재미없어서 읽다가 포기했다는 말은 듣지 않아야 할 텐데, 부족한 부분이 많다.

  이런 글을 뽑아 주신 것은 앞으로의 발전성을 기대했기 때문일 것이다. 심사를 해 주신 남지심 선생님께 불교문학의 중흥을 생각하며 늘 기도하고 정진하겠다는 약속을 드린다.

2024.03.

서산 약선사에서
혜월 합장